Fy Mrawd a Minnau

ALUN JONES

Gomer

Cyhoeddwyd yn 2007 gan
Wasg Gomer, Llandysul, Ceredigion SA44 4JL

ISBN 978 1 84323 789 1

Dymuna'r cyhoeddwyr gydnabod cymorth
Cyngor Llyfrau Cymru.

Argraffwyd a rhwymwyd yng Nghymru gan
Wasg Gomer, Llandysul, Ceredigion

I
Sioned a Debbie

1

i

Roedd yn ugain munud i wyth ar y doctor yn cyrraedd a Laura ar binnau, yn enwedig ac yntau wedi deud pan alwodd cyn cinio y byddai'n picio eto cyn diwedd y pnawn. Roedd Sionyn a Gwil wedi mynd i fyny am eu peint a hithau'n cael rhwydd hynt i siarsio'r doctor yn llafar ac i ymbil arno fo bob rhyw funud neu ddau i roi styr arni. Trystio'r lembo i fod yn hwyr ar nos Iau.

Ond fe ddaeth. Aeth hithau drwodd i'r llofft wrth glywed y car yn arafu'n ddi-lol ac yn aros y tu allan. Daeth cnoc ddi-lol a llais di-lol.

'Fa'ma, Doctor.'

Ddaru'r doctor ddim archwilio'r claf. Daeth su sydyn byr o dan ddillad y gwely wrth i'r peiriant bychan saethu chwistrelliad arall o ddiamorffin i'r corff llonydd. Roedd yr anadl wedi byrhau eto a sŵn dymuniad i ddarfod yn ei llenwi. Roedd llai o'r llygaid di-weld yn y golwg hefyd erbyn hyn. Amneidiodd y doctor ar Laura. Aeth y ddau drwodd a chaeodd Laura'r drws ar ei hôl.

'Y clyw ydi'r peth dwytha i fynd,' meddai o, yn gorfod codi mymryn ar ei lais ond yn dal i gadw sŵn cyfrinach ynddo. 'Mae hi'n dŵad i'r terfyn rŵan. Mae arna i ofn na ddeil o'r nos.'

'Dach chi wedi bod yn ffeind. Ffeind iawn, hefyd.'

Am y tro cyntaf ers iddo ddechrau galw yn y tŷ, ni chafodd gynnig panad.

'Oes gynnoch chi neb yma?' gofynnodd fymryn yn bryderus.

'Mi ddaw John Glanmor a Gwilym Huw yn 'u hola. Dim ond wedi picio allan maen nhw.'

Doedd dim arwydd o ofn yr oriau nesaf yn ei llygaid mwy nag oedd yn ei llais.

'Dipyn o amsar, Mrs Thomas.'

Rhoes o ei wên drist broffesiynol fel'na mae hi. Edrychai hithau i'w lygaid, bron yn ddidaro.

'Pum deg saith o flynyddoedd ar gyfar 'Sadwrn.'

'Hm.' Ysgwydodd ben edmygus cyn ailwenu'r wên drist. 'Ffoniwch pan ddaw'r angan.'

Nodiodd hi. Aeth o at y drws.

'Dach chi 'di bod tu hwnt o ffeind, Doctor.'

Caeodd o'r drws ar ei ôl. Gwrandawodd hithau ar y car yn cychwyn. Rhoes gip ar y cloc. Rhoes ei chôt amdani ac agor drws y llofft. Clywodd saethiad arall. Gadawodd y drws yn gilagored ac aeth yn ôl i'r gegin i nôl ei bag. Aeth allan. Clodd ddrws y tŷ ar ei hôl a chadw'r goriad trwm yn y bag. Roedd y doctor wedi anadlu llond ei gorff o'r heli ddwywaith neu dair cyn mynd i'r tŷ ac ar ôl dod allan wedyn, ond ddaru hi mo hynny. Dim ond pan fyddai'n cael ei hatgoffa gan bobl ddiarth y byddai hi'n dod yn ymwybodol o oglau'r môr. Aeth i fyny. Roedd yn gorfod bod ychydig bach yn fwy brysiog nag arfer a hynny'n tueddu i ddeud ar ei hanadl. Rhoes gip ar Sionyn a Gwil ym mar y Crythor a mynd i lawr y grisiau i'r bar mawr. Roedd hwnnw'n dri chwarter llawn a Selina wedi cadw lle iddi, fel arfer. Roedd y galwr eisoes yn ei gadair ac wedi troi'r swits i'r peli plastig gael eu chwythu o amgylch yn eu cafn. Tynnodd Laura gaead ei marciwr ffelt a'i gadw yn y bag yn yr un goden â'r goriad.

Selina oedd y gyntaf i gael llinell.

'Sut mae o?' gofynnodd wrth i'w phapur fynd i gael ei gadarnhau.

'Doedd o ddim rhyw ecstra pnawn 'ma.'

'Ella cei di Hyws heno 'ma i godi'i galon o.'

Chafodd hi ddim chwaith, na llinell. Dychwelodd y tri adref ychydig ynghynt nag arfer, a'r un mor dawedog ag arfer. Safodd Sionyn a Gwil y tu ôl iddi yn ei gwylio'n mynd i'w bag. Tynnodd hi'r marciwr ffelt ohono a rhoi'r caead yn ôl arno'n iawn cyn tynnu'r goriad. Prin hyglyw oedd y tonnau bychan yn chwilio tyllau Wal Cwch islaw, a disylw i'w clustiau nhw. Roedd Gwil â'i fryd bob hyn a hyn ar drwsio'r wal. Ond bellach rhywbeth i fyrrath hefo fo oedd y cwch ac nid ffordd o fyw, a châi'r gorchwyl ei ohirio bob tro.

Tuchanodd Laura fymryn wrth wthio'r drws i'w agor. Tynnodd Sionyn ei gôt a mynd i'r llofft. Tynnodd hithau ei chôt. Daeth Sionyn yn ôl i ddrws y llofft.

'Uwadd. Mae'i llgada fo newydd fynd reit i fyny i'w ben o.'

Aeth hithau ato a daeth Gwil ar ei hôl. Daethant at y gwely. Roedd yr anadl ar ddarfod ac yn dod o'r corff fesul griddfaniad, griddfaniadau byr yn creu sŵn bodlon wrth ddod allan, a hwnnw i'w glywed yn dyfnhau o anadl i anadl fel roedd y rheini'n lleihau a gwanio. Safai'r tri wrth draed y gwely, hi yn y canol, yn gwylio. Anadlai Gwil at i lawr rhag ofn i oglau cwrw gyrraedd y gobennydd. Yna, a sŵn bychan y bodlonrwydd wedi cyrraedd ei nod, daeth un ochenaid fyrrach na'r lleill, a pheidiodd yr anadlu, a'r tri wrth draed y gwely'n dal i syllu'n ddisymud.

Nodiodd Sionyn ar Gwil.

'Wedi mynd.'

Ond daeth symudiad arall o'r gobennydd. Trodd y gwefusau a cheimio i'r ochr mewn ymdrech beiriannol am anadl. Daliwyd tair anadl arall. Daliwyd llygaid disymud. Ar ôl ychydig eiliadau o ymdrechu datgeimiodd y gwefusau a llonyddu. Rhoes y pen dro bychan.

'Well i ni godi hwn dros 'i wynab o,' meddai Gwil yn y man.

'Oes isio'i folchi fo ne' rwbath?' gofynnodd Sionyn.

'Mae Nyrs am wneud hynny,' meddai Laura. 'Mi ddudodd hi bora.'

Cododd Gwil y gynfas i orchuddio'r wyneb. Aeth o'r llofft ar ôl ei frawd. Arhosodd eu mam. Daeth su saethiad arall. Aeth hi at y gwely a chodi'r gynfas. Rhoes ei bysedd ar y llygaid i orffen cau'r amrannau. Edrychodd ar yr wyneb am ennyd arall. Rhoes y gynfas yn ôl drosto. Aeth i'r gegin a rhoi'r teciall i ferwi.

'Rhy fuan at 'Sadwrn, debyg,' meddai.

Rhoes Sionyn gip amheus ar Gwil. Nodiodd yntau'n gynnil gan drio cuddio'i amnaid slei tuag at ei fam yr un pryd.

'Uwadd. Cynnar,' meddai Gwil.

'Mi triwn ni hi at bnawn Llun 'ta,' meddai hithau.

'Wel . . .' petrusodd Sionyn, a gweld Gwil yn ysgwyd pen cynnil eto a gad-hyn-tan-bora yn llond yr ystum.

'Capal gynta, a syth i fynwant,' cynigiodd Gwil ei awgrym, 'fath â Robat?'

''Run o'r ddau. Bangor.'

'Fan'no?'

'Crimeshon.'

Roedd pendantrwydd tawel di-droi hen benderfyniad yn ei llais.

'Uwadd.'

'Ydi o 'di gwneud 'i 'wyllys?' gofynnodd Sionyn.

Torrodd Laura frechdanau a thafellau o gaws. Gwnaeth de. Bwytaodd y tri'n dawel. Golchodd hi'r mymryn llestri a chlirio. Yna aeth at y ffôn.

'Pwy gafodd y jacpot?' gofynnodd Sionyn toc.

'Wn i ddim pwy oedd hi. Ddiarth i mi. Rhyw hogan o Rheuad Fawr medda Selina.'

'Fasai'n well i mi alw ar Dic?' gofynnodd Gwil ymhen rhyw funud.

'Rhoswn ni tan bora. 'I dynnu fo allan radag yma o'r nos.'

'Lle rhown ni o?' gofynnodd Gwil wedyn. 'Heno 'ma,' ychwanegodd.

'Geith fod lle mae o am heno.'

'Wel . . .'

'Be?'

'Lle cysgi di?' gofynnodd Gwil wedyn, toc.

'Yn 'gwely 'te? Styrbia i mohono fo bellach, decini.'

'Dw i am 'i throi hi 'ta,' cynigiodd Sionyn.

Cododd, a stwffio'r gadair yn ôl at y bwrdd. Aeth i'w wely.

Cawsant bapur a chyfarwyddiadau gan y doctor. Daliodd Gwil ei anadl wrth dderbyn geiriau'r cydymdeimlad. Nodiodd yn gyfrifol a chanolbwyntio ar y peiriant diamorffin yn llaw'r doctor.

'Ydach chi'n iawn hefo'r trefniada?' gofynnodd y doctor.

'Cnebrwn bach fydd arno fo'i angan,' atebodd Laura. 'A dim bloda. Mi drefnith Dic bob dim.'

Cododd Sionyn gyda'i thoriad hi drannoeth. Gwnaeth frecwast iddo'i hun ac aeth allan. Cerddodd wrth ei bwysau bodlon i ben y clogwyn oedd led

11

traeth ac aber i'r de o'r tŷ. Eisteddodd ar greigan wedi'i gorchuddio bron gan gen gwyn a llwyd golau, yn lympiau bach crynion gwydn. Syllodd am ychydig ar y fynwent ar ei mymryn llethr yng nghanol y pentref a'r bedd nad oedd am gael ei ailagor, am sbel eto beth bynnag. Roedd Dolgynwyd yn bentref digon swat a thaclus, a'r briffordd o'r byd mawr yn mynd drwyddo i dref Llanddogfael bum milltir tua'r gogledd ac ymlaen i'r byd mawr drwy Rydfeurig bum milltir ymhellach i'r gogledd. Roedd iard lechi daclus Gwil ar gyrion y pentref cyn cyrraedd y lôn fach i lawr i'r traeth a'i gartref. Roedd sôn fod y garej oedd gyferbyn â'r iard mewn trafferthion ac os felly, penderfynodd Sionyn, dim ond diglemdra a allai fod yn gyfrifol a hithau mewn safle mor dda.

Roedd ei fam a Gwil wedi codi pan ddychwelodd.

'Lle buost ti?' gofynnodd hi.

'Piciad i'r clogwyn.'

'Call iawn,' meddai hithau. 'Gwynt bach.'

Aeth Sionyn i'w waith. Yn yr iard goed ym mhen pella'r Dre oedd o ers iddo roi'r gorau i'r cwch. Doedd dim llawer o fywoliaeth i'w chael hefo hwnnw bellach ers dyfodiad y llongau sbydu. Haldio a llwytho a chlirio oedd ei waith yn yr iard, a gofalu nad oedd yr un bustach yn trio difrodi mymryn ar brennau a phlanciau ar y slei er mwyn eu cael am ddim. Doedd o ddim yn un o'r gwerthwyr nac yn dymuno bod. Fel roedd hi'n dod at amser cinio digwyddwyd gofyn iddo sut oedd yr hen ŵr. Cafodd y perchennog fymryn bach o ddychryn o gael yr ateb ac awgrymodd y byddai'n well i Sionyn fynd adra i alaru. 'Duw na, mae 'na lot o waith pnawn 'ma,' atebodd yntau.

Arhosodd Gwil adra nes daeth y nyrs i olchi a

pharatoi. Aeth i'r siop dros y ffordd i'r Crythor wedyn i nôl mymryn o neges i'w fam. Gwahoddodd y siopwr ei farn am ryw raglen deledu y noson cynt. 'O ies,' meddai Gwil a mynd â'r neges adra cyn mynd i weithio, oherwydd roedd ganddo lechen wedi'i gorffen a dim ond angen ei gosod a'r cwsmer yn swnian. Ond erbyn iddo gyrraedd y tŷ, roedd fan transit goch Dic yn nhywod y pwt lle parcio. Roedd Dic eisoes wedi mesur ac wedi mynd i eistedd i'r gegin hefo rhyw bapurau ar ei lin ac un goes i'w sbectol wedi'i lapio'n daclus am ei glust dde a'r goes arall yn prin gyffwrdd ei glust chwith. Roedd tempar ddrwg ar Laura am fod Dic wedi ysgwyd ei ben pan ddudodd hi 'pnawn Llun ym Mangor'. Doedd hi ddim isio dallt na gwerthfawrogi bod gan amlosgi'i drefn ei hun a'i reolau'i hun a'i ddyddiadau'i hun a'r cwbl i gyd yn llawer mwy caeth na chaib a rhaw Joni Fron Ucha a Radio Cymru ar welltglas yn cael ei throi'n uwch fel roedd y twll yn dyfnhau.

'Be wnewch chi hefo'r llwch?' gofynnodd Dic. 'Mae'n rhaid i mi gael gwybod hynny rŵan,' ychwanegodd fymryn yn ymddiheurol am na welai lawer o siâp ateb ar yr un o'r ddau. 'Os ydach chi am 'i gladdu o mae'n rhaid iddyn nhw'i roid o mewn bocs pren. Chewch chi ddim claddu'r potyn plastig.'

'Be fasa ora 'dwch?' gofynnodd Gwil.

'Dos i Dre i nôl y papur,' meddai Laura'n siort gan stwffio amlen y doctor i'w ddwylo. 'Fydd Rhun Davies ddim yno ar ôl unorddeg medda'r hogan.'

''Da i ddim at y bwch hwnnw,' meddai Gwil ar ei ben.

'Mae arna i ofn bod raid i ti,' meddai Dic yn ei lais rhesymol gorau. 'Chei di ddim mo'i gofrestru o yn unlla arall.'

Tynghedodd Gwil. Yna ailfeddyliodd.

'Mi wn i pwy fydd yn gallu edrach i lygaid pwy.'

Ond er hynny roedd yr amlen braidd yn rhy swyddogol iddo fod yn gyffyrddus ynglŷn â hi. Rhoes gip nerfus ar Dic.

'Gora po gynta i ti fynd,' cynghorodd yntau.

Aeth. Swyddogol neu beidio, papurach ddiffath oedd yn yr amlen yn ei law. Ac roedd wedi addo i'r cwsmer y byddai'r garreg yn ei lle cyn y Sul.

'Mi fydd y llwch yn cael 'i chwalu,' meddai Laura fel roedd y drws yn cau.

Sgwennodd Dic bwt o nodyn ar gongl ei bapur a rhoi cip arall drwy'r ffurflenni.

'Ro'n i'n rhyw feddwl mai 'i gladdu fo hefo Robat y basach chi,' mentrodd dros y sbectol wedi i sŵn car Gwil leihau a darfod.

'Mi geith pawb feddwl, ceith?' meddai hithau.

A hynny oedd i'w gael. Ar ôl cwblhau'r papurau aeth Dic i'r fan. Tyrchodd am ei ffôn yng nghanol trugareddau'r sedd chwith.

'Deud wrth Joni na fydd dim isio iddo fo agor,' meddai.

ii

'Na, roedd Doctor wedi deud neithiwr na phara fo mo'r nos,' meddai Laura ar y ffôn wrth ei chymdoges.

Methu gwybod faint yn union i ddychryn oedd Doris am funud. Dim gormod mae'n siŵr, penderfynodd ar ôl gorffen y sgwrs ffôn a'i chydymdeimlo a mynd yn ôl i eistedd i gael ei hail baned brecwast. Ac eto, wel. Wel be? meddyliodd wedyn. Roedd hi wedi gweld car y doctor o flaen Murllydan y noson cynt ac wedi gweld Laura'n gadael y tŷ ar ôl iddo fynd. Roedd hi wedi gweld Gwil a Sionyn yn mynd i fyny cyn hynny hefyd, ac wedi gweld y tri'n dychwelyd hanner awr wedi deg. Nid busnesa oedd hi, dim ond rhoi cip i sicrhau mai nhw a neb arall oedd yn mynd i'r tŷ, yn union fel roeddan nhw'n cadw golwg pan fyddai Buddug neu Teifryn yn dod i'w nôl hi. Clywsai gar y doctor yno eto cyn hanner nos.

Yn ôl ffon fesur yr hen wêr pan oedd hi doedd hi a Laura ddim i fod yn ffrindia, oherwydd roedd hi i fod yn wraig fawr a Laura i fod yn goman. Ella mai sail y dyfarniad oedd bod Laura'n byw ym Murllydan, bwthyn bychan tri chant a hanner oed a'r môr yn hanfod iddo, a hithau'n byw yn Llain Siôr, un o'r ddau dŷ llawer swancach ar dir fymryn yn uwch oedd â'u cefnau at Murllydan, y tri thŷ'n rhannu penrhyn bychan isel yn ymwthio i'r bae. Roedd y pwt o lôn drol dywodlyd a gysylltai Murllydan â'r ffordd wedi'i hymestyn at gefnau'r ddau arall ac ella bod hynny'n ddigon i atgyfnerthu'r dyfarniad, yn enwedig gan mai dim ond at giatiau ffrynt Llain Siôr a Llys Iwan yr oedd y ffordd wedi'i tharïo. Ella bod rhywfaint o'r hen wêr ar ôl i fesur felly. Doedd fawr o bwys gan Doris bellach. Roedd Laura a hithau'n rhannu'r un diwrnod pen-blwydd, Laura newydd gael ei saith deg saith a hithau bum mlynedd yn hŷn. Roeddan nhw'n edrych ar 'ola'i gilydd yn ddi-fai. Rŵan roedd hi'n ail-fyw bore'i gwedd-dod ei hun ac yn symud yn ddidrafferth at fore gwedd-dod Buddug. Dydi'r plant ddim i fod i fynd o'n blaena ni oedd y dywediad cyson i ddangos mor ofer oedd chwilio am gysur; dydi meibion-yng-nghyfraith ddim chwaith, ailadroddodd hithau wrthi'i hun eto fyth, yn

15

enwedig rhai fel Gwyn. Roedd Buddug wedi ailddechrau gweithio yn y ddeintyddfa wedi blwyddyn o ofalu am Gwyn, dim ond tridiau yr wythnos i ddechrau, ond gwyddai Doris nad oeddent yn dridiau brwd iawn.

Yn syth ar ôl clirio cododd y ffôn.

'Ydi, mae Mr Davies yn cofio,' siarsiodd yr hogan hi. 'Mi fydd acw erbyn dau.'

'Gofalwch chi y bydd o,' meddai hithau.

Roedd yn werth gwastraffu pris galwad ffôn ar neges mor ddianghenraid. Pwysodd fotwm y recordydd yr oedd cyfeilles wedi'i fenthyca iddi ac wedi'i hyfforddi yn y grefft o'i drin i sicrhau eto fyth fod yr hyfforddiant yn llwyddiant. Eisteddodd wrth y bwrdd a deud helô wrtho. Trodd y recordydd yn ôl a'i roi i chwarae. Helô, ufuddhaodd hwnnw.

Ar ei ffordd yno yn ei siwt bwlpud llwyddodd Rhun Davies i wagio'r botel llnau ffenest mewn llai na hanner canllath o ddilyn y tractor a'i danc. Roedd hwnnw wedi bod wrthi drwy'r bore a'r pnawn cynnar yn gwasgaru a hithau wedi dod i fwrw, a'r hanner canllath rhwng y ffarm a'r caeau wedi cael llawn digon o'i siâr o'r tail gwlyb. Fflamiai Rhun Davies. Doedd o ddim yn rhegi am nad oedd rhegi ac yntau'n mynd hefo'i gilydd.

Cyd-ddigwyddiad oedd bod y siwrnai'n cael ei gwneud ar y diwrnod y cofrestrodd farwolaeth Mathias Thomas, Murllydan. Fo, Rhun Davies, oedd piau'r tir yr âi'r afon fach y boddodd mab Murllydan ynddi drwyddo. Nid yr adeg honno chwaith; roedd hynny dros bymtheng mlynedd ar hugain ynghynt a thrwy ewyllys, ddeng mlynedd yn ddiweddarach y daeth y pum acer ar hugain uwchlaw'r môr i'w feddiant o. Doedd cyn-berchennog y tir yn perthyn dim iddo, dim ond hen wreigan wedi dod yn ffrindiau hefo fo wrth iddo fo alw bob hyn a hyn i edrych amdani a sicrhau ei bod yn cael y gofal priodol. Gosod y tir oedd o, ond deuai yno ar ei sgawt i weld bod popeth yn iawn, a dechreuodd yr ymweliadau hynny gynyddu ar ôl gwedd-dod y wraig oedd yn byw yn un o'r ddau dŷ oedd â'u cefnau at Murllydan.

Roedd y car mor fudr fel nad oedd yn weddus i'w gadw o flaen Llain Siôr. Rhoes y cip priodol ar Murllydan wrth fynd heibio tuag at y cefn. Parciodd, a daeth allan yn ei siwt bwlpud a'i gerddediad prysur.

'I be cyrhaeddach chi mewn car mor fudur, 'dwch?'

Roedd Doris yn aros amdano yn y drws, wedi clywed sŵn y car. Ysgwydodd yntau ben ffrom i drio cuddio'r cywilydd.

'Mae'n ddrwg gen i, Mrs Owen. Y ffarmwrs 'ma.'

'Hyll braidd ydi car mor fudur a Mathias druan newydd farw,' meddai Doris, gan amneidio tuag at Murllydan. 'Mi glywsoch, mae'n debyg.'

'Dowch i mewn o'r glaw,' meddai yntau ar frys gwridog.

Daeth i mewn ar ei hôl. Roedd paned a theisennau'n barod ar ei gyfer. Cafwyd ymgom ragbaratoawl hefo'r baned a hithau'n troi'r sgwrs at bethau eraill ar ddim, a'r gorchwyl o'i blaen yn amlwg yn mennu dim arni.

Gorffennwyd y baned. Cododd yntau ei gyfrifiadur oddi ar y llawr a'i osod yn daclus ar y bwrdd o'i flaen. Eisteddodd hithau wrth y bwrdd, a phwyso'i breichiau arno.

'Iawn 'ta, Mrs Owen.'

Roedd y llais sgwrs wedi darfod. Rŵan roedd o'n bwysicach a mwy ffurfiol. Aeth ei hwyneb hithau'n fwy diniwed wrth wylio'i fysedd prysur. Roedd ganddo enw cynta o flaen y Rhun ond am a wyddai pawb *Mr* oedd hwnnw. Rhyw gymryd oedd y tyrfaoedd mai dyna oedd yn addas i Gofrestrydd a Bardd oedd hefyd yn bregethwr cynorthwyol. Dyna fyddai o'i hun yn ei ddefnyddio cyn amled â pheidio wrth sôn amdano'i hun neu wrth gyhoeddi'i bresenoldeb ar y ffôn. Darlithiai hefyd o bryd i'w gilydd ac roedd wedi dathlu'i fywyd yn ei hunangofiant *Cylchoedd* oedd wedi bod braidd yn siomedig ei werthiant hyd yma. Daliodd hi i wenu'n ddiniwed ar y dwylo prysur sidêt.

'Y peth cynta 'dan ni'n 'i ddeud ydi bod yr ewyllys yma'n dirymu pob un flaenorol,' meddai yntau ymhen rhyw funud, ar ôl ei fodloni'i hun hefo'r sgrin ac i gadarnhau bod y cyfarfod yn swyddogol.

'Does 'na'r un arall,' meddai hi ar ei hunion.

'Ia, ond rhag ofn twyll a rhyw betha felly . . .'

'Dyna chi 'ta. Oes dim angan tystion a rhyw gybôl, 'dwch? gofynnodd yr un mor ddiddiddordeb.

'Mae Miss Lloyd a Miss James ar eu ffordd,' rhuthrodd yntau i egluro. 'Roedd gen i alwad arall yn y pentra,' eglurodd ymlaen, a'i ben yn prysur gytuno. 'Mi wnawn ni'r gwaith rŵan ac mi ddarllena i pan ddôn nhw, wedyn mi geith pawb arwyddo.'

'Wel ia, debyg.'

Rhoes o ei sylw yn ôl ar y sgrin gan nodio drachefn.

'Ac wedyn,' meddai o, yn ôl yn ei lais gweithio, 'rydan ni'n dweud eich bod chi'n fy apwyntio i fel unig ysgutor yr ewyllys.'

'Ia siŵr.'

Teipiwyd.

Hunanfeddiannol oedd hi wrth wneud ei hewyllys. Doedd pawb ddim yr un fath; byddai ambell un yn nerfus fel tasan nhw o flaen eu gwell, ambell un arall yn ffrwcslyd, a hynny'n gwneud iddyn nhw anghofio ac ailfeddwl. Roedd un wedi ailfeddwl ddeunaw gwaith rhwng yr ewyllys a diwedd yr wythnos. Ar y pryd, roedd hi'n drafferth.

Ond heddiw roedd Doris Owen yn hamddenol, yn eistedd yn braf a'i phwys ar y bwrdd gan daflu cip dihid bob hyn a hyn ar y cyfrifiadur diarth o'i blaen. Yn wahanol i'r lleill, doedd o ddim wedi gorfod awgrymu cyn dechrau annog hefo hi. Hi'i hun oedd wedi codi'r pwnc o'i gwirfodd ychydig dros flwyddyn ynghynt, er ei fod o wedi'i ailgodi'n gynnil ar ôl marwolaeth ei mab-yng-nghyfraith. Roedd o wedi nodi mor ddoeth oedd paratoi 'nelo ychydig funudau, gan arbed trafferth a helyntion i eraill yn ddiweddarach ar adegau trist, a nhwtha cyn amled â pheidio'n methu meddwl yn glir a gwrthrychol o'r herwydd. Roedd o hefyd wedi amau ers rhyw ddau neu dri ymweliad fod mymryn o ddryswch yn dod i'r meddwl o bryd i'w gilydd a'i bod yn cael pyliau sydyn a byr o flino hefyd. Oherwydd hynny roedd o wedi rhoi rhyw broc neu ddau. Roedd hithau'n amlwg wedi gwrando.

Aethpwyd drwy'r symiau ar gyfer Buddug a Teifryn. Ni soniwyd gair am Gwydion goll. Rhoddwyd cryn dipyn yn llai i'r mab pell a dim i'w blant. Manylwyd ar rywfaint o'r hen ddodrefn a'r celfi a'r ddau ddarlun gwerthfawr oedd ganddi yn y parlwr.

'Mil yr un i Sionyn a Gwil Murllydan 'ma. Maen nhw wedi bod yn eithriadol o ffeind wrtha i.'

Am eiliad, roedd y bysedd yn llonydd.

'Dyna chi 'ta.'

'John Glanmor Thomas a Gwilym Huw Thomas, fel y gwyddoch chi ella. Mi fasa Laura'n cael hefyd tasa hi'n fengach. Druan bach, yn 'i galar.'

'Ia.'

'A mil i chi, Mr Davies. Dach chitha wedi bod tu hwnt o ffeind.'

Cododd ei ben a'i ysgwyd ar ei union.

'Na na. Wrth 'mod i'n ysgutor ac wrth nad ydw i'n perthyn.' Nodiodd yn gyfrifol ar y sgrin o'i flaen. 'Ylwch, mi wn i be wnawn ni. Dorwch o i Mrs Davies.'

'Dyna fo 'ta.'

'Does dim isio i chi o gwbwl.'

'Oes yn tad.'

Teipiwyd.

'Rwbath arall?' gofynnodd o wedyn, a'i lygaid ar y sgrin o hyd.

'Na, dw i ddim yn meddwl,' meddai hithau'n dawel ddi-hid.

'Rydach chi wedi trosglwyddo'r tŷ, felly?'

Ffromodd hithau. Cododd rywfaint ar ei llais, peth diarth iddo fo.

'Mi gaf gardyn Dolig gan y Dafydd 'na. Cardia pen-blwydd yn rhy ddrud gynno fo, mae'n amlwg. Dw i wedi hen golli nabod ar y plant 'na sy gynno fo. Ac mae Buddug a Teifryn am y gora'n trio fy hel i o'ma, yn 'y nghladdu i hefo pob edrychiad maen nhw'n 'i roi tuag ata i ac yn trio cuddiad hynny hefo'u gwena mêl a'u gwerthu lledod. Throsglwydda i mo 'nghartra i'r un ohonyn nhw tra bo anadl yno i.'

'O. Wel . . .'

'Dyna fo felly.'

Roedd y cynnwrf bychan yn tarddu yn ei grombil a gwres bychan yn tarddu rywle o gwmpas ei fochau ac yn ymledu ar draws ei ysgwyddau. Canolbwyntiodd ar y sgrin i ddod ato'i hun cyn codi'i lygaid. Roedd y llygaid o'i flaen yn llawn caredigrwydd trist.

'Mae 'na un peth arall, Mrs Owen,' meddai'n dyner. 'Mi fydd angan rhywfaint at eich claddu chi.'

'Bydd siŵr.'

'Be 'dan ni'n 'i wneud hefo hynny ydi rhoi *a'r gweddill o'm hystad i'm hysgutor.* Yr arian ar gyfar – wyddoch chi – y cynhebrwng a'r garrag a'r – a'r mymryn fydd ei angen i weinyddu'r ewyllys.'

'Mae'r garrag yna'n barod, 'tydi? Ond dorwch chi hyn'na yr un fath.'

Teipiwyd.

'Dyna ni,' terfynodd. Mesurodd saib briodol. 'Mi awn ni drwyddi un waith, ac os . . .'

'Oes angan, 'dwch?'

'Gora oll os gwnawn ni.'

Cliriodd ei wddw pwlpud a dechreuodd ddarllen yr ewyllys yn araf o'i chwr. Nodiodd hithau ar ôl pob cymal. Ar ganol darllen oedd o pan ganodd cloch y drws ffrynt. Cododd ar ei union.

'Nhw ydyn nhw. Mi a' i, ylwch.'

'Wel ia, mi wyddoch lle mae'r drws bellach.'

Daeth dwy i mewn ar ei ôl, un ifanc a'r llall tua theirgwaith yn hŷn.

'Chi bia'r genod bach del 'ma?' gofynnodd Doris, a'r hynaf o'r ddwy yn mynd i'w gilydd.

'Mae Miss Lloyd yn gweithio acw,' atebodd yntau gan amneidio at yr un ifanc, 'a dw i wedi cael benthyg Miss James o'r swyddfa drws nesa.' Dychwelodd at ei gyfrifiadur. 'Mi ddarllena i'r ewyllys,' cyhoeddodd yn araf ar ôl i'r ddwy ddiarth gydeistedd ar y soffa, 'ac os oes 'na unrhyw beth yn aneglur ne' angan 'i newid, stopiwch fi ar unwaith.'

Arhosodd eiliad am yr ateb na ddaeth, a dechreuodd ddarllen, a'r gofal yn llond ei lais.

'Taclus iawn,' meddai Doris.

Cysylltodd o yr argraffydd a rhoi papur trwm swyddogol ynddo. Dilynodd hithau hynt y papur i gyfeiliant y sŵn bychan prysur. Doedd dim smic o'r soffa.

'Dyna ni.'

Arwyddwyd.

'Fydda i ddim yn licio car budur o flaen 'tŷ,' meddai Doris ar ôl ffarwelio â'r tystion yn y drws ffrynt a danfon Rhun Davies i'r drws cefn, 'yn enwedig pan mae galar mor agos.'

Roedd ei ymddiheuriad o yn ei wrid. Aeth. Dychwelodd hithau i'r tŷ a chau ar ei hôl a mynd yn syth at y ffôn.

Cafodd Rhun Davies fwy fyth o dractor a'i gynnyrch ar ei ffordd yn ôl. Ond doedd dim gwahaniaeth ganddo.

iii

'Thanc iw,' meddai Selina wrth y siopwraig.

Roedd dipyn mwy o statws i hwnnw nag i'r gair *diolch*, yn enwedig y ffordd yr oedd hi'n ei ddeud o ac yn enwedig pan oedd yn negeseua yn Llanddogfael. Byseddodd y cardiau'r oedd y siopwraig wedi'u dangos iddi.

'Mae'n rhaid i mi gael sumpathi Cymraeg i Laura,' ymddiheurodd. 'Fiw i mi yrru un Susnag iddi hi.'

Cyn hir roedd y cerdyn wedi'i ddewis. Rhoes y siopwraig o mewn bag papur llwyd.

'Oes gynnoch chi ddim bag fwy neisiach?' gofynnodd Selina.

''U hel nhw ydach chi?'

Ddalltodd Selina ddim. Talodd am y cerdyn a mynd â fo'n syth i'r Post. Sgwennodd 'Thincking of you in my heart as always' ar ei waelod hefo beiro'r Post cyn ei gau yn yr amlen a sgwennu 'Gwynedd, N Wales, GB' ar waelod y cyfeiriad.

iv

Aeth Sionyn a Gwil i fyny nos Wener, fymryn yn hwyrach nag arfer. Roedd ysgwyd llaw a pheintiau'n gydymdeimlad. Digon rhyw dawel oedd y ddau, yn eistedd wrth ochrau'i gilydd ac yn syllu'n ddifynegiant ar y bwrdd o'u blaenau pan nad oedd neb arall yn cyfrannu'i bwt i'r sgwrs. A doedd honno ddim mor fywiog ag arfer na'r pyliau o chwerthin mor aml ac uchel ag arfer.

'Pryd ydach chi am gladdu?' gofynnwyd toc.

'Bangor, peth dwytha pnawn Mawrth,' atebodd Sionyn. 'Cnebrwn bach.'

'Llawn gwell.'

Yfwyd a sgwrsiwyd, a'r meddyliau di-ddeud ar angau.

'Dyma ni, hogia.'

Deg o'r gloch union, yn ôl yr addewid. Gwagiwyd y gwydrau ac aeth yr wyth allan, bawb â'i haldiad o ganiau ar gyfer y siwrnai. Aethant i'r bws mini, Sionyn a Gwil yn cael mynd i mewn yn gyntaf, ac aeth hwnnw â nhw i Gaergybi i gyfarfod â'r llong. Roedd Gwil a Sionyn yn cael mwy o barch nag arfer, a hwnnw'n gyfrifol syber a chydig yn ddiarth, ond er hynny cafodd pawb bob hwyl oedd gan Ddulyn i'w gynnig yr un fath. Nos Lun, daeth yr un bws mini i Gaergybi i'w codi nhw a mynd â nhw adra.

V

Dair wythnos yn ddiweddarach daeth Dic â'r bil yn ei boced a'r llwch yn barsel mewn papur llwyd o dan ei gesail.

'Dim isio pres rŵan siŵr,' meddai.

''Run faint fydd o 'te?'

Aeth Laura drwodd i'r llofft a chlywodd Dic ddrôr yn agor a chau, sŵn hen bren yn llithro dros hen bren. Daeth Laura'n ôl i'r gegin a rhoes sypyn o bapurau ugain punt iddo. Aeth hi at y bwrdd a chyfri rhagor fesul un, heb fymryn o awch am arian yn ei llygaid. Doedd Sionyn na Gwil ddim adra ond roedd ganddi ddigon o amser cyn iddyn nhw ddychwelyd i wneud paned i Dic. Wedi iddo fynd, agorodd y parsel heb ddarllen y papur oedd wedi'i lynu ar ei ben. Rowliodd y papur llwyd yn belen a'i daflu i'r tân a'i brocio o dan y blociau a'r mymryn glo yn gymysg. Tynnodd y potyn plastig o'r bocs a thorri'r bocs yn dafellau a'u stwffio rhwng y blociau ac ochr y grât rhag iddyn nhw ladd y tân. Gafaelodd yn y potyn ac aeth allan i'r cefn a thrwy'r giât fach ac i fyny i'r cae. Croesodd hwnnw. Doedd yr afon fawr mwy na nant ar ôl y tywydd sych. Agorodd y caead ac arllwys y cwbl i'r dŵr. Ni wyliodd ei hynt. Roedd rhywfaint o'r llwch wedi'i chwythu'n ôl ar ei choesau a'i sgidiau. Rhoes y potyn ar y gwellt a rhwbiodd ei choesau'n gyflym. Tynnodd ei sgidiau drwy'r gwellt ddwywaith neu dair a dychwelyd. Rhoes y potyn yn y bin lludw. Aeth i'r tŷ a chau'r drws.

'Hyn'na i ti.'

2

i

Peth rhyfedd iddo fo foddi mewn cyn lleied o ddŵr.

Mwy na thebyg na fyddai'r sylw wedi codi tasai Laura wedi claddu'i gŵr hefo'u mab, ac mae'n debyg mai sylw wrth basio fyddai o wedi bod tasai o wedi codi. Byddai ateb lled barod ar gael prun bynnag, a hwnnw'n un amgenach na'r doethineb arferol fod chwe modfedd yn hen ddigon. Roedd y patholegydd wedi synnu o ddarganfod cymaint o alcohol yng ngwaed corff hogyn un ar bymtheg oed. Archoll ar y talcen oedd yr unig farc arno, a'r garreg wen y llifai'r dŵr heibio iddi ac weithiau drosti ychydig fodfeddi oddi wrth y corff yn awgrymu'n gryf yr hyn a ddigwyddodd. Roedd y gronynnau o garreg a ddarganfu'r patholegydd ynghlwm â'r archoll yn cadarnhau hynny. Oherwydd yr alcohol, roedd y crwner wedi rhyw betruso rhwng dyfarniad o farwolaeth drwy ddamwain a marwolaeth drwy anffawd. Mi setlodd ar ddamwain, gan roi rhybudd taer i bob hogyn un ar bymtheg oed beidio â meddwi.

Dyna pryd y dechreuodd Laura alaru ar ôl Robat. Drwy gydol y chwe wythnos rhwng y drychineb a'r cwest roedd hi wedi bod yn hunanfeddiannol a thrist. Roedd Buddug wedi sylwi ar y gwahaniaeth yn syth.

Un ar bymtheg oed oedd hithau hefyd, a dim ond rhyw ddeufis ynghynt yr oedd hi wedi dechrau peidio â chasáu Robat, y casineb mynd-a-dod hwnnw oedd wedi para ers yr ysgol fach ac oedd wedi dyfnhau pan aeddfedodd hi yn gynt na Dafydd a fo o'r pledu tywod gwlyb a'r tywyrch a'r gweiddi enwau. Roedd teulu Robat yn dlotach hefyd, a Murllydan, yr hen fwthyn bychan â'i enw diraddiol a'i draddodiad o fôrladrata a smyglo, yn llawer mwy tlodaidd yr olwg na'r ddau dŷ newydd yr oedd Dafydd a hi'n byw yn un ohonyn nhw. O ffenest llofft gefn y tŷ agosaf at y bwthyn gwerinllyd gallai hi edrych i lawr arno, ac edrych i lawr ei thrwyn arno. Ond yna roedd y deufis o ffrindia disyfyd a chwerthin am ben yr hen gasineb a chywilyddio ar y slei am hen ragfarnau wedi newid bywyd yn llwyr, a'r llonder newydd yn teyrnasu'n braf a digymell. Yna digwyddodd. Yr adeg honno roedd yn amhosib peidio â gweld cysylltiad, nid rhwng y llonder a'r drychineb, ond rhyngddo fo a'r medd-dod a'i hachosodd. Ond doedd y peth yn gwneud dim synnwyr. 'Dydi synnwyr ddim yn berthnasol i rywun un ar bymtheg oed yn llawn alcohol,' meddai ei thad.

Roedd hi'n ailgofio'r pethau yma i gyd rŵan. Am y trydydd tro y diwrnod hwnnw roedd ei mam wedi'i hatgoffa hi a'r byd bod Laura heb gladdu Mathias hefo Robat ac ynta wedi boddi mewn cyn lleied o ddŵr. Doedd hi ddim yn cysylltu'r ddau beth, dim ond eu deud nhw un ar ôl y llall ag awgrym cynnil o her yn ei llais. Roedd pawb yn sôn am y peth hefyd, ychwanegodd. Ailadrodd sylwadau fyddai Doris yn ei wneud bob tro'r oedd yn amau bod Buddug wedi dod yno i roi prawf eto fyth ar ei gallu i edrych ar ei hôl ei hun ac i beidio â gorfod cyfnewid cartra am Gartref. Ac wrth ail-fyw ieuenctid nad oedd mor ffôl â hynny, gwelodd Buddug fan Dic yn aros o flaen Murllydan a

Dic yn dod ohoni a'r parsel o dan ei gesail. Dyna mae cynefindra'n ei wneud, meddyliodd. A fel'na'n union y byddai Laura'n cario Robat yn glapyn pan fyddai'n gwrthod dod i'r tŷ o'i chwarae a'i bledu a'r gwely'n bygwth.

Yna, yn anorfod, roedd hi'n cymharu eto, yn cysylltu eto. O leiaf roedd Laura'n gwybod bod ei mab wedi marw. Roedd Laura'n gwybod bod ganddi dri mab a bod dau'n fyw. Doedd gan Buddug mo'r sicrwydd hwnnw. Unig hanes Gwydion ei mab ieuenga am ei ddwy flynedd ar bymtheg cyntaf oedd direidi a chwsg. Yna'r helynt anesboniadwy a'r carchar a elwid yn ganolfan gadw a'i chwalodd o. Wyddai hi ddim be oedd ei hanes wedyn ers pum mlynedd gyfa. A rŵan roedd hi'n ôl eto fyth yn y fynwent, yng nghanol y glaw yng nghynhebrwng Gwyn. Yno, dim ond Gwydion a lanwai'i meddwl. Er mor gry oedd teimlo Teifryn yn gafael yn dynn yn un ochr, roedd teimlo neb yr ochr arall yn gryfach, er bod ei mam yno'n gafael yr un mor dynn â Teifryn. Gwelsai Teifryn yn rhannu'r un meddyliau wrth iddo edrych ennyd i'w llygaid pan wahoddodd y trefnwr nhw i roi cam yn nes at y bedd i weld yr arch ynddo ar ôl iddo luchio mymryn o bridd arni ac i'r hen weinidog musgrell eu bendithio.

'Roedd pawb yn deud peth rhyfadd i Robat foddi mewn cyn lleied o ddŵr ac ynta'n grymffast cry,' cynigiodd Doris eto fyth i ddod â Buddug yn ôl i'r byd hwn. Aeth hithau i fyny i hwfrio'r llofft. Doedd hynny ddim yn bosib ar y funud chwaith, ac aeth i'r llofft gefn i edrych drwy'r ffenest. Roedd yr afon i'w gweld o fan'no. Doedd y dŵr ei hun ddim, ar wahân i ambell li coch, ond os byddai digon o dawelwch ar ôl glaw mawr i bylu sŵn y tonnau fe'i clywid. 'Paid byth â gofyn cwestiyna i fedd-dod ifanc,' oedd ei thad wedi'i ddeud wedyn pan ofynnodd hi be oedd Robat yn ei wneud yn fan'no gefn nos. Ella bod y cwrw'n gwneud i'r plentyndod warafun ei ddarfod. Na, ailfeddyliodd, gwneud plentyn yn ddyn mae cwrw. Ella. Ei mam oedd wedi gweld Robat yn gorwedd yn y cae a'i hanner o'r golwg yn yr afon wrth ddod i'r llofft i'w deffro hi ac agor y llenni. Awr yn ddiweddarach roedd pabell dros y garreg wen a thros y corff.

Ddudodd hi rioed wrth neb faint o weithiau'r oedd hi wedi bod yn gweld bedd Robat.

Aeth i hwfrio llofft ei mam. Doedd ei phererindota at fedd Robat ddim yn gyfrinach o fath yn y byd chwaith, nid rhag ei theulu'i hun beth bynnag. Roedd Gwyn a Teifryn, a Gwydion ers talwm, yn gwybod yn iawn am yr ymweliadau ac yn ei phryfocio'n ddireidus yn eu cylch. Dim ond Teifryn oedd ar ôl i bryfocio bellach a daliai i wneud hynny, diolch byth. Doedd dim ots am neb arall. Yna aeth yn ôl i ffenest y llofft gefn o glywed sŵn fan Dic yn cychwyn.

Doedd hi ddim yn yr ysgol y diwrnod y cafodd Robat silff lyfrau. Roedd ei gwres wedi gostwng a hithau wedi codi i'r ffenest fel hyn, i synfyfyrio fel hyn. Roedd hi a Robat newydd ddechrau yn y chweched dosbarth a Robat yn dod â llawer mwy o lyfrau adra na chynt a Laura'n cyhoeddi bod y llawr wrth draed y gwely'n anaddas braidd i lyfrgell. Wedi rhyw wythnos o'r peilio aeth Laura i'r Dre a phrynu silff lyfrau fahogani i Robat, yr orau yn y siop, pum silff gadarn a thaclus yn cael eu cynnal gan ochrau a chefn cadarn. Daeth â hi adra ar y bws am na fedrai'r siop gynnig ei danfon tan yr wythnos wedyn. Cariodd

28

hi i lawr o ben Lôn Fawr a gwelodd Buddug hi'n mynd heibio'n drwsgwl hefo'i baich anhylaw. Roedd Laura wedi'i gweld yn y ffenest ac wedi gweiddi, 'Wyt ti'n well?' arni. Roedd wedi pwyntio at y silff a gweiddi, 'I'r sgolar,' a Buddug wedi chwerthin ac wedi penderfynu am y tro cynta ei bod yn ffrindiau hefo hi.

Dim ond munudyn y bu hi'n synfyfyrio rŵan nad oedd Laura'n dod allan a'r potyn plastig brown yn ei dwylo. Tynnodd hithau ei phen yn ôl. Ond roedd edrych mor anorfod ag anadlu. Pan welodd Laura'n mynd i'r cae gwyddai yn union yr hyn oedd yn mynd i ddigwydd.

Na wyddai. O leiaf roedd y syniad o ddefod wedi rhuthro drwy'i meddwl. Nid dyna oedd hyn. Tywallt oedd o, dim arall. Nid defod oedd peidio â chodi'i phen i ddilyn hynt y llwch gymaint ag unwaith. Nid defod oedd rhwbio'r coesau mor chwim, yn llawer rhy chwim i neb o'i hoedran hi. Nid defod oedd hanner cicio'i sgidiau yn y gwellt. Safodd Buddug yn ôl wrth i Laura wynebu tuag ati i ddychwelyd, a'r potyn yn llipa yn ei llaw. Ac nid defod oedd y ffordd y'i lluchiwyd o i'r bin lludw chwaith na'r ffordd y caewyd ar ei ôl. Roedd Buddug yn rhy syfrdan i symud.

'Dwyt ti ddim am fy hel i o'ma, nac wyt?' gofynnodd ei mam pan aeth i lawr.

'Nac'dw siŵr,' hanner atebodd.

Rhoes Doris ei phunt arferol i Teifryn iddi. Diolchodd hithau ar ei ran. Doedd dim arall yn bosib ar y funud.

Doedd bedd ei thad ddim ymhell o fedd Robat; doedd bedd Gwyn ddim ymhell o fedd ei thad. Chwynnodd fymryn o flaen carreg fedd ei thad a thynnu'r llwch oddi ar waelod y garreg. Rhoes gusan slei i'r enw yr oedd Gwil wedi'i gerfio yn ei lythrennu gora un medda fo ac aeth ymlaen. Taclusodd y blodau ar fedd Gwyn. Roedd wedi sadio digon bellach i dderbyn ei garreg. Safodd uwch ei ben, dim ond sefyll.

'Tyrd yn d'ôl,' sibrydodd. 'Tyrd i weld 'i fedd o.'

Roedd blodau newydd ar fedd Robat.

Roedd yn haws dod ati'i hun yma. Darllenodd eiriau carreg Robat, eto fyth. Roedd ei mam wedi anghofio tynnu un sylw o'r stribedi atgofion hefyd. Soniodd hi'r un gair am y Capel. Yn hytrach na dilyn y drefn a throi'n gapelwr Diolchgarwch ar ôl ei lencyndod a'i briodas, roedd Mathias wedi dal ati nes cyrraedd stad blaenor, a hynny'n rhoi'r hawl iddo wylltio hefo Laura am ganu 'Caelfaria' bob tro y deuai'r gair i'r fei. Roedd hithau'n gapelwraig selog a swil, yn tynnu'r plant anfoddog ar ei hôl i'r gwasanaethau a'r Ysgol Sul a'r rheini'n malio dim sut y deuai'r un gair o'i cheg hi mwy nag o'u cegau eu hunain. Aeth Laura i'r Capel i gynhebrwng Robat. Thywyllodd hi mo'r lle byth wedyn. Bu'n hel Sionyn a Gwil yno tan iddyn nhw ddarganfod yn lled fuan nad oedd ganddi wrthwynebiad iddyn nhw nogio. Ymhen rhai blynyddoedd darganfu hi rywle arall i fynd iddo unwaith yr wythnos a chael Sionyn a Gwil yn gwmpeini pytiog sgwrslyd ar y ffordd adra.

'Mae o'n hen uffar, 'sti. Hen uffar slei.'

Cyfeillgarwch newydd hen gymdogion ifanc yn agor gwefusau ac yn dechrau gollwng ambell gyfrinach. Roedd Buddug yn gwylltio braidd am mai'r sylw hwnnw gan Robat am ei dad yr oedd ei chof yn ei gadw gryfaf o'r ychydig ddyddiau dymunol hynny. Roedd hi'n fwy cyndyn o adael y fynwent heddiw.

Ac ella mai'r tywallt a'r lluchio a chlec caead y bin

lludw oedd rhannau pwysicaf y ddefod. Daliodd i edrych ar y bedd a'r blodau.

ii

'Dyma'r adeg,' meddai Teifryn wrth ei chweched dosbarth, 'yr oedd aelodaeth y blaid yn cynyddu'n raddol, ond yn lled gyson.' Arhosodd eiliad i nodiadau gael eu cwblhau yma ac acw ac i anwybyddu'r hogan galad oedd yn gwneud ei gorau i edrych yn herfeiddiol arno ac i ddangos iddo nad oedd hi am gymryd nodiadau o fath yn y byd. 'Un rheswm am hynny oedd mwy o fywiogrwydd gwleidyddol yn gyffredinol. Roedd teledu wrth gwrs yn cyfrannu'i bwt at hynny, a gwahanol ymgyrchoedd a chyfarfodydd gwleidyddol i'w gweld yn digwydd wrth iddyn nhw ddigwydd, a'r gwleidyddion hefyd yn cael eu gweld yn symud a siarad ar y bocsyn yn hytrach na bod yn llonydd yn y papurau newydd.' Eisteddodd ar ei stôl uchel a phwyso cledrau'i ddwylo ar ei luniau. Rŵan roedd pen cyrliog du yr hogyn o'i flaen yr un ffunud ag un Gwydion. 'At hyn,' aeth ymlaen gan symud ei lygaid draw, 'roedd ymdeimlad cenedlaethol yn dechrau ymgryfhau a llawer o bobl yn mynd yn anfodlon o weld eu gwlad yn cael ei thrin fel dim ond un o siroedd Lloegr, yn union fel mae'r rhan fwya o drigolion Unol Daleithiau America heddiw'n synio am Brydain Fawr fel un o'r *outlying lumps of rock* ar yr achlysuron prin y maen nhw gorfod trafferthu i feddwl amdani o gwbwl.' Oedodd eto, yn teimlo bod ei acen Americanaidd wedi bod yn well llwyddiant nag a ofnai. Codwyd bawd cynnil o dan y pen cyrliog du. Roedd natur gomiwnyddol afieithus yn yr ymennydd o dan y cyrls.

'Rheswm arall am y cynnydd oedd bod enwau'r aelodau oedd yn marw'n dal i gael eu cadw ar y rhestr.'

Doedd hynny ddim yn y gwerslyfr chwaith. Trodd y bawd gwerthfawrogol yn ddwrn anghynilach o fuddugoliaeth. Ond doedd pawb ddim yn gwirioni'r un fath. Erbyn diwedd y wers ganlynol roedd rhywun wedi ffonio adra i adrodd a'r adra wedi ffonio'r Prifathro i achwyn a Teifryn yn cael ei alw gerbron.

'Gwrthrychedd a zenzitivrwydd,' meddai wrth Buddug ar ôl gorffen byrlymu deud ei stori y munud y daeth hi adra ddiwedd y pnawn. 'Dyna mae isio'i ddangos tuag at y disgyblion, fel pan ddôn nhw'n arbenigwyr yn 'u tro mi fyddan nhw'r un mor llywaeth a di-farn â'r arbenigwyr sy'n ein cynghori ni.'

Roedd yn eistedd wrth y bwrdd yn y gegin gefn wydr a dau dwr o lyfrau o'i flaen, a'r un oedd wedi'i farcio newydd ei godi oddi ar y gadair arall wrth ei ochr i wneud lle i'w fam eistedd. Deuai oglau cig eidion hyfryd o'r tŷ.

'A be ddigwyddodd wedyn 'ta?' gofynnodd hithau.

'Mi ddaru Caradog fygwth tynnu'r chwechad oddi arna i ac mi ddaru'r Prifathro annwyl awgrymu'n anghynnil ac anfelys fod athrawon wedi cael sac am lai peth. Sut oedd Nain?' gofynnodd wedyn ar ei union, yn yr un llais.

'Yn bihafio'n eithriadol o dda fel arfer.' Trosglwyddodd bunt ei mam iddo a gwenu'n drist ar ei chwarddiad byr wrth iddo'i phocedu. 'Tasai un o dy ddisgyblion di wedi gofyn am dystiolaeth ne' brawf o wirionedd dy stori di fod y meirw'n dal i fod yn bleidwyr brwd, be wnaet ti wedyn?'

'Deud y gair "Dad".'

'Ac mi fyddai hynny'n ddigon iddyn nhw.'

'Byddai. Ddudodd Dad rioed glwydda. Mi fasa fo wedi cymeradwyo 'ngwrthrychedd cartra i,' meddai wedyn yn sobrach, a'i feddwl yn gwibio ennyd at ddwrn hapus a phen cyrliog du uwch ei ben.

'Ella mai trio mygu'r hiraeth ydi'r rebela 'ma yn yr ysgol,' meddai hithau. 'Defnyddio'r disgyblion druan i ddial ar ragluniaeth.' Cododd. 'Anfwriadol hunanol ella, ond hunanol yr un fath.'

'Dydi hwnna ddim yn un o dy eiria di, Mam.' Lluchiodd lyfr a beiro ar y bwrdd. 'Stedda. Mi fwytwn ni yn fa'ma.'

Cododd a rhedeg yn ysgafn i'r tŷ. Taclusodd hithau'r ddau beil o lyfrau. Eisteddodd a busnesa drwy'r llyfr oedd newydd ei farcio. Gwenodd ar yr *Ymadrodd i fabis, nid i haneswyr, ydi 'ers talwm'* yr oedd y feiro goch newydd ei sgwennu'n ddifynadd ar ochr y dudalen. Doedd fawr ryfedd fod ymdrechion ei mab fel athro'n plesio'r plant yn fwy na'r awdurdodau.

Roedd newydd-deb i hen brofiadau beunydd. Hwn oedd y tro cyntaf iddi eistedd yn y gegin wydr ers ei gwedd-dod. Canolbwyntiodd ennyd ar y llyfrau cyn codi'i golygon. Roedd Maescoch yn bentref ar ddigon o godiad tir i Landdogfael fod yn y golwg dair milltir i ffwrdd tua'r machlud, a gallai ddilyn hynt yr afon bron yr holl ffordd. Doedd Teifryn ddim wedi etifeddu hoffter ei dad o bysgota, yn wahanol i Gwydion. Roedd y pedair enwair yn dal i fod yn y cwt.

Gwenodd fymryn ar y cyd-ddeall yn llygaid Teifryn wrth iddo ddod â'r bwyd.

'Fuost ti'n edrach am y cariad?' gofynnodd o wrth ddechrau bwyta.

'Do siŵr,' gwenodd hi wên arall a ddarfu'n lled

gyflym. 'Roedd 'na floda newydd ar y bedd. Mae gen i stori i ti.'

iii

Tŷ Nain ydi'r lle gora yn y byd.

Doedd o ddim am ryw chwartar munud gynna chwaith. 'Paid â bod yn hir, Teif,' medda Gwydion pan ddudis i 'mod i am fynd i'r dŵr. Dw i ddim yn siŵr iawn ydw i wedi dysgu nofio. Mi fedra i nofio ci ryw fymryn a be wnes i ond meddwl taswn i'n cerddad cyn bellad â medrwn i mi fasai'n haws i mi ddysgu nofio go iawn wrth fynd yn ôl. Mae Gwydion wedi aros ar y lan ac mae o'n gwneud lonydd bach hefo'i law ar hyd y tywod. Mae'r dŵr yn cyrraedd 'y mrest i rŵan a does 'na ddim tonna gwerth sôn amdanyn nhw. Dw i'n dal i fynd ymlaen a mwya sydyn mae'r dŵr yn cyrraedd 'y ngên i a dw i'n dychryn am na fedra i ddim mynd yn ôl nac ymlaen. Fedra i ddim symud o gwbwl a dw i'n mynd i foddi.

'Iesu, Teifryn! Be 'ti'n drio'i neud, y fforinîar bach gwirion?'

Mae Charlie wedi cyrraedd ac mae o'n gafael yno i ac yn 'y nghario i'n ôl. Mae o'n fwy o lawar na fi er nad ydi o ond blwyddyn yn hŷn na fi. Mae o'n galw Gwydion a fi'n fforinîars am nad ydan ni'n byw yn Pentra ond 'ran hwyl mae o'n gwneud hynny oherwydd mae pawb yn fêts hefo ni ac yn ein trin ni fel tasan ni'n byw yma am ein bod ni yn Tŷ Nain a Taid mor aml. Mae Charlie'n ysgwyd 'i ben a gwenu ar ôl gweld nad ydw i fawr gwaeth a dw inna'n cymryd arna mai dŵr môr dw i'n 'i rwbio oddi ar fy llgada a

34

mynd yn ôl at Gwydion. Mae Anti Laura'n dŵad o Murllydan ac mae'n amlwg 'i bod hi wedi gweld be ddigwyddodd. Mae ganddi fag plastig yn 'i llaw a bloda a photelad o ddŵr ynddo fo.

'I lle dach chi'n mynd?' medda Gwydion.

'Mynd â bloda i'r fynwant.'

'Gawn ni ddŵad?'

'Cewch siŵr,' medda hitha ar 'i hunion. 'Well i chi fynd i nôl rwbath am ych traed.'

'Dim isio, nac oes Teif?'

'Nac oes,' medda finna.

Mae Nain yn rardd gefn ac mae Anti Laura'n pwyntio aton ni ac yn pwyntio i fyny'r lôn wedyn ac mae Nain yn codi'i llaw. Mae Gwydion yn gafael yn llaw Anti Laura am 'i fod o'n ddigon bach i wneud hynny.

'Gofala di beidio mynd yn rhy bell cyn i ti ddysgu nofio'n iawn,' medda Anti Laura'n ddistaw wrtha i.

'Wna i ddim,' medda finna.

A dw i'n gwybod rŵan na neith hi ddim achwyn. Mae Anti Laura a Sionyn a Gwil yn ffeind ofnadwy ac yn ffrindia mawr hefo Nain a Taid. Dw i ddim yn meddwl bod Mathias. 'Wel ia,' fydd Taid yn 'i ddeud bob tro mae rhywun yn sôn amdano fo.

Rydan ni'n mynd i fyny'r allt ac i Lôn Fawr. Dw i'n gweiddi 'Haia Gwil' dros 'lle wrth basio'r iard ac mae Gwil yn gweiddi 'Wel cybia' yn ôl ar ôl iddo fo ddŵad i ddrws 'i weithdy i weld pwy sy 'na. Mae 'na sleifar o Jag yn cael petrol yn Garej Pentra ac mae Hiwbart Ty'n Cadlan yn deud "Tydi hi'n braf ar y plant 'ma'n gallu cerddad yn droednoeth fel hyn?' yn lle deud 'Helô' wrth Anti Laura wrth fynd heibio hefo'i fag negas du yn 'i law. Mi ddaw i Capal unwaith y Sul ac i wneud 'i siopio unwaith yr wythnos, a dyna'r unig droeon y bydd o'n symud medda Nain, ar wahân i ffidlan o gwmpas y tŷ a dŵad i ben lôn i nôl 'i lythyra a'i lefrith a'i dorth.

'Bedd Robat,' medda Anti Laura ar ôl i Gwydion ofyn 'Be 'di hwn?'

Mae hi'n golchi tu mewn i'r pot bloda llechan cyn dechra rhoi'r bloda ynddo fo. Melyn a brown gola ac oren ydi'u lliwia nhw ac maen nhw'n edrach yn newydd sbon a glân yn yr haul. Mae hi'n cymryd lot o amsar hefo nhw ac maen nhw'n ofnadwy o daclus a chrand ar ôl iddi orffan. Robert Islwyn Thomas sydd ar y garrag.

'Be ddigwyddodd, Anti Laura?' medda fi, er 'mod i wedi cl'wad y stori o'r blaen.

'Boddi, meddan nhw,' medda hitha'n dawal, yn dal i edrach ar y garrag.

Nefi gogoniant mae Gwydion yn thic weithia. Mae o'n mynd at y bedd ac yn plygu ar y cerrig llwydion ac yn gweiddi 'Robat' uwch 'u penna nhw. Mae'i drwsus nofio fo'r un lliw yn union â'r cerrig. Mae'i gefn o'n frown naturiol ar ôl yr haul ac mae'i wallt o'n dduach na'r garrag am fod yr haul ar sglein y garrag yn gwneud iddi edrach yn llwytach. Mae lliw 'i groen o'n mynd yn berffaith hefo'r bloda. Mae'n rhaid mai dyna mae Miss Janet yn 'i olygu pan mae hi'n deud wrthan ni am ddysgu edrach ar liwia. Wn i ddim pam mae hynny'n dŵad i 'meddwl i rŵan chwaith a finna'n gwybod 'mod i'n cochi at y 'nghlustia am fod Gwydion yn dal i weiddi 'Robat' uwchben y bloda. Dydi o ddim ots gan Anti Laura. Mae hi'n tynnu Gwydion ati ac yn deud ''Nghlapyn aur i' ac mae ynta'n llyfu'r mwytha.

Ar 'ffor nôl mae Anti Laura'n rhoi'r bag plastig yn 'i phocad ac yn gafael yn 'y llaw inna hefyd a dydi o ddim ots gen i pwy sy'n sbio.

iv

'Dyma berson arall a wnaeth yr Aberth Eithaf yn ddewr a di-ofn,' meddai Teifryn wrth ei chweched dosbarth gan bwyntio'i fys yn syth at drwyn yr hogan galad. 'Mi ymddiswyddodd o swydd ddiogel a da mewn protest oherwydd ei egwyddorion ac mi gyrhaeddodd y weithred ddihunan honno benawdau'r newyddion. Ddau ddiwrnod yn ddiweddarach mi ddechreuodd ar swydd newydd oedd yn cynnig deng mil o bunnau'r flwyddyn yn fwy o gyflog iddo fo na'r llall. Roedd o wedi cael cyfweliad llwyddiannus amdani chwe wythnos ynghynt.' O'i flaen roedd dau ddwrn yn codi mewn buddugoliaeth heintus a'r cyrls duon yn chwifio mewn cyfeiliant. 'Mae rhai arwyr yn gorfod gwneud pethau felly o bryd i'w gilydd,' ychwanegodd hefo gwên fechan.

'Be oedd 'nelo hynny â'r wers prun bynnag?' gwaeddodd y Prifathro yn ei wyneb dri chwarter awr yn ddiweddarach.

Roedd yr hawl i brifathrawon gansenna wedi'i dynnu oddi arnyn nhw flynyddoedd cyn iddo fo gael ei benodi ond doedd hynny ddim yn atal hwn rhag hiraethu amdano. Doedd dim gormod o wahaniaeth rhwng disgyblion a chywion athrawon chwech ar hugain oed chwaith. Gwyddai Teifryn ei fod i fod i deimlo fel hogyn ddeuddeng mlynedd yn fengach ar fin cael ei hiro.

'Andrew oedd wedi darllan erthygl gynno fo,' atebodd yn ddigynnwrf, 'ac wedi'i llyncu hi braidd, ella am 'i bod hi'n dyfarnu'n derfynol o'r naill frawddeg i'r llall yn hytrach nag ymresymu. Ro'n inna'n meddwl y basa stori fach wir o gymorth i agor mymryn ar 'i llgada fo.'

A rhyw ddadlau tawel felly y buo fo ar ôl pob gwaedd a phob rhybudd terfynol. Pan ddaeth allan roedd dau ddisgybl wrth y drws yn edrych yn hollol hurt arno.

'Practeisio ar eich cyfar chi oedd o,' gwenodd arnyn nhw.

'Dal i ddial ar ragluniaeth 'ta dim ond anaddas i'r gwaith wyt ti?' gofynnodd Buddug iddo pan ddywedodd ei stori.

'Mae'r gwaith yn iawn. A'r plant.'

'Pob un?'

'Wel . . .'

'Dydi'r ffaith fod mam yr Andrew 'ma'n chwaer i'r dyn yr oeddat ti mor ansbeitlyd ohono fo ddim nac yma nac acw wrth gwrs.'

'Wel damo,' meddai yntau'n hamddenol. 'Roedd o'n edrach yn rhyfadd braidd, erbyn meddwl,' ychwanegodd. 'Doedd o ddim i'w weld yn poeni rhyw lawar chwaith.'

'Go brin fod angan iddo fo ac ynta wedi rhoi copsan ddwbwl iti. Dydi hi ddim nac yma nac acw chwaith mae'n siŵr fod gwraig y dyn yn gyfnither i wraig dy brifathro annwyl di.'

'Wel damo. Damo damo.'

'Tasat ti'n cymryd cymaint o ddiddordeb mewn teuluoedd cyfoes ag yr wyt ti yn rhai'r oesoedd a fu – ne' ers talwm – ella . . .'

'. . . y byddai 'na fwy o Ddiwrnodau Cenedlaethol Achyddiaeth. Dw i am bicio i edrach am Nain. Wyt ti am ddŵad?'

'Diwrnod busnesa fory.'

Cododd Teifryn i estyn goriad y car oddi ar y sil ffenest.

'Andrew Hughes. Wel wel.' Un tra gwahanol i'r pen cyrliog. 'Mae o'n cael ffôn newydd bob rhyw bythefnos medda'r lleill.'

Treuliodd y siwrnai'n meddwl am alwedigaethau eraill, ac o'u cael yn brin yn dyfeisio rhai newydd. Hynny a dychmygu pen cyrliog du hŷn na'r un yn ei ddosbarth yn ymddangos yn llawenydd dirybudd ym mhob congol a chyffordd ac adwy. Cafodd y bunt arferol am y gusan arferol gan Nain a diolchodd am yr un arall oedd wedi dod yn eiddo iddo drwy law ei fam ers ei ymweliad dwytha.

'Roedd o'n 'y nisgwyl i, does 'na ddim byd sicrach,' meddai Doris ôl iddo eistedd, yn canlyn ymlaen hefo'r sgwrs yr oedd yn ei chynnal â hi'i hun cyn iddo gyrraedd.

'Be, Nain?'

'Y bora hwnnw. Bora Robat.'

Doedd gan Nain wrth gwrs fawr ddim arall i'w wneud hefo'i dyddiau na byw'r bywyd a'r meddyliau oedd wedi'u haildanio gan farwolaeth Mathias. Gwyddai Teifryn y stori, a'i gwybod gystal â phawb arall gan ei fod wedi'i chael o lygad y ffynnon gan Nain ei hun wythnos ar ôl ei ben-blwydd yn wyth oed. Dau gyfnod o ddeunaw mlynedd, cyfrodd yn sydyn. Roedd deunaw mlynedd ers ei ben-blwydd o yn wyth oed ac roedd stori Nain am rywbeth oedd wedi digwydd ddeunaw mlynedd cyn hynny. Y bore ofnadwy hwnnw yn stori Nain roedd hi wedi agor llenni llofft ei fam ac wedi gweld y corff yn y cae y munud hwnnw. Yn amau, naci, yn gwybod ei bod yn nabod y dillad, roedd wedi rhedeg ato, wedi ceisio'i ddadebru er ei bod yn amlwg ei fod yn farw, ac wedi rhedeg yn ôl. Roedd wedi gweiddi ar Buddug i ffonio ac wedi rhuthro i Furllydan. Yng nghanol holl gyffro'r stori a hanner cyfrinach y deud roedd meddwl wythmlwydd Teifryn wedi aros hefo'r syniad o Nain yn rhedeg, a'r syniad o Nain yn rhusio. Roedd hi wedi dangos iddo yr union fan lle'r oedd y corff, a'r garreg wen oedd wedi bod mae'n debyg yn gyfrannog yn y farwolaeth. Rhyw ddangos lled gyfrinachol oedd hynny hefyd rhag ofn i Laura ddod dros y boncan y tu ôl i'r tŷ a'u gweld. Swm a sylwedd y foeswers a ddilynodd y stori a'r ail-fyw oedd peth mor ofnadwy oedd meddwi. Roedd hynny'n gwneud synnwyr hefyd. Os na fedrai dyn un ar bymtheg oed gadw'i feddwl yn ddigon clir i beidio â boddi mewn cyn lleied o ddŵr, er bod yr afon yn amlwg yn fwy nag yr oedd Nain yn ei ddeud oedd hi, wel. Gorfu iddo fo, yn hogyn cyfrifol newydd gael ei ben-blwydd, dyngu llw o lwyrymwrthodedd oes yn y fan a'r lle. Yn y tŷ yr oedd Gwydion, oherwydd yn chwech oed roedd o'n rhy ifanc i glywed y fath stori ac i gymryd y fath gyfrifoldeb.

'Pwy oedd yn ych disgwyl chi, Nain?'

'O, oedd.'

'Pwy?'

'Thias. Mi welis i 'i lygaid o yr eiliad y doth o i ddrws y gegin. Actio oedd pob dim ddaru o wedyn, tan trawodd y sioc o. Fedar neb baratoi ar gyfar peth felly, waeth pa mor glyfar ydyn nhw. Doedd dim rhaid iddo fo actio ar ôl i'r sioc fynd i'r afael ag o.'

Edrych yn syth o'i blaen ar y tân trydan o flaen twll y grât oedd hi wrth siarad. Roedd y cyhoeddiad, fel llawer o'i fath, yn un o bwys. Ddaru Teifryn ddim dychryn, dim am funud beth bynnag, am nad oedd o'n beth syberol o gall i ddychryn yn rhy fuan hefo'r un o gyhoeddiadau Nain. Mi fyddai Taid yn myllio'n ddigri hefo hi am rai o'r pethau y byddai hi'n eu deud, ac ella bod hwn yn un o'r rheini, yn hen gyhoeddiad yn cael ei adnewyddu hefo'r ail-fyw diweddar. Ond eto, ella mai dyma'r tro cyntaf iddo ddod allan i'r awyr iach pan oedd rhywun arall yn gwrando.

Ond pan fyddai Nain yn creu pethau am bobol fyddai'r rheini fyth yn ddifrïol.

'Be dach chi'n 'i feddwl, Nain?'

'Roedd y ddau arall yn rhy ifanc i sylweddoli, siŵr. A Laura druan, wel . . . Ond mi ffendiodd, yli. A chymerodd hi rioed arni.'

'Nain, triwch eto. Cymryd arni be?'

Anadlodd Nain anadl.

'Ddaru Laura rioed gymryd arni 'i bod hi wedi darganfod bod Thias yn gwybod bod Robat wedi marw cyn i mi fynd i ddeud wrthyn nhw.'

'Iesu bach!'

Wrtho'i hun y dywedodd Teifryn hynny. Cododd Nain ei llygaid oddi ar y tân trydan ac edrych arno fo. Doedd dim mymryn o greu nac o ddryswch yn ei llygaid.

'Oes 'na rywun arall yn gwybod hyn, Nain?'

'Dim ond chdi. Dim ond chdi neith wrando. Dw i'n siŵr fod dy fam wedi meddwl 'mod i'n mynd yn ddynas galad yn fy henaint,' ychwanegodd ar ei hunion.

'Pam?' gofynnodd yntau.

'Ddaru mi ddim dychryn hannar digon pan ddudodd hi wrtha i be oedd Laura wedi'i wneud hefo'r llwch. Mi glywist hynny?'

'Do.'

'Roedd dy fam wedi dychryn gormod i siarad am funud. Roedd hi'n methu dallt wedyn pam nad o'n inna hefyd. Nid y gwaed yn llifo'n oer oedd o, yli. Ond roedd yn well i mi adael iddi i feddwl hynny, 'toedd, ne' fel arall mi fyddai hi'n cymryd 'mod i'n dechra drysu ac yn ffonio Plas Hapi Hyws y munud hwnnw.' Trodd ei llygaid yn ôl at y tân. 'Robat druan,' meddai wedyn, hanner wrthi'i hun.

'Mi aeth Mathias allan ben bora felly,' meddai Teifryn, yn hanner gofyn, hanner deud.

'Do,' oedd yr ateb pendant. 'Ne' ynghynt', ychwanegodd.

'Dach chi rioed yn trio deud wrtha i mai Mathias ddaru'i foddi o?'

'Brenin annwl nac'dw!' meddai hithau ar wib. 'Hefo be gwnâi o hynny, hefo'i geg? Dyna'r unig beth oedd gynno fo. Na, nid dyna ddigwyddodd,' meddai'n dawelach a thristach, 'ne' mi fydda cnebrwn Thias wedi cael 'i gynnal yn llawar cynt na hyn.'

Pan oedd o'n glapyn hoff o'i gwmni'i hun a chwmni Gwydion yn nhŷ Nain, un o'r chwaraeon a barai am oriau bwygilydd, lawn cystal â dim oedd gan y traeth islaw i'w gynnig, oedd mynd at yr afon ychydig uwchlaw'r garreg wen a gollwng pethau i'r dŵr, gwellt neu frigau gan amla, a thrio dyfalu pa ochr i'r garreg y bydden nhw'n mynd heibio ac a fydden nhw'n mynd yn ddi-lol neu'n stelcian ac ella'n llonyddu yn y merddwr o dan y dorlan neu o flaen y garreg. Gwnaeth hynny heno hefyd. Roedd ei fam wedi edrych yn rhyfedd braidd arno pan ofynnodd iddi ai uwchlaw'r garreg wen 'ta odani oedd Laura wedi tywallt. A rŵan wrth nad oedd gan Nain fwy o stori i'w chynnig neu nad oedd yn fodlon cynnig mwy ohoni aeth yntau allan tra bu hi'n paratoi paned a brechdan iddyn nhw. Roedd yn nos Iau, a Laura wedi mynd i fyny i'r chwarae meddai Nain ac felly doedd dim angen iddo deimlo'n euog gan chwilfrydedd afiach. Ond fedrai o ddim peidio â chwilio gwely'r afon am arwyddion o lwch diarth. Welodd o ddim, debyg iawn. Bu'n dyfalu wedyn faint o'r llwch aeth i'r chwith a faint aeth i'r dde a faint aeth i ganlyn hynny o wynt a chwaraeai o gwmpas Laura. Torrodd dri gwelltyn a'u gollwng un ar ôl y llall. Chafodd y merddwr yr un ohonyn nhw ac aeth dau i'r chwith ar eu hunion. Petrusodd y dŵr o dan y trydydd cyn mynd ag o i'r dde. Roedd yntau'n cofio Nain yn deud y stori yn yr union fan yma ac yntau'n edrych tuag at Murllydan ac yn sylwi mai dim ond rhan ucha to'r bwthyn oedd i'w weld o'r garreg wen gan fod y boncan rhyngddo a'r rhan honno o'r afon ac yn deud wrth Nain yn ei ddoethineb wythmlwydd tasai'r boncan ddim yno y byddai Laura neu Mathias wedi gallu gweld Robat yn disgyn i'r afon ac wedi gallu rhedeg ato i'w achub cyn iddo fo foddi.

'Uwadd.'

Neidiodd. Doedd o ddim wedi gweld na chlywed neb yn dynesu.

'Dal i chwara dy longa bach wyt ti?' gofynnodd Gwil.

Roedd newydd molchi a gwneud ei wallt a newid i'w ddillad gyda'r nos, yn barod i fynd i fyny ar ôl Sionyn a'i fam ac o'i weld, wedi methu dyfalu be fedrai Teifryn fod yn ei wneud ger yr afon.

'Ia,' gwenodd Teifryn ei gopsan. 'Waeth i mi hynny ddim.'

'Y gwaith sydd ddim yn plesio?'

'Iesu, naci!' synnodd yntau. 'Dim ond rhyw ffidlan. 'Su'dach chi acw erbyn hyn?' ychwanegodd ar ormod o frys braidd.

'Iawn, 'sti. Mae'n wahanol acw, tydi?' dyfarnodd Gwil ar ei union. 'Mi oedd colli dy dad yn brofedigaeth,' cyhoeddodd, a phwyslais trwm ar yr *oedd.*

'Ydi . . .' Anti Laura oedd yr enw arni ers talwm, 'dy fam yn dygymod?'

'Ydi'n Duw. Mae'r petha 'ma'n digwydd.' Roedd anniddigrwydd colli amser yfed yn dechrau gafael a gwasgu, yn enwedig ac yntau wedi gweithio'n hwyr. 'Wn i ddim lle rhoith hi 'i lwch o chwaith. Os nad oedd hi am gladdu'r blydi lot hefo Robat does 'na fawr o bwrpas claddu'i lwch o hefo fo, nac oes? Pryd mae'r llycha 'ma'n cyrraedd d'wad?'

'Dim syniad. Claddu Dad ddaru ni,' atebodd Teifryn yn llwyddo i gadw llygad yn llygad ac yn teimlo'n llachar ddi-glem gan fod Gwil a Sionyn wedi cario yng nghynhebrwng ei dad.

'Llawn callach yn diwadd.' Yna petrusodd Gwil. Roedd i'w weld yn meddwl a'r anniddigrwydd colli peint yn diflannu. 'Rwyt ti'n dallt mai chdi sy'n cael y tŷ 'ma ar ôl dy nain, 'twyt?' meddai'n sydyn.

Darfu sioc y llwch yn ebrwydd.

'Dyna ddudodd hi wrtha i ddechra'r wsos beth bynnag,' ychwanegodd Gwil ar frys. 'Mae'r twrna wrthi'n 'i drosglwyddo fo, medda hi. Mae hi isio i hynny gael 'i wneud cyn iddi farw fel na fedar neb ffraeo yn 'i gylch o wedyn. Paid â chymryd arnat os nad ydi hi wedi deud wrthat ti chwaith,' meddai wedyn, yn difaru braidd.

Dim ond syllu ar y garreg wen fedrai Teifryn ei wneud. Am eiliad, doedd bod gan Nain ddau ŵyr ac un wyres heblaw am Gwydion ac yntau ddim yn berthnasol, na bod y tri fel ei gilydd yn bell, ella ym mhob ystyr i'r gair. Prin fyddai sgwrs Nain amdanyn nhw ac ar yr adegau hynny doeddan nhw fawr mwy nag enwau ganddi.

'Be wnaet ti?' gofynnodd Gwil wedyn cyn iddo gael amser i feddwl am ateb, 'tasa rwbath yn digwydd yn sydyn dw i'n 'i feddwl.'

'Sgin i ddim syniad. Wyddwn i ddim am . . .'

Ysgwydodd ei ben. Hen gân oedd bod Nain ac yntau'n dallt ei gilydd, yn rhannu'r rhan fwyaf o'r cyfrinachau ac yn cadw part ei gilydd pan fyddai angen. Ond adra oedd adra a thŷ Nain oedd tŷ Nain. Doedd ystyried perchnogaeth a be ddigwyddai wedyn ddim yn bod.

'Werthat ti mo'no fo, na wnaet?' gofynnodd Gwil wedyn yn ei symlrwydd pryderus.

'Nefi Job!' sibrydodd.

'Ne' fydd na ddim ar ôl heblaw 'y nghysgod hyd y lle 'ma na fydd raid i mi siarad rhyw Susnag ddiawl hefo fo. Siawns nad oes gan rywun hawl i gael byw heb orfod wynebu peth felly drw' ffenast llofft. Rydan ni wedi gwneud yn iawn erioed, dy nain a ninna.'

'Mae hi'n waeth yn Lloegr,' meddai Teifryn ychydig yn ansicr o hyd. 'Mae brodorion pentrefi a chefn gwlad fan'no bron â darfod amdanyn.'

'Mae'r petha sy'n dod yn 'u lle nhw o'r un genedl ac yn siarad yr un iaith, 'tydyn?'

'Mae'r geiria'n digwydd bod yn yr un geiriadur.'

'"Iw âr e strenjar," medda'r peth siop 'na wrtha i gynna. Y basdad digwilydd.'

Hanner hefo fo oedd Teifryn. Roedd y syniad o dŷ Nain fel eiddo gwerthadwy'n un hollol ddiarth. Ond wrth godi ei olygon yn ôl a gweld llygaid Gwil o'i flaen roedd yn gwybod. Roedd o'n nabod y pryder. Doedd Saesneg Laura ddim yn rhyw dda iawn ond roedd hi'n gwneud ymdrech, yn ei thyb ei hun beth bynnag. Nid felly Gwil. Ei Saesneg o oedd dyrnaid o eiriau yn cael eu stwffio wrth ei gilydd rywsut rywsut ac ambell arddodiad yn cael ei luchio i'w canol yma a thraw. Mae o'n ddigon da i'r diawlad fyddai ei ymateb cyson i bob cerydd gan ei fam: arnyn nhw'u hunain maen nhw isio gwrando prun bynnag.

'Mae Morwenna a Gwynedd y drws nesa 'ma,' cynigiodd Teifryn wedyn, yn teimlo'n ddi-glem. 'Does dim angan i ti siarad llawar o Susnag hefo nhw.'

'Ydyn. Maen nhw'n iawn. Diarth a distaw, ond maen nhw'n iawn. Nid diarth 'fath â'r petha erill 'ma. Does 'na ddim i neb yn fa'ma, nacoes?' canlynodd arni, yn gweld mwy o dristwch yn yr wyneb o'i flaen nag y byddai hwnnw fyth yn ei gydnabod. 'Pob dim ar fynd â'i ben iddo ne' wedi hen ddarfod.' Daliodd i astudio'r tristwch am ennyd, yn teimlo'i fod yn adnabod o'r newydd. 'Does dim rhaid iddi fod felly chwaith, nacoes?' meddai wedyn.

Ac roedd Teifryn yn aruthrol falch mai Gwil ac nid fo oedd yn deud hynny.

'Pam ddyla peth fel'na gael 'i ragdynghedu?' gofynnodd Gwil wedyn ar ei union. 'Werthat ti ddim iddyn nhw, na wnaet?' gofynnodd wedyn.

'Na,' penderfynodd Teifryn.

Roedd yn dechrau dod ato'i hun, ac yn gallu meddwl.

'Cofia fi at dy fam,' ychwanegodd Gwil wrth fagio cyn troi. 'Hi a Robat 'run oed.'

Aeth. Gwyliodd Teifryn o'n mynd, a'i newyddion am dŷ Nain yn cilio wrth i sioc y llwch fynnu ailafael. Daeth Nain i'r drws i amneidio arno. Dychwelodd a mynd yn syth i'r hanes.

'Wn i ddim pam wyt ti'n dychryn,' meddai hithau.

A doedd ei gwaed hi ddim yn llifo'n oer. Cyn mynd adra, aeth o i'r fynwent. Roedd mynwent yn Maescoch a dwy yn Llanddogfael, ond roedd cynhebrwng ei dad wedi mynd heibio i'r tair i ddod yma. Roedd Gwil am wneud y garreg.

3

Trodd Teifryn i'r cyntedd arall ac ar ei ben i gythrwfwl.

Ebychiad mawr o ofn oedd yn dod o enau'r hogan. Roedd yr hogyn yn neidio'n ôl.

'Be sy'n digwydd yma?' gofynnodd yntau ar unwaith.

'Dim byd!' Roedd argyfwng yn llond llais yr hogyn. 'Dim ond gafael yn 'i hysgwydd hi. Wnes i ddim byd!'

'Wel?' gofynnodd yntau i'r hogan.

Ysgwydodd hithau ei phen.

'Dw i'n iawn,' meddai, yn rhyw hanner sibrwd.

'Wir rŵan!' rhuthrodd yr hogyn wedyn.

'Dos rownd y gongol 'na ac aros nes do i atat ti,' gorchmynnodd Teifryn gan fflician ei fawd yn ôl.

'Wir rŵan!' meddai yntau wedyn.

'Dos!'

Aeth, a Teifryn yn clywed y cryndod yn ei anadl wrth iddo fynd heibio. Trodd ei sylw at yr hogan. Roedd yr ofn wedi diflannu mor sydyn ag y daeth a doedd yntau ddim yn siŵr prun ai diflastod ai difaterwch oedd wedi'i ddisodli.

'Be ddigwyddodd, Mared?' gofynnodd yn bur dyner.

Dim ond ysgwyd ei phen ddaru hi ac edrych yn syth i'w lygaid ac yna i lawr ar ei grys.

'Wyt ti isio i mi nôl Mrs Humphreys?' gofynnodd o.

'Nac oes,' atebodd ar ei hunion.

48

'Wel deud be ddigwyddodd 'ta,' meddai yntau yn hytrach na deud 'Wela i ddim bai arnat ti.' 'Oedd Harri'n trio rwbath?' gofynnodd wedyn yn fwy taer.

'Nacoedd. Dim ond . . .'

Tawelodd.

'Dim ond be?'

Ni chafodd ateb. Roedd yr hogan yn dal i edrych rywle i gyfeiriad ei grys cyn troi ei golygon diymadferth i lawr. Gwyddai o nad oedd ganddo fawr o obaith cael eglurhad. Roedd hi'n dynesu at Lefel A, ac yn ôl pob sôn wedi cadw iddi'i hun drwy gydol ei saith mlynedd yn yr ysgol. Dim trwbwl, dim ffrindiau. Roedd mwy nag un cyd-athro'n awgrymu o bryd i'w gilydd fod arwyddion o broblemau seicolegol yn ymgodi yn eu tro.

'Dim isio i neb afael ynot ti wyt ti?' gofynnodd yntau wedyn.

Cododd yr hogan fymryn ar ei hysgwyddau.

'Oes 'na rwbath wedi digwydd?' gofynnodd o'n ddistaw. 'Ryw dro?' gofynnodd wedyn yr un mor dawel. ''Dan ni ar gael i helpu, cofia,' daliodd ati, 'ne' i wrando.'

Amnaid bychan oedd ei hunig ymateb. Doedd o rioed wedi rhoi gwers iddi, ond gwyddai amdani a chymerai ddiddordeb oherwydd agosatrwydd na fedrai hi fod yn ymwybodol ohono.

'Dach chi'n frawd i Gwydion 'tydach?' meddai hi'n sydyn gan chwalu pob damcaniaeth i'r pedwar gwynt.

'Ydw,' atebodd, braidd oddi ar ei echel.

'Roedd 'na lot o hwyl i'w gael hefo Medi a fo pan oeddan nhw'n mynd hefo'i gilydd.'

'Oedd,' meddai yntau, heb fod yn siŵr prun ai cwestiwn ai cytuniad oedd o.

'Dw i'n cofio hynny'n iawn,' canlynodd hi arni. Bron nad oedd hi'n siriol rŵan. 'Mi fydda fo'n fy helpu i wneud gwaith cartra Rysgol Fach ac yn gwneud cartŵns o athrawon ac yn deud "Sgidadla hi Mot" bob tro y bydda fo isio llonydd hefo Medi.'

Rhanasant eiliad dawel.

'Lle mae Medi rŵan?'

'Leeds. Ddaeth hi ddim o'no ar ôl gadael 'Coleg.'

'O. Yli, wyt ti'n siŵr nad oes arnat ti isio i mi nôl Mrs Humphreys?'

'Ydw,' atebodd ar ei hunion eto.

'Wela i ddim bai arnat ti.'

Damia, meddyliodd. Ond roedd awgrym o wên arall newydd sbon yn llygaid yr hogan, y tro cyntaf erioed iddo weld hynny.

Aeth hi ar ei hynt ar ôl i'r tristwch gwaelodol oresgyn y wên fyrhoedlog. Dychwelodd o i'r cyntedd arall.

'Wnes i ddim byd!' meddai'r hogyn yr un mor ofnus a'r un mor daer.

'Paid ag iwsio dy ddwylo i beidio â'i wneud o y tro nesa 'ta. Oes gen ti wers?'

'Daearyddiaeth.'

'Tyrd.' Aethant. 'I be oeddat ti'n mela prun bynnag?'

'Wel . . .' Roedd y rhyddhad am nad oedd y byd ar ben yn hyglyw. 'Roedd Mared yn iawn ers talwm, 'chi,' dechreuodd. 'Doedd 'na ddim byd ond hwyl hefo hi yn Rysgol Bach. Ond am ryw reswm mi aeth i'w chragan ac mae hi yn'i hi byth.'

'Dydi hynny ddim yn eglurhad am gynna, nac'di?' meddai Teifryn.

'Wnes i ddim byd ond twtsiad,' pwysleisiodd

yntau'n daer eto, 'ac mi grynodd a neidio oddi wrtha i fel taswn i'n weiran letrig a'r ofn mawr 'ma yn 'i hwynab hi. Ro'n i 'di dychryn mwy na hi, myn diawl. Dach chi'n gwybod 'i bod hi'n cael 'i sbeitio a'i bwlio, 'tydach?' rhuthrodd wedyn rhag ofn nad oedd i fod i regi o flaen ei athro.

'Dw i wedi cl'wad rhyw si o bryd i'w gilydd.'

'Wnes i rioed hynny.'

'Mi synnwn i tasat ti'n gwneud.'

'Dydi o ddim yn gweithio i chitha chwaith, nac'di?' canlynodd yr hogyn arni i ddyfnhau ei ryddhad a'i ddiolch.

'Be?'

'Os ydach chi'n rhoi copsan i rywun sy'n 'i bwlio hi ac yn 'u stopio nhw, maen nhw'n gwneud ati i'w bwlio hi'n waeth unwaith rydach chi 'di troi'ch cefn. Mae o'n digwydd bob tro hefo pawb, 'tydi?'

'Ydi, ella,' meddai Teifryn ar ôl eiliad ansicr, 'ond wela i ddim llawar o ddyfodol i agwedd fel'na chwaith.'

'Ond mae o'n wir hefyd, 'tydi?'

Daethant at ddrws y stafell Ddaearyddiaeth. Arhosodd Teifryn.

'Y peth gora i ti i'w wneud,' meddai, 'ydi chwilio am gyfla cyn nos i gael sgwrs fach gall i ymddiheuro. Ac os ffendi di fymryn o hiwmor glân a du bitsh doro fo i mewn. Ond gofala 'i fod o'n lân.'

'Diolch.'

Aeth yr hogyn i'w wers, yn welw o hyd. Aeth Teifryn i'w stafell, lle'r oedd y chweched yn barod amdano. Gwyddai y byddai rhywfaint yn paratoi at y wers, ambell un yn chwarae'n wirion, y rhan fwyaf yn sgwrsio, ac un neu ddau yn barod i edrych ar eu wats

51

ac yn barod i'w gymeradwyo am fod yn hwyr. Ac felly y bu. Treuliodd yntau'r wers yn canolbwyntio bob yn ail ag ailgorddi geiriau'r hogyn yn y cyntedd a thrio dygymod â'r darganfyddiad fod un arall yn yr ysgol yn meddwl am Gwydion.

ii

Roedd Gwil a Sionyn yn fwy na'u tad a phan aeth Laura ati i glirio aeth dillad Mathias i gyd i'r siop gansar yn y Dre neu i'r bin lludw yn ôl eu cyflwr. Roedd mwy na'r disgwyl ar gyfer y bin er bod llawer wedi'u rhoi ynddo fesul wythnos ers peth amser. Dim ond noson y bu'r gweddill yn yr hen sachau gwichiaid yn ymyl y bin gorlawn nad oedd y lorri wedi mynd â nhw, a dim ond noson y bu'r dillad gorau yn y cwt golchi nad oedd Gwil wedi mynd â nhw.

Cymerodd fwy o hamdden hefo'r papurau. Yn y gongl yn nrôr isa gyndyn y jesdar yn y llofft oeddan nhw, a doedd dim o werth ynddyn nhw, dim ond hen filiau a hen lythyrau diddim yng nghanol y llwythi datganiadau banc. Gwyddai hynny eisoes, ond daliodd ati rhag ofn, er i'w hundonedd fynd yn dreth yn fuan iawn. Gwasgodd hi bob un yn bêl fechan cyn ei luchio i'r bocs wrth ei thraed er mwyn iddyn nhw losgi'n fwy didrafferth yng ngwaelod y cae.

Ar ôl gorffen a mynd â'r bocs allan i'r gongl isa a rhoi matsian ynddo fo a throi yn ôl heb fynd i'r drafferth o wylio'r fflamau, dychwelodd i'r llofft. Ysgyrnygodd wrth drio cau drôr isa'r jesdar. Bu'n bustachu am eiliadau meithion, a'i gwynt yn byrhau gyda phob ebychiad. Yna safodd yn ôl yn sydyn. Hen honglad o jesdar oedd hi, derw neu beidio, trysor teuluol neu beidio. Roedd Mathias yn ei brolio hi ac yn brolio'i gwerth hi a hithau'n ei chasáu hi. Ar wahân i liain bwrdd neu ddau, dim ond ei dillad hi oedd ynddi bellach, a'r rheini'n bethau na fyddai byth yn eu tynnu o'r drorau.

Gwagiodd y cwbl i sachau duon a sachau gwichiaid yn ôl y gofyn.

Aeth â'r drorau gweigion trymion allan i'r cefn fesul un. Cododd law i gyfarch Doris yn ei drws cefn ond roedd Doris yn rhy brysur yn bygwth cath ddiarth. Dychwelodd i'r tŷ. Hyd yn oed wedyn roedd y jesdar yn rhy drwm iddi hi ond cas beth Laura oedd gorfod tindroi rhwng penderfynu a gwneud. Gwichiodd y jesdar cyn dechrau symud pwt. Mylliodd hithau a thynnu rhagor. Yn y diwedd cafodd y jesdar o'r pared a chafodd syniad. Aeth i'r cwt golchi i nôl trosol a daeth â hen flanced hefo hi. O hwb i hwb aeth y jesdar ar y flanced a rŵan roedd yn haws ei symud dros orcloth y llofft. O leiaf doedd dim grisiau i boeni yn eu cylch.

'Be gebyst?' gofynnodd Sionyn.

Roedd y jesdar wedi nogio cyn cyrraedd drws y llofft, a Laura wedi diawlio a mynd i wneud bwyd iddyn nhw ill tri.

'Tyrd,' amneidiodd hithau tua'r llofft.

"Da i ddim i'w chynnig hi cyn daw Gwil mwy na wnei ditha,' atebodd yntau. 'I be mae isio'i symud hi prun bynnag?'

'Rhy fawr o'r hannar,' atebodd hithau'n ddifynadd. 'Mygu'r lle.'

'Ac i ble 'dan ni'n mudo 'dwch?' gofynnodd Gwil y munud y daeth drwy'r drws.

'Cerwch â hi allan,' meddai hithau. 'Doro fwyall ynddi hi, a matsian.'

'Paid â bod yn wirion.'

Aeth Gwil at y ffôn. Ddwyawr yn ddiweddarach daeth i'r tŷ a rhoi tri chant o bunnau i'w fam.

'Rhannwch chi nhw,' meddai hithau. 'Mi fydda i'n iawn fel rydw i bellach.'

iii

Roedd y gwely'n brafiach heb y jesdar ddiffaith yn mygu'r lle. Roedd Laura wedi mynd iddo'n gynharach nag arfer i ddathlu. Roedd wedi llnau'r palis a'r llawr lle bu'r jesdar ac roedd olion pump o'i chwe throed yn glir yn yr orcloth. Rŵan roedd silff lyfrau Robat yn cuddio'r chweched ac yn ffitio i'w lle daclusa fu erioed. Chafodd hi na'r llyfrau arni erioed gyfle i hel llwch. A fyddai ar Laura ddim angen yr un dodrefnyn eto yn ei llofft tra byddai.

Arhosodd ar ei heistedd am hanner awr neu well, dim ond i werthfawrogi a darllen y teitlau iddi'i hun o'r newydd. Yna cododd. Llyfrau ysgol oedd y rhan fwya ar y silff ond doedd yr ysgol ddim wedi'u cael yn ôl, dim ond pres gan Laura i brynu rhai yn eu lle. Aeth â llyfr yn ôl i'r gwely. *Advanced Level Physics: Heat and Light*. Roedd yn newydd sbon yr adeg honno, a dim ond un disgybl wedi rhoi ei enw a'i statws newydd arno. Robert I. Thomas, VI.

'Ngwas i.'

Sibrydiad bach. Darllenodd rywfaint, synfyfyriodd fwy. Cyn hir, roedd yn pendwmpian, a'r sbectol yn llithro fymryn i lawr ei thrwyn.

Ben bore trannoeth ffoniodd y dyn dodrefn. Roedd wedi tynnu'r hen bapur papuro oedd yn leinin i ddrorau'r jesdar ac wedi darganfod amlen lwyd fawr o dan leinin y drôr isaf.

iv

'Dydw i ddim yn 'i nabod hi'n bersonol,' atebodd Teifryn y direidi disgwylgar o dan y cyrls duon, 'dim ond gwybod amdani fel un o'n haelodau seneddol ac fel Brenhines Hunangoronog Ein Hiawnderau Dynol. O ffwc,' ychwanegodd bron yn ddistaw wrth weld llaw yn y cefn yn mynd i boced ac yn tynnu teclyn bychan sgleiniog ohoni a'r pen cyrliog du o'i flaen yn dathlu'n llafar a'r hogan galad yn dal i edrych yn galad.

'O ble daeth hwn?' gwaeddodd ei fam pan ddaeth adra.

Roedd llun y Prifathro mewn ffrâm dywyll ar ganol y cwpwrdd tridarn yn y gongl, a ffuctod y ffrâm yn druenus amlwg ar bren y cwpwrdd. Roedd desgil risial priodas arian wedi'i symud fymryn i wneud lle i'r llun.

'O'i swyddfa fo, a'r nesa peth o dan 'i drwyn o,' dathlodd yntau.

'I be gwnaet ti beth fel'na'r lob?'

'A welist ti wên cyrraedd-y-nod o'r blaen?'

Daeth ei dychryn bychan hithau i ben. Roedd y Prifathro wedi eistedd y tu ôl i'w ddesg i dynnu'i lun, yr wyneb, y gwallt, y wên, y siwt a'r tei a'r cwlwm mor daclus a swyddogol â'i gilydd. Ac roedd llaw ar y ddesg.

'Llun 'i law o ydi hwn,' dyfarnodd Buddug, yn sylweddoli am y tro cynta mor anobeithiol oedd i'r dyn yn y llun a'r mab wrth ei hochr fyth ddallt ei gilydd ar un dim.

'Llaw Disgyblaeth. Llaw Awdurdod,' meddai yntau'n frwd. 'Roedd y ffotograffydd yn ddiarth ond eiliad gymerodd o i'w nabod o.'

Roedd y bwyd yn barod ganddo. Gwrthododd ddefnyddio'i gyllell wrth fwyta. Daliodd ei fforc yn ei law chwith, a'i law dde'n fflat a disymud ar y bwrdd drwy'r adeg.

'Oes 'na ddim gwaharddiad i fod ar y ffona 'ma yn y dosbarth?' gofynnodd ei fam.

'Wel . . .' Cododd ysgwyddau di-hid. 'Mi fedrwn chwilio am waith yn Japan. Mae pawb wedi aeddfedu ohonyn nhw yn fan'no, hyd yn oed y gwerinos. Hyd yn oed y rhieni a'r soffistigedigion. Wyt ti am ddŵad i edrach am Nain?'

'Dos di, gan fod raid i ti.'

Aeth. Chwiliodd hithau golofnau'r swyddi gwag yn y papur.

Roedd yr ymweliadau â thŷ Nain yn ddau neu dri yr wythnos rŵan.

Safodd Teifryn wrth yr afon, eto fyth, ychydig yn is na'r garreg wen. Un peth difyr am yr afon oedd ei bod fel tasai hi'n gwarafun colli'i hannibyniaeth ac am ohirio hynny gymaint ag y gallai, oherwydd roedd yn troi'n ôl i gyfeiriad y tir mawr ymhen rhyw hanner canllath a throi wedyn yn gyfochrog â'r môr fwy na heb am ryw chwarter milltir cyn ildio a throi i agen i fyrlymu i lawr ceunant cul i'r traeth yn rhan bella'r bae yr oedd trwyn a chlogwyn bychan Murllydan yn ei dorri'n anghyfartal. Yn fan'no y byddai Gwydion ac yntau yn eu tro yn mynd i hel gwichiaid hefo Anti Laura a Sionyn a Gwil, a'u llenwi i'r sachau y byddai

Sionyn a Gwil yn eu rhoi yn y cwch neu ar eu cefnau. Deuai lorri i nôl y gwichiaid ar gais Laura, a châi Gwydion ac yntau eu siâr o gyflog ar y taliad. Roedd y diwydiant bychan hwnnw wedi dod i ben ers blynyddoedd. Hyd y gwyddai Teifryn fu Mathias rioed yn rhan ohono, ac ella mai da oedd hynny oherwydd rhyw ddyn pell oedd o i Gwydion ac yntau bob amser.

Rŵan roedd yn ymgolli'n llwyr yn yr afon a'i chyfrinach. Doedd dim marc ar y garreg wen oherwydd i gorff Robat fod yn ddigon o argae i ddŵr yr afon fach lifo drosti wrth gronni y tu ôl iddo. Tystiolaeth Nain yn y cwest oedd hynny. Roedd hi wedi cael cerydd gan un sarjant fore'r drychineb am dynnu'r corff o'r dŵr yn hytrach na gadael iddo rhag ofn chwalu tystiolaeth a Taid wedi cael rhybudd yn syth wedyn am alw'r sarjant yn fasdad gwirion, yr unig dro yn ei fywyd i Taid ddeud y gair hwnnw, yn ôl Nain.

Sarhau Nain fyddai ei chroesholi am ei phendantrwydd ynglŷn ag ymateb Mathias y bore hwnnw. Doedd gan ei fam wrth gwrs ddim i'w gynnig y naill ffordd na'r llall. 'Rwyt ti wedi sbeitio digon ar frwdfrydedd melltennog chwilotwyr achau,' meddai, 'ond rwyt ti'n waeth hefo hyn.' Roedd yn beryclach hefyd. Hefo'u teuluoedd eu hunain yr oeddan nhw'n busnesa, a hwnnw'n fusnesa diniwed yn datgelu dim ond enwau a rhyfeddu at bensgafndod am fod dynes wedi dod o Sir Fôn neu Sir Fflint gant a phedwar ugain mlynedd ynghynt. Yng nghanol ei ymgolli ni sylwodd fod Laura wedi dod i ben y boncan ac yn edrych tuag ato. Penderfynodd yn ei ddychryn bychan blymio i'r dwfn a chododd law arni wrth gychwyn tuag ati. Roedd o chydig yn euog am mai dim ond unwaith roedd wedi galw yno ar ôl marwolaeth Mathias.

'Dal ati?' gofynnodd.

'Tyrd i mewn.'

'Wel . . .'

'Ty'laen.'

Roedd y ddau lun ar y dresal mor sgleinus ag erioed, a Robat bymtheg oed benfelyn yn gwenu'n daclus yn ei ddillad ysgol yn un. Roedd yn y canol yn y llall, ychydig yn fengach a'i ddau frawd bach un bob ochr iddo. Roedd Nain a'i fam yn deud bob amser fod Robat yn llawer mwy galluog na'r ddau arall. Rhoes Teifryn gip sydyn o'i gwmpas rhag ofn bod llun arall wedi'i roi ar ddangos i atgyfnerthu'r cof o wyneb Mathias.

'Mae'n rhyfadd hebddo fo, mae'n siŵr,' ehangodd ar ei gydymdeimlad wrth eistedd.

'Nac'di.'

Gwridodd yntau fymryn yn anghyffyrddus. Ond roedd Laura'n ymddangos yn llygadgaead i bethau felly. Llanwyd yntau'n sydyn â'r demtasiwn i fentro. Yr hyn oedd wedi dychryn ei fam fwyaf ynglŷn â'r anseremoni oedd nad sleifio gefn nos i dywallt ddaru Laura ond gwneud hynny gefn dydd golau heb fynd i'r drafferth i edrych a oedd rhywun yn ei gwylio. Yn wahanol i Nain, roedd ei fam wedi methu peidio â dychryn hefyd pan glywodd nad oedd Laura wedi mynd i'r drafferth o ddeud wrth Gwil a Sionyn be oedd wedi digwydd i'r llwch ac felly yn amlwg heb boeni a glywen nhw o rywle arall ai peidio.

Cau'i geg ddaru o. Cau'i geg a chofio mwya sydyn am y pregethu fyddai Laura'n ei wneud pan fyddai sgotwrs dŵad yn gadael tyllau logwts ar y traeth heb eu cau, a'r llanw nesaf yn methu gwneud dim amgenach na'u llenwi hefo tywod dŵr y medrai

58

rhywun fynd iddo at ei bengliniau ar ddim unwaith y deuai'n drai wedyn. A pham cofio hynny rŵan, meddyliodd, a phenderfynu ar unwaith mai'r ateb oedd am nad oedd ganddo ddim o werth i'w gofio am Mathias.

Eisteddai Laura'n ddisgwylgar gyferbyn.

'Roedd o'n diodda dipyn at y diwadd,' cynigiodd o.

'Dim hannar cymaint â dy dad.'

Doedd ganddi hi ddim mynadd. Ond eto roedd arni isio sgwrs.

'Dudwch hanas Robat 'ta,' plymiodd yntau.

'Dyna pam wyt ti'n byw a bod wrth yr afon 'na bob tro'r wyt ti yma.'

'Ella.'

Roedd rhyw deimlad o ddallt ei gilydd, a rŵan doedd dim angen gwrido. Ella'i bod hi unwaith wedi rhagdrefnu yn ei gobeithion yr un math o ddyfodol i Robat ag yr oedd hi'n tybio ei fod o'i hun yn ei fyw erbyn hyn. Roedd ei fam wedi awgrymu hynny o bryd i'w gilydd hefyd. 'Y drwg i Laura ydi ei bod hi'n rhy gall,' meddai unwaith.

Y breuddwydion am Robat oedd gan Laura i'w rhoi gerbron, dim arall. Roedd yn amlwg na bu erioed freuddwydion ar gyfer Gwil na Sionyn, dim ond derbyn y ddau fel roeddan nhw, heb eu defnyddio fel siwrans henaint chwaith. Roedd yntau yn ei dro'n trio awgrymu llwybr a âi â nhw at y drychineb ond doedd Laura ddim am ei ddilyn. 'Rwyt ti'n hogyn da i dy fam,' broliodd fel roedd o'n codi i fynd. Yna, wrth iddo droi am y drws, dyma hi'n ailfeddwl.

'Stedda,' meddai hi gan amneidio'n ôl ar y gadair. 'Mae gen i stori i ti.'

A chafodd stori. Nid am Robat chwaith.

'Darllan hwnna.' Roedd Laura wedi tynnu amlen o ddrôr a rhoi papur ohoni iddo. 'Ella dy fod di wedi cael peth o'r hanas gan dy nain ne' dy fam, ond mae 'na fwy iddi erbyn hyn.'

Copi o hen ewyllys oedd y papur. Yn amodol ar fod ei wraig Gwendolen yn cael byw yn rhad ac am ddim ynddo weddill ei hoes neu tra dymunai hi wneud hynny, roedd Robert Roberts, cyn-gofrestrydd a swyddog nawdd (ymddeoledig), y Greigddu, yn gadael ei dŷ i'w ddau nai, John Glanmor Thomas a Gwilym Huw Thomas. Roedd canpunt yr un yn mynd i Mathias a Laura Thomas, canpunt i'r Capel, hanner canpunt i Gymdeithas y Deillion a gweddill ei ystad, gan gynnwys ei ddaliadau mewn Bondiau Rhyfel, i'w wraig Gwendolen.

'Tair mil a chwe chant a thrigian oedd gwerth y bondia pan fuo fo farw,' meddai Laura, 'mwy na digon i brynu'r tŷ deirgwaith radag honno.'

Cododd Teifryn lygaid disgwylgar. Roedd pendantrwydd tawel llais Laura'n cyhoeddi rhagor i ddod. Roedd o'n lled gyfarwydd â'r stori a'r siom. Siom pobl eraill oedd hi, yn dod yn berthnasol mewn ambell sgwrs neu ambell ymweliad â thŷ Nain. Syllu arno hefo llygaid annadlennol ddaru hi wrth roi papur arall iddo.

Roedd Gwendolen Roberts, gweddw, y Greigddu, yn penodi Mr Rhun Davies yn unig ysgutor ei hewyllys, yn gadael canpunt yr un i Mathias a Laura Thomas, cant yr un i John Glanmor Thomas a Gwilym Huw Thomas, cant i'r Capel a chant i Mrs Muriel Davies, a gweddill ei hystad i'w hysgutor.

'Gwraig Rhun Davies ydi'r Miwrial 'na,' eglurodd Laura mewn llais dilornus. 'Roedd Gwendolan yn byw

60

ar ddim,' ychwanegodd, 'ar lai na hannar 'i phensiwn. Pigo bwyta, clap ne' ddau yn y grat. Pob drws a ffenast yn gaead ha a gaea. 'I hunig grwydro hi oedd rhoi dillad ar lein.'

Tawelodd. Gofynnodd yntau'r cwestiwn gwadd.

'A'r bondia?'

'Mi gawson y nesa peth at un mlynadd ar bymthag i ddodwy. Roedd y rheini wedi mwy na dyblu yn 'u gwerth, heb sôn am y miloedd erill yn y banc.'

'*A'r gweddill o'm hystad i'm hysgutor.* 'Toedd o'n fasdad?'

'Mae o, 'ngwas i, o hyd.' Roedd Laura'n torri ar ei draws ar ei hunion a'i llais yn rhybudd argyfyngus. 'Gofala dy fod yn dallt hynny. Drwy'r un dichall y cafodd o'r caea 'ma,' ychwanegodd gan amneidio tua'r ffenest. 'Mae o wedi godro ewyllysia tair o hen ferched a gwragadd gweddwon hyd y lle 'ma, i mi fod yn gwybod. Ac mi ro i 'ngheiniog ola fod gynno fo un arall ar y gweill hefyd.'

Doedd dim yn annadlennol yn yr amnaid a roes hi arno rŵan. Llyncodd yntau boer brawychus.

'Mae o'n galw o leia unwaith y mis,' meddai hi.

'Sut gwnaeth o hyn 'ta?' gofynnodd o, yn chwilio'r ewyllysiau ac yn teimlo panig yn ei lais.

'Roedd Robin Drugarog yn gweithio o'r parlwr bach yn y Greigddu. Roedd 'na silff yn mynd reit rownd gwaelod y ffenast ac mi fydda'r ffôn ar honno a phan fyddai hi'n canu mi fydda fo'n mynd â'i glustog hefo fo ac yn mynd ar 'i linia ar lawr i'w hatab hi fel tasa fo'n Sêt Fawr. Roedd o'n rejistrâr ac yn lifing offisar bryd hynny a phan fyddai'r rhai ar 'plwy'n dod ato fo i fegera mi fydda fo'n gallu bod yn ddigon siort hefo nhw. Roedd gynno fo'i bobol, a phan fyddai'r rheini'n dŵad mi fyddai Gwendolan yn cael gorchymyn reit bendant i wneud panad. Ta waeth, roedd o'n cyrraedd oed pensiwn tua'r un adag ag yr oedd Rhun Davies yn dechra fel rejistrâr yn Llanddogfael, a phan ddaru Robin ymddeol mi gyfunwyd yr ardaloedd a chadw parlwr bach y Greigddu'n swyddfa unwaith yr wythnos. Cwta bedair blynadd fuodd Robin Drugarog ar 'i bensiwn nad oeddan nhw'n 'i roi o yn 'i fedd. Yr adag honno mi ddudodd Gwendolan mai Gwil a Sionyn fyddai'n cael y cwbwl ar 'i hôl hi ar wahân i ryw fymryn i'r Capal a rhyw fymryn arall yma ac acw. Ond roedd mei naps o gwmpas 'toedd, yn dod â negas iddi o'r Dre unwaith yr wythnos ac yn newid bylbia fel roedd angan ac yn edrach ar 'i hôl hi. Doedd hi'n ddim gynno fo dorri gwellt iddi o bryd i'w gilydd. A chyn bo hir dyma hi'n dod yn ddiwrnod gwneud ewyllys.'

Roedd o'n gwrando pob gair, ond roedd ei ben yn llawn gan rybudd cynharach Laura. Doedd arno ddim isio dim ar ôl Nain am y rheswm syml nad oedd arno isio i Nain farw. Ond nid bod yn hunanol nac yn farus oedd gweld gwên deg yn gwneud ei hewyllys drosti a honno'n bopeth ond ewyllys Nain.

Roedd Laura wedi tewi am eiliad.

'Roedd y tŷ'n saff,' cynigiodd o.

'Oedd. Doedd 'nelo'i hewyllys hi ddim â'r tŷ. Bwriad yr hogia oedd i Gwil brynu siâr Sionyn hefo pres yr ewyllys ac roedd Sionyn wedyn am brynu'r caea 'ma. Ond mi gafodd hwn y caea hefyd, yn do? Ewyllys arall. Roedd Gwil am wneud y tŷ fel newydd hefo'i lafur 'i hun. Nid bod yr un o'r ddau'n ysu am i Gwendolan farw ond roeddan nhw wedi gwneud 'u cynllunia'n ddigon taclus. Does 'na ddim o'i le ar hynny, nacoes? Mi fuo'n rhaid iddyn nhw werthu'r tŷ yn rhad fel baw am fod 'na gymaint o waith arno fo. Mi gawson nhw'u gwneud yn fan'no hefyd, does na ddim sy'n sicrach.'

Roedd hen siom, hen chwerwedd lond ei llais.

'Be . . .' Roedd ar Teifryn isio gofyn be oedd ymateb Mathias i'r peth. 'Ddaru neb herio'r ewyllys?' gofynnodd.

'Pa haws fasan nhw?' Roedd y prinder amynedd fel cerydd. 'A fedrai Gwil ddim fforddio benthyciad ar hannar y tŷ, ac ynta newydd ddechra'i fusnas 'i hun ac wrthi eisoes yn talu am yr iard lechi.' Petrusodd. 'Paid â chymryd arnat wrth neb chwaith, ond roedd gan 'i dad o fodd i helpu rhywfaint arno fo, ond ddaru o ddim, na chynnig.'

A dyma Teifryn yn dechrau teimlo rheswm arall dros y tywallt. Rheswm arall o ddegau ella, meddyliodd ar ei union wedyn.

'Darllan hwn 'ta.'

Tynnodd Laura bapur arall o amlen lwyd a'i roi iddo.

'Iesu bach!'

Roedd Gwendolen Roberts, gweddw, y Greigddu, yn gadael dau gan punt yr un i Mathias a Laura Thomas, cant i'r Capel, a gweddill ei hystad i'w rhannu'n gyfartal rhwng ei dau nai, John Glanmor Thomas a Gwilym Huw Thomas.

'Ond . . .'

'Chwe mis ar ôl i Robin farw y daru hi hwnna,' meddai Laura, 'cyn i'r peth arall 'na fynd ati i fwytho, ond nid cyn iddo fo ddechra gweld 'i gyfla, mi elli fod yn ddigon siŵr. A phan ddaeth yr amsar mi'i perswadiodd hi fod hon wedi mynd ar goll, does dim sicrach. Hynny ne' rwbath arall.' Edrychodd i lawr ar yr amlen ar ei harffed am ennyd cyn codi'i llygaid drachefn. 'Roedd hi wedi rhoi hon i Mathias i'w chadw mae'n rhaid,' ychwanegodd mewn rhyw lais fflat, bron yn ddiarth. 'Mi ddaeth i'r fei bora ddoe, wedi'i chuddiad o dan leinin drôr isa'r jesdar oedd yn llofft. A chymerodd o rioed arno, yli. Dim o gwbwl.'

Rŵan roedd y dagrau'n cracio'i llais.

v

Pan ddychwelodd gwelodd Nain ei bryder ar ei hunion.

'Be sydd?' gofynnodd.

Ailadroddodd yntau'r cwbl.

'Paid â phoeni,' meddai hi.

vi

'Sut oedd hi tua'r Pentra 'na heddiw?' medda Gwydion.

Mae Anti Laura'n gwenu am 'i bod hi'n gwybod mai dynwarad Nain mae o. Nid dynwarad chwerthin-am-ben chwaith, ond gwneud yr un fath â Nain am 'i fod o'n gwestiwn reit bwysig. Dim ond Gwydion a fi sydd ar y traeth. Mae hi wedi stopio bwrw a rydan ni'n cael y lle i gyd i ni'n hunain ac mae'n haws penderfynu mai ni pia fo. Mae 'na un ne' ddau o hogia Pentra'n deud weithia mai nhw pia fo am fod Gwydion a finna'n bobol ddiarth, yn enwedig pan fydda i wedi sgorio yn 'u herbyn nhw. Ond mae hi'n wych yma pan ydan ni'n cael y lle i gyd i ni'n hunain hefyd, yn enwedig pan mae 'na donna mawr swnllyd braf a hitha'n benllanw, a'r môr yn cyrraedd manna na welson ni mohono fo'n 'u cyrraedd o'r blaen. Mae'r tonnau'n torri dros Wal Cwch ac mae'r tri chwch yn aflonydd ac yn tynnu yn erbyn y rhaffa yr ochr arall i Wal. Mae Gwydion yn mynd i brynu cwch 'run fath yn union ag un Sionyn a Gwil pan fydd o'n fawr medda fo.

'Fûm i ddim yno,' medda Anti Laura. 'Yn y fynwant y bûm i.'

'Mynd â bloda oeddach chi?' medda Gwydion.

'Ia,' medda hitha.

'Yn ganol glaw?'

Nefi Job, mae'r boi bach yma'n washar weithia.

'Ia.' Mae Anti Laura'n codi'i golygon ac yn edrach ar y môr. Dw i'n 'i gweld hi'n llyncu'i phoer. 'Mi fasai'n ben-blwydd heddiw,' medda hi wedyn.

Dydi Gwydion ddim yn washar rŵan chwaith. Mae o'n sefyll yn hollol sobor ac yn edrach ar Anti Laura. Mae hi'n tynnu llygaid oddi ar y môr ac mae 'na chydig o ddagra yn 'i llygaid hi wrth iddi wenu chydig bach eto ar Gwydion ac ynta'n gwenu'n ôl.

'Dyma chi. Watsiwch 'u colli nhw yn y tywod.'

Dw i'n dychryn am 'y mywyd. Mae Anti Laura'n tynnu pwrs o bocad 'i chôt ac yn rhoi tair punt i Gwydion a thair punt i minna. Er 'i bod hi'n dlawd mi fyddan ni'n cael afal ne' fanana reit amal gynni hi. Fyddan ni byth yn cael fferis gynni hi am 'i bod hi'n ddynas rhy gall medda Nain. Ond dydan ni rioed wedi cael pres gynni hi o'r blaen. 'Dan ni'n deud diolch yn fawr iawn ac yn mynd â nhw i Dŷ Nain i'w cadw nhw'n saff. 'Dan ni ddim yn mynd i'w gwario nhw chwaith. 'Dan ni'n mynd i'w cadw nhw am ein bod ni wedi'u cael nhw gan Anti Laura am 'i bod hi'n ddiwrnod pen-blwydd Robat.

4

'*No no,*' meddai Gwil i'r diawl.

Rhyw feddwl oedd o bod hynny'n newid o'r 'O ies' arferol. Aeth allan o'r siop, a'r neges yn llwyth carbwl ac ansad yn ei ddwylo. Roedd ei fam wedi troi'i throed ac roedd tempar arni hi ac yntau. Roedd Selina wedi galw i gynnig cysur a hunangofiant o anffodion corfforol ac roedd yn well gan Gwil fynd i grafu'i Saesneg yn y siop na gwrando arni. Wnâi Sionyn mo'r naill na'r llall. Doedd neb yn siŵr iawn a gâi Sionyn wneud y naill prun bynnag, oherwydd roedd si ei fod wedi'i wahardd o'r siop. Nid am ddwyn na dim felly chwaith. Roedd o wedi'i benodi'n athro byrfyfyr ar y siopwr pan ofynnodd hwnnw sut oedd diolch yn Gymraeg, iddo gael dangos ewyllys da tuag at rai o'i gwsmeriaid. Hanner awr yn ddiweddarach rhoes ei newid i wraig fach daclus gan wenu'n braf arni a deud 'Tookle der dheen dhee Pharough' mewn Cymraeg araf a chlasurol wrthi.

Pan gyrhaeddodd Gwil adra roedd hunan-gofiannau Selina'n parhau yn eu hanterth.

'Wel tydi o'n dda wrth 'i fam?' meddai wrth iddo ddympio'r negas yn y cwpwrdd bwyd.

Caeodd yntau'i ddyrnau a'i gwneud hi am allan. Yno yn y cefnau roedd Teifryn yn torri gwellt i'w nain. Aeth ato. Roedd yn siŵr ei fod yn dallt yr olwg ar wyneb Teifryn.

'Paid â phoeni,' meddai, yn codi'i lais dros sŵn y torrwr, 'dw i'n gwybod erbyn hyn.'

'Be?' gofynnodd Teifryn wyliadwrus.

Diffoddodd y torrwr cyn i Gwil orfod gweiddi'i ateb a daeth i lawr at y giât. Pwysodd Gwil ei freichiau ar ben y wal.

'Dach chi'ch tri'n hen drymps,' dyfarnodd gan edrych yn syth i'w lygaid ac ysgwyd pen edmygus yr oedd Teifryn yn hen gyfarwydd ag o. 'Mi fasach wedi gallu deud wrth bawb hyd y lle 'ma be ddaru Mam hefo'r llwch ond ddaru chi ddim. Does gan neb straeon i'w hel,' ychwanegodd i drio chwalu'r annifyrrwch amlwg yn yr wyneb o'i flaen, 'hyd yn oed y Selina ddiffath 'na. Oeddat ti'n gwybod pan oeddat ti'n chwara dy longa bach y noson 'no?'

'Roedd hi chydig bach o sioc,' meddai Teifryn braidd yn ffrwcslyd. 'A doedd o mo fy lle i rwsut . . .'

'Hidia befo,' meddai Gwil i roi'r terfyn haeddiannol ar y peth. 'Ro'n i'n nes ati hefo'r busnas arall, 'to'n?'

'Be?'

'Y chwara llonga bach. Y gwaith ddim yn plesio. Mi ge'st ymddeoliad uffernol o gynnar, ro'n i'n dallt.'

Hynny neu ymddiswyddo neu sac neu ymddiswyddo cyn cael sac. Doedd fawr o wahaniaeth. Doedd y Prifathro ddim wedi cael ei lun yn ôl chwaith.

'Dal i alaru'r wyt ti, medda dy nain,' dygnodd Gwil arni.

A theimlodd Teifryn ar ei union y byddai gwadu'n rhyw fath o frad.

'Ac mae Mam yn deud dy fod yr union deip i wneud hynny,' ychwanegodd Gwil yn ei lais nac- yma-nac-acw gorau. 'Mae gynni hi ddiddordab rioed mewn deud rhyw betha fel'na. Mae'n rhaid i ti feddwl amdanat dy hun hefyd 'sti,' ychwanegodd gan newid ei lais yn ddisymwth i un cynghorgar ddoeth.

A doedd Gwil, mwy na Sionyn, ddim i fod yn ddoeth. Dyna oedd pawb wedi'i ddeud rioed.

'Be wyt ti am drio'i wneud ohoni nesa 'ta?' gofynnodd Gwil.

Trawodd y dewis diystyriaeth o eiriau Teifryn ar ganol ei dalcen, a gwerthfawrogodd nhw i'w heithaf. A chymryd, meddyliodd wedyn ar ei union, mai diystyriaeth oedd y dewis. Cadarnhau hynny oedd yr wyneb o'i flaen.

'Wel . . .' cynigiodd, a'r gwerthfawrogiad yn byrlymu'n chwarddiad. 'Dw i ddim wedi penderfynu eto. Ymchwil, ella.'

'Be, canlyn ymlaen hefo dy goleg?'

'Fwy na heb. Ond ella y meddylia i am rwbath arall,' ychwanegodd gan ei glywed ei hun yn swnio'n ddi-glem.

'Mi glywist am y garej.'

'Naddo,' meddai yntau. 'Be?'

'Hwch 'di mynd drwy'r siop.'

'O.' Diarth i bob pwrpas oedd y lle iddo fo. Os byddai'r car yn lled wag pan ddeuai i edrych am Nain byddai'n ei lenwi yno. 'Dim llawar arall i'w ddisgwyl y dyddia yma mae'n siŵr,' meddai.

'Wyt ti'n meddwl hynny?' gofynnodd Gwil gan edrych yn ddyfal i'w lygaid.

'Wel . . .' dechreuodd yntau, yn sylweddoli ei fod ar goll a heb ddymuniad i ymddangos fel arall.

'Mi fasa 'na fusnas iawn yn fan'na,' dyfarnodd Gwil. 'Fydd 'na ddim collad ar ôl y mwnci mul 'na oedd yn 'i chadw hi chwaith. Gora po gynta i hwnnw fynd yn ôl lle doth o. Ond mi fydd yn gollad ar ôl y garej, yn bydd?'

Arhosodd, ella i chwilio am gytuniad, neu ella am fod rhywbeth arall yn llenwi'i feddwl.

'Bydd,' cytunodd Teifryn.

Ond yna roedd Gwil yn edrych i fyw ei lygaid.

'Oedd gen dy nain ne' dy fam ryw amcan pam ddaru Mam dywallt yr hen ddyn i'r afon?'

'Rarglwydd!'

Nid oedd am gael cyfle i feddwl am ateb.

'Rwyt titha'n rhy gorad i fedru cuddio dim,' cyhoeddodd Gwil ar ei union. 'Be wyddost ti?'

Roedd yr onestrwydd yn y llygaid yn gwneud gwadu'n sarhad. Dechreuodd Teifryn ar ei stori. Does dim isio i ti fod yn anfoddog 'sti, meddai Gwil mewn eiliad. Am ryw reswm roedd cadw'i lygaid ar y tonnau tyner islaw o gymorth i'r stori lifo.

'Ond geiria Nain ydyn nhw,' meddai toc. 'Pan ruthrodd hi i tŷ chi y bora hwnnw i ddeud am Robat roedd hithau mewn sioc hefyd 'toedd? Ella nad ydi hi wedi ystyried hynny, dim ond gadael i'r argraff gafodd hi o ymatab dy dad lenwi'r meddwl a'r cof.'

'Mae o'n gwneud mwy o synnwyr na dim arall dw i wedi trio'i ystyriad,' atebodd Gwil. 'Doedd ewyllys gynta Anti Gwendo ddim wedi dŵad i'r fei, felly doedd 'nelo honno ddim â'r peth, nac oedd? Ond mae un peth yn sicr,' ychwanegodd, 'mi gaf holi'r hen ledi tan Sul Pys cyn yr atebith hi. Mi fyddai'n llawar haws i ti drio cael rwbath ohoni.'

'Busnesa fasa hynny!' dychrynodd Teifryn.

'Paid â rwdlan.' Roedd llais Gwil yn ddilornus ddiamynedd. 'Chdi 'di Robat iddi hi, 'sti,' ychwanegodd yn llawer tawelach. 'Rwyt ti yn yr uchelfanna. Sgin ti ffansi rhyw beintyn?' gofynnodd wedyn o gael tawelwch llethol.

'Un bach 'ta,' penderfynodd yntau ar ôl eiliad o ystyried.

'Sgin ti bres?' gofynnodd Gwil wrth iddyn nhw ddod i gyrion y pentref.

'Digon i dalu am beint,' chwarddodd yntau.

'Naci. I brynu hon.'

'Be?'

Y difrifoldeb yn llais Gwil oedd y sioc, nid y syniad. Mynd heibio i'r garej oeddan nhw. Roedd yn adeilad lled newydd a thaclus a chadarn. Rŵan roedd ei ffenestri i gyd wedi'u coedio a dwy gadwyn drom ar draws y ddwy fynedfa, bob un â'i chlo clap ar ei phen. Roedd *No Petrol* wedi'i sgwennu hefo sialc coch mewn llythrennau blêr ar draws un o'r pympiau. Roedd y preniau ar draws y ffenestri'n prysur lenwi â sloganau ac roedd gwellt a chwyn bychan eisoes wedi dechrau manteisio ar lonyddwch y tarmac.

'Mi fasai'n llwyddiant rhyfeddol hefo'r profiad sy gen i,' meddai, yn dal i fudr chwerthin.

'Yr unig brofiad sydd 'i angan arnat ti ydi cadw'n glir o bob un cwrs busnas a'r bobol 'ma sy'n treulio'u hoes yn gwneud dim ond cynhyrchu pamffledi'n deud pa mor dda ydyn nhw,' atebodd Gwil. 'Mi fedrat wneud yn llawar gwaeth nag ailagor hon, os nad wyt ti â dy fryd ar y stwff coleg 'ma wrth gwrs. Mi fedrat wneud hwnnw fel hobi prun bynnag,' ychwanegodd gyda'i derfynoldeb arferol. 'Dim ond darllan a sgwennu ydi o 'te?'

'Ia ella.'

'Wyddat ti nad ydi'r hen ledi rioed wedi rhoi'r gora i ddarllan llyfra ysgol Robat?' meddai Gwil ar ei union wedyn. 'Go brin 'i bod hi'n dirnad yr un sill ohonyn nhw ond mae hi'n dal i'w darllan nhw yr un fath.'

Roedd llofft Gwydion yn union yr un fath ag yr oedd hi saith mlynedd ynghynt. Doedd neb yn deud dim ynglŷn â hi, dim ond gadael iddi. A phan fyddai Teifryn yn mynd ati i ailddarllen un o'r llyfrau yn y llofft, aros ynddi i'w ddarllen y byddai bob gafael. Fyddai ei fam yn deud dim am hynny chwaith.

'Gori ar 'i siomiant mae hi, medda Sionyn,' ychwanegodd Gwil. 'Pa siom sy'n beth arall,' meddai wedyn. 'Mae hi wedi'u cyfuno nhw bellach, decini.'

'Mae gen i stori i ti,' meddai Teifryn. 'Waeth i chi'ch tri 'i chael hi chwaith,' ychwanegodd ar ei union. 'Mi'i cewch chi hi o lygad y ffynnon pan awn ni'n ôl. Fyddai hi ddim yn bod oni bai amdanoch chi prun bynnag.'

ii

'Na, dos di,' meddai Nain. 'A phera iddyn nhw gau'u cega.'

Yr her chwareus oedd yn llygaid Teifryn rŵan. Roedd hynny'n plesio'n iawn. Gwyliodd Doris o'n rhedeg yn ysgafndroed i lawr at Furllydan. Roedd hi wedi crybwyll cael gafael ar beintar ar gyfer tu allan a llofftydd Llain Siôr pan ddaeth yno amser te ac roedd yntau wedi cynnig ei wasanaeth brwd y munud hwnnw.

'Mi dy gadwith di i fynd,' meddai hithau hefo'r wên fechan oedd yn deud wrtho nad oedd o haws â thrio cuddio'i synfyfyrio trist oddi wrthi hi.

Roedd Gwil wrthi'n rhoi dŵr ffyrnig a swnllyd yn y teciall. Eisteddai Sionyn a'i fam yn eu conglau, hi â'i throed i fyny ar stôl fechan a'r ffêr wedi'i bandio'n gadarn. Ysgyrnygodd ar wên Teifryn.

'Wel, blôc,' cyfarchodd Sionyn o.

'Sgynnoch chi rwbath i chwarae hwn?' gofynnodd yntau gan ddal y casét iddyn nhw.

'Cyn bellad nad ydi o'n gymanfa eto fyth,' meddai Sionyn. 'Y ddynas 'ma wedi'i phiclo ynddyn nhw.'

'Twt!' meddai Laura.

Troes yr ysgyrnygiad yn wên fechan o groeso. Roedd yntau'n disymwth werthfawrogi o'r newydd ac yn dechrau dod i nabod o'r newydd ddynes yn cadw'i mab yn fyw drwy ddarllen ei lyfrau chweched dosbarth. 'Nid pawb sy'n ddigon call i roi'r gora iddi'n ddi-lol yn hytrach na dal arni a chwyno'n ddiddiwedd am eu gwaith,' oedd hi wedi'i ddeud wrth Nain pan glywodd bod gyrfa Teifryn fel athro wedi dod i ben. Roedd yntau wedi dod yn fwy o ffrindia fyth hefo hi pan glywodd hynny.

'Yr un byd, fwy na heb,' meddai o wrth Sionyn. 'Pregethwr cynorthwyol.' Rhoes y casét yn y peiriant. 'Roedd Nain yn poeni braidd fod sgrin y cyfrifiadur rhwng y meicroffon a'i geg o. Ond doedd dim angan iddi.'

Gwrandawsant.

'Rachlod!' meddai Gwil.

Gwrandawsant ar Mrs Doris Owen, gweddw, yn gwneud ei hewyllys, yn rhannu yma ac acw ar ôl penodi'i chyfaill caredig a gofalus fel ysgutor ac yn gadael gweddill ei hystad iddo fo. Roedd y ddau lais yn glir ac yn ddigon clywadwy i'r pwrpas. Am eiliad roedd Teifryn wedi hanner difaru wrth deimlo y byddai'r stori'n ormod i Laura o gofio'i dagrau wrth iddi sôn am yr ewyllys arall, ond doedd dim angen iddo. Roedd ei hwyneb hi'n hollol ddifynegiant wrth wrando pob sill. Dim ond wrth glywed Doris yn ei henwi hi ac yn

72

crybwyll ei thrallod y daeth mymryn o wên i'w hwyneb. Ymledodd y wên wrth glywed y farn am Buddug a Teifryn ac wrth weld dirieidi Doris yn llygaid yr ŵyr wrth iddo yntau gydwerthfawrogi'n afieithus. Roedd Sionyn a Gwil am y gorau'n tawel fytheirio ac yna'n tawel ddychryn.

'Be sy'n mynd i ddigwydd rŵan?' meddai Sionyn mewn ofn pan ddaeth y tâp i'w derfyn.

'Dim byd, siŵr,' meddai Teifryn yn hamddenol. 'Mae 'na fwy iddi,' ychwanegodd. 'Roedd Nain erbyn dallt wedi bod yn 'i fwydo fo ers misoedd hefo straeon am gyfranddaliada oedd gynni hi, a hyd yn oed wedi gofyn 'i gyngor o ynglŷn â nhw. A chynigiodd o'r un ebwch i'w hatgoffa hi amdanyn nhw, mwy na ddaru o bwyso arni hi i drefnu rwbath hefo'r tŷ.'

'Ia, ond . . .' neidiodd Gwil yn sydyn.

'Be?' gofynnodd Laura.

'Be tasa rwbath wedi digwydd iddi hi cyn iddi gael amsar i wneud hon yn ddiwerth?'

'Roedd hi wedi gofalu'i bod hi'n ddiwerth cyn iddo fo ddod dros y trothwy,' meddai Teifryn, yn sobri beth wrth weld hen friw yn ei adnewyddu'i hun yn llygaid Gwil. 'Dwyt ti rioed yn disgwyl i Nain adael i ffawd gael modfadd o raff?'

Ysgwyd pen trist a braidd yn ddiflas oedd Laura.

'Fedri di ddim mo'i ddwyn o i gyfri hefo hwn,' meddai, ei llais yn siom fflat. 'Does 'na ddim yma i awgrymu'i bod hi'n gwneud hyn o'i hanfodd.'

'Dydi o ddim wedi'i fwriadu i fod yn drap,' atebodd Teifryn, yr un mor sobreiddiol. 'Does gan Nain yr un bwriad i dynnu Rhun Davies drwy'r baw yn gyhoeddus, dim ond rhoi marathon o ail iddo fo pan ddaw'r adag. A chymryd y bydd o a ni o gwmpas,' ychwanegodd, 'mae Mam a fi wedi penderfynu actio'n ddiniwad i gyd a gadael pob ymateb iddo fo.'

'Ia, ond . . . ond . . .' Roedd Sionyn yn gynnwrf dychryn o hyd. Iddo fo roedd pawb a phopeth swyddogol yn llyfu'i gilydd. 'Mae hwn gynno fo, 'tydi? Mi daerith o, gneith? Pa obaith fydd gan dy fam a chditha yn erbyn rhyw fustach 'fath â fo?'

Rhoes Teifryn wên gynnil ar y cynnwrf.

'Mi aeth Nain i Dre ben bora trannoeth i ailwneud 'i hewyllys iawn,' meddai. 'Wel, dim ond ychwanegu dwy frawddeg, un i ddeud yn benodol fod yr ewyllys iawn yn dirymu hon, a'r llall i adael ei chopi personol o *Cylchoedd* i'w chyfaill, Mr Rhun Davies.'

'Dydi hi rioed wedi gwneud hynny?' gwaeddodd Gwil, y briwiau i'w gweld yn diflannu yn gynt nag y daethant.

'Mi'i cafodd o am ddim gynno fo prun bynnag,' meddai Teifryn hapus, 'a hwnnw wedi'i lofnodi. Fasa hi ddim wedi'i brynu o dros 'i chrogi.'

'Mi farwa i'n fodlon,' meddai Sionyn yn ddwys, wedi derbyn.

Tynnodd Gwil y casét o'r peiriant a'i astudio fel newyddbeth.

'Mi fydd 'na hwyl ryw ddiwrnod,' ychwanegodd, ei fysedd cadarn yn gwarchod y casét.

Astudio'i throed wen oedd Laura.

'Fydd yr hwyl yn fwy na'r hiraeth?' gofynnodd yn dawel yn y man, gan edrych i fyw llygaid Teifryn, yntau'n ei gweld yn nabod popeth oedd i'w nabod.

Nid yr ystrydeb arferol oedd y 'Paid â bod yn ddiarth' a ddwedodd hi wrtho pan gododd i fynd chwaith. Ac nid o ran myrrath y dwedodd Gwil wrtho am gofio be oedd o'n 'i ddeud am y garej, ac nid o ran hwyl y rhuthrodd Sionyn i ddeud 'Sytha amdani wir Dduw' pan ddeallodd be oedd gan Gwil dan sylw.

'Dydw i ddim yn malu awyr,' pwysleisiodd Gwil wrth ddod allan hefo fo.

Roedd ei holl osgo mor ddifrifol fel na fedrai Teifryn ei ateb. Rhoes Gwil slap fechan iddo ar ochr ei fraich cyn troi'n ôl am y tŷ. A phan ddaeth o â'r car i ben y lôn, teimlai ddyletswydd yn pwyso arno ac aeth am y pentref yn hytrach na'i throi hi am adra. Ar y dde roedd iard Gwil, yn daclus i'w ryfeddu. Roedd wedi ehangu o gerrig beddi i bob math o gerrig addurniadol a cherrig nadd, er nad oedd y dirywiad yn y fasnach gerrig beddi wedi bod hanner cynddrwg ag yr oedd pob cysurwr Job wedi'i rybuddio pan brynodd yr iard. Roedd y garej bron gyferbyn, ac felly nid siarad ar ei gyfer oedd Gwil wrth ddeud bod posib ei gwneud hi'n iawn yno. Roedd wedi rhoi'i achos gerbron yn y Crythor, a hynny mor daer fel nad oedd gan Teifryn gyfle i ymateb y naill ffordd na'r llall. 'Ac mi fedrat fanteisio ar siop y garej a'i ehangu hi,' pwysleisiodd. 'Buan iawn y byddai pobol y lle 'ma'n gweld y gwahaniaeth rhyngot ti a'r cyw maliffwt arall 'ma,' meddai wedyn, gan amneidio'n ddilornus tuag at y ffenest a'r siop dros y ffordd. Roedd y syniad yn rhy newydd i Teifryn o'i gwr. 'Mi fedrat ddal ati hefo dy stwff coleg, ac ella y caet ti well gweledigaeth o'i gyfuno fo â bywyd go iawn nag a gaet ti yn y coleg 'i hun,' meddai Gwil mewn buddugoliaeth dawel i gyflawni'r ddadl.

Parciodd y car o flaen y gadwyn agosaf. Roedd ar goll yn newydd-deb y syniad, yn methu gwneud dim ohono. Daeth o'r car, er na wyddai i be. Doedd dim blerwch, dim pydredd, dim rhwd. Gan fod styllod dros y ffenestri, ni fedrai weld i mewn. Slempan o baent a mymryn o chwynnu a golchi'r pympiau a byddai popeth yn barod. Ni wyddai pam roedd yn meddwl y pethau hyn.

Dychwelodd i'r car. Arhosodd ynddo, yn llonydd. Ni wyddai am be'r oedd yn meddwl. Gwyddai hefyd. Gwyddai Laura hefyd. Unwaith yn rhagor ym Murllydan roedd ei llygaid hi wedi dal ei lygaid o wrth iddo godi i fynd a dymuno adferiad i'w throed druan.

Bryn oedd enw'r hogyn cyrliog oedd yn ei atgoffa o ran gwallt a phersonoliaeth bob tro'r oedd o fewn cyrraedd. Sioc a arweiniodd bron at fudandod oedd y wers olaf gerbron y chweched dosbarth. Ar ei diwedd daethai Bryn ato a rhoi amlen iddo gan ddeud 'Diolch' yn syml a gwridog ddiffuant. Roedd tocyn llyfr yn yr amlen.

Roedd ei ddwylo'n ddisymud ar y llyw o'i flaen.

'Lle wyt ti?'

Y tro cynta iddo ddefnyddio'i lais i ddeud y geiriau. Taniodd y car a dychwelodd adra.

iii

'Lle buost ti na fasat ti'n f'achub i 'nghynt, y falwan?'

'Pam na fasat ti'n rhoi'r gora i'w pryfocio nhw 'nghynt, y lob?'

'Do'n i ddim yn 'u pryfocio nhw.'

Dw i newydd achub Gwydion eto fyth. Mae'n debyg 'i fod o'n credu be mae o'n 'i ddeud. Mae o'n pryfocio cymaint nes na ŵyr o 'i fod o'n gwneud hynny. Rŵan roedd o'n tynnu ar Len a Jonathan, er 'u bod nhw'n ddau fwli ac yn hŷn ac yn fwy na fi, heb sôn amdano fo. Roeddan nhwtha wrth 'u bodda'n 'i guro fo nes 'i fod o'n crio, a fan'no'r oedd o'n crio dros y lle ac yn dal i'w pryfocio nhw ar yr un gwynt. Does 'na ddim terfyn arno fo. Mae o'n sychu'i ddagra ac mae'r ôl crio'n diflannu'n syth oddi ar 'i wynab o. Mae o'n troi'n ôl ac yn rhegi'r ddau arall nerth 'i ben a dw inna'n deud wrth fo am gallio ac mae o'n chwerthin ac yn codi dau fys arnyn nhw. Ac mi neith yr un peth yn union y tro nesa. Mae o'n troi'n ôl ac unwaith rydan ni wedi mynd rownd y tro o'u golwg nhw mae o'n pwyso isio mwytha yn fy erbyn i am eiliad ac yn gofyn pryd ydan ni'n mynd i edrach am Nain a Taid.

5

i

'Os bydd raid i mi ofyn amdano fo yn Susnag mi fywia
i hebddo fo,' meddai Sionyn.

Roedd hynny'n ddeud pur fawr iddo fo, gan mai
sôn am ei beint oedd o. Aethai'n ffradach yn y Crythor
rhwng y tafarnwr a'r dafarnwraig ac roedd y lle ar
werth. Roedd hi'n mynd ag arian parod i warws y
cyfanwerthwyr talu-munud-hwnnw i nôl mân bethau
fel diodydd ysgafn a deunydd bwyd parod i'r dafarn ac
yn dychwelyd yn llond ei hafflau o ddillad newydd a
dim byd i'w werthu. Roedd o'n mynd â llawn cymaint
i'r lle betio. Roedd hi'n mynd hefo dynion ac roedd
o'n mynd hefo merchaid a dynion ac roedd hyn i gyd,
drwy gymorth fodca neu ddau neu ragor, yn cael ei
gyhoeddi dros y bar mawr gerbron cynulleidfa
gegrwth. ''Toes 'na hwyl i'w gael?' meddai Gwil yn
sych fel carthan ar y ffordd adra.

Roedd o'n cael pwl arall o'r hanner-anobaith
ysbeidiol. 'Y felan gymdeithasol' oedd Doris yn ei alw
fo pan fyddai hi o fewn clyw. Byddai'n gwrando'n
ystyriol arno'n deud ei gwyn. Siopau wedi mynd yn
siop, a honno mor ddiarth â tasai hi ar y lleuad; y
llonga trachwant wedi gwneud y môr yr un mor
ddiarth ac amherthnasol i fywoliaeth neb, a hyd yn
oed gwerthu pethau mor syml a diniwed â mecryll
wedi mynd yn anghyfreithlon 'mwyn Duw; ffermydd
yn mynd yn ffarm a'i thractorau'n defnyddio llawn

78

cymaint ar oleuadau ag ar ddisl; capeli'n gwrthod mynd yn gapel er mai chwarter llawn fasai'r eglwys tasai pob un yn cau ac yn uno ynddi hi; y garej wedi mynd, a rŵan y Crythor.

'Ia,' meddai Doris, 'mae 'na iard lechi hefyd 'toes? Lle mae'r dirywiad yn honno? Mae hi'n batrwm i bawb.'

'Does 'na neb i'w weld yn 'i ddilyn o nacoes?' meddai yntau. 'Pwy fedar gynnal busnas yng nghanol marweidd-dra?'

Yn ei felan roedd o rŵan hefyd braidd, yn eistedd yn ei gongl yn gwylio'i fam yn mynd drwy'r marwolaethau. Deuai lleisiau plant o'r traeth drwy'r drws agored. Roedd yn gyfarwydd â'r rhan fwya os nad y cwbl a nhwtha'n gyfarwydd ag yntau, wrth eu boddau'n dod i'r iard ar eu sgawt i'w weld yn gweithio ac yn tynnu llythyren gywrain o blaendra carreg. Byddai rhai'n trio dyfalu pam oedd o'n defnyddio peiriant llythrennu ambell dro a'i gŷn a'i law ei hun dro arall. Roedd ambell un yn ddigon craff i weld y gwahaniaeth gwerthfawrogiad yn ei lygaid rhwng un dull a'r llall.

Daeth cnoc ar y drws, a llais Selina'n cyhoeddi 'Iw-hw' fel tasai hi newydd ddyfeisio'r cyfarchiad. Daeth ebwch byd-ar-ben o grombil Gwil.

'O, 'Rarglwydd! Yr injan gwyno uffar yma eto.'

Cododd a phystylad am y drws. Y tu ôl iddo roedd wyneb ei fam yn ddidaro ddifynegiant. Gwenodd Selina'n gymeradwyol i'w longyfarch.

'Dal i edrach ar ôl 'i fam. Sut wyt ti, Gwil bach?'

'Newydd gael hart atac yn 'y nhin.'

Sgubodd heibio iddi ac allan. Roedd troed ei fam yn gwella, ond heb wella digon i beidio derbyn blydi fusutors. Eisteddodd ar y wal uwchben Wal Cwch. Roedd Sionyn yn dal i gynnal rhyw ddau ddwsin o gewyll ac roedd wedi mynd i'w chwilio. Roedd ganddo ryw dri chwarter awr arall i gael y cwch yn ôl i'w le cyn treio. Bendith fawr y traeth oedd bod 'na un llawer neisiach na fo filltir a hanner yn nes i Landdogfael a hwnnw drwy drugaredd yn hwylusach i gychod hefyd. Roedd y creigiau garw oedd yn ymwthio yma ac acw yn y tywod yn rhy beryg i bob cychwr ond y cyfarwydd, ac nid oedd gysgod ond y tu ôl i Wal Cwch a dim ond ile i dri oedd yn fan'no. Roedd traddodiad yn gwarchod y tri ac yn deud pwy oedd yn cael mynd iddyn nhw. Ond roedd y traeth yn lle iawn i'r plantos. Rŵan roedd bodiau'n cael eu codi arno o'r dŵr ac yntau'n codi bawd yn ôl. Aeth campau nofwyr newydd fymryn yn fwy rhyfygus o'u cael o'n gynulleidfa. Aeth y felan i angof.

Toc, cododd. Aeth heibio i'r tŷ gan ryfeddu o'r newydd fod ganddo fam mor oddefgar ac aeth i fyny'r boncan i fynd am dro at y traeth pella a dilyn hynt Sionyn yn y cwch.

Roedd yma eto heno.

'Dwy flynadd sy 'na rhwng Sionyn a chditha hefyd, 'te?' oedd cyfarchiad tawel Teifryn.

Doedd o ddim wedi codi'i lygaid i'w gyfarch chwaith, dim ond eu cadw ar yr afon. Eisteddodd Gwil hefo fo uwch y dorlan ger y garreg wen. Canolbwyntiodd ar y dŵr bach.

'Mae natur yn casáu llinella syth.' Roedd ei lais yntau'n lleddfol, yn gweddu i'r lle. 'Dyna'r unig beth dw i'n 'i gofio o'r ysgol am wn i.' Cododd ei lygaid. 'Mae 'na ryddhad a rhyddhad, 'toes?' meddai wedyn, yr un mor araf.

'Oes, debyg.'

'Y rhyddhad sy 'cw rŵan ar ôl i'r hen ddyn fynd. Ffwlbri fydda deud bod galar yn gymysg ag o, heb sôn am fod yn sarhad ar bobol y mae galar wedi'u taro nhw. Be mae neb haws â chymryd arno fel arall? Ond pan mae'r ddau'n gymysg â'i gilydd mae un yn llawar mwy byrhoedlog na'r llall 'tydi?'

Codi fymryn ar sgwyddau gafodd o'n ateb.

'Wyt ti ddim yn difaru ynglŷn â'r ysgol, wyt ti?' gofynnodd wedyn ar ei union.

'Nac'dw,' atebodd Teifryn ar ei ben.

'Tyrd am ryw dro bach 'ta, yn lle gori yn fa'ma.'

Codasant, a Gwil yn eiddigeddus o'r deheuigrwydd wrth ei ochr wrth wneud hynny. Dilynasant yr afon a chadw i'r tir uchel ar ôl croesi'r agen. Roedd Teifryn yn fwy na bodlon gadael i Gwil ddewis y llwybr. Dalient i glywed ambell waedd o'r traeth. Ymhell draw roedd Sionyn eto heno wedi penderfynu mai sŵn rhwyfau ac nid sŵn injan oedd yn gweddu i'r noson ac wrthi'n rhwyfo'n ôl wrth ei bwysau. Roedd Gwil fel tasai o'n anelu'n unswydd at weddillion tramwyfa yn cysylltu hen olion tyllu uwchlaw'r pentref â'r môr. Roedd ychydig o waith dringo i'w chyrraedd. Eisteddodd Gwil ar bentwr o gerrig gan chwythu fymryn. Odanynt roedd dibyn pur serth, a'r dramwyfa'n anelu'n syth i lawr at rimyn o draeth o ro bras a cherrig rhwng creigiau duon gwymonog. Roedd y llethr uwchlaw'n llawer haws.

'Dyma ni, yli,' meddai Gwil. ''Rhen bobol yn deud bob amser mai cerrig dal olwyn rhaff ydi'r rhein, wedi bod yn dyrryn bach taclus un oes. Roedd y cychod yn dŵad i fan'na,' pwyntiodd at y rhimyn traeth, 'a'r merlod a'r mulod yn cael help y rhaff i dynnu'r halan a'r petha erill i fyny ac i fynd â'r mwyna a'r tywod tir i

81

lawr pan ddôi cychod i nôl y rheini. Nid i fan'na y byddai'r smyglars yn dŵad chwaith. Rhyw le digon od a pheryg i gael glanfa 'yfyd 'tydi?' ychwanegodd gan bwyntio eilwaith at y traeth, nad oedd fawr lletach na chwch. 'Fawr ryfadd i betha ddŵad i ben.'

'Mi fyddai glanfa mewn lle callach wedi golygu mwy o hald ar draws y tir,' meddai Teifryn, a'i sylw ar Sionyn yn ei gwch. 'A chroesi'r afon heb bont i wneud hynny. Newid yn y ffordd o fyw ac yn y cysylltiada traws-gwlad ddaru ddŵad â fa'ma i ben, a'r mwyna'n darfod ar y top 'ma wrth gwrs.' Trodd at Gwil, a gwên fechan ddireidus ar ei wyneb. 'Mi wnes i draethawd ar fa'ma ar gyfar 'y ngradd.'

'O.' Derbyniodd Gwil y newydd yn ddigon ffwrdd â hi. 'Ac wrth i'r llwybr 'ma lasu mi drodd craith yn rhamant. Roist ti hynny yn dy draethawd?'

'Nid yn yr union eiria yna.'

'Ond roedd y graith yma o'r golwg fwy na heb. Fydd craith y garej na'r Crythor na'r holl betha erill ddim, na fydd? Roist ti mo hynny yn dy draethawd, clap.'

Roedd y traethawd wedi'i gyflwyno ddiwrnod cyn roedd Gwydion i gael ei ryddhau, yn nyddiau'r gobaith amheugar. Doedd yr un rheswm pam y dylai Gwil wybod hynny.

'Mae 'na lond y traeth 'na o blant,' canlynodd Gwil arni o beidio â chael ateb, gan amneidio tua'i gartref. 'Dw i'n 'u nabod nhw bob un. Maen nhw'n cael 'u magu mewn dirywiad a diffrwythdra, er bod pob tŷ'n llawn tegins yn trio gwadu hynny. Mi wn i 'u bod nhw fel ninna'n dda iawn 'u byd o'u cymharu â miliyna erill. Ond nid dyna'r peth. Nid 'u cyrff nhw sy'n cael 'u fferru ond 'u meddylia nhw. Maen nhw'n haeddu amgenach.'

'Rwyt ti'n dawal ar y diawl,' meddai wedyn toc.

Dal i gadw'i sylw ar y cwch oedd Teifryn.

'Dwy flynadd oedd 'na rhwng Robat a Sionyn hefyd 'te?' meddai.

'Wnei di ddim ohoni wrth ori ar Robat,' atebodd Gwil ar ei union, a phendantrwydd ceryddol yn llond ei lais. 'Be am y garej 'ma?'

'Be wn i am geir, Gwil?'

'Mi fasa'n rhaid i ti gael mecanic prun bynnag, ac ella un arall ne' brentis. Mi fedrat 'i gwneud hi'n iawn yna. Tasai hi ddim ar y lôn fawr mi fasa 'na le i betruso ella ond mae 'na hen ddigon o drigil yna. Dim ond y dwl a'r barus fedar fethu yn'i hi, a dwyt ti mo'r naill na'r llall.'

Roedd ei lais yr un mor bendant a'r un mor geryddol. Roedd Teifryn ar goll o hyd.

'Annibyniaeth ydi peidio â chymryd dy demtio i chwenychu tegana na fedri di mo'u fforddio,' canlynodd Gwil daer arni, 'nid mynd i yfad cwrw tramor ddwywaith y flwyddyn, ac yn siŵr i ti nid swancio hyd y lle hefo walat yn dal hannar cant o blydi cardia banc. Mi wyddost titha hynny cystal â neb. Cer am y garej 'na.'

'Wel?' meddai wedyn toc, o gael distawrwydd llethol eto.

ii

Er bod y Dre rhwng tŷ Nain ac adra roedd posib ei hosgoi a byddai Teifryn yn defnyddio'r ffyrdd bychan i wneud hynny. Dychrynodd braidd o'i gael ei hun ar ei chyrion wrth ddychwelyd a sylweddoli lle'r oedd o. Eto heno roedd wedi troi tua Dolgynwyd yn hytrach nag adra ac wedi aros wrth y garej, yr un mor ansicr o'r perwyl â phob tro arall. Yr unig beth a wyddai o fyd cadw garej oedd bod yn rhaid iddyn nhw dalu am betrol wrth ei gael, neu dyna a glywsai un perchennog cwynfanus yn ei ddeud wrth ei dad ryw dro. Rŵan fedrai o ddim ystyried faint o arian fyddai ei angen i gael y lle am na allai ei weld yn berthnasol. Ac eto roedd wedi aros yno, wedi parcio eto o flaen y gadwyn a'r clo clap. 'Wyddwn inna ddim am gerrig chwaith nes i mi ddechra arni,' oedd Gwil wedi'i ddeud. 'Anghofia'r colbwyr dwyfron,' meddai wedyn, yr un mor daer a'r un mor bendant, 'dydi pob dyn busnas ddim yn cwyno am ei fyd ac yn cael cam dragywydd mwy nag ydi pob ffarmwr ne' bob athro, dim ond bod y rhai sy'n gwneud hynny'n uwch 'u cloch na'r lleill hefo'i gilydd.' Ac mae'n siŵr mai ffidlan yng nghanol rhyw feddyliau felly a wnaeth iddo ddod ymlaen i'r Dre mor ddiarwybod.

Roedd tro mawr i'r chwith yn y ffordd a giât fechan yn y pafin ar ei ganol ar ben llwybr a âi drwy barc bychan cyn dilyn glan yr afon a rannai Landdogfael bron yn gyfartal. Roedd grisiau cerrig yn mynd i lawr o'r giât ac roedd pen cyrliog du'n diflannu'n gyflym wrth i'r gwrychoedd bob ochr i'r grisiau gau amdano.

Gwydion oedd o.

Ni fedrai aros. Gwydion oedd o. Roedd llinellau gwyn ar ganol y ffordd a rhai melyn o'i deutu. Roedd ceir o'i flaen ac o'i ôl. Roedd y pafin yn llawer rhy gul i feddwl parcio arno. Gwydion oedd o. Rŵan roedd y drafnidiaeth o'i flaen yn argyfyngus o araf ond roedd ganddo lôn i droi iddi ar y dde ymhen rhyw ganllath. Ar ôl yr eiliadau meithion gwnaeth hynny ac ar ôl yr eiliadau anorfod faith eraill medrodd barcio.

Gwydion oedd o. Roedd y cip a gafodd ar ochr yr

wyneb yn fwy na digon. Rhuthrodd ar draws y ffordd fawr ac at giât ar ben llwybr arall a âi i'r parc, llwybr wedi'i godi i goetsys a beiciau. Roedd hwn yn lletach llwybr na'r llall ond roedd coed a gwrychoedd o boptu hwn hefyd. Rŵan roedd yn llamu rhedeg. Roedd tair gwraig yn mynd am dro ac yn llwyddo'n ddiymdrech i lenwi'u llygaid ag anghymeradwyaeth yn llawn twt-twt-hen-lefnyn-gwirion wrth iddo sboncio heibio. Surion a henion a hyllion fyddai'r geiriau wedi bod ers talwm pan fyddai Gwydion ac yntau'n rhedeg pafinau ac anghymeradwyaeth oedolion yn cyrraedd eu clustiau. Parodd yr atgo sydyn ac annisgwyl hwnnw iddo gyflymu eto fyth. Doedd o'n colli dim o'i wynt gan ei fod wrth ei fodd yn rhedeg bob adeg aml arall. Daeth at ben y llwybr bach. Roedd yn amhosib nad oedd Gwydion wedi hen gyrraedd fan'no ac aeth ymlaen i gyfeiriad yr afon.

Bu bron iddo â mynd ar ei ben iddyn nhw. Roedd tro yn y llwybr ac roedd y ddau ar ei ganol yn cusanu'u cyfarfyddiad yn frwd. O glywed sŵn ei draed ymryddhaodd un o'r cusanwyr.

'Helô,' cyfarchodd yr hogan galad o, yn deud gair clên ella am y tro cyntaf yn ei hoes, ei llygaid yn llawn o'r un llonder a'r cyfeillgarwch anghalad a'i llaw yn chwarae â'r cyrls duon wrth ei hochr.

Ac nid Gwydion oedd o.

iii

Mae'n debyg mai 'nhwyllo fy hun ydw i pan dw i'n tybio bod gen i frith go o'r peth. Ac eto ella ddim. Dad sy'n deud y stori am Gwydion a finna a'r gyllall fara. Fo ddaeth o hyd inni'n cwffio ar ganol y grisia, a chyllall fara yn llaw un ohonon ni. Dydi Dad ddim yn siŵr llaw pwy. Mae o'n chwysu dim ond wrth gofio am y peth.

Nid cwffas o'r iawn ryw oedd hi, er mai felly'r oedd hi'n ymddangos i Dad ar y pryd medda fo, a'r esboniad a gafodd o oedd mai fi oedd wedi gweld Gwydion yn trio sleifio i fyny grisia hefo'r gyllall fara. Yn hogyn mawr yn codi'n bedair oed ro'n i'n hen ddigon sad a chyfrifol i wybod nad oedd peth felly i fod yn llaw rhyw glapyn blwydd a hannar. Does neb a ŵyr sut cafodd o afael arni hi chwaith. Ond mi rois i homar o ras ar 'i ôl o i fyny'r grisia a'i ddal o a thrio cael y gyllall fara oddi arno fo cyn i Mam ne' Dad 'i weld o hefo hi a rhoi hanas 'i nain iddo fo. Dyna pryd y gwelodd Dad ni. Mae'r bobol ddiarth yn rhyfeddu o gl'wad y stori ac mae Gwydion yn deud, 'Wel diawl mi gollis i 'nghyfla, 'do Teif?' ac yn rhuthro arna i a 'nhynnu i i'r llawr a dechra 'ngholbio i ac mae'r bobol ddiarth yn dychryn am eu bywyda sidêt ac mae Mam yn gweiddi arnon ni i gallio a Gwydion yn rowlio chwerthin.

iv

'Be sy?' gofynnodd Buddug ar ei hunion.

Dywedodd yntau'r hanes.

'Mae golwg wedi blino arnat ti,' meddai hi. 'Ella,' meddai hi wedyn yn betrus yn y man, 'y dylat ti ystyriad bellach na ddaw o'n ôl. Nad ydi o i ddŵad yn 'i ôl,' ychwanegodd mewn llais gorchfygu deigryn.

'Be, Mam?' hanner gofynnodd yntau, bron yn sibrwd, er ei fod wedi'i chlywed yn iawn.

Gŵydd oedd hi. Roedd dyn a'i gymydog yn eu hel nhw o un lle i'r llall, a hithau ar drothwy'r Nadolig. Ella bod greddf yn deud wrth yr ŵydd be oedd o'i blaen hi a dyma hi'n mynd ar ei hadain i'r môr. Dyma'r dyn a'r cymydog yn mynd ar ei hôl hi mewn rhyw gneuan o gwch a ddymchwelodd yn ddi-ffrwt ar ôl ton neu ddwy. Wyth niwrnod yn ddiweddarach cafodd y cymydog ei olchi i'r lan hanner milltir i ffwrdd. Welwyd byth mo'r dyn. Ryw gyda'r nos yr haf wedyn gwelodd Teifryn asgwrn wedi'i adael gan lanw fymryn yn uwch na'r cyffredin ar gerrig y draethell yr oedd Gwil ac yntau uwch ei phen yn gynharach. Roedd wedi astudio'r asgwrn am hydoedd ac wedi dod i'r casgliad anorfod na fedrai ffitio dim ond coes dyn. Ni ddywedodd wrth neb ond Gwydion chwaith. Drannoeth aeth y ddau yno wedyn, a gweld ci'n codi'r asgwrn cyn ei ollwng ychydig lathenni ymhellach a cholli pob diddordeb ynddo, yr heli wedi sugno'r holl faeth iddo'i hun.

Roedd yr asgwrn rŵan yn ffitio coes Gwydion.

Na.

'Mae o'n dŵad yn 'i ôl, Mam.'

6

i

'Dof, siŵr,' meddai Teifryn.

Ond cafodd ail. Roedd Nain o ddifri ac yn deud bod ganddi reswm arbennig dros ei wahodd i fynd hefo hi i'r Capel. 'Nelo awran, penderfynodd yntau wrth weld yr edrychiad yn ei llygaid a hithau'n amlwg yn gwrthod ehangu'n llafar arno. Roedd yn bwrw prun bynnag.

'Gwerth 'i gweld,' meddai Nain wrth roi cip ar iard Gwil. 'Mi fedrai hon fod hefyd,' meddai wrth fynd heibio i'r garej.

Ond nid hynny oedd diben y siwrnai.

'Nefi!'

'Disgwyliwn Mr Rhun Davies i ddod aton ni y Sabbath nesa,' meddai Nain yn ddiniwed wrth edrych ar ysgutor hunanapwyntiedig ei hewyllys yn brysio dan ei ambarél o'i gar at giât y Capel. 'Parcia di yn fan'na rŵan,' ychwanegodd yr un mor ddiniwed, 'y tu ôl i gar Mr Davies. Cynthia druan.'

'Pwy?'

'Y gyduras fach wedi cynilo ar hyd 'i hoes, ac mi fuodd Mr Davies' – gwenodd yn addfwyn arno drwy'r ffenest wrth iddo fynd heibio – 'yn ddigon ffeind i'w helpu hi i wneud 'i hewyllys. Mae o'n cadw'r car yn lân i'w ryfeddu hefyd 'tydi, chwara teg. Tyrd rŵan,' meddai wedyn fel tasai o'n bump oed, 'ne' mi fyddan ni'n hwyr.'

Roedd yr oedfa yn y Capel am fod y festri'n cael ei thrwsio, eglurodd Nain wrth fynd drwy'r giât. Yn y galeri ar y dde oedd sêt Nain a Taid ers talwm ond doedd neb yn mynd i fan'no bellach. Gwthiodd Nain un o'r ddau ddrws rhydd ar y chwith a rhoes y colyn fymryn o grafiad wrth droi. Dilynodd Teifryn hi i sedd tua'r canol. Roedd Nain wedi rhoi'r gorau i'r arfer o blygu pen ar ôl eistedd a doedd o ddim yn cofio am ei fodolaeth. Yr un oglau ag ers talwm a lanwodd ei ffroenau.

Nhw ill dau oedd y rhai dwytha i gyrraedd. Wyth dynes oedd gweddill y gynulleidfa, ac organyddes tua hanner eu hoed yn troi i wneud siâp ceg helô ar Nain a dangos mymryn o syndod hapus o weld ei chydymaith. Roedd Rhun Davies yn cael croeso brwd yn y Sêt Fawr, yntau eisoes wedi ysgwyd llaw â dau o'r blaenoriaid ar yr ochr chwith, dyn a dynes oedd yn frawd a chwaer, yn ôl Nain. Rŵan roedd o'n ysgwyd llaw gadarn hefo'r blaenor arall ar yr ochr dde, ac yn dal i afael a rhoi ei law arall ar ben y lleill i gadarnhau'r cyfarchiad wrth ganlyn arni hefo'r sgwrs fechan cyn rhoi cip o amgylch y Capel ac esgyn i'r pwlpud.

Byddai'n chwith heb Taid heno. Fuo'r un oedfa erioed yn llethol hefo fo gan nad oedd o hanner mor uniongred â'r gofyn. Byddai'n ochneidio ar yr adegau yr oedd o i fod i wenu'n werthfawrogol neu ddotio at glyfrwch ac yn gwenu pan oedd o i fod i gydochneidio. Byddai Nain yn ceryddu ac yn deud ei fod yn gosod esiampl ddrwg i'r plant ond roedd y plant wrth eu boddau, a byddai Gwydion yn gwneud yn union yr un fath bob tro. Ac wrth ddal i gael y cerydd gan Nain hefo'r tamaid wrth y bwrdd ar ôl cyrraedd adra byddai Taid yn siŵr o roi winc mêts aruthrol ar Teifryn a Gwydion. Byddai'n chwith hebddo heno.

Lledu dwy law syber o'r pwlpud oedd yr arwydd fod gweddi agoriadol am gael ei chyflwyno. Plygwyd pob pen ond un. Aeth y geiriau'n syth i mewn ac yn syth allan a lediwyd yr emyn cyntaf. Llais tenor oedd gan Rhun Davies, a chanodd drwy'r emyn fymryn yn uwch na phawb arall a fymryn allan o diwn yn wastadol. Pwysleisiodd wedyn mai o'r Beibl gwreiddiol y byddai o'n darllen bob amser a cheisiodd Teifryn beidio â chodi aeliau. Darllenwyd, y llais yn goeth a'r geiriau a'r llythrennu'n eithriadol o gywir. Drwy symud ei lygaid yn gynnil a defnyddio rhifyddeg syml, cyfrodd Teifryn leoedd i ddau gant a phedwar ugain eistedd, ac ella ddwsin arall yn y Sêt Fawr, a rhyw ddau neu dri wedyn ar sedd y pwlpud. Cip arall a chyfri a chofio fymryn eto a gallai roi o leia gant a phedwar ugain arall yn y galeri. Fel hyn y ceisiwyd darllen yr unfed bennod ar hugain o Lyfr Josua, meddai'r pregethwr. 'Hm,' sibrydodd Nain yn nhraddodiad gorau Taid, a llonnwyd y galon wrth ei hochr. Lediodd a chanodd y pregethwr emyn arall.

Rhyw gyd-ddealltwriaeth rhyngddo fo a'r Duw gwerinol uwch ei ben oedd ei weddi, hon eto'n goeth a phob gair yn ei le, yr wyneb at allan a'r llygaid ar gau'n dynn a'r sbectol ddarllen wedi'i thynnu a'i gosod yn daclus ar y Beibl gwreiddiol odano. Roedd Teifryn yn cadw'i olygon arno'n wastadol ac yn sibrwd 'Arglwydd mawr' bob hyn a hyn ac yn cael pwniad gan Nain bob tro. Dim ond gwrando ddaru o pan wahoddwyd y gynulleidfa i ymuno yng Ngweddi'r Arglwydd hefyd. Arweiniai'r llais o'r pwlpud y weddi a chydarweiniai y dyn wrth ochr y ddynes yn y Sêt Fawr. Rhyw fwmblian drwyddi oedd pawb arall, gan gynnwys Nain. Neu felly y dechreuodd hi. 'Sancteiddier dy enw,' mwmbliodd hi mewn llais hen arfer. 'Deled dy deyrnas,' cydadroddodd wedyn yr un modd. 'Gwneler dy ewyllys,' cyhoeddodd mewn llais annerch, fel cloch.

'Iesu bach!'

Cafodd Teifryn bwniad. A baglodd y llais coeth o'r pwlpud y mymryn lleiaf ar 'Megis yn y nef'.

Daeth y blaenor unig ar y dde â'i ffon hefo fo at bwlpud bach y Sêt Fawr i groesawu Mr Davies a diolch yn angerddol am ei barodrwydd i ddod atom fel arfer. Canmolodd o am nad oedd o erioed wedi torri'i gyhoeddiad a diolchodd rhag blaen am y neges rymus oedd yn ddiau i ddilyn. Croesawodd y gŵr ifanc yr oedd Mrs Owen wedi'i ddod hefo hi yr un mor dwymgalon, a da y cofiai am y dyddiau pan oedd Mr a Mrs Owen yn eu sêt ar flaen y galeri a'r ddau ŵyr bach direidus hefo nhw. Petrusodd, fymryn yn anghyffyrddus cyn brysio ymlaen i obeithio y câi o fendith yn ein plith ac y deuai eto hefo'i nain yn fuan. Roedd nodio brwd o'r pwlpud.

Ailadroddodd Rhun Davies destun ei bregeth o'r ychydig adnodau y ceisiwyd eu darllen yn gynharach a gostyngodd dôn ei lais yn briodol wrth ddod at derfyn yr ail ddarlleniad. Bregus oedd y cysylltiad rhwng y testun a'r hyn a ddilynai, a buan y dechreuodd Teifryn laru ar y casgliad o straeon diniwed oedd yn sylfaen i'r sylwadau, gyda phob un yn cael ei hymestyn a'i hegluro i'r eithaf. 'Taswn i wedi rhoi stwff fel hyn i'r chwechad, mi fasan nhw wedi 'mhledu i hefo ffona symudol,' sibrydodd wrth Nain toc a chael 'Twt-twt' yn gyflog. Roedd pawb i'w weld yn gwrando'n astud. Na, sylwodd, roedd un yn cadw'r traddodiad ac yn cysgu'n braf. Ella mai'r un oedd hi â honno a yrrodd Nain yn ddihafal goch pan roddodd Gwydion bwniad i'w daid a deud yn hen ddigon uchel, 'Yli honna'n cysgu, Taid.'

'Mae 'na dri math o bobol yn galw yn tŷ ni,' cyhoeddwyd o'r pwlpud toc, 'ffrindia a chymdogion sy'n galw bron bob dydd, ffrindia a chymdogion sy'n galw'n llai aml, a phobol ddiarth.'

Arhoswyd ennyd i glirio'r gwddw ac i roi cyfle i'r wybodaeth ymdreiddio.

'A'r tri math yn 'i alw fo'n Mr Davies,' sibrydodd Nain braidd yn uchel.

Siriolodd Teifryn drwyddo. Roedd Taid wedi gadael ei ôl heb udganu a Nain wedi mabwysiadu'r traddodiad, ella'n ddiarwybod. Hynny neu ddihidrwydd gonest ei hoedran.

'Mae'r ddau fath cynta'n dod i'r cefn bob amser. Agor y drws a gweiddi "Helô" fydd y ffrindia a'r cymdogion beunyddiol yn 'i wneud, os ca i 'u galw nhw'n hynny, a dw i'n siŵr y ca i. Mi fydd y ffrindia a'r cymdogion achlysurol yn cnocio cyn agor a gweiddi, ac mi fydda i'n gwybod hefo amball gnoc pwy fydd yna, cyn clywed y llais o gwbwl. Ond mae'r bobl ddiarth yn dod i'r ffrynt bob amser ac yn canu'r gloch, a byth yn agor y drws. Ond ryw fis yn ôl, credwch neu beidio . . .'

'Credu, debyg.'

'Tria ddysgu rwbath.'

'. . . dyma gnoc ar y drws cefn, a ddaru neb agor. Wel, medda fi, pwy fedar hwn fod? Dydi o ddim yn ddiarth, ne' mi fydda fo wedi dod i'r ffrynt. A dydi o ddim yn teimlo'i fod o'n gallu bod yn ddigon hy i agor ar ôl cnocio. Fedrwn i ddim meddwl ar y funud am neb a fyddai'n gwneud hynny. A dyma fi i'r drws a'i agor, yn dal i bendroni. Pwy oedd yno ond y Pab.'

Daeth ffrwydrad bychan a rhoddodd Nain bwniad i'w dawelu.

'Roedd o wedi galw i ofyn am gymorth hefo un o'i wasanaethau.'

'I bregethu'r Gwir Efengyl.'

Pwniad arall. Roedd o'n gwybod cynt, ond dyma Teifryn yn penderfynu ar amrantiad terfynol nad oedd aberthu Nain er mwyn tynnu Rhun Davies drwy'r baw yn werth y fargen. Treuliodd weddill yr oedfa'n trio dyfeisio ffordd o gael y byd i gredu bod Nain wedi marw a chael Rhun Davies i ddod i Lain Siôr i ddarllen yr ewyllys yn ei lais coeth ar ôl cnocio ar y drws cefn, ac yna wedi iddo orffen cyhoeddi'r ewyllys a'r fendith, cael Nain i ddod drwodd hefo panad iddo fo a deud, 'Dyna chi, Mr Davies.' Daliai i wrando hefyd, a sobreiddio o dipyn i beth wrth wneud hynny. O'i gwmpas, gweddillion hendadaeth oedd yn dal i bwyso'n dunelli digyfaddawd ar bopeth ac ella ar bob meddwl ar wahân i un Nain, ond er hynny roeddan nhw, fel y plant i Gwil, yn haeddu gwell na hyn.

'Er mwyn Ei Enw Mawr, Amen.'

'Diolch, Nain.'

''Toedd o'n dda,' meddai'r blaenor hefo'r ffon wrth Nain yn y drws, mewn llais trio-gwneud-iawn am yr ennyd o boen nad oedd yn boen gwedd-dod a ddaethai i'w llygaid pan oedd o wedi sôn am yr wyrion.

'Ardderchog.'

'Dyna i ti be 'di safon,' meddai hi ar ôl cau drws y

car. 'A phaid byth â rhegi yn Capal chwaith,' ceryddodd a gwenu'n ddel ar Rhun Davies wrth iddo fynd heibio dan ei ambarél am ei gar. 'Roedd o'n falch ofnadwy o 'ngweld i'n edrach mor dda.'

Tra oeddan nhw yn yr oedfa roedd arwydd 'Ar Werth' wedi'i osod ar y lawnt fechan rhwng dwy gadwyn wen y garej.

'Neb yn parchu'r Sul y dyddia yma,' meddai Nain. 'Mi fyddai pobol yn dueddol o alw unrhyw offeiriad Pabyddol yn Bab prun bynnag,' ychwanegodd wedyn i ddymchwel yr holl sioe. 'Mi faswn i feddwl y byddai athro Hanes yn gwybod hynny.'

ii

Mae Bob Griffith yn mynd yn ôl i'w Sêt Fawr. 'Lle cysegredig ydi hwn,' medda fo wrth y gynulleidfa i gyd, a cherydd yn y cryndod. Dydi o byth yn siarad crynu y tu allan i Capal chwaith. Mae o'n edrach arnon ni am eiliad wrth ddeud 'lle cysegredig'. Mae o'n dechra ar 'i ddiolchiada wedyn. Mae o wedi gorfod ildio'i le heddiw am mai gwasanaeth plant oedd 'na ac mi fuo'n rhaid iddo fo fodloni ar fod yn sêt 'i wraig. Roedd hi'n gwenu'n annwyl drwy'r adag. Dyna fydd hi'n 'i wneud prun bynnag.

Gwydion oedd yn 'i chael hi, ne' fi. Ne' Mam ella. Roedd y plant i gyd yn Sêt Fawr a Gwydion fel mwnci hyd y lle. Ro'n i newydd ddechra darllan emyn a dyma Gwydion yn crafangu i ben gadar dan pwlpud a neidio i fyny a hongian oddi ar y pwlpud a gweiddi 'Geronimo' dros 'lle. Mi chwerthis i siŵr Dduw ond diolch byth mi ddaru Menna Garn roi winc arna i a

94

dechra'r organ yn syth wedi i mi gyrraedd diwadd y pennill a fuo dim rhaid i mi drio mynd drwy'r gweddill. Ro'n i'n dal i biso chwerthin ac yn trio peidio a Gwydion yn dal i hongian a gwichian nes doth Mam a gafael yn'o fo. Dyma fo'n gweiddi 'Help Teif!' dros 'lle wedyn i wneud petha'n waeth. Roedd pawb ond Bob Griffith yn gwenu ne'n dal 'u penna i lawr. Mae Menna Garn yn deud nad ydi o'n licio plant. Roedd o'n chwe deg pump yn priodi medda hi. Mae 'na lot o hen bobol chwe deg pump oed yn licio plant. A rŵan mae o'n edrach ar Mam a fi wrth ddeud 'Lle cysegredig ydi hwn' eto fyth. Biti na fasai Taid yma. Mae Gwydion ar lin Mam yn pwyso'i ben arni ac yn gafael rownd ei gwddw hi hefo un llaw ac yn chwara hefo botwm 'i blows hi hefo'r llall ac yn bihafio fel angal.

Cymryd arno nad ydi o'n chwerthin mae Dad hefyd pan ydan ni'n deud wrtho fo. 'Be arall sydd i'w ddisgwyl gan rywun sy'n dal i fynd i Gapal yn 'i siwt lwyd-ddu a'i dremolo?' medda fo.

iii

Sionyn brynodd ffon i'w fam. Cafodd lai o waith perswadio nag a ofnai, dim ond awgrymu y byddai'n beth call iddi gael rhyw fath o gynhaliaeth nes byddai'r droed wedi cryfhau digon. Roedd Mathias wedi bod yn defnyddio ffon hefyd at y diwedd cyn iddo fynd i orwedd, ac wedyn o gwmpas y llofft tra medrodd, ond roedd honno wedi mynd i ddechrau tân ar ôl y cynhebrwng a chafodd Laura un newydd sbon, un ysgafnach a llawn hwylusach iddi hi.

Sionyn oedd yn chwarae hefo'r ffon rŵan, yn eistedd yn ei gongol ar ôl molchi a newid ac yn astudio'r carn gan ei droi yn araf bob hyn a hyn. Ffon gartra oedd hi, wedi'i gwneud gan Dic am fod ganddo fwy o amser i'w hobi ar ôl iddo fynd ati i brynu eirch yn hytrach na'u gwneud nhw. Roedd y ffon ychydig yn ddrutach na goreuon siop y Dre ond doedd fawr o bwys am hynny gan ei bod yn well ffon, a bod gafael ynddi a'i theimlo a'i gwerthfawrogi llawn mor fuddiol â'i defnyddio cyn amled â pheidio. Draenen ddu oedd hi, yn amddifad o bob pigyn gwenwynig, a charn cadarn o ywen yn cyferbynnu yr un mor drawiadol waeth faint o sylw a gwerthfawrogiad a roddid. Doedd dim cyffelyb ar gael yn y siopau, ac roedd Dic yn gwsmer yn yr iard prun bynnag.

Cawsai Dic orchwyl arall hefyd, sef gwneud ffrâm i ddal llun i Laura. Rŵan safai hi uwch y bwrdd yn astudio llun hir yr Ysgol Fawr yn ei ffrâm newydd. Roedd Teifryn wedi picio yno ac roedd tempar dda arni.

'Lle dach chi am 'i roi o?' gofynnodd o.

'Yn llofft, uwchben y silff lyfra,' atebodd hithau. 'Wyt ti'n meddwl 'mod i'n wirion?'

'Nac'dw siŵr.'

'Rwyt ti'n wahanol i'r ddau yma, felly.'

'Ddudis i ddim dy fod ti'n wirion,' meddai Sionyn, 'dim ond gofyn i be wyt ti'n traffath hefo fo.'

'Mae'n debyg mai hwn ydi'r llun ola ohono fo 'sti,' meddai hithau wrth Teifryn. 'Hwn ydi'r un ola welis i, beth bynnag.'

Ond doedd hi byth am ddeud nac awgrymu be ddigwyddodd. Roedd Teifryn yn trio codi'r pwnc ym mhob sgwrs bron ond doedd hi ddim yn ymateb, dim ond gadael iddo. A doedd hi fymryn dicach.

'Peint i ti os ffendi di Gwil ne' fi,' meddai Sionyn.

'Diolch yn fawr.'

Daeth Teifryn o hyd i'r ddau ar ei union, yn laru yn eu crysau gwynion a'u teis llac. Rhoes ei fys ar un arall.

'Robat.'

'Ia,' meddai Laura'n ddidaro.

'A Mam,' meddai wedyn yn syth gan symud ei fys eto. 'Y peint hawdda ge's i rioed. Mae'r llun yma acw.'

'Bustach,' grwgnachodd Sionyn.

'Glywist ti dy fam yn sôn am hon?' gofynnodd Laura, gan bwyntio at athrawes ifanc yr oedd ei hwyneb yn hyder llon drwyddo.

'Naddo, am wn i.'

'Marian, yr athrawas Ffisics. Roedd Robat yn meddwl y byd ohoni a hitha ohono ynta.' Roedd ei throed yn dechrau gwarafun y pwysau ac eisteddodd. 'Mi ruthrodd yma o'r ysgol yn un swydd amsar cinio y diwrnod hwnnw. Mi fuodd hi'n eithriadol hefo ni. Hi ddaru roi'r deyrnged yn Capal.'

'Yr un galla glywis i rioed beth bynnag,' porthodd Sionyn, heb boeni mai ymateb hogyn pedair ar ddeg oed oedd ei farn.

'Fuo hi ddim yn yr ysgol yn hir wedyn,' meddai Laura a rhyw olwg hiraethus arni. 'Mi gafodd waith yn un o'r colega 'na yng Nghaerdydd. Fan'no oedd 'i chariad hi.'

Chafodd hi mo'i galw i roi tystiolaeth yn y cwest chwaith. Prifathro'r ysgol ddaru hynny ac roedd yn amlwg o'r cofnodion swyddogol mai wedi cael ei alw i ddiystyru'r posibilrwydd o hunanladdiad oedd o. Doedd Teifryn ddim am ddangos ei fod wedi mynd ar ôl y cofnodion chwaith. Gwyddai na châi ddadleniad o fath yn y byd ohonyn nhw ond roedd yn bosib y byddai ynddyn nhw ryw awgrym am ffynonellau newydd i'w fusnesa dyfalbarhaol. Nid chwilio am sgandal oedd o. Roedd ei fam yn dal i fynychu bedd Robat. Gallasai'r cyfeillgarwch disyfyd fod wedi troi'n garwriaeth a'r garwriaeth fod wedi para. A be wedyn? Nid Teifryn fyddai o'i hun ond rhywun arall, rhyw hanner Teifryn ella. Ond roedd rhyw feddyliau a rhyw ffugathronyddu felly'n hollol ddi-fudd. Isio gwybod oedd arno fo. Dim arall.

'Mi ddo i i dy ddanfon di i fyny,' meddai Sionyn pan oedd o ar gychwyn, 'i gael rhyw wynt bach.'

Rhoes y ffon yn ôl i'w fam a daeth allan. Daeth o ddim ymhell chwaith, dim ond codi 'i hun i eistedd ar y wal wrth y giât gefn.

'Rwyt ti'n dal i bendroni hefo Mam a'r llwch, 'twyt?' meddai.

'Wel . . .' triodd Teifryn, heb fod isio gwadu.

Golwg hamddenol nac yma nac acw ynglŷn â'r peth oedd ar Sionyn, a chadarnhâi ei lais hynny.

'Dydi pawb ddim yn cael yr un math o rieni, nac'dyn?' meddai, ei lygaid ar wylan oedd yn glanio ar botyn y corn. 'Roedd hwn yn hen sgrimpyn 'sti,' canlynodd arni gan nodio at y tŷ cyn i Teifryn gael ateb. 'Chodai'r penci fys i helpu'r hen ledi na ni'n dau. Mi fyddai'r sacha gwichiaid 'ma'n pydru yn 'u tro a gwaetha ni'n ein dannadd mi fyddai 'na amball un yn rhwygo'n ddirybudd ar gefn un ohonon ni ne' pan fyddai o'n cael 'i roi i lawr. A chodai'r hen ddyn 'ma'r un ohonyn nhw, dim un wan jac, dim ond sbio ar bawb arall yn gwneud, os traffertha fo i sbio o gwbwl. Ddaru o wneud un dim rioed ond gofyn 'i dendans. Ond doedd o ddim yn 'u cael nhw. Roedd Mam yn fwy nag abal iddo fo. Nid 'u bod nhw'n ffraeo, wel nid yn ein clyw ni beth bynnag. Ond yn hwyr ne'n hwyrach mae hi'n dŵad yn llond bol 'tydi?'

Roedd ei lais wedi codi a chyflymu a mynd yn llawer mwy diamynedd.

'Ydi ella,' meddai Teifryn, yn teimlo'n ddi-glem.

'Diolcha nad oes gen ti mo'r angan na'r gallu i siarad fel'na am dy dad,' meddai Sionyn wedyn ar ei union. 'Ond y gwir 'di'r gwir. Dydi llond bol ddim yn taro pawb yr un fath na'r un pryd. Rhyw feddwl ydw i na tharodd o Mam nes iddi weld y bocs llwch yn llaw Dic. Ond mi tarodd o hi wedyn yn 'i phlygiad. Dyna sy'n gyfrifol am be ddigwyddodd i'r llwch, siŵr i ti. Does 'na ddim mwy na hynny iddo fo.'

'Mae o'n gwneud synnwyr,' meddai Teifryn.

Roedd yr wylan wedi glanio ar y wal, bron yn bowld o agos, ei phen ar osgo gwrando. Roedd golwg raenus iach arni, yn batrwm o dderyn. Pla oedd yr enw botanegol newydd arnyn nhw bellach yn y trefi.

'Roedd Gwil yn deud 'i bod hi'n well acw rŵan,' mentrodd Teifryn eto.

'Dw i 'di chl'wad hi'n canu, 'neno'r Tad.' Roedd llais Sionyn wedi dychwelyd i'w arafwch arferol. Rhoes glec fechan ar ei fawd a chododd yr wylan. Daeth yn ei hôl a setlo rhyw lathen ymhellach draw na chynt. 'Doedd 'na'r un wylan ar y wal 'ma'r noson honno chwaith,' meddai wedyn.

'Pa noson?'

Doedd dim golwg ateb ar ei ben ar Sionyn.

'Mi fasa Robat a chditha wedi gwneud yn dda hefo'ch gilydd,' meddai, ei lais rŵan yn bendant braf. 'Roedd Robat yn hen foi iawn. Chaet ti ddim gwell brawd. Mi fydda fo'n cadw part Gwil a finna a hyd yn oed yn cymryd y bai am rai petha i'n harbad ni rhag cweir.

Roedd o'n gallu dod ohoni. Roedd o'n gweld drwy'r hen ddyn ac roedd hi'n amlwg 'i fod ynta'n gwybod hynny. Dyna pam roedd ar yr hen ddyn 'i ofn o.'

Canolbwyntiai Teifryn ar bob gair. Roedd wedi stwna cymaint yn y wybodaeth brin oedd ganddo a'r damcaniaethau di-drefn a neidiai ohoni bob hyn a hyn nes bod pob gair newydd fel aur. Rŵan roedd Sionyn wedi aros eto, fel tasai o'n disgwyl iddo fo ymateb. Ond fedrai o ddim tarfu rŵan. Roedd yr wylan raenus wedi dynesu eto bob yn bwt.

'Nos Lun cyn i Robat foddi,' aeth Sionyn rhagddo, 'mi aeth hi'n horwth o ffrae rhyngddo fo a'r hen ddyn. Roedd Mam wedi llusgo Gwil a minna i'r Capal i rwbath ond ro'n i wedi dengid ac wedi dŵad yn ôl ar draws y caea 'ma. Roeddan nhw'n meddwl bod y lle'n glir. Ond o'u cl'wad nhw, mi guddis i y tu ôl i'r wal bella 'na. Dim ond cynffon y ffrae glywis i ond roedd hi'n amlwg fod yr hen ddyn wedi myllio a Robat yn llawar tawelach, yn cadw llawar gwell tac ar 'i dempar am fod 'na filgwaith mwy yn 'i ben o, debyg. Mi glywis i Robat yn deud rwbath am ryw "honno", a'i lais o'n sbeit i'w ryfeddu, a'r munud nesa roedd y dyn 'ma wedi codi rhaw ato fo. Gwneud y peth call a chilio ddaru Robat siŵr, a hynny'n gwneud y sglyfath dyn 'ma'n fwy cynddeiriog fyth. Chdi 'di'r cynta i gl'wad hyn,' ychwanegodd, bron yn rhybuddiol ar ôl ennyd o ddistawrwydd, 'ŵyr Mam na Gwil ddim am y peth.'

'Ge'st ti ryw eglurhad?' gofynnodd Teifryn mewn llais cadw'r gyfrinach.

'Naddo,' meddai Sionyn fel tasai o'n cyfaddef. 'Roedd arna i ofn deud 'mod i wedi'u cl'wad nhw. Ella basa rhai'n deud mai dyheu am ragor o'n i er mwyn cael eglurhad ne' dim ond er mwyn cl'wad pobol yn ffraeo, ond mi wn i nad o'n i ddim. Llond lle o dyndra dieiria oedd yma drannoeth a thrennydd. Wedyn mi ddigwyddodd. Mi aeth Robat ar yr êl. Debyg iawn 'mod i wedi bod yn meddwl byth ers hynny na fasa fo ddim wedi meddwi cymaint tasa fynta wedi gweiddi hefyd wrth ffraeo hefo'r hen ddyn, yn lle gadael i'r peth ffrwtian a gwaethygu'n dawal bach am ddyddia. Y ffrae welodd dy nain yn llgada'r hen ddyn y bora hwnnw, siŵr i ti. Doedd o ddim yn gwybod am Robat cyn iddi ddod yma.'

'Ddigon posib,' meddai Teifryn yn dawel.

Doedd ganddo'r un amcan wedi bod o gwbl i greu damcaniaethau dramatig prun bynnag.

'Doedd 'na ddim hanas o feddwi i Robat neno'r Duw,' meddai Sionyn wedyn yn bendant. 'Mi wn i hynny cystal â neb. Felly doedd dim angan llawar i'w feddwi o nac oedd, heb sôn am faint roeddan nhw'n 'i ddeud oedd yn 'i gorff o.'

Roedd y patholegydd wedi cael rhai hŷn na Robat wedi mygu yn eu cyfog eu hunain, a hynny ar lai o alcohol yn ôl ei sylwadau yn y cwest. Byddai Robat mwya tebyg wedi bod yn llwyr analluog i achub dim arno'i hun cyn i'w ben daro'r garreg wrth iddo ddisgyn, ychwanegodd, ac wedyn ni ellid dibynnu ar reddf i'w dynnu'i hun o'r dŵr neu o leia i godi'i ben ohono. Dywedodd wedyn fod lefel yr alcohol ynddo'i hun yn ddigon i ladd yfwr dibrofiad drwy wenwyn, heb angen na chyfog na damwain i'w hybu.

Doedd Teifryn ddim yn meddwl ei fod o'n torri cyfrinach wrth ddeud y stori wrth Nain pan ddychwelodd. Roedd hi wedi darparu panad a brechdan ar y bwrdd bach allan yn y cefn. Cynigiodd o ddamcaniaeth Sionyn a hefyd ei ddamcaniaeth o'i hun mai'r sioc roedd hi'i hun ynddi oedd wedi gwneud iddi dybio'r hyn a welodd yn llygaid Mathias y bore hwnnw, a'i bod hi'n camgymryd.

'Nac o'n, do'n i ddim,' meddai Nain yn siort. 'A pham aeth Laura yn un swydd i fan'na i gael gwarad â'r llwch?' gofynnodd yn dawel groesholgar a nodio tuag at y garreg wen oedd fymryn yn y golwg uwch y dorlan draw. 'Tasai arni isio dim ond sarhau Thias i'r eitha mi fyddai hi wedi rhoi'r cwbl yn y bin lludw. Mae hynny wedi digwydd cyn heddiw. A pheth arall,' meddai wedyn, yr un mor dawel bendant, 'mi ddudodd y plismyn yn y cwest 'u bod nhw wedi methu dod o hyd i neb oedd yn barod i ddeud 'u bod nhw wedi gwerthu diod i Robat y noson honno.'

'Go brin y cewch i neb i ymbil am gael mynd i helynt,' torrodd Teifryn ar ei thraws.

'Na, dydi hynny ddim yn anarferol, debyg,' cytunodd hithau. 'Ond ddaethon nhw o hyd i neb oedd wedi'i weld o'n prynu peth chwaith,' pwysleisiodd wedyn. 'A doedd 'na'r un o'i ffrindia fo wedi'i weld o y noson honno, na'r ddarpar gariad. Lle oedd o wedi bod felly? A lle cafodd o ddiod?'

Doedd yntau ddim yn siŵr rŵan prun ai cytuno hefo hi am ei bod yn siarad synnwyr oedd o 'ta am ei fod yn dymuno cytuno er mwyn gwefr dirgelwch, yn union fel roedd Sionyn wedi awgrymu'r wefr sydd i'w chael mewn ffrae pobl eraill funudau ynghynt.

Daeth yr wylan ar ei sgawt i lygadu'r bwyd ac aros bron wrth eu traed.

'Mae arna i ffansi mabwysiadu hon,' meddai Teifryn, a lluchio darn o grystyn wrth ei thraed, 'a rhoi enw iddi, rwbath llawn dychymyg 'fath â Gwylan. Ne' Llinos. Welsoch chi well graen ar dderyn rioed?'

Llowciodd yr wylan y crystyn ar ei hunion.

'Pharith y graen ddim yn hir os dali di i'w bwydo hi hefo crystia yn hytrach na'i bwyd naturiol,' atebodd Nain. 'Mae hi'n gwybod bod 'na well arlwy iddi dim ond ychydig lathenni i ffwr', ond eto mae hi'n llyncu hwn. Diogi a dim arall.'

'Oeddach chi'n nabod yr athrawas roddodd deyrnged yn y cnebrwn, Nain?'

'Na,' meddai hithau ar ôl ystyried ennyd, 'ond mi fuodd hi'n dda iawn hefo nhw. Ifanc oedd hi, eithriadol o ifanc tasa hi'n mynd i hynny, os nad oedd hi'r un fath â chdi'n hŷn na'i golwg.'

'Uwadd,' triodd yntau lais Gwil.

'Roedd Dic Arfon – hwnna oedd hefo'i chwaer yn Sêt Fawr – yn taeru bora 'ma na fedrat ti yn dy fyw fod yn hŷn nag ugian,' gwenodd hithau'n hiraethus bron. Darfu'r wên rywfaint. 'Roedd o'n mynnu dy alw di'n Gwydion.'

Cip sydyn ar Nain, cip sydyn ar yr wylan, a setlodd ei lygaid draw. Doedd dim gorwel heno, dim ond môr ac awyr yn ymdoddi'n llwyd. Setlodd llygaid Nain hithau ar yr un pellter. Doedd dim lliwiau heno, ond roedd y llwydni fymryn yn oleuach o flaen yr haul. Roedd y ddau'n ddistaw, yn edrych. Prin oedd yr adegau yr oedd yr enw'n dod i glyw erbyn hyn, ond roedd y cydfeddwl yn gyson ac aml, a gwyddent nad oedd y naill na'r llall â'r awydd lleiaf i wadu hynny.

'Lle mae o, Nain?'

Dw i ddim yn cymryd arna, ond dw i'n gwneud 'i llond hi. Mae Mam a Dad am y gora'n trio cuddiad 'u bod nhwtha'r un fath. Mae Dad yn waeth ac yn salach am drio cymryd arno nad ydi o ddim. Does 'na neb yn deud gair chwaith. Mi es i i'r tŷ gwydr i gymryd arna chwilio am bryfetach ar y dail ond fedrwn i ddim aros yno am fwy na thri munud ac mi es i i fyny i'r llofft. Roedd Dad yn llofft nhw'n edrach allan drwy'r ffenast, yn hollol lonydd a'i freichia'n llipa wrth 'i ochra. Mi gymerodd arno'i fod o'n gwneud rhwbath arall pan sylweddolodd o 'mod i wedi'i weld o.

Y radio sydd wedi cyhoeddi bod y lôn fawr ar gau y tu draw i Rydfeurig am fod 'na ddamwain ddifrifol wedi digwydd rhwng car a beic. Dim ond un ystyr sydd i beth fel'na. Mae Gwydion wedi mynd hefo'i feic ers ben bora ac roedd o'n deud y bydda fo'n ôl erbyn te ac mae hi'n tynnu am saith a does 'na ddim hanas ohono fo. Ro'n i i fod i fynd hefo fo ond mae 'mhen-glin i'n dal i frifo ar ôl y gic ge's i ar 'cae ffwtbol ddydd Llun.

Mae Mam yn gwrando ar Newyddion Saith ac mae hwnnw'n deud yr un peth heb ehangu dim ar y stori. Mae Dad yn mynd allan i'r tŷ gwydr ac mae o'n welw a does 'na neb yn deud dim byth. Dw i'n gwybod bod Mam wedi ffonio ar y slei ond mae'n amlwg nad oedd dim i'w gael ar wahân i'r cadarnhad fod y ddamwain wedi digwydd. Mae Mam yn edrach eto drwy ffenast ffrynt ac yn mynd i ffidlan hefo bwyd yn cefn ac yn dod o hyd i benawda newyddion eto hannar awr wedi saith a'r rheini'n deud bod y lôn yn dal ar gau. Mae hi'n sleifio eto at y ffôn ac mae hi ar ganol siarad hefo rhywun ac mae 'na horwth o 'Hwrê' yn dod drwy'r giât gefn ac mae Gwydion yn neidio oddi ar 'i feic ac yn lluchio'i helmet i'r awyr ac yn 'i dal hi'n ddeheuig fel pêl rygbi ac yn gweiddi 'i fod o wedi torri record y byd ac wedi gwneud cant a thair o filltiroedd heddiw a dw inna'n methu dal ac yn deud yn reit flin ac uchal, 'Mi fedrat fod wedi rhoi gwybod inni lle'r oeddat ti a phryd roeddat ti'n dŵad adra, medrat?' Dydw i ddim yn sylweddoli nad ydi o wedi cl'wad unrhyw sôn am y ddamwain wrth gwrs a dw i'n gweld Dad yn rhoi gwên fechan ar Mam wrth 'y nghl'wad i ac mae'i llygaid hithau'n rhoi gwên fach yn ôl. Mae Gwydion yn chwerthin dros 'lle ac yn gweiddi mewn llais hannar babi, 'O bechod, Teif bach wedi popo pen-glinws,' ac yn neidio arna i ac yn 'y nhynnu i lawr i'r gwellt ac yn dechra reslo hefo fi heb boeni dim am 'y mhen-glin i na'i gyflwr o'i hun ar ôl reidio drwy'r dydd. Mae Mam a Dad yn gadael inni a dw i'n cael cip ar un yn sleifio llaw i law y llall wrth iddyn nhw fynd yn ôl i'r tŷ i orffan gwneud bwyd. Mae Gwydion yn dal i weiddi a chwerthin a cholbio am 'i fod o wedi torri record y byd ond does gynno fo'r un syniad pam dw i mor hapus.

7

Roedd tempar dda ar Gwil. Roedd Doris wedi sylwi nad oedd y felan gymdeithasol mor gry ag arfer y tro dwytha iddo ddod â hi ger bron, na chyda chwarter yr argyhoeddiad arferol. Trosedd ysgeler a goruwch-anghyfrifol i gariwr pwced hanner gwag ydi cael rhywun i ddeud wrtho ei bod yn hanner llawn wrth gwrs, ond pan roddodd hi daw arno ar ganol y bregeth roedd o wedi tewi ac wedi troi i'r cywair llon bron ar ei union.

Y rheswm atodol am y llonder sylfaenol newydd oedd y dedwyddwch newydd adra. Roedd lle byw wedi troi'n aelwyd. Er mawr siom i Selina, roedd Laura wedi rhoi'r gorau i fynd i'r chwarae bob nos Iau. O ran myrrath dyma hi'n deud wrth Selina mai methu canolbwyntio hefo'i throed oedd hi. 'Ac mi goeliodd yr hulpan siŵr Dduw,' meddai Gwil yn ddiweddarach wrth Doris dan wehyru chwerthin dros y tŷ. Ond wedi penderfynu bod dedwyddwch aelwyd ddi-straen yn mynnu gwerthfawrogiad gwastadol oedd Laura ac wedi penderfynu hefyd nad oedd ganddi ddigon o'i bywyd ar ôl i'w ofera ar drimings. Darganfu yn ogystal fod potelad o Ginis wrth y tân yng nghwmni'i meddyliau ryw unwaith yr wythnos yn llawn mwy blasus nag i gyfeiliant y chwythwr peli a'r gwaeddwr rhifau anamrywiadwy yn y Crythor. Doedd dim angen potel i hybu'r pyliau newydd o ganu chwaith. Rhyw dawel ganu wrthi'i hun y byddai hi fwy na heb, a doedd fymryn o bwys gan breswylwyr bodlon eraill yr aelwyd ei bod yn troi ei hwyneb i Gaelfaria bob hyn a hyn.

Nid dyna'r prif reswm am londer newydd Gwil. Roedd wedi cael prentis, a doedd o ddim wedi sylweddoli bod arno angen un nes iddo ddechrau. Daeth taran o newydd fod mab i'w gyfnither – o ochor Mam, diolch i Dduw, meddai wrth Doris – wedi creu homar o storm adra drwy gyhoeddi bod ei addysg wedi dod i ben. Mi wnâi o unrhyw beth, mi âi o ar ei fol ar lawr i garthu pob beudy yn y sir hefo'i dafod cyn yr âi o'n ôl i'r ysgol. Cyrhaeddodd y storm Furllydan a hithau ar ei hanterth gan i nain yr hogyn ffonio'n unswydd i arllwys ei phanig i glustiau hamddenol Laura. Roedd Gwil yn gynulleidfa ddiddewis i'r truth a chan fod chwaer fach ei fam yn ei atgoffa o Selina ac i arbed clust ei fam druan dyma fo'n cymryd y ffôn oddi arni a deud wrth ei fodryb y cymera fo'r hogyn yn yr iard am ryw fymryn iddo gael cyfle i ailfeddwl wrth ei bwysau. Digwydd taro ar y syniad ddaru o a feddyliodd o ddim rhagor amdano y noson honno.

Nid felly y gweithiodd hi. Roedd yr hogyn wedi cyrraedd yr iard o'i flaen fore trannoeth, ei feic yn pwyso ar y giât ac yntau'n byrlymu o ddiolchgarwch. Erbyn amser cinio roedd yn amlwg ei fod, fel Gwil, yn llythrennwr wrth reddf, yn atgynhyrchu'r llythrennau o lyfr Gwil yn gywrain ddiymdrech ar dameidiau o bapur oedd ar gael yma ac acw. A buan iawn y darganfu Gwil nad wythnos gwas newydd oedd y brwdfrydedd.

O dipyn i beth, fel y deuai'n fwy amlwg beunydd nad oedd gan yr hogyn yr un bwriad i ailystyried, dechreuodd rhywbeth arall lenwi meddwl Gwil. Dic oedd yn gyfrifol am hynny. Rhyw wythnos cyn i'r prentis newydd ddechrau roedd Dic wedi dod i'r iard dan ganu'n braf. Roedd o a'i fab yn bartneriaid yn eu gweithdy a'r rheswm am y gân oedd fod ei ŵyr yn mynd i afael ynddi hefyd gan fynd â'r busnes ymlaen i'r seithfed genhedlaeth yn ddi-dor. 'Ac mae hynny'n golygu y ca i roi'r gora iddi'n llawar cynt na'r disgwyl,' meddai wrth Gwil. Roedd ei dad wedi gwneud arch union ffit iddo'i hun ddwy flynedd cyn ei rhoi ar iws ond doedd ganddo fo'r un bwriad o wneud hynny nac o ddal arni cyhyd. 'Ella y cymera i ryw ddau gnebrwn eto, dibynnu pwy fyddan nhw,' ychwanegodd yn ffwrdd-â-hi, 'a rhwng y cybia 'ma a'u petha wedyn.' Sylwodd Dic ddim ar y mymryn ansicrwydd a ddaeth i lygaid Gwil wrth iddo raffu'r cenedlaethau, a'r ansicrwydd hwnnw ella ar ffiniau eiddigedd.

Byddai Gwil yn meddwl be ddeuai o'r iard o bryd i'w gilydd, nid yn rhy aml gan fod oed pensiwn bron ddeunaw mlynedd daclus i ffwrdd. Doedd yntau mwy na Dic yn bwriadu dal arni nes syrthio. Roedd hen berchennog yr iard yn tynnu at ei bedwar ugain pan brynodd Gwil hi ac erbyn hyn roedd tipyn mwy o lewyrch arni, fel y câi ei atgoffa beunydd gan Doris. Doedd nod Dic o sicrhau busnes gwerth ei drosglwyddo i'r genhedlaeth nesa o'r teulu ddim yn bod i Gwil. Yr unig beth oedd yn ei aros o oedd chwilio am gwsmer, a doedd dim dirnad sut y byddai hi pan ddeuai'r adeg honno. Doedd neb i'w weld â'r gallu ganddyn nhw i ddymuno edrych ymhellach na'r cwmnïau llyncu pawb, heb sôn am eu gwrthsefyll a mynnu amgenach.

Fis yn ddiweddarach roedd gofyn ymdrech i osgoi ildio i'r demtasiwn o drefnu'r dyfodol a gweld y busnes yn cael ei drosglwyddo'n naturiol yn y teulu, fel gweithdy Dic. Roedd brwdfrydedd y prentis newydd wedi tawelu a'r dycnwch a'r ymroddiad wedi cynyddu. Gwyddai Gwil fod ganddo grefftwr. Roedd tempar dda arno.

Golchi carreg cyn ychwanegu enw arni oedd o pan ddaeth Teifryn i'r iard. Roedd Teifryn wedi clywed gan Nain fod un o wyrion chwaer Laura wedi dechrau fel prentis hefo Gwil a'i fod yn plesio'n ddirfawr. Roedd hi wedi deud wrtho fo rywdro cynt fod yr wyrion ymhlith ei ddisgyblion, ond doedd o ddim wedi cymryd fawr sylw o hynny, dim ond derbyn y wybodaeth a gadael iddi fynd. A doedd o ddim wedi gweld Gwil ers rhyw dair wythnos ac yn y cyfamser roedd Gwil wedi gosod y garreg ar fedd ei dad.

'Talu'r dyledion,' meddai Teifryn fel cyfarchiad.

'Dw i ddim wedi gwneud y bil eto. Ydi hi'n plesio?'

'Ydi, debyg.' Doedd fawr o bwys gan Teifryn am addasrwydd y gair gan mai Gwil oedd yn ei ofyn. 'Gwna fo rŵan 'ta. Dallt bod gen ti gyfloga i'w talu. A bod Nain wedi cael sac,' ychwanegodd yn syth.

'Ymddeoliad haeddiannol.'

Aeth Gwil o'i flaen i'w weithdy pren a rhoi dŵr yn y teciall. Doris oedd wedi bod yn gofalu am gywirdeb dyfyniadau a chywirdeb gramadegol yr arysgrifau ar y cerrig, un ai dros y ffôn neu'r noson cynt pan ddeuai Gwil â'i bwtyn papur neu ei lyfr sgwennu hefo fo. Cywiro'r proflenni oedd hi'n galw'r gorchwyl, ond roedd y prentis newydd yn ramadegwr di-fai a doedd Gwil ddim wedi gorfod ei phoeni wedyn.

'Be am y garej 'ma?' meddai Gwil yn siort geryddgar, yn unswydd i ddeud bod honno'n bwysicach na biliau ac nad oedd ganddo'r bwriad lleiaf o roi'r gorau i blagio yn ei chylch.

'Dw i wrthi ar y funud yn cyfasesu'r cynllun gwerthuso a'r cynllun hyfywedd a'r cynllun busnes a'r cynllun cydlynu.'

'Be uffar?'

'Aros 'ta.'

Rhedodd Teifryn yn ôl i'r car ac estynnodd Gwil dair cwpan fawr a sgleiniog o lân o gwpwrdd bychan. Seicoleg cartra oedd y rheini, Gwil wedi darganfod neu wedi penderfynu bod cwpanau glân yn rhoi'r cwsmeriaid mewn gwell tempar. Dychwelodd Teifryn a thynnu llythyr o amlen a'i roi iddo.

Llythyr byr oedd o. Roedd y gweinyddwyr yn diolch i Teifryn am ei ddiddordeb yn *Merlin's Garage* ac am y cynnig yr oedd wedi'i gyflwyno. Roeddent am ystyried y cynnig ac ymateb iddo mor fuan ag oedd modd.

'Wel haleliwia!' llonnodd Gwil a golau gobaith yn tywynnu yn ei lygaid.

'*Merlin's Garage*. Pwy?' gofynnodd Teifryn.

'Y lembo 'na sydd newydd wneud cymaint o lanast ohoni 'te?' Roedd Gwil yn rhy hapus i wylltio. 'Roedd Pentra Garej yn ddigon o lol ond roedd yn rhaid i hwn gael amgenach. Dylan Thomas a Merlin oedd wedi rhoi Cymru ar y map medda fo. Pa haws o'n i â thrio deud wrth y lob nad oedd 'na neb yng Nghymru rioed wedi cl'wad am 'i blydi Merlin o?'

'Doedd Pentra ddim yn enw gwreiddiol chwaith, nac oedd?' meddai Teifryn. 'Refail, ia?'

'Ia, debyg. Refail Sarn Fabon,' meddai Gwil wedyn mewn llais cyhoeddi. 'Dyna fyddai'r hen bobol yn 'i ddeud.' Rhoes ei ben yn y ffenest. 'Panad!' gwaeddodd, yr hapusrwydd yn llond ei lais o hyd. 'Pan oedd hi'n efail, debyg,' meddai wedyn.

Cymerodd Teifryn feiro oddi ar y bwrdd o'i flaen a sgriblodd yn gyflym ar gefn amlen y llythyr.

'Mi chwalwyd y sarn pan godwyd y bont, yn ôl rhai,' meddai Gwil. 'Y ddwy yn yr un lle'n union. Châi hynny ddim digwydd heddiw hefo'r busnas cadwraeth 'ma mae'n siŵr. A cherrig y sarn ydi sylfaen y bont meddan nhw.'

Roedd Teifryn mewn mymryn o benbleth wrth astudio'r enw. Doedd o ddim wedi dod ar ei draws o gwbl yn yr ymchwil roedd o wedi'i wneud ar gyfer ei draethawd gradd, ac roedd o wedi astudio bron bopeth oedd ar gael. Roedd 'Refail' ac 'Yr Efail' a hyd yn oed '*The* Efail' ar gael mewn dogfennau a phapurau, a *Smithy* o leiaf unwaith, ond roedd hwn yn newydd sbon iddo fo.

Roedd sŵn yn y drws a chododd Teifryn ei lygaid a dychryn. Roedd pen cyrliog du'n dod drwyddo. Roedd y pen wedi'i blygu am fod yr hogyn yn curo llwch oddi ar ei jîns wrth ddod i mewn. Yna roedd gwên ddiedifar 'wel dyma fi' yn ei gyfarch.

'Bryn!'

'Helô,' dathlodd y prentis llon.

'Paid â meiddio 'nghyhuddo i o'i herwgipio fo oddi wrth 'i addysg,' meddai Gwil gan roi ei banad i Teifryn. 'Dw i'n pwyso arno fo fora, pnawn a nos.'

'Fel rygarûg,' dathlodd y prentis llon.

'Be ddigwyddodd?' gofynnodd Teifryn yn sobr.

'Wel,' sobrodd yntau ar ei union, 'Caradog 'i hun ddoth yn ych lle chi 'te? Glynu at y pwnc fel llathan o selotep. Châi neb ofyn dim os nad oedd o'n hollol berthnasol i'r wers. Os oeddan ni'n gofyn cwestiyna ar y cyrion 'fath â'r oeddan ni hefo chi roedd o'n mynd ohoni'n racs. Atebion gwastad fel bwr cinio i gwestiyna yr un mor wastad. Dydi peth fel'na ddim yn addysg, nac'di?'

Rŵan roedd Teifryn yn dechrau crynu y tu mewn.

'Ond roedd gen ti ddau bwnc arall,' meddai'n daer.

'Dim llawar o ddiddordab ynddyn nhw. Nid arnach chi mae'r bai,' pwysleisiodd o weld yr olwg ar wyneb Teifryn. 'Does dim rhaid i mi ddal i ddeud *chi*, oes?' gofynnodd wedyn.

'Na,' ildiodd Teifryn.

Roedd Bryn wedi mentro deud *chdi* wrth siarad hefo fo yn y dosbarth unwaith neu ddwy hefyd, ond dim ond pan nad oedd neb arall yn gwrando.

'Prun bynnag does gen ti ddim byd i'w ddeud nac oes?' meddai Bryn wedyn a'r wên fuddugoliaethus yn dychwelyd. 'Dw i'n dilyn esiampl fy athro. Pa well fedar neb 'i ofyn?'

'A fi sy'n gorfod wynebu'i fam a'i dad o,' grwgnachodd Gwil.

'A wynebu Nain,' ymledodd y wên fwyfwy.

ii

Roedd Dic yn well busneswr na Gwil ac roedd wedi cael ar ddallt drwy ei ffyrdd ei hun nad oedd neb ond Teifryn wedi cynnig am y garej hyd yma a bod ei gynnig braidd yn isel yn nhyb yr arwerthwyr a'r gweinyddwyr. Trosglwyddodd y wybodaeth i Gwil y munud hwnnw.

'Golcha dy ddwylo a thyrd ar yr injan,' meddai Gwil wrth Bryn gan amneidio at ei gyfrifiadur. 'Mae isio i ti sgwennu'r llythyr calla sgwennist ti eto i gynnig am y garej 'na.'

'Yn erbyn Teifryn?' gwaeddodd y prentis anghrediniol.

'Ia ia. Ac mi fyddan ni'n cynnig pymthag mil o bunna'n llai na fo. Mae Dic am wneud yr un fath. Ac mi chwiliwn ni am ryw ddeg ne' ddwsin arall o bobol hollol gredadwy i gynnig llai fyth. Wedyn mi fyddan nhw'n dipyn mwy ffafriol tuag at Teifryn.'

'Ydyn nhw'n ddigon dwl i lyncu hynny?' gofynnodd y meddwl chwim amheugar.

'Gan mai'u gêm nhw'u hunain rydan ni'n 'i chwara, mae'n ddigon posib 'u bod nhw.'

'Awê 'ta.' Eisteddodd Bryn o flaen y cyfrifiadur a chodi'r rhaglen. 'Annwyl Syr. Ydach chi'n cofio'r Wâr, pan oedd Taid yn Taff a Merlin yn gonshi? Wel er mwyn yr hen amserau a'r glendid a fu mae'n bleser o'r mwya . . .'

'Callia'r lob, a sgwenna fel tasat ti wedi cael rhywfaint o ysgol.'

'Dyna ge's i.'

iii

Doedd bod pen cyrliog du'n ei atgoffa bron bob dydd ddim wedi bod yn gyfrannog ym mhenderfyniad Teifryn i roi'r gorau i'r ysgol. Doedd dim angen unrhyw beth i atgoffa prun bynnag. Rŵan os oedd pethau'n mynd i weithio hefo'r garej byddai'r un pen yno eto yn feunyddiol. Ella bod rhywbeth gweledol yn gryfach atgoffwr. Nid bod ei angen. Nid Gwydion oedd i fod ar ei feddwl rŵan prun bynnag. Roedd wedi cael pwt o lythyr.

Annwyl Teifryn,

Diolch am dy lythyr hir ac onest. Dydw i ddim am ei ateb am reswm a ddaw'n amlwg, ond roeddwn yn falch eithriadol o'i dderbyn. Digon yw dweud ar hyn o bryd nad yw Robert wedi dechrau mynd yn angof, na dy fam chwaith. Roedd yn ddrwg gennyf ddeall am eich profedigaeth. Rho fy nghydymdeimlad i dy fam. Gwaetha'r modd, ni chefais fod yn athrawes arni yn y chweched dosbarth gan iddi fynd i borfeydd pynciau eraill, er i mi gael digon o'i chwmni yn ystod y ddwy flynedd hynny. Amdanaf fy hun, rwyf newydd ymddeol ar ôl dal arni i'r pen, ac rwyf innau hefyd wedi bod yn weddw ers tair blynedd.

Mae fy nheimladau ynglŷn â'r drychineb yn llawer rhy flêr a chymhleth i'w rhoi ar bapur fel hyn, er mae'n bosib mai ofn iddyn nhw ymddangos yn rhy oeraidd a chlinigol sydd arna i. Os nad yw wahaniaeth gennyt, ac os yw'r amser gennyt, byddai'n llawer gwell gennyf i ni gyfarfod a chael sgwrs iawn. Paid â disgwyl cyfrinachau dramatig chwaith oherwydd does gen i'r un i'w dadlennu. Byddai'n well fyth petai dy fam yn gallu dod hefyd i mi gael ei chyfarfod eto.

Yr unig beth y medra i ei roi i lawr ar hyn o bryd yw na fedrais innau erioed chwaith, mwy na dy nain (na thithau hefyd, mi dybiaf) dderbyn y fersiwn awdurdodedig o'r hyn a ddigwyddodd.

Diolch eto am dy lythyr a chwalodd argae atgofion, a chofia fi at Buddug.

Cofion caredig,

Marian (Richards)

'Mi fasai wedi gallu deud cyn lleiad â hyn'na'n hawdd iawn ar y ffôn,' meddai wrth ei fam.

'A rhoi cyfla i chdi ddechra'i holi hi a hitha heb ddigon o drefn ar 'i meddylia,' meddai hithau.

'Be mae hi'n 'i feddwl nad wyt titha wedi dechra mynd yn ango chwaith?'

'Hwnna ydi'r peth hawdda i'w atab erbyn hyn,' meddai Buddug a mymryn o dristwch yn gymysg â'r wên fechan atgofus. 'Ro'n i ohoni'n lân ar ôl Robat. Y drwg oedd 'mod i'n methu crio. Do'n i ddim yn anodd 'y nhrin, yn yr ystyr 'mod i'n bowld a herfeiddiol hefo pobol. Hollol groes o'n i. Rhoi'r gora iddi o'n i, rhoi'r gora i wneud petha, rhoi'r gora i feddwl. Marian ddoth â fi at 'y nghoed. Dim ond sgwrsio ara deg a rhannu cyfrinacha.'

'Pa rai?'

'Dim byd pwysig. Mi ddaethon ni'n ffrindia, ffrindia naturiol di-lol fel tasan ni'n gyfoed.' Cododd y llythyr oddi ar y bwrdd a rhoi cip arall drwyddo. 'Dyna mae'n debyg pam mae hi'n dy alw di'n *chdi* ac nid yn *chi*. Felly'r oedd hi yn yr ysgol hefyd, dim mymryn o luchio pwysigrwydd. Ond dw i'n rhyw ama mai clwy dy nain a chdi sy arni hitha hefo'r ddamwain hefyd,' meddai, fymryn yn fwy chwareus. 'Dw i'n siŵr fod damcaniaetha Sionyn a Gwil yn llawar nes ati, ac yn ddigonol.'

'Tybad?'

'Ydyn, maen nhw,' pwysleisiodd hithau. 'Boddi ddaru Robat, ac ar 'i ben 'i hun oedd o pan ddigwyddodd hynny. Fyddai 'na neb wedi mynd i'w gwfwr o o'r gwaelod, oherwydd fyddai 'na neb yn gwybod nac yn dyfalu mai i lawr y cae y byddai o'n dŵad adra. A thri ôl troed rhesymol bendant welson

nhw yn uwch i fyny, a'i sgidia fo'n ffitio pob un.'
Arhosodd eiliad. 'Ne' os oes arnat ti isio damcaniaeth
gryfach . . .'

'Isio'r gwir dw i. Dim ond be ddigwyddodd.'

'Mi ddyla hon dy fodloni di a dy nain. Mae'r ffrae
am yr "honno" rhwng Robat a'i dad yn golygu bod
Mathias yn mynd hefo rhyw ddynas ar y slei a bod
Robat wedi darganfod hynny. Mae Rhun Davies yn
gwybod hefyd, ac mi fyddai dadlennu'n creu digon o
helynt i Mathias fel 'i fod o'n gweld nad oes gynno fo
ddim dewis ond ildio i flacmel Rhun Davies a chau'i
geg ynglŷn ag ewyllys gynta Gwendolan. Ond ella nad
ydi honno'n berthnasol prun bynnag. Ella bod Rhun
Davies wedi deud mai wedi newid 'i meddwl oedd
Gwendolan a bod Mathias yn ddigon llywaeth i'w
goelio fo, yn nhraddodiad yr hen wêr yn crynedig
goelio pob dim mae awdurdod a phawb sydd ynddo
fo'n 'i luchio ati hi. Ond mae Laura'n gwybod am y
caru allan ac yn cau'i cheg ynglŷn â hynny a mil a
myrdd o betha erill tan ddydd mawr y dial pan mae
Dic yn cyrraedd hefo'r llwch. Wel?' gofynnodd o gael
distawrwydd.

'Ella,' atebodd yntau heb fawr o siâp coelio arno.
'Oedd Mathias yn ddyn merchaid?'

'Wyddwn i ddim fod dynion felly'n gwisgo lebal i
ddeud hynny.'

'Ia, ond oedd o?'

'Fuo gen i rioed ddigon o ddiddordeb yn y dyn i
wybod. Nac mewn hel straeon.'

'Mi fasai gofyn iddi fod yn fain iawn ar y merchaid
ddudodd Nain.'

Dw i'n meddwl mai isio'r pres 'i hun mae Charlie pan mae o'n deud wrth Gwydion a finna na chawn ni'r un geiniog gan Mathias Anti Laura am werthu mecryll iddo fo. Mae Charlie'n meddwl bod Gwydion a fi'n ddiniwad ac yn coelio pob dim am nad ydan ni'n byw yma. Ond mae Gwydion yn ddigon o foi i ofyn i Mathias hefyd. Mae o'n wfftio ac yn dwrdio y munud hwnnw ac yn deud 'Watsia di i mi gael gafael ar yr hogyn Charlie 'na ac mi setla i o. Siŵr iawn y cewch chi'ch talu,' medda fo'n daer. Mae o'n flaenor, nid yn Capal Nain a Taid chwaith. Ond mae o'n siŵr o dalu i ni.

Wan hyndryd and ffiffdi sefn o fecryll sy gynno fo i'w gwerthu medda fo ac mae o wedi'u cyfri nhw deirgwaith i wneud yn saff ac wedi gwneud y sym faint o bres fydd gynnon ni ar ôl 'u gwerthu nhw i gyd hefyd. Dw i'n gweld Gwydion yn torri'i fol isio'i ddynwarad o ond mae o'n cau'i geg rhag ofn i ni gael llai o gyflog. Mae Mathias yn gwylltio pan ydan ni'n gofyn iddo fo ydi'r mecryll yn mynd yn rhatach i rywun sy'n prynu llwyth hefo'i gilydd ac yn deud 'u bod nhw'n rhad fel baw fel mae hi. Iesu bach mae o'n flin.

Mae'r mecryll mewn crwc a'r crwc mewn hen goets babi hefo un olwyn gam ac un olwyn teiar du sy'n lletach na'r olwynion teiars llwydion. Mae hi'n boeth ac yn dipyn o straen gwthio'r goets i fyny i Pentra. Mae pobol yn dechra dŵad allan pan ydan ni'n gweiddi 'Mecryll!' dros 'lle ac mae rhai'n gofyn mecryll pwy ydyn nhw a mwy yn gofyn pwy ydan ni. Mae 'na un ddynas yn gwrthod prynu am mai mecryll Mathias Anti Laura ydyn nhw. 'Wan hyndryd and ffiffdi tŵ,' meddai Gwydion ymhen tua dwy awr, yn dynwarad Mathias yn berffaith a dw inna'n chwerthin. Mae'r pump ola'n mynd i ryw ddynas oedd isio wyth a 'dan ni'n rhedag yn ôl yr holl ffordd i Murllydan hefo'r goets simsan a'r pres yn neidio yn yr hen dun te caead cam roddodd Mathias inni i'w dal nhw. Mae Mathias yn y drws yn aros amdanon ni. Mae o'n cyfri'r pres ddwywaith ac yn deud 'Ôl presynt and coréc,' a dydi o ddim ots gynno fo 'u bod nhw a'n dwylo ninna'n gen i gyd. Ar ôl cau'r caead mae o'n nodio'n fodlon 'fath â gweinidog yn cytuno hefo fo'i hun ac mae Gwydion yn dal 'i law allan. 'Diolch, 'rhen hogia,' medda Mathias. Mae o'n pwyntio'i fys yn syth i'r awyr ac yn deud 'Mi dalith O i chi'. Mae o'n bagio i mewn i'r tŷ hefo'r tun pres yn 'i law ac yn cau'r drws arnon ni. Toc 'dan ni'n cerddad yn ôl i Tŷ Nain heb ddeud dim.

8

i

'Pobol ddŵad oedd dy daid a minna,' meddai Doris.

Egluro oedd hi pam roedd Efail Sarn Fabon yn enw anghyfarwydd iddi. 'Mae'r hen ledi'n dal i alw'r garej yn hynny,' oedd Sionyn wedi'i ddeud. Roedd Teifryn wrthi'n pendroni be fyddai union enw'r lle os oedd am ddod i'w feddiant. Ar anogaeth Gwil roedd o wedi ffonio'r arwerthwyr yn ddiniwed i gyd i ofyn be oedd yr hanes ac roeddan nhw wedi ffonio'n ôl ymhen yr awr i ofyn iddo gynnig mwy gan fod y gweinyddwyr yn anhapus â'r cynnig gwreiddiol. Roedd dyfarniad y prisiwr o werth y lle'n ddeng mil ar hugain o bunnau'n fwy na'r hyn roedd Teifryn wedi'i roi ger eu bron ond byddent o bosib yn barod i edrych yn ffafriol ar gynnydd o ugain mil yn ei gynnig. Daliodd yntau atyn nhw a deud na fedrai gynyddu dim arno heb fynd i ddyfroedd dyfnion.

Rŵan roedd Nain ac yntau'n cael paned ddeg yn y gegin wydr. Roedd dwy o'r ffenestri llofft eisoes wedi'u llyfnu a chael eu côt gyntaf o baent gwyn. Gallai Teifryn hawlio'i siâr o'r gegin wydr am fod Gwydion ac yntau wedi helpu Taid i'w chodi hi, yn lle delfrydol i Nain a phawb arall gael eistedd i wylio'r môr, haf neu aeaf. 'Dydi'r môr byth yn undonog,' oedd hi wedi'i ddeud gan yrru Taid i ddiarhebu a Gwydion i ddawnsio chwerthin.

'Dyna'r gwahaniaeth, yli,' meddai Doris. 'Does dim

rhaid i Laura ymchwilio i hanas y lle 'ma. Mae o'n llond 'i gwythienna hi. 'I theulu hi, nid teulu Thias,' pwysleisiodd, 'sydd wedi bod yn Murllydan ers dwy ganrif a hannar yn ddi-dor. Nid enwa ydi acha iddi hi. Pobol ydyn nhw a chymeriada iddyn nhw, hyd yn oed y rhai oedd yma cyn 'i hoes hi. Ac mae enwa'r hen leoedd a'r caea a'r ffriddoedd a'r ffosydd yn bod iddi hi yn union fel roeddan nhw pan oedd lleisia pobol ac nid sŵn un tractor i'w cl'wad hyd y caea. Dyna ydi sefydlogrwydd. Wyt ti am roi Modurdy?' gofynnodd.

'Nac'dw. Na Garej. Os nad ydyn nhw'n sylweddoli mai dyna ydi hi dydyn nhw ddim ffit i fod ar 'lôn.' Gwenodd. 'Mae Bryn wedi cynnig Mantell Sarn Fabon. Mae Antur a Menter wedi mynd yn stêl medda fo. A'i gynnig ffor-ddy-sêc o ydi *Sarn Fabon Solutions*. Mae 'na ddyfodol i'r boi yna.'

'Mae o'n dal i blesio, beth bynnag.' Roedd ar Nain isio deud rhywbeth arall ers meitin. Plymiodd iddi. 'Mi glywist am yr apothecari?'

'Do, Nain.' Roedd dallt eu gilydd yn llond eu hedrychiad. 'Be ddudodd o?'

'Murmur ar y galon. Mewn nentydd mae petha felly medda fi wrtho fo.'

'A be arall ddudodd o?'

'Nad oes angan poeni. Nid dyna 'di ystyr poeni, medda fi. Ticar 'di ticar. Mi eith ne' mi stopith, ac os stopith hi fydd 'na ddim poeni ohoni.'

'A be arall ddudodd o, Nain?'

'Mewn geiria erill, mae dy fam wedi bod yn busnesa.'

'Do.'

'Ac wedi trefnu 'nyfodol i. Stafall fach neis a thaclus yn Plas Wyndarffwl Jôi.'

'Naci.' Roeddan nhw'n dal i edrych lygad yn llygad. 'Mudo.'

'I lle?' rhuthrodd hi.

'Nunlla. Ni fudo yma.'

Methodd hi â chuddio'r golau sydyn yn ei llygaid. Gadawodd yntau iddi am eiliad. Yna sylweddolodd yr hyn roedd hi wedi'i ddeud am Furllydan a'i deulu di-dor. Sionyn a Gwil fyddai'r ola. Roedd sôn bod Gwil yn rhyw ganlyn ffwrdd-â-hi pan fyddai'n cofio ond go brin y byddai neb yn rhoi ei swlltyn ar etifeddion. Anita oedd enw'r cariad yn ôl pob damcaniaeth. Ac roedd Sionyn yn fwy na bodlon fel roedd o. Felly byddai'r teulu'n dod i ben.

Na fyddan, cofiodd yr un munud. Roedd gan Laura chwaer, a honno'n nain gwynfanllyd i Bryn a'i frawd a'i chwaer. Roedd gobaith eto felly. A rŵan roedd ei fam ac yntau'n cynnig cynllun i gael yr ail a'r drydedd genhedlaeth i ddod yn rhan o'r tŷ yr oedd Nain a Taid yn bobl ddŵad iddo, gan hau hadau sefydlogrwydd o'r newydd, a chymryd bod y gair hwnnw'n ystyrlon neu berthnasol bellach, meddyliodd wedyn.

Roedd Nain yn astudio'r tonnau bychain draw.

'Dw i wedi bod yn ffitio'r geiria yna i dy geg di ne' dy fam ers misoedd,' meddai toc, 'yn gobeithio'u cl'wad nhw, finna hefyd yn trefnu popeth yn daclus yn 'y meddwl bach fy hun.'

'Mae'n iawn felly 'tydi?'

'Dyna i ti pa mor hunanol ydw i.'

'Dim peryg. Ydi Efail yn swnio'n ffuantus?' gofynnodd o wedyn yn sydyn.

'Nac'di, am wn i,' meddai hithau, yn methu cuddio'r rhyddhad bychan anferth yn ei llais. 'Dyna oedd hi, 'te?'

'Ia, ond y dyddia yma . . .'

Roedd hi'n dal i chwilio'r tonnau, yn bennaf er mwyn cadw'i llygaid draw.

'Be wnewch chi hefo'r tŷ?' gofynnodd yn y man.

''Dan ni ddim wedi meddwl eto. Mae Mam am ddŵad yn bardnar yn y garej os eith petha drwodd.'

'Handi iawn. Mi fasach yn cael mwy am y tŷ na chost y garej.'

'Ella.'

'Mi arbedai hynny werth un cyflog mewn costa banc, os nad mwy. Ers talwm mi fyddat ti'n talu am ewyllys da wrth brynu busnas,' ychwanegodd hi. 'Mae'r oes honno drosodd, decini.'

'Fyddai 'na ddim llawar o ewyllys da i'w brynu a'r hwch wedi mynd drwy'r siop.'

'Na.' Tynnodd ei llygaid ennyd oddi ar y môr. 'Os ydach chi am werthu'r tŷ, mi fydd yn rhaid clirio'i lofft o.'

'Bydd, Nain,' atebodd yntau'n ofnadwy o ddistaw.

ii

'Gwydion yn cysgu!'

Dad sydd agosa at y grisia a'r eiliad nesa mae o'n 'u cymryd nhw fesul tair. Dw i'n gwneud lle iddo fo ar ben grisia ac yn mynd ar 'i ôl o i'r bathrwm. Mae Gwydion yn cysgu'n sownd ar wastad 'i gefn yn y bath, a dim ond 'i drwyn o a mymryn o weddill 'i wynab o uwchben y dŵr. Dyma'r eildro o fewn pythefnos iddo fo wneud hynny. Ella mai wedi blino mae o ar ôl symud 'i betha i gyd yn ôl i llofft ni. Roedd o wedi mudo i llofft bach ddoe ond roedd o'n ôl pnawn yn llond 'i haffla o lyfra a thois a dillad gwely ar draws 'i gilydd ac yn llawn esgusion di-glem a digri. Ro'n i yn llofft yn gorwadd ar ben 'gwely'n darllan ar ôl iddo fo fynd i'r bath a phan stopiodd 'i sŵn o'n siarad hefo fo'i hun ac yn canu bob yn ail mi gyfris i i bump a rhedag i bathrwm ac yno'r oedd o'n hollol lonydd a hollol dawal a'r dŵr yn y bath a'r swigod sebon bach yma ac acw yn glystyra yr un mor ddisymud o'i amgylch o. Mae Dad yn 'i godi fo o'r bath heb boeni dim am 'i ddillad ac mae Gwydion yn stwyrian ac yn hannar deffro ac yn hannar gwenu ar Dad ac yn trio deud 'Hi-hi' a swatio ato fo a mynd yn ôl i gysgu. Mae Dad yn mynd â fo i lawr grisia ac mae Mam yn 'i sychu o a rhoi pyjamas glân amdano fo tra mae Dad yn gorfod newid 'i drwsus a'i jersi.

Bora trannoeth mae Dad yn cyhoeddi gwaharddiad llwyr ar Gwydion rhag mynychu'r bath ar ôl pump o'r gloch pnawn ac y bydd yn rhaid iddo fo fynd iddo fo cyn hynny o hyn ymlaen a thyngu llw o lanweithdra corfforol am weddill y dydd. Mae Gwydion yn codi'i fawd ac yn rhoi winc arno fo ac yn addo'n sobor ac yn gofyn 'Be 'di hwnnw?' ar yr un gwynt.

iii

Roedd llywodraethau a grantiau a gwleidyddiaeth yn gyfystyr i Gwil a gwleidyddiaeth iddo fo oedd rhoi blaenoriaeth ben ac ysgwydd i'r barus. Roedd unrhyw system wleidyddol nad oedd yn gwneud hynny'n dynghedig o fethu yn hwyr neu'n hwyrach. 'Dyna pam mae'n rhaid i ni wneud heb y diawl peth ac edrach ar ein hola'n hunain!' bytheiriodd dros yr iard.

123

Gwenu'n braf ddaru Bryn. Fo oedd wedi awgrymu'r posibilrwydd y byddai Teifryn yn gallu rhoi i mewn am grant llywodraeth ar gyfer *Merlin Logistics*, ei gynnig diweddaraf ar enw i'r garej. Roedd wedi dysgu'n awchus fod bytheiriadau Gwil yn bethau i edrych ymlaen atyn nhw, a hefyd wrthi'n dysgu sut i'w trefnu nhw os oedd yn tybio'i bod yn bryd cael un o'r newydd.

Ond daeth pnawn yr aeth trefnu bytheiriadau disglair yn eilbeth pell iawn yn ei feddwl a'i fwriad. Roedd Laura wedi ffonio'r iard yn syth ar ôl cinio i edliw i Gwil ei fod wedi anghofio mynd â'r cerdyn pen-blwydd yr oedd i fod i'w bostio i'r chwaer, nain Bryn.

'Duw Duw,' meddai Gwil. 'Pica i lawr i'w nôl o i ni gael heddwch,' meddai wrth Bryn.

'I lle'n union felly?' gofynnodd yntau, braidd yn ansicr.

'Wel acw 'te?' Yna ystyriodd Gwil. 'Wyt ti rioed wedi bod acw?'

'Naddo.'

Am y tro cyntaf ers y bore godidog hwnnw y bu'n dyfal astudio'r iard drwy'r giât ac edrych ar ei wats bob yn ail roedd yn teimlo'n annifyr ei fyd. Doedd arno ddim isio deud wrth Gwil mai anaml iawn oedd y sôn am Furllydan wedi bod trwy ei fagwraeth, a phob tro y digwyddai hynny pethau i edrych i lawr trwynau arnyn nhw oedd pawb oedd yn byw yno.

'Wel, mae 'na dro cynta i bob dim 'toes?' meddai Gwil.

Cafodd Bryn y cyfarwyddiadau ac aeth ar ei feic. Aeth rhan gyntaf y siwrnai i ddarnio rhagfarnau. Aeth hynny i anghofrwydd disymwth pan ddaeth i'r tro ar ben yr allt ac i olwg y traeth. Rhoes waedd fechan o lawenydd a stopiodd y beic yn stond a neidio oddi arno. Roedd carreg gron yn codi ar y gwellt wrth ochr y ffordd a chen canrifoedd a'i amrywiadau lliwiau cynnil drosti. Eisteddodd arni, a dim ond edrych. Roedd popeth, pob craig, pob clawdd, pob symudiad yn y môr yn mynnu gwerthfawrogiad. Dwl oedd lliwiau'r pnawn o'u cymharu â chlirder bore neu ambell fachlud, ond doedd dim llawer o wahaniaeth am hynny rŵan. Roedd yn dechrau llenwi, a'r tonnau bychan yn brysur o flaen mymryn o awel ac yn araf drechu annibyniaeth fyrhoedlog y mân byllau yma ac acw ar odreon ambell greigan. Roedd hogyn a hogan yn eu dillad nofio'n astudio un pwll yn ddyfal, yn rhan mor naturiol o'r traeth â'r pwll ei hun. Chwaraeai pedwar yn y môr a safai un arall ar graig ymhellach allan yn goruchwylio'i stad a'i ddwylo ar ei wasg. Roedd y ddau gwch y tu hwnt i'r wal ar yr un ogwydd yn union â'i gilydd ar y tywod. Draw ar y môr gwelai gwch arall ger bwi, a rhywun yn sefyll ynddo. Yn y gwaelod o'i flaen roedd Murllydan yng nghysgod y trwyn, y bwthyn yr oedd o wedi'i ddysgu i snobydda yn ei gylch. Rŵan roedd yn bleser cael cywilyddio.

'Astudio 'ta dojo?'

Neidiodd, a throi. Roedd dyn yn sefyll ar y gwellt y tu ôl iddo, yn gwenu ar ei ddychryn.

'Chdi 'di manijar newydd yr iard, debyg.'

'Ia.' Craffodd y mymryn lleiaf. 'Sionyn,' meddai wedyn ar ei union.

'Dyna chdi.' Daeth Sionyn ato, a'i sodro'i hun i lawr ar y gwellt o flaen y beic. Edrychodd o'i flaen ac o'i gwmpas am ychydig, fel tasai o'n darllen meddwl ac yn cydwerthfawrogi. 'Cael y pnawn am fod yn hogyn da wyt ti?'

'Na, nôl rhyw gardyn gan ych mam i Gwil. Fedrwn i ddim mynd ymlaen pan welis i fa'ma.'

'Na fedrat, debyg.' Lledodd Sionyn ei ddwylo ar y gwellt a phwyso'n ôl arnyn nhw am ennyd. 'Dw i wedi cael digon o dy hanas di bellach. Dyna'r gwahaniaeth, yli.'

'Be?'

'Tasat ti'n mudo yma mi fasat ti'n gwneud hynny ar amoda'r lle. Pan mae'r petha erill 'ma'n mudo yma, maen nhw'n dŵad â'u hamoda'u hunain hefo nhw. Dyna pam maen nhw'n gymaint o fethiant.'

'Nefi!' dathlodd Bryn. 'Dyna un ffordd o ddeud helô, ella.'

'Dwyt ti ddim yn hogyn su'dach chi heddiw,' atebodd Sionyn ar ei union. 'Ac mae dy holl osgo di'n deud y byddat ti'n ffitio yma fel y gwylanod.'

'Teulu,' cynigiodd yntau wrth godi a gafael yn ei feic. 'Gobeithio,' ychwanegodd wedyn, yn dyheu am iddo fod yn wir.

Cydgerddodd i lawr hefo Sionyn a gadael iddo'i hun feddwi'n lân ar bopeth.

'Y tai 'ma,' meddai Sionyn. 'Rydan ni'n lwcus, 'sti. Doris yn y pella 'na a Gwynedd a Morwenna yn Llys Iwan yn fa'ma. Ifanc ydyn nhw ill dau, rhyw duadd dawal ynddyn nhw. Ond maen nhw'n anadlu hefo'r lle 'ma. Mae gynni hi olwg ac ella y byddan nhw'n codi allan fwy pan ddaw'r babi.' Roedd rhyw obaith mawr didwyll yn llond ei lais. Canlynodd arni'n syth. 'Ond tasai'r lle 'ma'n neisiach mi fyddai 'ma fwy o dai ac mi wyddon ni be 'di hynny y dyddia yma. Rydan ni'n lwcus.'

Gwyddai Sionyn ei fod yn cael gwrandawiad astud. Wyddai o ddim ei fod yn cael ei gymharu chwaith. Y sicrwydd yn ei lais oedd wedi ysgogi hynny yn ei gydymaith newydd. Sicrwydd dim blydi lol oedd Bryn yn ei glywed a'i werthfawrogi yn llais Gwil; sicrwydd hamddenol a bodlonach oedd yn ei glywed rŵan yn llais dwfn Sionyn. Roedd munud neu ddau o adnabyddiaeth yn ddigon i ddarganfod bod osgo dawelach yn Sionyn drwodd a thro prun bynnag.

'Sgin ti ffansi rhyw awran yn y cwch?' gofynnodd Sionyn pan oeddan nhw ar gyrraedd.

'Well i mi beidio, debyg. Rhyw gyda'r nos ella,' cynigiodd Bryn mewn gobaith annisgwyl.

'Dyna chdi 'ta. Dos i mewn. Mae'r hen ledi yn 'tŷ.'

Ddwyawr a hanner yn ddiweddarach canodd y ffôn.

'Ydi'r mwnci 'na'n dal yna?' gwaeddodd Gwil.

'Paid â bod mor demprus,' meddai Laura a rhoi'r ffôn i lawr.

Ar ben chwarter awr wedyn cyrhaeddodd y beic yr iard ar wib.

'Ty'laen, y Selina marc tŵ ddiddim!'

Ond roedd Bryn yn hollol sobr. Daeth oddi ar y beic a thyrchu yn y bag bychan y tu ôl i'r sedd. Trodd at Gwil. Roedd y syniad o ymddiheuro'n amherthnasol. Roedd ganddo dair ewyllys yn ei law.

'Mae bywyd yn beth rhyfadd o bryd i'w gilydd 'sti,' meddai Gwil yn dawel a gafael ennyd yn ei ysgwydd wrth fynd heibio i'w weithdy.

iv

'Dydi o ddim yn beth call iawn i drosglwyddo'i lofft o yn 'i chrynswth i Lain Siôr, nac'di?' ymresymodd Buddug.

'Nac'di,' oedd yr ateb difywyd.

Rhoes Teifryn y papur o'r neilltu. Felly y byddai o pan godai rhywun arall y pwnc, waeth pwy oeddan nhw. Byddai blinder corff ac enaid yn gormesu y munud hwnnw. Eisteddodd rŵan yn syth, bron fel claf yn gwneud ymdrech feddyliol aruthrol i godi a methu.

Roedd Llain Siôr yn llawn cymaint o gartra i Gwydion ac yntau ag yr oedd o wedi bod i'w fam a Nain. Rhannol gywir oedd y bobl oedd yn awgrymu mai cael enw brenhinol neis-neis addas i bobol yn meddwl eu bod yn fawr ddaru Taid pan godwyd y tŷ chwe mlynedd ar ôl yr ail ryfel byd. Roedd neis-neisrwydd brenhinog ynglŷn â'r enw, ond roedd yn llawer hŷn na hynny. Dod ag o hefo fo ddaru Taid, nid o'i gartref ei hun, ond o gartref hynafiaid i gynnal y cof am un ohonyn nhw. Roedd hwnnw'n un o bregethwyr y Methodistiaid yn y cyfnod yr ymffurfiodd yn enwad, ac roedd 1811 yr un mor gysegredig yng nghof y teulu am genedlaethau wedyn â dim oedd gan y Beibl i'w gynnig. Roedd Llain Siôr yr hen weinidog wedi mynd â'i ben iddo cyn i Taid gael ei eni, a rhesymau hanesyddol yn unig oedd ganddo fo dros gadw'r enw ynghyn.

Teifryn oedd wedi darganfod y neis-neisrwydd. Nid Llain Siôr oedd enw gwreiddiol yr hen furddyn yr oedd ei lun ym mharlwr Nain. Roedd rhwymedigaeth swydd gweinidog gydag enwad newydd sbon yr oedd parchusrwydd yn prysur ddod yn anadl einioes iddo yn gofyn am enw llawer amgenach na Llety Llyffant ar ei gartref a'i ohebiaeth. Roedd Teifryn wedi methu darganfod hyd yma pa bryd yn union rhwng 1812 a 1818 y newidiwyd yr enw. Pan ymbiliodd ar Nain i fentro i'r dwfn a gofyn i Gwil wneud llechan enw i ddathlu'r hen ddychymyg gerbron y byd, mi gafodd lian sychu llestri ar draws ei wegil. Heb fod ymhell o'r Llety roedd o wedi darganfod Llain Llymru hefyd yn breswylfod i gyfyrdyr ond roedd yr un ymbarchuso, er mewn cyfnod ychydig yn ddiweddarach, wedi rhoi'r farwol i'r *Llymru* gan adael dim ond casgliad di-fflach o bedair llythyren ar ôl.

'Mae'n rhaid i ni'i wneud o 'sti,' meddai ei fam wedyn.

'Ydi.'

O ran lle byddai'n bosib, oherwydd roedd pedair llofft yn nhŷ Nain.

Cododd. Rhoes gofleidiad sydyn i'w fam ac aeth i fyny. Roedd wedi'i wneud o'r blaen fwy nag unwaith, ond gwnaeth o eto. Aeth drwy bob llyfr, pob casét, pob cryno-ddisg. Yr unig wahaniaeth y tro yma oedd bod y pethau'n cael eu rhoi mewn bocs ar ôl eu harchwilio. Er mai aildanio a chynyddu gofid oedd darganfod papur cudd wedi'i wneud ym Murllydan, o leia roedd y papur wedi'i ddarganfod. Doedd yr un papur ynghudd yn llofft Gwydion i ddadlennu nac i awgrymu dim. Doedd dim leinin ar waelod y drorau i guddio dim odanyn nhw chwaith.

Agorodd yr wardrob ac eistedd ar y gwely i edrych. Roedd clirio ar ôl ei dad wedi bod yn ddigon didrafferth, a phrysurdeb y gwaith a'r rhyddhad wedi i ddioddefaint beidio yn drech na'r galar, fel roedd Gwil wedi'i awgrymu.

Cododd yn sydyn. Roedd rolyn o sachau ar lawr ond anwybyddodd o. Aeth â llwyth o ddillad yn ei freichiau i lawr y grisiau ac i'r car. Dychwelodd. Gwagiodd yr wardrob a'r drorau. Aeth ar ei union i'r siop gansar yn y Dre a mynd â'r llwythi i'r stafell gefn drwy'r drws *Staff Yn Unig Only* heb ofyn am ganiatâd a'u rhoi ar lawr ger un o'r byrddau gorlwythog. Mwmbliodd 'Diolch yn fawr' wrth fynd allan. Roedd dynes yn gwerthu blodau ar y pafin ac yn cynnig bwnsiad bron i fyny'i drwyn ond dywedodd y gwir wrthi am lond gardd adra. Dychwelodd a mynd yn syth i fyny i lofft Gwydion ac eistedd ar y gwely. Daeth ei fam o'i llofft a rhoi'r hanner gwên fechan cyn rhoi'i llaw ar ei ben am eiliad a mynd i lawr y grisiau a gadael iddo. Arhosodd yno, yn llonydd ar y gwely.

v

Dydi Gwydion yn deud dim ond mae'i wynab o'n goch ac mae o'n diarhebu wrtho'i hun yr holl ffor' adra. Does 'na ddim byd yn bod medda fo ond mi wn i'n amgenach. Bob un tro 'dan ni'n dŵad i Dre hefo Dad mae Gwydion yn bachu pres gynno fo ac yn mynd i brynu bloda i Mam a Nain bob yn ail.

'Blydi tywnis,' medda fo dan 'i wynt.

Rhythu drwy ffenast rochor mae o 'di wneud drwy'r adag ers inni gychwyn adra. Does gynno fo'r un mymryn o brawf mai hogia Dre oeddan nhw ond dydi hynny ddim yn mynd i'w atal o rhag 'u diawlio nhw un ac oll. A dw i'n 'i gl'wad o'n deud wrth y ffenast nad ydi o am fynd i Rysgol Fawr chwaith os ydi hynny'n mynd i olygu mynd i ganol y rheina. Sefyll ar y pafin oeddan nhw ac ynta'n dŵad yn frwd i gyd ac yn llwyr yn 'i fyd 'i hun hefo'i fwnsiad bloda yn 'i law. Dyma un o'r hogia yn troi ato fo a chwerthin am 'i ben o a'i alw fo'n bwffdar. Dw i'n gwybod mai dangos 'i hun i'w fêts oedd yr hogyn ond nid felly mae

Gwydion yn 'i gweld hi. Yn un peth dim ond gynno fo mae'r hawl i alw pobol a phetha'n bwffdars. Mis dwytha ro'n i'n bwffdar am fod 'y ngwres i'n gant a dau. Roedd 'na darw yn Cae Sgwarnog Wen echdoe ac roedd hwnnw'n bwffdar am 'i fod o'n dal i bori'n braf ac yn anwybyddu Gwydion yn llwyr ac ynta ar ben clawdd yn gweiddi a gwneud stumia arno fo i drio'i fyllio fo a gwneud iddo fo ruthro a methu stopio a chladdu'i ben reit i mewn yn clawdd.

Ond fel rydan ni'n cyrraedd yn ôl mae o'n cael dwy weledigaeth ac unwaith rydan ni o'r car mae o'n neidio arna i i ddathlu ac i drio gwneud i mi ac ynta anghofio'i fod o 'di teimlo i'r byw yr holl ffordd adra. Y weledigaeth gynta ydi prynu rhwbath bach i Mam a Nain bob yn ail, rhwbath y medar o 'i roi mewn bag ne'i guddiad yn 'i bocad. Yr ail weledigaeth ydi gofyn i Dad am damad o'r ardd iddo fo gael tyfu 'i floda 'i hun.

9

i

'Pryd wyt ti am ddechra?' gofynnodd Gwil.

'Pan ddaw'r petha drwodd, debyg,' atebodd Teifryn.

Eisteddai Gwil ar stôl a phapur newydd drosti yn llofft gefn fwyaf Llain Siôr, yn gwylio Teifryn yn peintio ffrâm y drws. Roedd Doris a Gwil newydd gydgerdded i lawr o'r Pentra, hi o'r Capel ac yntau o'r iard. Doedd o ddim wedi bod ar gael y diwrnod cynt pan ddaeth y cadarnhad crintachlyd o swyddfa'r arwerthwyr fod cynnig Teifryn wedi'i dderbyn nac i weld Teifryn yn gwelwi o'i ddarllen, a Doris oedd wedi trosglwyddo'r neges iddo ger giât yr iard cyn deud helô. Troes yntau'n gymanfa ddathlu ddiatal ar hyd y ffordd i'r tŷ.

'Mi gymrith wsnosa, rhwng y twrneiod a phawb,' ychwanegodd Teifryn.

'Naci,' ysgwydodd Gwil ei ben. 'Dy ymchwil coleg. Pryd wyt ti am ddechra ar hwnnw?'

'Be wyt ti'n 'i frywela?'

'Sôn amdanat ti ydw i,' atebodd Gwil ar ei ben, 'a minna. A Sionyn, a phawb call er 'u bod nhw'n brin ac yn prinhau. Mae isio i ti ddallt rŵan hyn sut wyt ti'n mynd i wneud o hyn ymlaen. Mi fyddi di'n mynd i'r garej 'na ben bora ac yn rhoi dy feddwl arni hi drwy'r dydd. Wedyn mi fyddi'n 'i chau hi a'i chloi hi gyda'r nos ac yn rhoi dy feddwl yn llwyr ar rwbath arall. Paid â mynd â dy waith adra hefo chdi, yn dy fag nac yn dy ben. Gofala fod gen ti rwbath arall i'w wneud, a gora

132

po fwya. Y gwaith coleg 'ma, ella y medrat ti helaethu'r traethawd 'nw roeddat ti'n sôn amdano fo a gwneud hanas Pentra o'i gwr. Mae 'na ddigon o stwff ar 'i gyfar o, siawns. A phan fyddi di'n gwneud dim ond diogi gwna hynny'n gall. Paid â gadael i feddylia busnas a meddylia cythryblus ddifetha'r diogi. Yna mi fedri di chwerthin am ben y cwynwrs cyfloga mawr sy'n methu gwneud dim ond gweithio a chael gwylia a chwyno a chytuno hefo newyddion teledu. Can croeso i ti dosturio drostyn nhw. Pan maen nhw wrth 'u gwaith maen nhw'n cwyno ac yn sôn am 'u gwylia a chyflwr y byd a phan maen nhw ar 'u gwylia maen nhw'n cwyno ac yn sôn am 'u gwaith a chyflwr y byd. Gofala nad ei di'r un fath â nhw.'

Roedd Teifryn wedi rhoi'r gorau i'r paent ers meitin. Roedd Gwil wedi bod yn edrych yn geryddgar arno drwy'r adeg a'i fys i fyny yn pwyntio'n syth ato a daliai i wneud hynny ar ôl tewi. Daeth y bys i lawr.

'Mi fuo'n rhaid i mi ddysgu honna i gyd yn rysgol,' meddai Teifryn, yn methu cuddio gwên.

'Y?'

'Hamlet. Araith Polonius.'

'Waeth gen i am y diawl. Mi wn i 'mod i'n deud gwir.'

Ailddechreuodd Teifryn beintio. Roedd ar ffrâm olaf drws y llofft olaf, a thŷ Nain rŵan fel newydd i mewn ac allan. 'Dewis di nhw, mi fyddi yma ar f'ôl i,' oedd Nain wedi'i ddeud pan ofynnodd o am y lliwiau. Doedd dim llawer o angen i Gwil boeni chwaith. Doedd dim prinder llwybrau i'r meddwl. Hon oedd hen lofft ei fam. Llenni'r ffenest o'i flaen ddaru Nain eu hagor a gweld Robat yn yr afon. Rŵan roedd y ffenest yn amddifad o lenni ac yn wlyb gan baent.

133

'Sut wyt ti am fynd o'i chwmpas hi rŵan 'ta?' gofynnodd Gwil.

'Dw i wedi cael sgwrs hefo Herbi Rhydfeurig. Mae o am fy rhoi i ar ben ffor' hefo cyflenwada. 'Dan ni ddigon pell oddi wrth ein gilydd, a Dre rhyngon ni. Ddwyna i mo'i gwsmeriaid o.'

'Does gen ti ddim syniad mor hapus ydw i,' meddai Gwil a'i wyneb yn ddifrifoldeb drosto. 'A chitha'n mudo hefyd, ac mi ddaw 'na fabi i drws nesa i'ch cadw chi'n effro. Mae'n patshyn bach ni ar i fyny, bobol.' Cododd. 'Paid â thalu'r un geiniog am wneud dim fydd 'i angan i'r garej os medar Sionyn ne' fi 'i wneud o am ddim.'

'Diolch, Gwil.'

Aeth Gwil i lawr y grisiau, ychydig yn garbwl gan nad oedd yn arfer. Aeth Doris hefo fo i'r drws.

'Drycha ar 'i ôl o,' meddai hi'n ddifrifol dawel.

Edrychodd Gwil arni am eiliad, a nodio.

Pan aeth i lawr roedd ei fam ar gychwyn hefo'i ffon a'i blodau.

'Mi bicia i â chdi siŵr,' meddai. 'Straen ar dy droed ar yr allt 'na.'

Derbyniodd Laura'r cynnig er mymryn o syndod i Gwil. Aethant i fyny yn y car a chododd Gwil fawd heb feddwl wrth fynd heibio i'r garej. Ysgyrnygodd wrth fynd heibio i'r Crythor am fod fan'no'n dal yn stomp. Roedd tri chwsmer wrth un o fyrddau'r ardd yn bwyta rhyw fath o ginio Sul hefo'u peint. Dros y ffordd roedd rhesiad o bapurau newydd yn hongian yn nrws y siop. 'Dydi hybu newyddiaduraeth Lloegr ddim yn fraint i ddawnsio'n ddiddiwadd yn 'i chylch,' oedd Teifryn wedi'i ddeud yn sych ddigon pan awgrymodd Sionyn iddo wneud siop garej yr un fath â'r rhai ym

134

mhobman arall yn gwerthu papurau a chylchgronau a phob math o fân nwyddau pan agorai'r lle.

Yn rhinwedd ei waith roedd Gwil yn ymwelydd cyson â'r fynwent a byddai'n picio bron bob tro at fedd Robat i'w gadw'n daclus er mwyn ei fam ac i aros ennyd uwch ei ben. Dynesodd y ddau'n araf ochr yn ochr ar hyd y llwybr graean, hi'n mestrioli'i ffon ac yntau'n cario'r blodau yn dusw diarth yn ei law.

'Pwy roddodd y rhain yma?' gofynnodd Laura.

Roedd hanner dwsin o rosod cochion newydd wedi'u gosod yn ofalus yn y potyn llechen.

'Be wn i?' atebodd yntau. 'Nid chdi ddaru?'

'Wel naci debyg.'

Cymerodd hi'r tusw o law Gwil. Gwyddai tasai hi'n gadael y gorchwyl o'u gosod iddo fo y byddai o'n gweld llwyddo i'w cael i gyd â'u pennau i fyny yn y potyn fel llwyddiant ysgubol gelfyddydol. Trefnodd hithau ei blodau'n dorch grefftus o amgylch y rhosod coch gan gymryd digon o amser i wneud hynny. Safai Gwil yn ei hymyl, yn ei gwylio ac yn astudio'r llythrennau bob yn ail, yn annodweddiadol amyneddgar.

'Sgwn i pwy?' meddai hithau wedyn. 'Gofala di mai yma y byddwch chi'n 'y nghladdu i,' ychwanegodd heb feddwl rhagor. 'A sgwenna di *Hefyd Ei Fam, Laura* a'r dyddiad. Dim arall. Wel, mi gei roi f'oed i os lici di.'

'Duw Duw. 'Toes gen ti flynyddoedd. Lolian wirion.'

Er hynny roedd ei ddychymyg yn creu'r llythrennau cywrain ychwanegol. A'r munud hwnnw dyma fo'n sylweddoli. Roedd o wedi darllen y garreg ddegau, gannoedd o weithiau, heb weld na dallt. Tasai Robat wedi boddi gan mlynedd ynghynt mwy na thebyg mai geiriau fel 'Robert Idris Thomas, annwyl fab Mathias Thomas o'i wraig Laura' fyddai ar y garreg ac nid 'annwyl fab Mathias a Laura Thomas' fel y gellid disgwyl mewn cyfnod diweddarach. Ond doedd hynny ddim arni chwaith, dim ond 'Robert Idris Thomas, Murllydan'. A rŵan roedd ei fam yn deud wrtho'n ddigon diamwys pwy arall o'r teulu oedd i'w harddel ar y garreg pan ddeuai'r adeg. Llamodd ei feddwl yn ôl at ddiwrnod y bil, diwrnod oedd wedi hen sefydlu'i hun fel carreg filltir yn ei atgofion plentyndod. Doedd o fawr feddwl wrth dderbyn y bil yn yr amlen lwyd gan Robin John yr iard lechi y byddai'n prynu'r iard ei hun ganddo ryw ddiwrnod. Enw'i fam oedd ar yr amlen, ac roedd o wedi rhedeg yr holl ffordd adra i'w rhoi iddi. Ei henw hi oedd ar y bil am y garreg hefyd, a hi roddodd yr arian i Sionyn ac yntau i fynd i'w talu i Robin John a chael punt i'w rhannu ganddo am daliad mor brydlon. Hi oedd wedi trefnu popeth, a'r cyfan mor fwriadol o'r dechrau cyntaf.

Gorffennodd Laura'r gorchwyl o drefnu'r blodau a bodloni ar y gwaith. Rhoes gip ar Gwil, dim ond cip, y cip darllen meddwl o'i gwr hwnnw'r oedd hi'n arbenigo mor ddi-lol ynddo.

'Mi awn ni 'ta.'

Trodd hi a'i chychwyn hi'n araf ar hyd y llwybr. Am y tro cynta erioed gafaelodd yntau yn ei braich i gydgerdded y llwybr graean. Chynhyrfodd hi ddim, dim ond derbyn y weithred fel tasai'n beth beunyddiol. Caeodd Gwil y giât ar eu holau a daliodd ddrws y car yn agored i'w fam. Daeth yntau wedyn i'r ochr arall a rhoi'r goriad yn ei dwll.

'Be ddigwyddodd, Mam?'

'Boddi 'te, meddan nhw.'

ii

'Rwyt ti'n aeddfedu'n hardd,' meddai Marian, y gyn-athrawes Ffiseg wrth Buddug ar ôl rhoi cip o amgylch y stafell a'r ddau lun ar y wal.

'Chi roddodd rosod ar y bedd?' gofynnodd Teifryn.

'Ia. Sut gwyddat ti amdanyn nhw?'

'Gwil ddudodd. Mi ddoth i tŷ Nain yn unswydd i ofyn a wyddwn i rwbath amdanyn nhw. Roedd rhyw olwg ddigon rhyfadd arno fo.'

Doedd yr wyneb o'i flaen ddim wedi colli mymryn o'r hyder chwareus oedd mor amlwg ynddo yn y llun ysgol oedd ynghadw yn nrôr isa'r cwpwrdd yn y parlwr ac ar ddangos mewn ffrâm fahogani newydd uwchben silff lyfrau ym Murllydan. Cnoc ar y drws a bloedd bob un gan Buddug a hithau a gorchymyn reit siort i ddeud Marian yn hytrach na rhyw Frs Richards gwirion oedd arwydd ei dyfodiad a Teifryn a Buddug newydd ddychwelyd o dŷ Nain ar ôl clompyn o ginio Sul gyda'r nos yr oedd oglau paent wedi cynyddu'r archwaeth amdano.

Ar ôl cyhuddo Teifryn o godi digon o hiraeth a chwilfrydedd iddi drefnu tridiau o wyliau mewn cynefin a fu'n ddigon hoff am gyfnod, aeth awr helaeth i gyfnewid teuluoedd a gyrfaoedd a hynt cyn-ddisgyblion ac achosion a phrofiadau gwedd-dod. Roedd plentyndod y ddau hogyn yr oedd eu lluniau ar y wal gyferbyn â Marian yn ymwthio'n naturiol i'r sgwrs.

'Lle mae o rŵan?' gofynnodd Marian toc gan nodio at lun Gwydion.

Eiliad oedd y distawrwydd.

'Mae'n ddrwg gen i,' meddai wedyn.

Ysgwydodd Buddug fymryn ar ei phen fel tasai'n chwilio.

'Wel,' meddai.

'Mi gafodd Dad gadarnhad fod sglerosis arno fo,' meddai Teifryn, bron yr un mor dawel ar ôl eiliad arall o ddistawrwydd, 'a saith wythnos wedyn mi roddodd Gwydion dŷ ar dân.'

'Does 'na ddim sicrwydd fod 'na gysylltiad mor uniongyrchol â hyn'na,' meddai Buddug. 'Mi newidiodd personoliaeth y lle 'ma pan gafodd Gwyn y cadarnhad, heb sôn am bersonoliaeth neb ynddo fo. Chawson ni ddim amser i ddod aton ein hunain nad oedd y peth wedi digwydd.' Roedd ei bawd yn mwytho'i modrwyau yn dyner. 'A chafodd neb byth wybod pam.'

'Mi chwalodd y carchar o, ne' beth bynnag ydi'r enw ffansi arnyn nhw y dyddia yma,' meddai Teifryn.

'Dyna'u diben nhw,' meddai Marian, gan syllu o'r newydd ar y pen cyrliog braf yn y llun ar y wal.

'Mi fethodd ddygymod â'r bwlio, mae'n debyg,' canlynodd Buddug arni. 'Mi ddechreuodd llythyra fynd heb 'u hateb, mi aeth ymweliada'n ddi-fudd am 'i fod o'n gwrthod dod o'i gell i'n gweld ni. Ella'i fod o'n meddwl ein bod ni'n credu'i fod o wedi gwneud salwch Gwyn yn waeth, ond doedd dim byd tebyg i hynny ar ein meddylia ni. A doedd o ddim ar gael inni drio'i ddarbwyllo fo.' Tynnodd un llaw oddi ar y llall. 'A'r bora'r oedd o'n cael 'i ollwng, wel . . .'

'Roeddan ni wedi rhoi negas i ddeud y basan ni yno wyth o'r gloch bora i'w nôl o,' meddai Teifryn. 'Roeddan ni yno mewn da bryd ond erbyn dallt roedd o wedi mynd chwartar awr cyn inni gyrraedd. A welson ni fyth mo'no fo.'

Bu tawelwch. Anaml iawn oedd y stori'n cael ei deud, a bron byth yng ngŵydd ei gilydd.

'Rydach chi wedi bod trwyddi,' meddai Marian yn y man.

'Mae'n digwydd,' meddai Buddug, ei sylw wedi'i hoelio ar y carped. 'Ond rydan ni wedi cael amser i ddygymod bellach, on'do?' meddai wrth Teifryn.

'Do,' meddai yntau.

iii

'Dw i ddim isio difetha dy fywyd bach di drwy ddeud nad oes 'na Santa Clôs,' medda Judith, 'ond y ffaith syml amdani ydi nad ydi ogofâu byth yn mynd o lan môr i selar Plas y Gŵr Bonheddig Cyfoethog nac o selar Plas y Gŵr Bonheddig Cyfoethog i selar y Dafarn, dim ond mewn straeon antur.'

Judith Vaughan ydi'r athrawas ora yn Rysgol. Hanas mae hi'n 'i roi a dw i wedi sgwennu traethawd ar smyglars Pentra a'r ogo mae Sionyn a Gwil wedi sôn cymaint amdani. Dydw i ddim wedi sôn am unrhyw blas yn y traethawd ond dw i'n dallt be sy gynni hi hefyd. A dyma hi'n deud wrtha i am fynd i chwilio'r ogo fy hun, os ydi hi'n hollol ddiogel i ti wneud hynny, medda hi a'i bys o flaen 'y nhrwyn i. Dysga edrach, medda hi wedyn, ac ella y gweli di lawar mwy o gyfoeth hanas yn yr ogo wag ac yn y traeth a'r creigia o'i hamgylch hi na dim sgin ti yn dy draethawd.

'Dan ni'n gwneud hynny hefyd. Syniad Gwydion ydi o. Fo ydi'r boi syniada ac mae o wrth 'i fodd yn deud pa mor ar goll faswn i hebddo fo a dw inna'n gadael iddo fo gan mai 'ran hwyl mae o'n 'i ddeud o bob tro. Mae'r ogo yr ochr arall i trwyn pella ac mae'n amhosib cyrraedd ati heb gwch. Ne' mi fedran ni nofio, medda Gwydion. Mae'r creigia y pen yma i'r trwyn yn amhosib ond mi fedrwn ni gychwyn o traeth asgwrn pan mae hi'n dechra treio i gael digon o amsar. Mae synnwyr yn deud bod yn rhaid i ni gael y môr yn dawal i ni allu osgoi'r creigia tanfor. Mae'r trwyn yn lletach nag yr oeddan ni'n 'i dybio ond mae 'na draeth cerrig o fath yr ochor arall er na fedar neb fynd iddo fo o'r tir chwaith. Does 'na ddim arwydd o ogo, dim ond lwmp o drwyn bach yn rhannu'r traeth. 'Dan ni'n edrach braidd yn siomedig ar ein gilydd ac mae Gwydion yn ysgwyd y môr o'i gyrls 'fath â tasa fo'n gi. 'Dan ni'n cerddad y traeth ac unwaith yr ydan ni'n dod i ochor arall y trwyn bach mae ceg yr ogo yno'n swatio. Ddudodd Gwil na Sionyn ddim nad ydi hi i'w gweld o'r môr os nad ydi rhywun yn gwybod yn union lle i edrach.

'Dan ni'n mynd i mewn ar ein hunion ac mae'r oerni'n taro'n syth bin. Mae 'na dipyn o froc a gweddillion cewyll a rhaffa ar lawr a digon o blastig i agor ffatri ailgylchu, yn boteli wedi hannar 'u cannu gan mwya. Dydi'r llanw ddim yn cyrraedd fa'ma chwaith ar wahân i storm ar deitia mawr ella, a dyna pam nad ydi hi'n ogo morloi 'fath â'r lleill sy'n bellach i ffwr' heibio i'r trwyn. Y gwyntoedd sy'n chwythu'r plastig i mewn mae'n debyg. Ond mae hi'n glompan o ogo ac mae'n ddigon posib fod y straeon yn wir yn yr ysbryd, chadal Taid pan fydd o'n sbeitio straeon pregethwrs. Mae 'na dro ymhen ychydig ac mae hi'n mynd yn rhy dywyll wedyn. Y broblem rŵan ydi sut i gael lamp yma heb 'i glychu hi. Ac antur Gwydion a fi ydi hon, neb arall. 'Dan ni'n dallt ein gilydd ar hynny heb i neb orfod deud dim. Mae Gwydion yn astudio'r to. Mae 'na chydig o hen hen grafiada arno fo fel sydd ar y walia ac mae'n anodd gweld sut medran nhw fod yn grafiada natur. Dw inna'n chwilio'r to a'r llawr am bibonwy ne' golofna calch fel sy 'na yn y gwerslyfr ac mae Gwydion yn chwerthin am 'y mhen i. Dydi'r cemega na'r gwlybaniaeth iawn ddim yma medda fo. Mae o'n fwy o foi gwyddoniaeth na fi o lawar.

'Yli,' medda Gwydion pan ydan ni'n mynd yn ôl allan a'r haul yn taro'n boethach ar ôl inni arfar hefo hin yr ogo. 'Lle i ddŵad lawr.'

Mae o'n pwyntio ar hyd y graig, ac mae'i fys o'n dilyn yr hyn fedra fod yn llwybr. Dringo amball droedfadd yma ac acw, ac mae'n bosib cerddad y gweddill. Yr unig ddrwg ydi 'i fod o'n darfod tuag wyth troedfadd uwchben y traeth. Ond mae 'na dylla yn y graig o dan y lle mae o'n darfod. Mae Gwydion yn rhedag atyn nhw.

'Dydi'r rhain ddim yn naturiol. Dydi'r graig ddim digon brau.'

Ac mae o'n byseddu'r tylla a'r crafiada sy'n ddigon posib yn waith cŷn a mwrthwl.

'Tyrd.'

Mae'r tylla fel ystol. Rydan ni'n dringo i fyny'r graig mewn chwiff ac yn cyrraedd y rhimynna a fedar fod yn llwybr. Mae'n dda nad oes gynnon ni ddim am ein traed oherwydd mae hynny'n golygu bod yn rhaid i ni gymryd mwy o ofal ac mae ei angan. Ond rydan ni'n cyrraedd y gwellt ar y top yn ddigon didraffarth. Rydan ni ar ben ucha'r clogwyn rŵan, a byrwellt a thwmpatha eithin yma a thraw. Lawr ar draeth asgwrn mae 'na wylan rhwng ein twmpatha dillad ni ac mae'n amlwg 'i bod hi'n busnesa ond does 'na ddim yna iddi. Ymhell draw mae Gwil yn powlio carrag i'w weithdy ac mae 'na lorri felan yn troi i Garej Pentra. Dw i'n troi'n ôl i astudio'r ffordd y daethon ni i fyny. Dim ond y cyfarwydd fyddai'n gweld bod posib mynd i lawr o gwbwl.

'Mi fasan nhw'n cerddad rwsud rwsud o Pentra i fa'ma i ofalu na fyddai'u traed nhw'n creu llwybr i'r swyddogion 'i weld o pan fydda'r rheini'n dŵad ar 'u sgawt,' medda Gwydion. 'Mae un yn aros yn y top i chwara bugail os ydyn nhw'n credu bod angan rhywun i wneud hynny a'r lleill yn cael rhwydd hynt i fynd i fyny ac i lawr hefo'r nwydda. Dim ond cadw golwg ar y môr sydd angan iddyn nhw'i wneud.'

Mae o'n iawn. Rydan ni'n rhedag yn ôl dros y tir ac i lawr yr hen inclên i draeth asgwrn i newid. Hannar awr yn ddiweddarach rydan ni'n ôl yn yr ogo hefo lamp Taid. Do'n i ddim yn synnu 'i bod hi'n haws mynd i fyny o'r traeth na mynd i lawr iddo fo. Dim ond rhyw bum llath sydd 'na o'r ogo ar ôl y tro ond mae hi bron yn hollol sych. Ac mae 'na olion hen grafiada yma hefyd.

'Yli!'

Mae'r lamp gan Gwydion ac mae o wedi mynd ar ei gwrcwd ac wedi tyrchu yn y gro. Mae o'n codi ac mae ganddo hen getyn clai yn 'i law, a hwnnw bron yn gyfa. Rydan ni'n sbio arno fo mewn rhyfeddod ac wedyn yn chwilio a chwalu ond dydan ni ddim yn dŵad o hyd i ddim arall.

'Dydw i ddim yn difrïo dy straeon di na gwerth y traddodiad llafar, ond mae angan ffeithia hefyd,' ddudodd Judith. Ar y ffor' yn ôl dw i'n penderfynu sgwennu traethawd arall iddi a chydnabod rhan

Gwydion ynddo fo yn llawn. Rydan ni'n penderfynu hefyd mai Nain a Taid sy'n mynd i gael y cetyn clai i ddiolch iddyn nhw am ddŵad i fyw i'r lle gora yn y byd, ac yn penderfynu eto fyth ein bod ni'n dau am ddŵad yma i fyw pan fyddan ni wedi priodi.

iv

'Fel'na bydd o,' meddai Buddug.

Roedd Marian wedi gofyn cwestiwn i Teifryn a heb gael ateb. Unwaith y rhoddwyd stori Gwydion o'r neilltu roedd ymlacio lond y lle a'r sgwrs wedi mynd yn ôl i'r hen ysgol a phawb ond Robat yn bwnc trafod. Doedd Teifryn yn ystyrlon nabod yr un o'r bobl dan sylw ac roedd wedi ymneilltuo byliau i'w fyd bach ei hun. Rŵan roedd o'n dyheu am gael agor Sarn Fabon a'r byd newydd a gynigiai hynny mewn lle mor gyfarwydd. Roedd Gwil yn anghywir o ran un peth hefyd. Gwyddai y byddai'n rhaid iddo, yn y dechrau beth bynnag, ganolbwyntio bron yn llwyr ar y lle a byddai'n rhaid i bopeth arall gael ei roi heibio, hyd yn oed os nad oedd o'n ddim ond darllan a sgwennu. Ella'i bod hi'n braf ar Gwil yn y byd lle'r oedd barn a gweithredoedd yr hen bobol, pwy bynnag oeddan nhw, yn llawer mwy byw a phwysig na dim a fedrai'r un hanesydd ei gynnig.

'Be?' gofynnodd.

'Gofyn o'n i,' meddai Marian, 'sut brifathro oedd gen ti, 'ta wyt ti wedi anghofio'n barod?'

'Ysblennydd.'

Ymestynnodd yn ôl i agor drôr a thynnodd ddarlun yn ei bren plastig ohoni a'i roi iddi. Gwenodd wyneb chwareus ar y darlun. Yna sobrodd beth.

'Be oedd dy farn di am ein prifathro ni?' gofynnodd i Buddug.

'Ro'n i'n rhy brysur yn trio'i osgoi o i ffurfio'r un farn amdano fo,' atebodd hithau ar ei phen.

'Hen ddyn budur!' dathlodd Teifryn â'i ddwrn yn yr awyr.

'Naci'r lob.'

'Hen ddynas fudur ella,' meddai Marian yn dawel.

'Pwy?' gofynnodd Buddug fel siot.

'Fi.' Gwenodd beth yn drist ar yr ymateb disgwyledig. 'Mi ge's 'y ngalw gerbron ryw amser cinio. Y Prifathro yn 'i siwt lasddu a'r brifathrawes yn 'i chostiwm frown. Rheini fyddai'r dillad disgyblu bob amser. Wyt ti'n 'i chofio hi?' gofynnodd i Buddug.

'Jayne Gleyne. Mae hi'n dal hyd y lle 'ma. Mae hi yng nghanol 'i nawdega bellach.'

'Dal hefo ni? Rhaid i mi gofio peidio picio i'w gweld hi. Wn i ddim oedd hi'n cael chwanag o gyflog am fod yn brifathrawes 'ta byw ar y statws oedd hi.' Sobrodd. 'Ta waeth, doedd 'na ddim cyhuddiad ffurfiol yn cael 'i ddwyn arna i yn y Chwilys, ond roedd hi'n amlwg fod y byd a'i bardnar yn gwybod 'mod i'n camdrin un o'r disgyblion yn rheolaidd ac yn rhywiol.'

'Robat,' rhuthrodd Teifryn.

'Rwyt ti wedi darllan fy llythyr i felly.'

Rhoes y llun yn ôl iddo heb gymryd cip arall arno.

'Ydi, nac'di, ydi, nac'di, ydi, nac'di.' Roedd Buddug fel tasa hi'n siarad hefo hi'i hun.

'Be?' gofynnodd Marian.

'Ydi honna'n stori i beri sioc 'ta ydi hi ddim?'

'Dibynnu pa mor effro oeddat ti yn yr ysgol, mae'n debyg,' cytunodd Marian. 'Yr wythnos cyn i Robat foddi oedd hi,' aeth ymlaen. 'Be oedd wrth gwrs oedd bod 'na helynt wedi bod mewn ysgol yn Lloegr yn rwla fis ne' ddau ynghynt a phob un papur newydd yn glafoerio yn 'i chanol hi. Be tasai peth felly'n digwydd yn Fy Ysgol I?'

Arhosodd mewn eiliad atgofus o'r newydd.

'Ein Hysgol Ni fyddai Jayne Gleyne yn 'i galw hi,' meddai Buddug.

'Ia, debyg,' ategodd Marian yn sobr. 'Robat oedd y disgybl gora oedd gen i,' aeth ymlaen. 'Yn y gwersi ymarferol mi fydda fo'n canolbwyntio'n llwyr ar wneud yr arbrofion ac yn sgwrsio'n naturiol braf am rwbath arall yr un pryd. Roedd 'i holl agwedd o'n agorad a hefo ni, yn union fel 'i bersonoliaeth o. Doedd 'na ddim mymryn o beryg iddo fo na fi gam-ddallt sut oedd hi rhyngon ni, heb sôn am fanteisio ar hynny. Y ffyliaid gwirion.'

'Mae'n anodd credu y basa hyd yn oed Jayne Gleyne . . . ac eto,' petrusodd Buddug.

'Roeddan nhw wedi darganfod bod Robat a finna wedi mynd i dreulio tipyn o amsar hefo'n gilydd ers tua phythefnos, llawar amsar cinio ac ambell wers rydd. Y rheswm am hynny oedd 'mod i wedi gweld bod 'na rwbath o'i le a phan bwysis i arno fo mi arllwysodd Robat y cwbwl. Roedd o wedi darganfod bod 'i dad o'n mynd hefo rhyw Ethel.'

'Pwy oedd hi?' gofynnodd Teifryn bron ar ei thraws.

'Dim syniad. Mi ddudodd o mai rhywun o Landdogfael oedd hi. Ro'n i'n rhy ddiarth. Doedd ynta ddim yn 'i nabod hi chwaith medda fo.'

'Wyddost ti pwy oedd hi, Mam?'

Ysgwydodd Buddug ei phen.

'Greddf oedd yr unig beth oedd gen inna i drio'i gysuro fo,' meddai Marian. 'Doedd gen i ddim hyfforddiant na phrofiad a doedd ynta'n amlwg ddim am ymddiried yn neb arall. Dw i'n cofio trio deud wrtho fo fod petha fel hyn yn digwydd, 'i fod o'n llawar mwy cyffredin nag oedd pobl yn sylweddoli, ac ella mai rwbath dros dro oedd o ac y byddai petha'n dod yn ôl i drefn. Do'n i ddim haws, ond mi aeth y cyfarfodydd yn seiada mwy cyffredinol a'r creadur yn chwilio am graig mae'n debyg. Roedd o'n aeddfetach na'i oed. Roedd trio egluro hyn heb fradychu'r gyfrinach gerbron siwt a chostiwm yn anodd. A deud y gwir doedd dim llawer o wahaniaeth gen i oeddan nhw'n coelio ai peidio, ro'n i wedi ffieiddio cymaint.'

Rŵan doedd y blynyddoedd ddim fel tasan nhw wedi lliniaru dim ar y teimladau na phylu dim ar y digwyddiadau.

'Wedyn,' aeth ymlaen, 'y dydd Mercher cyn y drychineb, ro'n i wedi dod yn ôl i'r stafall ar ôl cinio ac mi es drwodd i'r stafall dywyll i baratoi rwbath ac yno'r oedd o, yn eistedd yn y tywyllwch. Dyma fo'n dechra deud rwbath a dyma 'na ddagra'n llenwi'i lygaid o. "Be sy?" medda finna. Ro'n i wedi dychryn am 'y mywyd. "Nid Ethel ydi hi," medda fo, "nid ar ôl honno mae o." Dyma fo'n codi a mynd heibio i mi, a mwmblian rwbath. "Hilda ydi hi", dw i bron yn siŵr mai dyna ddudodd o.'

Edrychodd Teifryn ar ei fam ac ysgwydodd hithau ei phen eto.

'Welodd neb mo'no fo yn yr ysgol trannoeth,' meddai Marian. 'A ben bore Gwener mi ddaeth dy fam i dy ddeffro di ac agor y llenni.' Pwysodd ei phen yn ôl ar y gadair, bron mewn rhyddhad. 'Ro'n i'n deud wrthat ti nad oedd gen i'r un gyfrinach i ti,' meddai wrth Teifryn, 'dim ond bod y stori'n haws i'w deud na'i sgwennu. Ac mae'n braf cael bod yma, hyd yn oed i hyn. Yr unig beth o natur cyfrinach, ella,' ychwanegodd, 'ydi bod yr ysgol wedi gwneud 'i gora i f'atal i rhag rhoi teyrnged iddo fo yn y cnebrwn. Dim ond Laura gafodd wybod hynny.'

V

Pymps mae Anti Laura'n galw trenars.

'Dan ni'n gorfod gwisgo hen rai racs i fynd i hel gwichiaid hefo hi, nid yn unig am fod y creigia'n bigfain ac yn hegar medda hi ond rhag ofn i ni gael pigiad a gwenwyn oddi wrtho fo. Mae Mari a Siân yn chwara yn y tywod o dan wal Murllydan. Maen nhw'n ddeg oed ac maen nhw'n efeilliaid ac yn byw yn Pentra. Mae Gwydion newydd godi dau fys arnyn nhw am 'u bod nhw'n genod ac am fod gynnyn nhw blethi yn 'u gwalltia. Mae Anti Laura'n dŵad allan ac yn deud, 'Wel iawn, mi'i triwn ni hi 'ta.' Mae hi'n gweld Mari a Siân yn chwara yn y tywod ac mae hi'n troi oddi wrthyn nhw a dw i'n gweld dagra yn dod i'w llygaid hi wrth iddi afael yn Gwydion a gwasgu mymryn ar 'i sgwydda fo. Mae hi'n rhwbio'i gwefus ucha hefo blaen 'i thafod am eiliad ac yn llyncu'i phoer ac yn deud 'Dach chi'n hogia da yn helpu fel hyn,' a phrin 'i chl'wad hi ydw i.

10

i

Cawsai Teifryn ddeuddeg punt am ei draethawd diwygiedig ar smyglo lleol a doedd dim angen petruso eiliad cyn rhannu'r ysbail yn llawn hefo'r cyd-ymchwilydd. Wyddai o ddim ei fod yn gystadleuydd prun bynnag. Roedd o wedi cyflwyno'r traethawd ac wedi anghofio amdano fwy na heb ond roedd ei athrawes Hanes wedi'i anfon ar ei liwt ei hun i Eisteddfod Rhydfeurig yr hydref canlynol a'r beirniad wedi rhoi'r wobr gyntaf iddo'n ddibetrus ac wedi nodi yn ei feirniadaeth na fedrai weld arwyddocâd i'r geiriau 'Dyna welliant' mewn beiro goch ar y diwedd.

Roedd yn cofio'r pethau hyn rŵan wrth ddringo heibio i'r hen inclên i ben y clogwyn. Roedd pethau'n dod drwodd yn gynt na'r disgwyl ac yn well na'r ofnau hefo Sarn Fabon ac roedd wedi penderfynu bod arno angen awran o seibiant. Gwil oedd yn iawn. Roedd wedi cofio am yr ogof ac wedi rhoi lamp fechan Nain yn ei boced rhag ofn. Ni wyddai rhag ofn be chwaith oherwydd doedd ganddo'r un bwriad o fynd i lawr. Gofyn amdani fyddai hynny.

Roedd rhimynnau o lwybrau defaid yma ac acw ar y clogwyn, yn dechrau ar hap ac yn gorffen yr un mor ddirybudd. Deuai awel fain o'r môr i gyhoeddi dyfodiad hydref, ond roedd y tir yn sych ac eisteddodd i oruchwylio'r stad draw odano. Roedd prysurdeb pnawn Sadwrn ar y cae chwarae am y clawdd â'r garej, a thîm pêl-droed mewn oren yn herio un mewn glas. Yr oreniaid oedd tîm Dolgynwyd ac roedd Sionyn yn ganolog yn ei weinyddiad. Roedd y garej yn daclus, a chymryd bod taclusrwydd i focs. Roedd gwaeth i'w cael ond ella ryw ddiwrnod y byddai penseiri garej yn gweld gwerth dychymyg syml a pharch at gefndiroedd. Roedd pob carreg o'r hen efail wedi'i dymchwel i wneud lle i'r newydd a doedd o byth wedi penderfynu'n iawn a fyddai Efail yn rhan o'r enw atgyfodedig. Rhwng y garej a'r traeth roedd iard Gwil a chaeau a ddylai fod yn eiddo i Sionyn ac afon a charreg wen yn rhannu'i dŵr am eiliad.

Cododd, a'i gwneud hi tua phen y clogwyn a'r creigiau a'r môr. Roedd Marian wedi ymestyn ei gwyliau ac wedi aros hefo nhw yn lloff Gwydion ar ôl i'w thridiau yn y gwesty ddod i ben. Roedd yntau'n pwyso arni hi a'i fam i drio cofio Ethel neu Hilda a pham y byddai Robat yn camgymryd rhyngddyn nhw. 'Waeth i ti heb bellach,' meddai ei fam, yn gwybod yn iawn nad oedd fymryn haws â deud. Gan mai dynes ddŵad oedd Nain yn ei hanfod, doedd ganddi ddim digon o adnabyddiaeth o bobol Llanddogfael a doedd hi'n cofio'r un Hilda yn Nolgynwyd. Roedd 'na Ethel yno, yn fyw o hyd, 'ond mi fyddai gen ti well siawns o 'nghael i i fynd hefo Mathias na hi,' pwysleisiodd hefo'i sicrwydd terfynol nodweddiadol.

Cyrhaeddodd ben y clogwyn. Dychrynodd pan gyrhaeddodd yr ymyl uwchben traeth yr ogof. Roedd rhywbeth sydyn fel pendro wedi'i daro ac am y tro cyntaf yn ei oes sylweddolodd pam roedd yr oedolion yn gwaredu rhag iddyn nhw fynd yn rhy agos ers talwm. Roedd yntau rŵan wedi colli'r arfer.

Daeth ato'i hun. Astudiodd o'r newydd y graig

odano. Roedd yn anodd derbyn bod Gwydion ac yntau wedi bod i fyny ac i lawr hon droeon ar ôl y tro cynta hwnnw. Doedd neb arall o Ddolgynwyd byth yn dod ar y cyfyl. Rŵan ni welai bosiblrwydd llwybr o gwbl. Ac ella nad oedd hynny'n rhyfedd. Gwydion oedd yr un i weld y posibiliadau bob tro.

Gwelai Gwydion yn sleifio i lawr heb neb i'w weld ac yn mynd i'r ogof i swatio ac i drio gorchfygu hiraeth.

Doedd y sicrwydd o'r hyn oedd yn mynd trwy feddwl Gwydion erioed wedi bod mor gry â hyn.

Roedd yn mynd. Roedd mwy o ddefnydd o ddwylo na'r troeon o'r blaen a'r traed anghyfarwydd yn tueddu i lithro yn amlach, ond roeddan nhw bob yn bwt yn ailddarganfod y rhimynnau a'r agennau. Roedd pen-gliniau'n taro lle na ddylen nhw a mynych oedd yr aros i feddwl ac ailfeddwl llwybr, ond cyn hir roedd yn cyrraedd uwchben y tyllau'r oedd rhywun wedi'u gwneud ryw dro yn y graig i gwblhau priffordd y smyglars. Yna roedd yn colli'i afael wrth i'w droed chwilio am yr ail dwll ac yn llithro mewn chydig o banig a'i draed yn creu clec darfod-munud-hwnnw ar gerrig crynion y draethell.

Roedd yr ogof yn hollol wag a neb wedi bod ynddi ers blynyddoedd.

'Lle wyt ti?'

Pwysodd ar y graig y tu allan. Roedd y creigiau'r un siâp ond roedd y cerrig odano wedi'u symud bob ryw ffordd gan flynyddoedd o donnau a theitiau i wneud y traeth yn ddiarth. Roedd bwi melyn o'i flaen, ac un arall draw i'r dde. Byddai Gwydion ac yntau wrth eu boddau'n cael bwi o'r newydd i nofio ato ac i chwarae o'i gwmpas a deifio o dan ei raff.

Doedd o ddim yn siŵr a fedrai ddychwelyd i fyny. O'r traeth ymddangosai'n amhosib.

'Tyrd i mewn, wir,' meddai Laura fel tasai hi wedi gweld y cwbl.

Ufuddhaodd yn ddigon parod, yn teimlo'n llipa drosto. Roedd wedi dringo'n ôl o'r ogof rywfodd neu'i gilydd ac wedi dychwelyd gyda'r caeau a'r afon at y garreg wen a'r boncan. Roedd Laura'n hel dillad.

Eisteddodd, a phwyso'i ben ar gefn y gadair i drio dod ato'i hun a gwylio Laura'n plygu'r dillad ac yn eu rhoi o'r neilltu cyn mynd i roi dŵr yn y teciall. Pan ddaethai yno i ddeud bod ei fam ac yntau am ddod i fyw i Lain Siôr y cwbl oedd Laura wedi'i wneud oedd gwasgu'i arddwrn a gadael y dathlu i Sionyn a Gwil. Doedd dim ots nad oedd neb yn deud dim rŵan wrth iddi hi wneud paned.

'Mi gawsoch chi bobol ddiarth,' meddai o pan eisteddodd hi wrth y bwrdd.

'Do,' atebodd. 'Roedd y rhosod 'na'n rhai drud, 'sti. Chwara teg iddi hi.'

'Roedd hi'n falch ofnadwy o'r croeso gafodd hi.'

'Dim ond bod yn fi fy hun 'te?'

Bu sbelan arall o ddistawrwydd. Gwelai o olwg oriau o ail-fyw arni.

'Be ddigwyddodd?' gofynnodd.

Ella nad oedd o wedi disgwyl i'r geiriau fod yn glywadwy.

'Mi wyddost cystal â minna bellach,' meddai hithau.

Plymiodd iddi.

'Mae Nain yn argyhoeddedig fod Mathias yn gwybod bod Robat wedi boddi cyn iddi hi ddŵad i ddeud wrthoch chi y bora hwnnw.'

Canolbwyntiodd Laura ennyd ar ei chwpan.

'Roedd 'i sgidia fo'n socian.'

'Pwy?'

'Hwn 'te?' amneidiodd hithau'n ddifynadd i rwla rwla.

'Ia, wel,' cynigiodd yntau am nad oedd hi am ganlyn arni, 'byw yn lan môr . . .'

'A finna wedi treulio f'oes yma, wyt ti'n meddwl na wn i mo'r gwahaniaeth rhwng sgidia wedi bod yn y môr a sgidia wedi bod yn 'rafon?'

'Lle oedd o wedi bod?'

'Y bora cynt, bora Iau,' meddai hithau, 'roedd Robat wedi deud ella na fydda fo ddim adra'r noson honno. Mi fydda fo'n aros hefo un o'i ffrindia weithia os bydda 'na rwbath yn Dre a hwnnw'n para'n o hwyr. Mi fydda fo'n deud mewn da bryd wrth nad oedd 'na ffôn yn tŷ bryd hynny, ne' mi fydda fo'n ffonio dy Nain iddi hi gael y negas. Ro'n i'n 'i weld o'n beth rhyfadd, ac ysgol gynno fo drannoeth ond mi aeth am y bỳs hefo'r ddau arall. Erbyn dallt mi aeth o'r bỳs a gadael 'i fag ar ôl dan sêt.'

Roedd hyn i gyd yng nghofnodion y cwest.

'Roedd hwn,' amneidiodd wedyn yr un mor ddilornus ddifynadd, 'wedi codi gyda'i thoriad hi i ryw berwyl. Pan godis i a mynd i'r cwt allan, cyn i dy nain ddŵad, mi welis i fod 'i sgidia fo a'i sana fo a godra'i drwsus o'n socian. Roedd o wedi newid ac wedi mynd â'r lleill i'r cwt. Am wn i nad dyna'r pryd roedd o wedi newid. Chariodd o rioed ddilledyn cynt.'

'Methu deud ddaru o?' cynigiodd yntau mewn dychryn.

'Be wn i? Wn i ddim i be coda fo mor blygeiniol. Fydda fo byth yn gwneud hynny.'

Yn ôl y patholegydd yn y cwest, roedd Robat mwya tebyg wedi boddi rhwng hanner nos a dau.

'Yr unig beth yr ydw i'n sicr ohono fo ydi 'i fod o yn 'i wely pan foddodd Robat,' meddai Laura wedyn, yn dal i edrych ar y gwpan nad oedd wedi'i chyffwrdd. 'Ac roedd o adra drwy'r gyda'r nos y noson cynt. Lle buost ti 'ta?' gofynnodd.

'Clogwyn. Ac i lawr.'

Doedd hi ddim am ddeud chwaneg. Eisteddodd y ddau yno, yn tawel gyd-ddioddef.

ii

Roedd dwy resiad o ddillad dynion yn hongian ar raciau cyfochrog yn y siop gansar. Byseddodd drwy bob dilledyn ond doedd o'n nabod yr un. Aeth allan.

iii

Peth fel'na ydi o. Mi ddudis i 'mod i am fynd i fyny i'r llyfrgell i orffan 'y nhraethawd a ddaru 'na neb chwerthin am 'y mhen i. Fel'na mae hi wedi bod ers dechra'r tymor. Mi ffendis i y munud y dois i'n ôl bod salwch Dad wedi cyrraedd yma o 'mlaen i.

O leia dw i'n gallu ailddechra canolbwyntio, ar wahân i amball bum munud. Cnöwr ara deg ydi sglerosis ac maen nhw wedi deud y medar Dad fyw am flynyddoedd eto. Ne' mi fedar beidio.

Dw i'n ailddarllan be sgwennis i ddoe a dw i ddim yn 'i ddallt o. Dw i wedi colli rhediad 'y meddwl. Synnwn i ddim mai felly mae'r traethawd i gyd. Mi wn i be dw isio'i ddeud a waeth i mi'i ailddechra fo o'i gwr ddim. Nefi Job roedd Gwydion yn ddistaw y ddau ddiwrnod cyn i mi ddŵad yn ôl.

Mae hogan y llyfrgell yn sefyll o 'mlaen i. 'Mae hi'n ddeg,' medda hi a phwyntio'i bawd yn ôl at y cloc. Dw i ddim wedi canolbwyntio fel hyn ers hydoedd. Dw i mewn ffôm a dw i'n brysio'n ôl drwy'r glaw mân i roi ryw awr ne' ddwy arall arno fo yn fy stafall. Y munud dw i'n dŵad drwy'r drws mae Eirian yn rhedag ata i ac yn deud wrtha i bod isio i mi ffonio adra ar unwaith. Dw inna'n gwneud 'i llond hi a dydi o ddim ots gen i fod Eirian yn gwybod hynny.

Mae Mam yn dechra deud rwbath ac mae hi'n crio'n dawal. Dw inna'n trio gofyn be sy. Naci, nid Dad medda hi a dechra crio wedyn. Mae 'na lond y lle o blismyn ac maen nhw wedi bod drwy bob stafall ac wedi mynd â Gwydion i mewn am losgi rhyw dŷ yn Dre i'r llawr.

iv

Roedd Sionyn a Gwil wedi penderfynu trwsio Wal Cwch cyn y gaeaf ac wedi gofalu bod y deunydd yn barod. Drannoeth roedd y tywydd yn cydymddwyn ac yn argoeli'n ddigon sefydlog fel mai codi at y wal yn hytrach na churo yn ei herbyn a wnâi'r ddau neu dri llanw nesaf. Dechreuodd y ddau ar eu gwaith unwaith roedd y môr wedi cilio digon. Roedd Laura wedi mynd i Lain Siôr am sgwrsan ac i'w gwylio o'r gegin wydr. O'u gweld yn paratoi roedd Teifryn wedi newid ac wedi mynd i lawr i helpu gan gyfnewid cyfarchion hefo Laura wrth y giât.

'Mae'n bryd i Sarn Fabon agor rŵan,' meddai Laura wrth Doris.

'Mi fywiogith y lle mae'n debyg,' meddai hithau.

'I rwbath fynd â'i feddwl o.' Sbriwsiodd. ''Werth i ti weld Gwil a Sionyn yn cydweithio,' gwenodd. 'Mi eith Gwil fel tasa'r byd am ddod i ben mewn chwartar awr ac mi eith Sionyn fel tasa'r byd ac ynta i bara am byth. Ac eto mi neith y ddau yr un faint o waith yn yr un faint o amsar. Mae'n dda i mi wrthyn nhw,' meddai'n ddistawach.

I lawr wrth y wal roedd cyfraniad Teifryn yn cael yr un gwerthfawrogiad. Roedd Sionyn ac yntau'n clirio'r tyllau ac yn tynnu cerrig a mortar rhydd, a Gwil yn torri cerrig newydd ac yn cymysgu'r sment-sychu'n-gyflym wrth yr angen.

'Sut aeth y gêm ddoe?' gofynnodd Teifryn.

'Mi curon ni nhw bump i dair,' atebodd Sionyn frwd. 'Doedd hynny ddim i fod i ddigwydd.' Astudiodd y garreg roedd Teifryn newydd ei chynnig iddo, a nodio'n fodlon. 'Mae gen ti lygad dda am garrag. Mi ge's i gip arnat ti hyd y topia 'na,' meddai wedyn wrth guro'r garreg yn ysgafn i'w lle. 'Pam na ddoi di draw ryw bnawn? Roeddat ti'n eitha ffwtbolar.'

'Ella do i.'

Ond roedd y ddau yn yr un tîm bob gafael, boed gae neu draeth. Doedd o ddim wedi chwarae na gweld gêm wedyn.

''Dan ni'n chwilio am noddwyr newydd i'r crysa. Mae'r hen rai'n dechra rhwygo a breuo rŵan,' meddai Sionyn.

'Pwy oedd gynnoch chi?'

'Y Crythor 'te?'

'Dw i'n ddigon da i fod yn noddwr ar y slei,' meddai Gwil. 'Chlywist ti mo hynny, naddo?'

'Be?'

'Awr a hannar gymerodd hwn a'i bwyllgor i ddŵad i benderfyniad unfrydol nad oedd cael enw iard gerrig beddi ar y crysa'n addas i'r modyrn imej. Sut duthon nhw i'r fath benderfyniad, Duw a ŵyr.'

'Be'n union ydi'r noddi?' gofynnodd Teifryn.

'Dim ond cost y crysa. Dydan ni ddim yn farus,' meddai Sionyn.

'Neith Sarn Fabon?' gofynnodd yntau'n syml wedyn.

'Paid â ffidlan!' gwaeddodd Gwil. 'Mi fydd arnat ti angan pob ceiniog yn y dechra fel hyn.'

'Mae'n iawn siŵr.'

Ond roedd Sionyn yn disgleirio mewn gweledigaeth.

'Mi dala i amdanyn nhw, 'nelo hynny ydyn nhw!' Cododd, a phwyntio'i forthwyl at Teifryn fel tasai'n ei gyhuddo. 'Mi fydd gynnon ni gêm adra un o'r Sadyrna y naill ben ne'r llall i'r diwrnod y byddi di'n agor y garej. Mi ddechreuwn ni honno ryw awr a hannar ynghynt a gwneud sbloets fach wedyn i gyflwyno'r crysa a dathlu agor y garej yr un pryd. Cystadleutha a raffla a ballu. Pnawn i'r pentra.' Daeth y morthwyl i lawr a gafaelodd mewn carreg. 'Mi fywiogwn ni'r lle 'ma, tasa fo'r peth dwytha wnawn ni!'

Dychwelodd at ei waith a dechreuodd ganu.

v

Roeddan nhw wedi ailosod ffenest y siop gansar dros y Sul ond doedd dim yn gyfarwydd yn yr ychydig ddillad dynion oedd ar ddangos yn un gornel. Safodd Teifryn o'i blaen. Doedd o ddim am fynd i mewn.

'Hei!'

Trodd. Roedd Bryn yn tuthian ar hyd y pafin tuag ato.

'Chwilio am bympia pertrol ail law wyt ti?' gofynnodd.

'Ella,' atebodd Teifryn, yn trio bod yr un mor hapus.

'Dw i wedi cael caniatâd i ddojo am ryw awran.' Roedd Bryn yn codi amlen lwyd i'w dangos. 'Wyt ti am ddŵad?'

'I lle?'

Wnâi mymryn o fwrlwm ddim drwg.

'Dim ond i fa'ma.'

Pwyntiodd Bryn at swyddfa yr ochr arall i'r stryd a *Rhun Davies, Ymgynghorwr Ariannol* yn fwa ar draws ochr chwith ei ffenest a *Gwasanaeth Teipio, Ffotocopïo a Ffacs* yn fwa yr un mor osgeiddig ar yr ochr arall.

'Be s'gin ti hefo hwn?' gofynnodd Teifryn wrth groesi.

'Gwasanaeth ffotocopïo. Mi 'rhoswn ni nes daw o'i hun drwodd o'i stafall. Wedyn dim ond i mi 'i gael o i ama prun 'ta cwsmar 'ta fandal ydw i mi arhosith tra bydda i yna, gneith? Go brin mai llechan Gwil ydi hon, 'te?'

Curodd y plac *Swyddfa Gofrestru, Genedigaethau, Priodasau a Marwolaethau* a *Rhun Davies, Cofrestrydd* mewn llythrennau arian arno ar wal y swyddfa rhwng y ffenest a'r drws. Eisoes llygaid beirniadol oedd ganddo ar y llythrennau ac nid llygaid darllen. Agorodd yr amlen yn ei law.

'Maen nhw'n cymryd arnyn nad ydyn nhw'n darllan y petha maen nhw'n 'u copïo i gwsmeriaid. Ond mi ddown ni dros y broblam fach yna hefyd. Ac mi fydd hi'n haws i mi ddangos fy hun a chdi hefo fi.

Mi fydd yn fwy naturiol, 'bydd?' Rhoes gip arall drwy'r ffenest. 'Tyrd!' Rhoes horwth o gic i'r drws wrth ei agor a baglu i mewn yr holl ffordd at y cownter bychan o'i flaen. 'Wps! 'Ddrwg gen i,' gwenodd yn anymddiheurol ar dri wyneb amheugar o'i flaen a'i lais uchel yn ategu'r anymddiheuriad. 'Fedrwch chi wneud copi o bob un o'r rhain?' gofynnodd yr un mor uchel i ddeud wrthyn nhw nad oedd ar feddwl ychwanegu 'os gwelwch chi'n dda'. Tynnodd dri phapur o'r amlen a'u gosod yn daclus ar y cownter. 'Gwneud traethawd bywyd lleol i Teifryn Hanas ydw i. Dw i am wneud hanas teulu Anti Laura Murllydan, chwaer Nain a dw i wedi gaddo rhoi'r tair ewyllys 'ma'n ôl iddi rhag ofn i mi'u colli nhw ne' golli cwrw am 'u penna nhw a'u difetha nhw. Mi ga i fwy o farcia gynno fo os rho i'r rhein yn atodiad. Mi fydd o'n mynd i Gaerdydd ne' rwla i gael i farcio wedyn am 'i fod o'n rhan swyddogol o'r arholiad ne' rwbath.'

Aeth ymlaen ac ymlaen i frywela am Gwendo Greigddu'n gwneud mwy o ewyllysia nag oedd gan y frenhinas o ben-blwyddi myn diawl heb adael cyfle i neb arall ddeud dim, a Teifryn yn gweld y gynulleidfa fechan o'i flaen yn mynd yn fwy amheus ac annifyr ei byd gyda phob gair. Roedd Rhun Davies yn sefyll yn ei siwt o flaen cwpwrdd ffeilio ac yn rhoi cip arno fo ac yn rhoi cip wedyn ar y peiriant copïo cyn troi ei olygon yn ôl ar Bryn. Roedd ei wraig yn syllu ar Bryn drwy'r adeg o'i chadair y tu ôl i'w chyfrifiadur a'r hogan oedd yn copïo'n cadw'i sylw'n llwyr ar ei gwaith ac yn gofalu troi'r gwreiddiol a'r copi â'u pennau i lawr unwaith yr oedd wedi gorffen hefo nhw. Roedd y bwrlwm yn dal ar ei anterth pan roddwyd y tri chopi a'r papurau gwreiddiol ar y cownter bychan.

'Tshî-ampion!' Tarodd Bryn ddarn hanner can ceiniog yn glec ar y cownter. 'Yî-dîal. Cadwch y newid.' Sgwariodd yn foi calad yn ôl tuag at y drws ac aeth Teifryn allan o'i flaen. Daeth clec arall wrth i Bryn faglu yn y drws ac un arall eto fyth wrth iddo'i gau ar ei ôl.

'Hyn'na i ti'r bwbach.' Safodd yn llonydd ar y pafin am ennyd. Doedd dim arlliw o wên yn ei lygaid na'i lais. 'Mae Anti Laura wedi cael yr ewyllysia gwreiddiol yn ôl prun bynnag,' ychwanegodd cyn i Teifryn gael cyfle i gael ei wynt ato. 'Copïa ydi'r rhein o 'nghyfrifiadur i. Mae gen i ddigon ohonyn nhw i droi'r tŷ 'cw'n ffatri gonffeti bellach.'

'Mae Rhun Davies a'i wraig yn 'y nabod i, o ran 'y ngweld ac o ran 'y ngwaith,' meddai Teifryn wrth iddynt gychwyn cerdded. 'Maen nhw'n gwybod 'mod i 'di rhoi'r gora i'r ysgol. Mae'n fwy na phosib 'u bod nhw'n gwybod hefyd fod gan Gwil rywun yn gweithio hefo fo rŵan a phwy ydi o.'

'Gora oll.' Roedd y dig a'r dial yn dal yn ei lais. 'Dw i'n gwybod am ewyllys dy nain,' meddai wedyn ymhen ychydig. 'Mi ddudodd Anti Laura, a fy siarsio i i gau 'ngheg. Ond mae'n wahanol hefo chdi, 'tydi? Paid â deud wrth hi chwaith.'

'Rwyt ti'n 'i galw hi'n Anti Laura,' meddai Teifryn â rhyw ŵen fechan atgofus a braidd yn hiraethus.

'Hen bryd, 'tydi?'

Roedd ei lais yn ddifynadd, fel tasai o'n gweld bai arno'i hun.

'Oeddat ti'n rhy brysur yn siarad i sylwi bod yr hogan wedi cael arwydd bach slei gan 'i mistar ac wedi gwneud dau gopi o bob un a rhoi un i chdi?' gofynnodd Teifryn yn y man.

'Wyt ti'n meddwl mai prentis ydw i?'

'Rhych Davies ydi hwnna hefo fo,' medda Gwydion wrth weld y dyn neis yn siarad hefo Mathias Anti Laura.

'Rhun Davies, y lob,' medda finna.

'Dan ni'n gwybod mai fo ydi o am mai fo oedd yn pregethu yn Capal Nain a Taid Sul cynt. Roedd o'n ddistaw ofnadwy ac yn ysgwyd 'i ben yn drist ofnadwy ac yn gwneud llais 'fath â tasa fo'n mynd i grio a Taid yn chwerthin. Mi cafodd Taid hi ar ôl mynd adra.

Maen nhw mewn lle rhyfadd hefyd. Dim ond dreifars lorris yn stopio am ginio ne' ddau gariadsus yn dŵad i neud sws chadal Gwydion fydd yn fan'na fel rheol. Tamad o'r hen lôn fawr ddaru nhw'i gadael ar ôl pan ddaru nhw ledu'r lôn ochor Dre i Pentra ydi o, a 'dan ni'n gweld Mathias a Rhun Davies yn sefyll yno o flaen 'u ceir. Dydyn nhw ddim yn gwybod ein bod ni yma a 'dan ni uwch 'u penna nhw'n sbecian arnyn nhw hefo sbenglas Taid. Mi fyddan ni'n cael y sbenglas bob tro am 'i fod o'n gwybod ein bod ni'n edrach ar 'i hôl hi am ein bod ni'n meddwl y byd ohoni. Fyddan ni ddim yn dŵad ffor'ma fel rheol am fod clogwyn yn well. Dim ond coed a chaea Jacob Huws y ffarmwr mwya blin yn y byd sy 'na yn fa'ma, ond mae Taid wedi gweld sgwarnog wen yma medda fo 'fath â'r rhai sy adra a 'dan ni wedi dŵad i fyny yma i chwilio amdani'n slei bach. Ella mai un o frîd Maescoch ydi hi ond 'i bod hi wedi crwydro.

Does 'na ddim gobaith y daw hi i'r fei heddiw. Pan ydan ni'n cyrraedd cyrion y coed drain ar waelod y cae lle'r oedd Taid wedi'i gweld hi rydan ni'n gweld Jacob Huws yn dŵad yn y top a'i gi defaid hefo fo. Mae 'na ryw ugian o ddefaid yn y cae ac mae golwg gallach ar bob un ohonyn nhw na sydd ar Jacob Flin. A dim ond am eiliad yr ydan ni'n siomedig oherwydd mae Jacob yn dechra hel y defaid. Wel, mae o'n dechra trio'u hel nhw. Mae o'n gweiddi, 'Da 'ngwas i,' ar y ci a'r munud nesa mae o'n 'i ddiawlio fo a'i uffarneiddio fo am fod y ci'n gwneud pob dim ond be mae o i fod i'w wneud ac fel mae'r ci'n mynd yn fwy anufudd a di-glem mae llais Jacob Flin yn mynd yn uwch ac yn fwy o sgrech nes 'i fod o 'fath yn union â hwch Joni Moch yn cael modrwy a 'dan ninna'n rowlio chwerthin a dal i 'mguddiad dan y coed drain. Ond wedyn mae Gwydion yn sleifio i gwr y wal ac yn gweiddi petha hollol wahanol ar y ci hefo llais mor debyg ag y medar o i Jacob Flin ac mae'r defaid a'r ci ym mhob man. Mae'u hannar nhw wedi neidio i ben clawdd ac mae Jacob yn sgrechian a neidio a dawnsio ac yn chwifio'i freichia 'fath ag alarch yn trio cychwyn fflio.

'Miglwch chi o'ma'r ffernols bach!'

'Dan ni'n neidio am y gora. Mi ddaru Gwydion godi gormod ar 'i ben ac mi welodd Jacob o. Mae o'n cychwyn rhedag i lawr y cae tuag aton ni a dw i'n rhuthro i gadw sbenglas Taid yn saff dan fy jersi a 'dan ni'n rhedag yn ôl ffwl sbîd. Mae'r ci'n dŵad ar ein hola ni ac yn cyfarth fel peth gwirion ond wrth roi cip yn ôl mewn ofn arno fo dw i'n gweld 'i fod o'n ysgwyd mwy ar 'i gynffon nag oedd Jacob Flin ar 'i freichia. Mae o'n cyrraedd aton ni ac mae o'n llyfu'r mwytha ac yn neidio i gael mwy. Mae Gwydion yn meddwl ein bod ni'n ddigon pell ac mae o'n troi ac yn gweiddi 'Jacob flin dau dwll din!' nerth 'i ben a dw inna'n i ddamio fo ac yn 'i dynnu fo ar f'ôl. Dydi ein bod ni ddim yn byw yn Pentra ddim yn deud nad ydi'r ffarmwr hyll yn gwybod pwy ydan ni. Mae'r ci'n dŵad hefo ni am ychydig cyn cl'wad 'i fistar yn 'i fygwth o.

'Dan ni'n croesi cae arall i gyrraedd y lôn gyntad byth ag y medrwn ni. 'Dan ni'n dod i lôn fach Ty'n Cadlan ac mae honno mor ddidramwy nes ein bod ni'n gallu sglefrio ar hyd-ddi ar ôl rhedag fymryn i gael cychwyn. Sgidia Hiwbart ryw ddwywaith 'dair yr wythnos ydi'r unig dramwyo arall sydd arni, ar wahân i'r defaid a'r cwningod a'r sgwarnog wen ella. 'Dan ni'n dod i'r lôn fawr dipyn pellach na'r gilfach cariadsus. Fel 'dan ni'n cau'r giât ar ein hola mae car Rhun Davies yn dŵad tuag aton ni ar 'i ffor' i Dre. Dydi o'n cymryd dim sylw ohonon ni ond mae golwg ofnadwy o fodlon arno'i hun arno fo. Pan 'dan ni gyferbyn â cheg yr hen lôn mae car Mathias yn dŵad allan ac yn troi am Pentra. 'Dan ni'n codi'n llaw arno fo ond dydi ynta'n cymryd yr un sylw ohonan ni chwaith. Ac mae rhyw olwg ryfadd arno fo.

vii

'Mi ges i ddyn diarth,' cyhoeddodd Nain mewn buddugoliaeth a Teifryn yn dymuno iddi fyw am byth o'i chlywed.

'Pwy?'

'Mr Davies. Doedd o ddim wedi bod yma o gwbwl ers dydd mawr y cytundeb. Roedd o'n ffroenydda'r paent ac yn brolio bod y lle fel newydd. "Mae isio cadw'r trigfanna'n daclus i'r rhai sy'n dod ar ein hola ni," medda finna.'

Roedd yr wylan yna eto, erbyn hyn bron yn ddigon agos i gael mwytha. Roedd o'n eistedd wrth ddrws agored y gegin wydr yn ei hastudio ac yn gwerthfawrogi o'r newydd siâp y plu a maint y pig, a

162

Nain wrth un o'r ffenestri'n gwerthfawrogi'r môr yn dawel ac yn gwerthfawrogi taclusrwydd newydd Wal Cwch yn llafar.

'Mi gafodd o banad, gobeithio,' meddai Teifryn.

'Ro'n i'n 'i weld o fel tasai arno fo isio i mi siarad,' meddai hithau. 'Rhyw brocio a chau deud am be. Mi ddudis inna am 'y nghalon druan ac mi 'chrynodd am 'i fywyd cymwynasgar ac mi olchodd y llestri nes bod y rheini hefyd fel newydd. Dyma finna'n deud wedyn ar ôl iddo fo orffan na fedrwn i siarad llawar am fod hynny'n codi poen yn 'y mrest i. Ond mi sonis i am Bryn ac fel roedd pawb yn Murllydan yn 'i frolio fo ac mi disgrifis i o llawn cystal ag unrhyw gamera rhag ofn nad oedd o'n gwybod pwy oedd gen i. Doedd dim angan i mi chwaith. Dach chi'ch dau wedi cynhyrfu'r dyfroedd yn ddigon sicr.'

'Bryn ddaru hynny. Prop o'n i. Ond mae Bryn wedi teimlo i'r byw,' ychwanegodd yn sobrach. 'Mae o'n addoli Murllydan a phawb sydd ynddo fo. Ddudoch chi wrth Hyfforddwr y Pab fod Mam a finna'n dŵad i fyw yma?'

'Bobol annwyl, naddo siŵr.'

11

Daeth cnoc ar y drws cefn ac ni agorwyd mo'no. Roedd Teifryn yn gobeithio'r gorau wrth fynd i'w agor ond doedd yr un ffon fugeiliol i'w gyfarch, dim ond wyneb tua'r un oed â Gwydion ac o bosib yn gyfarwydd.

'Cl'wad . . . ym . . . isio mecanic,' cynigiodd llais rhyfeddol o swil. 'Siôn Thomas . . . ym . . .'

Roedd hybysebu'i hun yn amlwg yn weithred atgas ganddo. Tawodd. Roedd Teifryn wedi hen arfer â swildod a rhag iddo fynd yn fwy annifyr ei fyd gwnaeth le iddo ddod i mewn.

'Stedda, Siôn.'

'Naci . . . ym . . . Siôn Thomas oedd yn deud . . .'

'Pwy 'di hwnnw?'

'Iard goed . . .'

'O, Sionyn?'

'Ia,' brysiodd y swildod i gytuno.

Doedd hynny'r un mymryn o syndod. Roedd Sionyn yn cyhoeddi'r paratoadau ar gyfer ailagor y garej yn ddiflino gerbron y byd fel tasai o'n mynd i'w hailagor hi ei hun ac eisioes wedi dwys rybuddio Teifryn a Buddug rhag dau ddarpar fecanic, y rhybuddion yn deillio o gymysgedd o adnabyddiaeth ac ymgynghoriad manwl hefo gweithwyr eraill yr iard. Pwyntiodd Teifryn yn ffwrdd-â-hi eilwaith at stôl wrth y bwrdd ac eisteddodd y dieithryn ar ei hymyl. Tasai ganddo gap yn ei ddwylo byddai wedi ei droi.

'Sionyn gyrrodd di yma?'

'Ia, fwy na heb.'

Mewn geiriau eraill, roedd y penodiad wedi'i wneud, ond doedd Teifryn ddim am adael iddo wybod hynny ar unwaith. Roedd o bron yn sicr bod yr wyneb yn dechrau dod yn gyfarwydd fel un o gyfoedion Gwydion yn yr ysgol.

'Moi wyt ti, 'te?' mentrodd gofio'n sydyn.

'Ia.'

Bron nad oedd y cadarnhad yn ymddiheuriad. Yn raddol, trodd sgwrs holi ac ateb yn gyfweliad digri o ddibaratoad a buan iawn y darganfuwyd pwy oedd yn gwybod be a phwy oedd yn gwybod dim. Toc cafodd Teifryn ar ddallt fod Moi wedi pasio pob prawf oedd gan ei ddiwydiant ar ei gyfer ac erbyn hynny roedd Moi wedi cael ar ddallt ei fod wedi'i benodi. Doedd ei swildod ddim yn diflannu ond roedd ei barabl yn llawer rhwyddach o drin ei fyd ei hun.

'Ro'n i'n cael peth mwdradd o hwyl hefo Gwydion yn rysgol,' meddai fel roedd yn ymadael.

ii

Doedd Sionyn mo'r math arferol o berson i fynd y tu ôl i gorn siarad i seboni cynulleidfaoedd ond fo oedd wedi'i benodi i'r gwaith am mai fo o holl aelodau pwyllgor y clwb chwaraeon oedd yn nabod perchnogion newydd Sarn Fabon orau. A phawb â'i ddiffiniad oedd hi i'r gair 'llawn' hefyd pan oedd hwnnw'n dod ar ôl y gair 'dwyieithrwydd'. Roedd Sionyn yn cyhoeddi yn Gymraeg ac yn deud 'Duw Iesu' wedyn o gael ei atgoffa ac roedd hynny'n hen ddigon o ddwyieithrwydd ganddo fo.

165

Roedd Sarn Fabon wedi llwyddo i agor ddau ddiwrnod yn gynt na'r bwriad, i gydfynd â'r dathliadau ar y cae chwarae. Cafodd y crysau newydd fuddugoliaeth o chwe gôl i bedair yn fedydd. Buddug oedd wedi cynllunio'r crysau ac roedd wedi cynnwys amlinell syml o bwmp petrol am fod y geiriau'n ddiarwyddocâd. 'Fydd dim o'i angan o hefo'r llwyth nesa,' meddai.

O ran dyletswydd ac fel gwestai arbennig aeth Teifryn i weld y gêm gan adael y garej i'w fam. Roedd y garej yn brysurach na'r disgwyl, a'r rhan fwyaf o'r cwsmeriaid lleol yn cynnig rhyw sylw neu'i gilydd am yr ailagor, ond ambell un yn gwneud dim ond llenwi a thalu a chynnig pwt o sgwrs fel tasai dim wedi digwydd. Rheini oedd yn ategu ym meddwl Teifryn argyhoeddiad di-ildio Gwil am ddyfodol y lle.

Gan fod yr achlysur yn un arbennig roedd llawer mwy nag arfer yn gwylio'r gêm a chan ei fod yn feidrolyn fedrai Teifryn ddim mynd i ochr Sionyn o'r cae a gwylio'r chwarae â'i gefn at y garej. Rŵan roedd o'n dechrau sylweddoli'r hyn oedd wedi digwydd. Pan oedd y pethau yn nwylo'r twrneiod roedd popeth yn rhy annelwig, ac roedd y dyddiau o baratoi a chael nwyddau a llenwi silffoedd yn rhy brysur i ystyried. Ond rŵan, wrth gymryd arno ganolbwyntio ar y gêm o'i flaen roedd yn gweld Sarn Fabon, eiddo ei fam ac yntau. Roedd car yn aros a char yn cychwyn a char yn gwneud lle i un arall, a'r cwbl yn berthnasol am eu bod yn gwneud hynny o'u herwydd nhw ill dau. Wel, oherwydd Gwil. Oherwydd Gwil roedd ganddo ran o Ddolgynwyd, y lle roedd o wedi bod yn rhan ohono erioed.

Doedd ei feddwl i gyd ddim ar hynny chwaith,

oherwydd roedd golygfa bur hardd o'i flaen. Nid yn gymaint y gêm, er bod honno'n well na'r disgwyl. Ond roedd gan dîm Dolgynwyd reolwr oedd yn fwy o bicton na Phicton, yn dawnsio ac yn neidio ac yn cyrcydu hyd y lle ac yn cael rhybudd terfynol bob hyn a hyn gan y dyfarnwr oedd yn trio'i orau i gymryd arno nad oedd yn llwyr fwynhau'r perfformiad. Y tu ôl i'r rheolwr roedd Sionyn yn cael pyliau cyson o gydbictonna yr un mor llafar ond yn llawer llonyddach yn gorfforol. A thrwy'r adeg roedd y ddau air *Sarn Fabon* yn symud, yn troi, yn disgyn ac yn codi ar hyd a lled y cae.

Roedd Sionyn a'i bwyllgor wedi bygwth galw Teifryn gerbron y dyrfa ar y diwedd ac unwaith roedd y gêm drosodd sleifiodd yn ôl i'r garej rhag i hynny ddigwydd. Paratowyd byrddau gwerthu ar y cae ac aeth Buddug i'w canol i sbaena ac i fod yn hysbyseb dawel i'r garej. Gobeithiai Teifryn y byddai Sionyn o'i gweld yn rhoi gorchymyn iddi hi ddod ymlaen i gyflwyno'r crysau newydd yn swyddogol yn hytrach na gweiddi arno fo. Roedd byd o wahaniaeth rhwng wynebu dosbarth a wynebu tyrfa. Treuliodd awr brysur a bodlon wrth ei gownter cyn cael saib fechan i gymryd cip ar y silffoedd. Roedd rhai nwyddau'n dechrau clirio oddi arnyn nhwtha hefyd. Rhoes gip ar gar arall yn dod at y pympiau.

'Help!' Daeth dynes drwy'r drws ymhen rhyw funud yn dal bys i fyny a hwnnw wedi'i fandio. 'Roi di betrol i mi rhag ofn i mi golli peth ar y briw gwirion 'ma? Go brin y medra i drin y pwmp hefo fo prun bynnag.'

'Gwnaf siŵr.'

Daeth ar ei hôl at y car. Roedd hi eisoes wedi agor y cap.

'Llenwa fo. Dw i'n siomedig iawn ynot ti,' ychwanegodd fel roedd y petrol yn dechrau llifo. 'Ia, chdi ydi ŵyr Doris 'te?' ychwanegodd ar frys.

'Ia.'

Trodd i edrych yn iawn arni. Roedd rhywbeth yn gyfarwydd ynddi, yn ddynes dal ac yn edrych yn fengach o rywfaint na Nain. Ond diniweidrwydd rasalog Nain oedd yn ei llygaid.

'Be dw i 'di'i wneud felly?' gofynnodd.

'Agor heddiw. Ro'n i wedi bwriadu bod yma o flaen pawb bora Llun er mwyn cael bod y gynta i brynu petrol gen ti i wneud iawn am yr hyn wnes i o'r blaen. Dwyt ti ddim yn cofio mae'n siŵr,' ychwanegodd.

Ysgwydodd yntau ei ben.

'Mae pymtheng mlynedd,' meddai hithau bron yn hiraethus. 'Chdi a dy frawd, gryduriaid bach diniwad yn 'stachu hyd y pentra hefo coets fecryll Mathias Murllydan. Wyt ti'n cofio?'

'Dw i'n cofio cael bendith y Goruchaf Dduw a dim arall yn gyflog.'

'Hogia oeddach chi 'te?' Roedd y diniweidrwydd fymryn yn surach. 'Mi wrthodis brynu gynnoch chi.'

Daeth clec fechan tanc llawn ynghynt na'r disgwyl, a throdd Teifryn at y pwmp. Roedd y tanc yn fwy na hanner llawn cynt. Caeodd o a chadw'r beipen. Roedd o'n trio cofio, ond yr unig beth pendant oedd ar ôl o'r ymgyrch fecryll honno oedd siom y taliad yn yr ysbryd, chadal Taid.

'Pam ddaru i chi wrthod?' gofynnodd. 'Oedd 'na dewyn o ddaioni yn rwla yn y dyn?' gofynnodd wedyn o beidio â chael ateb yn syth. 'Be welodd Laura yn'o fo?'

'Wel,' cynigiodd hithau, 'ifanc, 'toeddan, ill dau?

Che's i rioed sgwrs fel hyn wrth gael petrol o'r blaen,'
gwenodd wedyn. 'Mae 'na ddyfodol i'r lle 'ma o'r
diwedd.' Gwelodd Buddug yn dychwelyd. 'A! Dy fam.
Dydw i ddim wedi'i gweld hi ers dy dad,' meddai gan
roi llaw dyner cydymdeimlad ar ei fraich. Croesodd at
Buddug a'i chofleidio ennyd. 'Buddug fach.'

'Diolch, Ethel,' meddai hithau. 'Croeso aton ni,'
ychwanegodd, i atal deigryn. 'Does gynnyn nhw ddim
bagia,' meddai wrth Teifryn, 'ac mae Laura wedi
gwneud jam mwyar duon a . . .'

'Tyrd â pheth i mi,' torrodd y ddynes ar ei thraws a
mynd am ei phwrs. 'Dau botiad. Yli,' meddai wrth
Teifryn gan estyn goriad ei char iddo, 'symud y car o'r
ffordd tra bydd Buddug hefo'i jam.'

Roedd y posibiliadau'n pentyrru wrth iddo
ufuddhau ac arogli'r persawr cynnil yn y car glân.
Parciodd o flaen y wal rhwng y garej a'r cae chwarae a
gofalu cloi.

'Rhyw ddiawliad,' cyhoeddodd y corn siarad clir o'r
cae chwarae, 'yn dŵad yma'n sgwarog i gyd i ddeud
wrthan ni sut mae hi i fod a rheoli'r lle 'ma. 'Dan ni'n
cl'wad dim ond 'u twrw nhw a'u hunan-frôl nhw
ddydd ar ôl dydd a'r peth nesa maen nhw wedi
diflannu oddi ar wynab y ddaear heb adael dim ar 'u
hola ond distawrwydd mawr a dyledion mwy. Wel
ddigwyddith hynny ddim o hyn ymlaen yn y garej
'ma. Cefnogwch hi, wir Dduw.'

Nid dyna eiriad yr hysbyseb a anfonwyd i'r papurau
lleol a'r papur bro ac nid Sionyn oedd wedi llunio
honno.

'Be wyt ti'n 'i feddwl o hyn'na 'ta?' gofynnodd
Buddug gan ysgwyd pen anobeithiol wrth fynd heibio
am y cae.

'Deud diolch yn fawr a rho daw arno fo.'

'Sionyn,' gwenodd Ethel pan ddychwelodd Teifryn ati. 'Chwara teg iddo fo. Mae o a Gwil wedi tynnu ar ôl 'u mam, a dim mymryn ar ôl 'u tad. Dyna'r hysbyseb ora fedra i feddwl amdani i esblygiad.'

Aeth Teifryn i mewn o'i blaen ac i'w ochr o i'r cownter. Penderfynodd ar unwaith nad oedd mentro'n gamp fawr.

'Chi 'di'r Ethel na fasa ddim yn mynd hefo Mathias am bensiwn.'

Gwên fechan gyfarwydd â'r stori oedd ei hymateb.

'Roedd Robat wedi darganfod wythnos cyn iddo fo farw fod 'i dad o'n mynd hefo Ethel,' canlynodd yntau arni. 'Dw i wedi chwilio'r hen restra etholwyr a dw i wedi methu dod o hyd i'r un ar wahân i un o'r Dre gafodd 'i chladdu'n bymtheg ar hugian oed, flwyddyn ar ôl Robat.'

'Bobol annwyl! Fasa hi ddim yn gwneud y tro o gwbwl.' Taflodd Ethel bwrs ar y cownter. 'Tyrcha. Mae 'mys i'n brifo. Ac fel ro'n i'n deud, mae'n braf cael rwbath heblaw "diolch yn fawr iawn galwch eto" wrth dalu am betrol. Roedd Doris yn deud wrtha i yn y Capal fod 'na ymchwilio pur drylwyr yn digwydd a bod fy enw gwerthfawr i'n cael 'i luchio hyd y fan.'

Cofiodd Teifryn lle'r oedd wedi'i gweld cynt. Cymerodd arian o'r pwrs a'i gau a'i roi'n ôl iddi.

'Ond nid Ethel oedd hi,' meddai. 'Hilda. Ne' ryw enw tebyg. Elda, ella. Hilma.'

'Ac rwyt ti wedi chwilio'r rheini hefyd, debyg.'

'Do. Dw i fawr elwach.'

'A go brin y byddai chwilio am ffliwc yn y papura lleol yn werth y draffarth.'

'Wel . . .'

'Wel be?' torrodd hi ar ei draws. 'Tasat ti'n cael enw a chyfeiriad a llun, pa haws fasat ti? A chymryd bod 'na gyfrinach i'w datrys, fasa'r rheini'n 'i datrys hi?'

'Ella ddim. Ac eto,' cynigiodd i wrthod gollwng, 'chwiliwch bob peth, deliwch yr hyn sydd o fudd. Pregath coleg,' gwenodd.

Daeth cwsmer i mewn a chiliodd hi i astudio'r silffoedd. Trodd Teifryn ei sgwrs i gydfynd â sgwrs y cwsmer, ond roedd ei feddwl ar Ethel a'i geiriau. Er ei bod o ran llygaid a phendantrwydd yn debyg i Nain, roedd hi'n ymddangos yn fwy ymarferol. Ac ella'i bod hi'n iawn, ei bod yn ddigon pell o'r garreg wen i feddwl yn fwy gwrthrychol.

'Pam ddaru i chi wrthod prynu mecryll Mathias?' gofynnodd pan gafodd y lle'n glir.

'Am 'y 'mod i'n wraig fawr.'

A hynny oedd i'w gael. Daeth cwsmer arall i mewn, a daeth Buddug ar ei ôl.

'Mae isio i ti fynd i'r cae,' meddai. 'A dos â'r jam 'ma i'r car i Ethel, i arbad 'i bys hi.'

Rhoes y ddau botiad yn eu bag plastig iddo ac aeth at y cwsmer. Aeth yntau allan gan ysu am i Ethel ddod hefo fo ond arhosodd hi i gael rhagor o sgwrs hefo Buddug. Prun bynnag, unwaith y daeth o allan roedd y bwrlwm o'r cae chwarae'n gwneud rhagor o gwestiynau'n anaddas. Arhosodd wrth y car a rhan-ganolbwyntio ar y gweithgareddau oedd bellach i'w gweld yn tynnu tua'u terfyn. Roedd y byrddau gwerthu bron yn wag, ac ym mhen draw'r cae gwelai Bryn yn lapio rhaff ar ôl i'r gystadleuaeth dynnu ddod i ben. Yr unig beth oedd yn dal yn ei anterth oedd castell bowndian y plantos.

Daeth clec sydyn o'r corn siarad a draw wrth y

bwrdd cyhoeddi gwelai Sionyn yn gafael eto yn ei feicroffon. Daeth sibrwd clir a lled argyfyngus drwy'r corn yn deud y byddai'n rhaid iddo siarad Saesneg rŵan a daeth chwyrniad cliriach a ffidlan ddiawl yn ateb. Trodd Sionyn yn ôl i wynebu'r bobloedd a chwythodd i'r meicroffon.

'Iawn 'ta,' cyhoeddodd. 'Mi dynnwn ni'r raffl rŵan wi'l pwl ddy raffl nyw.' Daeth diawlio o'i ochr a throes, a'r meicroffon yn troi hefo fo'n ufudd. 'Y? Be?' Daeth y geiriau 'Uffar gwirion' o rywle. 'Drô be? Duw Duw.' Trodd yn ôl at y dyrfa a chododd ei feicroffon. 'Wi'l pwl ddy drô nyw.'

Gwelodd Teifryn ddwrn yn codi i'r entrychion yng nghanol y cae, yr un dwrn ag a godai o'i flaen mor asbrïol yn ei chweched dosbarth.

'Mae'n wych cael bod yn fyw, 'tydi?' meddai Ethel hapus wrth gyrraedd a dat-gloi ei char. 'A pheth braf ydi cael dechreuad cymdeithasol i fusnas fel hwn 'te? Ac mae'n brafiach fyth cael byw i gyrraedd pedwar ugian a chael rwbath amgenach na swancrwydd dy gar ar dy feddwl ddydd a nos,' ychwanegodd gan amneidio at y pympiau. 'Cwsmar, yli,' sibrydodd, yn gyfrinach i gyd.

Roedd dyn yn daclus dros ei bedwar ugain yn rhoi petrol yn ei gar newydd sbon ac yn edrych o'i gwmpas i wahodd cyd-edmygwyr.

'Cefndar Mathias,' eglurodd Ethel hefo gwên fel gwên Nain ar ei gorau. 'Llathan o frethyn llawar neisiach. Llathan, er hynny. Well i ti fynd ato fo i frolio'r car newydd a chael cwsmar tra pery o.'

'Rarglwydd!' sibrydodd Teifryn.

'Be sy?' gofynnodd Ethel ar unwaith, yn synhwyro argyfwng.

'Dw i'n berchen ar garej a does gen i'r un mymryn o ddiddordeb mewn ceir.'

'Mi'i gwnei hi'n iawn felly. Pryd mae'r mecanic newydd yn dechra?'

'Dydd Llun. Mi fasan ni wedi gallu gwneud hefo fo heddiw.'

'Drycha di ar 'i ôl o. Yr hogyn mwya swil yng Nghymru benbaladr. Dw i'n chwaer i'w nain o.' Tynnodd botyn o'r bag a'i ddal i fyny. 'Yli mewn difri. Laura a'i jam. Bron na llowciwn i o i gyd rŵan.'

iii

Mae Anti Laura'n rhoi'r ffon i Gwydion ac mae ynta wrth 'i fodd yn clownio hefo hi. 'Gymri di hon ar dy gefn 'ngwas i?' medda fo wrtha i mewn llais crynu 'fath â Bob Griffith yn Sêt Fawr. Mae o'n cymryd arno'i fod o'n hen bensiwnïar cloff wedyn ac yn tuchan dros y lle bob yn ail gam. Ffon fwyar duon ydi hi go iawn, nid ffon pobol gloff. Mi fydd Anti Laura'n gafael yn 'i gwaelod hi ac yn tynnu'r mieri ucha i lawr hefo'r bagal i gael at y mwyar.

'Ni'n dau sy'n helpu Anti Laura i hel mwyar duon, nid y sguthanod hyll 'na,' medda Gwydion. Mae o wedi gwylltio am fod Mathias wedi rhoi fferis i Mari a Siân a dim i ni. 'Fo fydd yn bwyta'r mwyar duon i gyd,' medda Gwydion wedyn. Roeddan ni wedi bod yn 'drochi ac yn dŵad yn ôl i fynd i newid i tŷ Nain cyn mynd hefo Anti Laura pan welson ni Mathias yn chwerthin hefo Mari a Siân ac yn rhoi fferis iddyn nhw. Mi ruthon ninna ras atyn nhw i gael ein siâr ond chymerodd Mathias 'run sylw, dim ond deud 'Wel?'

173

wrthan ni. Ac i Capal Nain a Taid mae'r ddwy yn mynd, nid i Capal Mathias. Maen nhw bedair sêt tu ôl i'r organ yn gwaelod ac mi dynnodd Gwydion 'i dafod arnyn nhw Sul dwytha. Roedd o'n mynd i godi dau fys arnyn nhw hefyd ond mi afaelodd Nain yn 'i law o a'i dynnu fo'n ôl i'r sêt. Taid cafodd hi am ddeud 'da'r hogyn'. Hen bregethwr sych oedd 'na prun bynnag.

Mae 'na lwythi o fwyar duon ar y llwyni ar ochr yr inclên a go brin y bydd raid i ni fynd i nunlla arall heddiw. Fydd 'na byth neb o Pentra'n dŵad i fa'ma ond 'dan ni'n dau wrth ein bodda yma. Mi fyddan ni'n chwara lorris i fyny ac i lawr ne'n chwara cuddiad yn y rhedyn ar yr ochra. Mi fyddwn ni'n mynd i lawr i'r traeth weithia ac yn mynd i 'drochi yn y traeth bach. Dim ond ni'n dau fydd yn 'drochi yn fan'no hefyd. Mae Taid wedi deud hanas y lle ac mi fasai'n braf 'i weld o pan oedd hi'n brysur yma a lot o betha'n cael 'u cario a'u llusgo i fyny o'r traeth.

'Oedd pobol ers talwm yn bwyta mwyar duon?' medda Gwydion wrth Anti Laura.

'Debyg 'u bod nhw,' medda hitha.

'Ac yn gwneud twmplan?'

'Mae'n siŵr.'

'Lle oeddan nhw'n cael peilliad? Hefo'r cychod?'

Deud 'fath â Taid mae o rŵan. Dyna mae o'n galw blawd.

'Na, go brin. Mae 'na ddigon o hen felina hyd y fan. Dacw i ti un, yli.'

Mae hi'n pwyntio at dŷ wrth ochor 'rafon yn y pelltar y pen arall i Pentra.

'Mae'n well gen i dwmplan Anti Laura na'i fferis ceiniog a dima fo prun bynnag,' medda Gwydion wrtha i wedyn pan ydan ni o'i chlyw hi. 'Mi geith o'u stwffio nhw. Ac mi geith stwffio sglefran fôr i fyny'i din ar 'u hola nhw i edrach bigith honno fo,' medda fo wedyn.

Mae o'n deud y gwir yn fan'na. Twmplan fwyar duon hefo llefrith ydi'r pwdin gora yn y byd. Ac mae Mam a Nain ac Anti Laura'n 'u gwneud nhw.

12

i

'Mae o'n gyndyn o sôn am Gwydion, 'tydi?' meddai Moi.

'Ydi,' atebodd Buddug ag ochenaid fechan.

'Ac eto mi sonith am 'i dad drwy'r dydd.'

'Mae o'n gwybod lle mae Gwyn.'

Cael paned ddeg oeddan nhw, a Moi wedi dod drwodd i eistedd hefo hi y tu ôl i'r cownter. Roedd o wedi setlo ar ei union ac wedi dod â gwaith i'w ganlyn, yn union fel roedd Sionyn wedi proffwydo. Ac am ei fod i bob pwrpas yn feistr arno'i hun rŵan, roedd yn dadswilio ar raddfa ddifyr o fechan. Yn un o fodurdai Llanddogfael yr oedd o wedi treulio'i yrfa hyd yma ac yn ôl Sionyn wedi dioddef yn ddistaw drwy'r adeg am ei fod yn cael ei drin fel baw oherwydd ei swildod. Doedd o ddim yn ei natur i fynd ati i ddial, ond roedd o wedi deud wrth bob un o'r cwsmeriaid rheolaidd ei fod yn symud ei stondin.

'Ydi'r gwaith newydd yn plesio gynnoch chi 'ta?' gofynnodd Moi wedyn, ella braidd yn sydyn, tybiodd hi.

'Yn fwy nag y dychmygis i,' atebodd.

Fedrai hi ddim cyfleu faint chwaith. Rŵan roedd hi'n cydnabod mor ddifywyd oedd ei bwriad i ddychwelyd i weithio'n llawn amser yn y ddeintyddfa. Roedd rhai'n gallu dychwelyd i'w swydd; doedd hi ddim. Doedd hi ddim wedi bod yn fodlon cydnabod mai ychwanegu at y gwegi oedd mynd yn ôl dridiau yr wythnos chwaith.

'Mae'r oria'n feithach,' meddai o.

''Dan ni'n rhannu,' meddai hithau.

Doedd Teifryn na hithau wedi rhagweld hynny, ond buan iawn y darganfuwyd bod bore'n golygu hanner awr wedi saith a gyda'r nos yn golygu naw. Roedd Moi yn cael dewis ei oriau ond byddai yno cyn wyth bob bore a phrin y byddai'n cau cyn chwech. Roedd prentis brwd Gwil wedi neidio at y cyfle i gael cyflog ychwanegol gyda'r nos deirgwaith neu bedair yr wythnos yn ogystal â hynny o Sadyrnau a Suliau ag a ddymunai, yn enwedig pan ddarganfu nad oedd gan neb wrthwynebiad iddo ddod â'i werslyfrau cerflunwaith hefo fo a hefyd am y parodrwydd i'w lwytho â bwyd ym Murllydan neu Lain Siôr.

'Gwydion yn hen foi iawn,' meddai Moi, fel tasai o wedi penderfynu mentro'n ôl i'r pwnc. 'Bron nad fo oedd yr unig un oedd yn gwneud yr ysgol yn werth mynd iddi. Chawsoch chi fyth wybod pam?' mentrodd wedyn.

Daeth cwsmer i mewn a dychwelodd Moi at ei baned. Roedd Gwydion ac yntau yn yr un flwyddyn yn yr ysgol ond ei fod o wedi 'madael gynted fyth ag y gallodd ar ddiwrnod ei ben-blwydd yn un ar bymtheg.

'Roedd pawb oedd yn cydymdeimlo'n deud mai'r sioc o ddallt am salwch Gwyn yrrodd o oddi ar 'i echal,' meddai Buddug pan gawsant y lle iddyn nhw'u hunain drachefn. 'Fedris i rioed dderbyn hynny. Ella'i fod o'n gyfrannog, ond nid dyna'r rheswm.'

'Tŷ Sais oedd o 'te?'

'Ia.' Doedd dim straen wrth ddeud wrth Moi. 'Roeddan nhw'n credu ar y dechra mai gwleidyddiaeth oedd o. Mae'n debyg fod arnyn nhw isio credu hynny, rai ohonyn nhw. Unwaith y darganfuon nhw nad dyna oedd o, daethon nhw ddim i lawr o draffarth i gael cymhelliad wedyn a nhwtha wedi cael cyffes bron heb ofyn amdani. Mi daerodd perchennog y tŷ 'i fod o wedi bygwth plismyn ar Gwydion a rhyw hogia erill am weiddi petha arno fo.'

'Wnâi Gwydion byth beth felly. I neb diarth, beth bynnag.'

'Na. Ond pob dim roeddan nhw'n 'i gynnig, roedd o'n 'i wadu, a chynnig dim byd ohono'i hun. Mi drion ninna chwilio. Doedd 'na ddim hanas, doedd 'na ddim cysylltiad. Dyn hollol ddiarth wedi prynu'r tŷ wyth mlynedd ynghynt a chadw iddo'i hun. Neb yn gwybod fawr ddim amdano fo.'

Roedd Moi'n canolbwyntio'n ddyfal ar waelod ei gwpan.

'Yr unig beth oedd o blaid Gwydion oedd nad oedd o wedi mynd â'r petrol na'r matsys hefo fo,' ychwanegodd Buddug. 'Yn y garej yng nghefn y tŷ roedd y petrol, a'r bocs matsys yn y gegin. Roedd drws y garej yn gorad er bod y dyn yn deud 'i fod o wedi cau. Ond doedd olion bysedd Gwydion ddim ar y drws, dim ond ar y can petrol. Roedd ein twrna ni'n gallu dadla wedyn nad oedd Gwydion wedi cynllwynio'r peth ymlaen llaw. Wel, roedd o'n deud bod hynny o'i blaid o.'

'Ia,' ategodd Moi. 'Nain yn byw dros ffor',' ychwanegodd yn ei sbîd ei hun. 'O roid tŷ ar dân o gwbwl, medda hi, doedd hi'n synnu dim mai hwnnw roed.'

'Pam?' gofynnodd hithau ar amrantiad.

'Roedd o'n dŷ amheus, medda hi.'

'Amheus be?'

'Ddudodd hi ddim, siŵr. Rêl hen bobol 'te? Taflu'r awgrym a'i gadael hi ar hynny. 'I ail-ddeud o un waith os oedd rhywun yn croesholi a chau'i cheg wedyn.'

Daeth cwsmer arall i mewn a dychwelodd Moi at ei waith.

ii

Roedd y garreg wen dan ddŵr. Doedd Laura, heb sôn am Nain, rioed wedi gweld yr afon mor llawn. Roedd y cae o boptu iddi'n anhramwyadwy, wedi'i bwyo gan y glaw diarbed ac wedyn wedi'i oresgyn gan ddŵr yr afon.

Mentro ddaru Teifryn hefyd. Roedd y dieithrwch swnllyd yn mynnu archwiliad a'r dyhead ysbeidiol am y llonyddwch na allai dim ond cerdded y topiau neu'r traeth ei leddfu wedi taro eto. Roedd y glaw wedi peidio ers gefn nos a'r cae'n dechrau gwagio. Gallodd fynd at yr afon yn weddol ddidrafferth er bod ei sgidiau'n drwm o laid erbyn iddo gyrraedd. Doedd o ddim yn beth call i fynd yn rhy agos at y dorlan simsan ac roedd angen craffu i weld pig y garreg wen o dan y dŵr llwyd. Roedd hwnnw hefyd yn diflannu'n llwyr bob hyn a hyn ac nid gwellt a phriciau bychan trefnus oedd yn mynd heibio rŵan ond tywyrch cyfa heb unman i stelcian. Yn nes i lawr roedd bron yn amhosib penderfynu be oedd yn gae a be oedd yn afon, dim ond bod y lli'n diffinio canol yr afon ei hun a hithau'n mynd â mwy o waddod hefo hi mewn munud nag a wnâi mewn wythnos neu hyd yn oed fis yn arferol. Roedd arno isio gweld sut oedd yr agen yn

179

ymdrin â'r dŵr cyn ei daflu drosodd i'r traeth a dychwelodd at y boncan a mynd gyda chyrion y cae. Roedd y cyrion yn codi fymryn ac felly'n tueddu i hel dŵr glaw yn ôl i'r cae yn hytrach na throsodd ac roedd hynny'n help i'w cadw rhag cael eu bwyta gan stormydd a dymchwel. Cyrhaeddodd yr agen, neu mor agos ati ag oedd ddoeth. Roedd yr afon yn rhyferthwy yma ac nid dewis y llwybrau bychan i lawr y ceunant a'r graig oedd hi, ond rhaeadru, gan wneud synfyfyrio uwch ei phen yn amhosib.

Bu yno am hir hefyd, dim ond yn gwylio. Ar wahân i lenwi caeau a chau ambell lôn fach a bygwth cau'r briffordd wrth y bont, doedd y glaw ddim wedi creu llanast. Ar un wedd roedd wedi bod yn fendith, oherwydd bu'n gyfle i Teifryn weld bod to'r garej yn dal dŵr a bod y libart yn fwy na thebol i gael gwared ag o cyn iddo gael cyfle i grynhoi unwaith roedd Moi ac yntau wedi clirio'r gwterydd. O ran ei waith roedd Moi yn ddigon prysur i gael cymorth ac roedd Teifryn wedi awgrymu hynny wrtho. 'Pam na wnei di brentisio rhywfaint?' gofynnodd Moi. 'Wnâi o ddim drwg i ti,' meddai wedyn. 'Os dysgis i, mi ddysgi di, siawns.' Roedd Teifryn ar goll o gael y fath awgrym.

Toc, daeth dafad i lawr yr afon. Digwydd troi i edrych yn ôl tuag at y garreg wen ddaru o a'i gweld yn dod ar ei hochr yng nghanol y lli a dechrau cyflymu wrth ddynesu at yr agen. Roedd yn amlwg mai newydd foddi oedd hi. Creulon neu beidio, mi fyddai gofyn bod yn dipyn o ffŵl i fynd i drio'i hachub heb offer a chymorth tasai hi'n fyw. Arhosodd y ddafad yn ebrwydd yn yr agen, yn amlwg wedi mynd yn sownd mewn carreg neu ddarn o graig. Yr eiliad nesaf roedd y lli wedi'i chodi din dros ben a'i dymchwel hefo fo i lawr y rhaeadr. Disgynnodd yn ddiddrama i'r traeth ac i'r pwll trochi roedd y rhaeadr newydd wedi'i dorri dano a diflannu dan y dŵr. Daeth i'r wyneb ymhen ychydig eiliadau fymryn yn is i lawr ac ymhen munud neu ddau roedd yng ngafael tonnau'r penllanw. Byddai cerrynt yr afon a'r trai'n mynd â hi i'r môr, mwya tebyg. Trodd Teifryn i chwilio'r caeau i edrych o ble daeth, ond doedd yr un ddafad i'w gweld yn unman o'r lle roedd o'n sefyll. Trodd yn ôl. Roedd y ddafad yn dal yng ngafael y lli ac yn pellhau.

Dychwelodd. Roedd ei sgidiau a godrau'i drowsus yn gacan. Tynnodd ei sgidiau yn nrws y gegin wydr a lluchiodd ei drowsus a'i sanau i beiriant golchi Nain cyn mynd i chwilio am ddillad glân. Roeddan nhw ar ganol mudo, rhyw fudo wrth eu pwysau a hynny'n bennaf am fod ei fam ac yntau mor anfoddog â'i gilydd o roi adra ar werth a'r un mor anfoddog o wneud adra'n dŷ gwag. Roedd wedi cael dewis ei lofft yn Tŷ Nain a chan fod y môr yn eiddo i'r gegin wydr dewisodd y llofft gefn gyferbyn â hen lofft ei fam lle'r oedd y garreg wen a'r inclên a'i holion o hen brysurdeb i'w gweld o'r ffenest. A thu hwnt iddyn nhw roedd y clogwyn a'r trwyn a'r ogof. Uwchben roedd atig gymaint â hyd a lled y tŷ, a honno'n ddiddefnydd erbyn hyn. Bu unwaith yn stafell snwcer ac yn stafell chwarae a chynlluniau mawrion.

Aeth i fyny. Roedd yr hen fwrdd snwcer yno o hyd, ar ei ochr yn erbyn y pared. Roedd dwy ffenest yn wynebu i'r cefn yn y to a hawdd iawn fyddai cael un neu ddwy i wynebu'r môr hefyd, meddyliodd yn sydyn. Doedd dim angen ffenest ychwanegol i wneud yr atig yn llofft. Roedd Taid wedi gwneud yr holl waith bordio angenrheidiol flynyddoedd ynghynt ac wedi dod â thrydan i fyny. Un golau moel oedd yn hongian o'r canol ond hawdd fyddai creu trefn fwy dychmygus. Roedd Taid wedi gwneud cypyrddau bychan lle'r oedd y to'n rhy isel i ddefnydd arall. Y Cwpwrdd Cymunedol oedd enw'r un nesaf at y grisiau. Plygodd ato a'i agor. Roedd y peli snwcer yno, yn eu bocs, a'r bwrdd sgorio bychan wrth ei ochr. Roedd bwrdd gwyddbwyll ymhlyg a llond bag gloyw o ddrafftiau plastig ar ei ben a set wyddbwyll mewn bocs wedi'i gau yn ei ymyl. Roedd hen dun bisgedi y tu hwnt iddyn nhw. Tynnodd o o'r cwpwrdd a'i agor. Rhyw hanner llawn oedd o o geriach plentyndod. Roedd pac o gardiau a dyrnaid o gardiau snap yn rhydd. Roedd hanner dwsin o farblis a dau gar bach, a gêm saethu peli bach mewn blwch plastig â'i wyneb wedi cracio. Ac ar ei waelod, roedd dwy amlen fechan sgwâr fel amlenni capel. Cododd nhw. Byseddodd dri darn crwn ym mhob un. Roedd yn amlwg mai darnau punt oeddan nhw. Troes y ddwy amlen drosodd. Roedd 'Fi' wedi'i sgwennu ar un, a 'Teif' ar y llall.

Roedd Gwydion yn sgwennwr taclus rioed.

'Yn fan'na'r wyt ti?' clywodd lais Nain ymhen hir a hwyr.

'Ia.'

Rhoes yr amlenni'n ôl ar waelod y tun fel y'u cafodd a'i gau a mynd â fo i lawr i'w lofft.

iii

Doedd dim angen i Laura ddeud dim. Roedd Sionyn wedi darganfod, a doedd o ddim wedi cymryd arno wrthi hi na Gwil. Os oedd Gwil wedi sylweddoli doedd yntau ddim wedi cymryd arno chwaith. Ond roedd ei fam wedi cael gwared â phopeth ac iddo arwyddocâd i'w dad a neb arall. Roedd llwyth bychan o lyfrau crefyddol yng ngwaelod cwpwrdd y dresal, yn esboniadau gan mwyaf. Ei dad oedd wedi'u prynu o ryw ocsiwn pan gyrhaeddodd statws blaenor. Hogyn bach oedd Sionyn bryd hynny, ond cofiai'r bocsiad yn cyrraedd y tŷ a'i dad yn brolio a'i fam yn rhoi ochenaid nad oedd neb arall i fod i'w chlywed. Roedd y rheini wedi mynd. Doedd o ddim yn cofio'i dad yn rhoi ei drwyn ynddyn nhw chwaith, ond mi fyddai Mathias yn pwysleisio bod y llyfra'n deud bob tro y byddai'n gorfod atgyfnerthu rhyw bwynt diwinyddol neu'i gilydd pan gâi glust i wrando ar ei ddadleuon.

A rŵan wrth iddo ddod i lawr am adra am fod ganddo hanner diwrnod o wyliau gwelai Sionyn fwg yn codi o'r cefn, a'i fam â'i chefn ato'n pwyo tân hefo darn o hen beipan gopor. Daeth o'r car a mynd ati. Roedd gweddillion cadair ei dad o dan y fflamau oren a'r mwg amryliw, a'i fam yn pwyo'r darnau bob hyn a hyn i'w cadw yn eu lle. Roedd hen liain sychu llestri wedi'i lapio am ben y beipan i gadw'r gwres o'i llaw. Dim ond cip roddodd hi arno.

'Pry,' meddai hi'n swta a difynadd a throi ei sylw'n ôl at y tân.

'Daeth o ddim i daeru. Roedd yn amlwg fod pethau heblaw'r gadair yn rhan o'r goelcerth. Aeth i'r tŷ i edrych be oedd ar ôl ond roedd popeth i'w weld yn ei le a chadair newydd sbon gêr y tân yn ffitio ac yn gweddu i'w lle. Gafaelodd yn un o'r brechdanau oedd ar ei gyfer a dychwelodd allan.

'Sut daeth honna yma?'

'Bryn ddewisodd hi. Mae gynno fo lygad. Ac mi ddaeth Teifryn â hi o'r Dre i mi.'

'O. Dos i'r tŷ 'ta, rhag ofn i ti rynnu yn fa'ma. Mi drycha i ar ôl hwn.'

'Rynna i ddim o flaen peth fel hyn, decini.'

Ond rhoddodd y beipan iddo. Clywodd hi'n rhoi ochenaid wrth droi, a sythodd. Roedd ochneidiau wedi peidio â bod. Ond cafodd gip ar ei llygaid a sylweddolodd y tarddiad. Roedd hen gwch â'i ben i lawr yn y gongl y tu ôl i'r tân, yno ers blynyddoedd, a dail poethion a gwellt yn gorchuddio mwy na'i hanner. Cwch ei dad oedd o.

Gadawodd y tân i'w hynt ac aeth at y cwch. Rhoes droed iddo ac aeth bron yn syth drwodd. Roedd y cwch wedi pydru gormod i'w dorri na'i losgi. Roedd eiliad i ystyried yn hen ddigon. Aeth i'r tŷ a sglaffiodd weddill y brechdanau. Yna aeth i'r cwt a rhoes fymryn o saim ar olwyn yr hen ferfa cyn dod â hi allan. Rhoes gryman drwy'r gwellt a'r dail poethion a'u taflu'n bentwr dros y wal o olwg pawb. Fyddai'r hydref a'r tywydd ddim chwinciad hefo nhw.

Gordd a rhaw oedd hwylusaf hefo'r cwch. Roedd ambell sgotal yn ffit i'w llifio ond daeth o ddim i'r drafferth. Fesul berfâd yr aeth y cwch i'r traeth. Roedd yn tyllu twll digon dyfn i fod allan o gyrraedd y plantos yn yr haf ac yn claddu'r ferfâd ynddo a'i guro i lawr cyn cau'r twll a waldio'r tywod hefo cefn y rhaw i'w gledu. Daeth gweddillion y tân i ganlyn y ferfâd olaf. Rŵan roedd y cefn yn wag a blêr. Eiliad arall i ystyried, ac roedd y fforch yn dod o'r cwt ac yntau'n dechrau palu. Doedd o ddim yn cofio i hyn gael ei wneud o'r blaen ond gan fod y tir mor dywodlyd, doedd y gorchwyl ddim mor anodd â hynny. Deuai pwt o gân o'r tŷ bob hyn a hyn ac yna roedd oglau cig eidion yn ei ffroenau. Wel yn wir, meddyliodd, a dal ati i balu. Palodd y cwbl. Doedd o ddim yn fodlon wedyn chwaith. Gwyddai mai gorchwyl gwanwyn ac nid gorchwyl hydref oedd cribinio ar ôl palu ond penderfynodd nad oedd hynny'n berthnasol iawn i dir mor dywodlyd.

Doedd o ddim yn fodlon wedyn chwaith. Slabiau wedi cracio oedd rhwng y giât a drws y tŷ. Cyfrodd nhw a'u tynnu a mynd â nhw i'r car. Aeth i fyny i'r iard a'u dympio ar y domen wrthodedig oedd gan Gwil yn y pen pellaf, tomen a gâi ei chlirio o bryd i'w gilydd pan fyddai ar rywun angen stwff llenwi. Llwythodd rai newydd i'r car a gwaeddodd 'Mi dala i fory' ar Bryn cyn dychwelyd adra a'u gosod. Roedd o bron â bod yn fodlon wedyn.

Y cyflog a'r diolchgarwch oedd cinio fel cinio Sul a photel o win roedd Bryn wedi'i phrynu i ddathlu'r gadair newydd.

iv

Y Sul wedyn roedd brecwast cynnar yn Llain Siôr. Roedd Doris wedi picio i Furllydan y pnawn cynt ar wahoddiad Laura iddi gael gweld y cefn ar ôl Sionyn. Rŵan roedd y wal yn flêr, meddai Sionyn, ac roedd o a Gwil am ei thrwsio a'i hailbwyntio o'i chwr, gan ddechrau ben bore trannoeth o gael tywydd.

'Fuo 'na rioed y fath glirio ar ôl marwolaeth neb,' meddai Teifryn ar ganol ei frecwast. 'Dathlu ymarferol.'

'Naci,' anghytunodd Doris ar ôl ystyried ennyd, 'mae Laura y tu hwnt i ddathlu. Wedi dod o hyd i ddedwyddwch mae hi.'

'Doedd 'na ddim arlliw o bry wedi bod ar gyfyl y gadair 'na, siŵr. Coelcerth ddathlu oedd honna, Nain. Ac mae Gwil yn dathlu am fod 'i fam o'n hapus, ac mae Sionyn yn dathlu am 'i fod o yn y ffasiwn.'

'Wyt ti'n meddwl na fedar Sionyn feddwl drosto'i hun? Chdi a dy fam sy'n gyfrifol am 'i ddathliada fo.'

'Ella.' Gwenodd wrth gofio hysbyseb lafar Sionyn dros ei gorn siarad a dyfarniad Ethel. Gwibiodd ei feddwl eto. 'Faint oedd oed Mathias, Nain?' gofynnodd yn sydyn.

'Roedd o ddwy flynadd yn fengach na Laura. Newydd gael 'i saith deg pump oedd o. Pam?'

'Rwbath ddudodd Ethel Rowlands y pnawn Sadwrn cynta.' Aeth Teifryn drwy'r ffigurau'n gyflym yn ei ben. 'Roedd o tua tri deg naw pan fuo Robat farw felly.'

'Mae'n debyg.'

'Ac yn ddeugian fwy na heb pan fuodd yr Ethel arall honno farw yn Dre.'

'Be am hynny?' gofynnodd Nain fel tasai hi wedi laru gofyn y cwestiwn.

'Ethel Rowlands ddudodd na fyddai'r llall yn gwneud y tro o gwbwl fel injan ddyrnu i Mathias.'

'Chdi 'di'r un oedd yn cwyno nad oedd gan neb air da amdano fo?'

'Dydi'r syniad o gariad pur a'r syniad o Fathias ddim cweit yn ffitio'i gilydd bellach, nac'dyn?

Pymtheg ar hugian oedd Ethel Llanddogfael. Nid 'i hoed hi oedd y bwgan felly, naci?'

'Ond doedd o ddim yn mynd hefo hi,' pwysleisiodd Doris.

'Nid dyna'r peth. Pam ddudodd Ethel Rowlands hyn'na?'

'Dirmyg at Mathias, mwya tebyg.' Cododd Nain a dechrau clirio'r llestri. 'Nid bod atab fel'na'n mynd i dy fodloni di.'

Nac oedd, ond roedd ganddo rywbeth pwysicach ar ei feddwl hefyd. Roedd o wedi dechrau prentisio ffwrdd-â-hi hefo Moi, a Moi o gael llonydd yn ei waith a chael gwerthfawrogiad ohono yn llawer parotach ei sgwrs. Roedd yntau yn ei ddillad prentis newydd wedi pwyso ar Moi i drio ehangu ar ei sylwadau am y tŷ a gafodd ei losgi gan Gwydion.

'Tria gael mwy gan dy nain,' ymbiliodd wedyn wedi i Moi ailadrodd yr ychydig a wyddai.

'Mi wna i os lici di,' atebodd Moi'n dawel. 'Yr unig beth ydi bod ailagor bedd i bwrpas felly braidd yn anghyfreithlon o bosib.'

'Hi oedd chwaer Ethel Rowlands?' gofynnodd yntau yn hytrach na rhegi.

'Naci, nain ochor Dad ydi hi,' meddai Moi. 'Mae Taid yn fyw hefyd,' ychwanegodd toc fel tasai o newydd gofio, 'ond dydi o fawr o storws clecs. Fyddi di ddim gwaeth â thrio chwaith,' meddai pan synhwyrodd anobaith newydd Teifryn.

Drwy ffenest y gegin wydr rŵan gwelai Sionyn a Gwil yn dod allan o Furllydan, yn barod i weithio. Roedd yntau wedi cynnig ei wasanaeth labro y noson cynt er mwyn iddyn nhw gael canolbwyntio ar grefftwra. Golchodd y llestri i Nain ac aeth i lawr atyn nhw.

'Mi wnawn ni'r lle 'ma'n werth i'r babi bach 'na agor 'i llgada i'w weld o pan ddaw o,' oedd cyfarchiad Sionyn, yn amneidio tuag at Lys Iwan. 'Neith 'na neb hynny yn ein lle ni.'

13

i

Doedd Teifryn na Buddug wedi bod ar gyfyl y tŷ na'r stryd.

Rhyw stryd er ei mwyn ei hun rywle rhwng y canol a'r cyrion oedd hi, heb fod gofyn na diben mynd iddi os nad yn unswydd. Pan fyddai'r Dre'n digwydd bod yn rhan o siwrnai feic, fyddai neb yn meddwl troi iddi, a doedd hi ddim yn rhan reolaidd o rwydwaith yr hyfforddwyr gyrru. Roedd tai teras mwy na'r cyffredin ar hyd un ochr iddi a thai unigol yn eu libart eu hunain yr ochr arall, rai ohonyn nhw'n cael eu cuddio i wahanol raddau gan lwyni neu goed bytholwyrdd. Roedd un wedi'i guddio'n llwyr. Roedd Teifryn mor gymysglyd fel na wyddai a oedd yn demtasiwn i fynd drwy'r giât ac at y tŷ ai peidio.

Peidio ddaru o, a chroesi'r ffordd. Heb dindroi, pwysodd ar gloch drws yr oedd y rhif deunaw mewn pres sgleiniog arno. Roedd wedi hen ddysgu peidio â gobeithio. Roedd lluniau o'r tŷ ac o'r darn oedd wedi'i losgi wedi bod yn y papurau ar y pryd ond roedd y rheini wedi'u taflu. Felly doedd ganddo ddim i weithio arno ac roedd yn rhaid iddo fynd ati o'r cwr. Roedd wedi darllen y copïau o gyfweliadau'r heddlu hefo Gwydion a'i gyfreithiwr ar y pryd a gwastraff llwyr ar amser fyddai mynd ar eu holau eto.

Clywodd fymryn o fustachu y tu ôl i'r drws.

'Tyrd i mewn. Ro'n i'n cl'wad dy hanas di.'

189

Roedd taid Moi wedi plygu bron i'r hanner. Roedd dewis o ffyn yma ac acw yn y cyntedd ond doedd o'n defnyddio'r un. Roedd o dipyn dros ei bedwar ugain, tybiodd Teifryn wrth ei ddilyn yn ara deg i stafell ffrynt. Pwyntiai un pigyn o gefn ei fresys at allan o dan ei siwmper oren a thynnai'r pigyn arall yn erbyn botwm. Daethant i'r stafell. Roedd llyfr llyfrgell ar agor ar fwrdd bychan wrth ochr cadair freichiau ger pwt o dân nwy yn nhwll y grât, a phump arall yn llwyth y tu ôl iddo.

'Stedda.' Tuchanodd taid Moi i'r gadair freichiau ar ôl pwyntio at un arall gyferbyn. 'Sut mae Moi yn plesio gen ti?'

'Ardderchog.'

'Synnu dim. 'Rhogyn yn iawn, siŵr. Os nad oes gynno fo rwbath i'w ddeud wel peidio'i ddeud o 'te? Chwilio am dy frawd wyt ti?' gofynnodd ar yr un gwynt.

'Dim ond trio dallt.'

Roedd y llygaid o'i flaen bron ar goll mewn aeliau, a'r rheini'n amlwg wedi bod yn gringoch. Ond gwyddai Teifryn ei fod yn cael ei astudio'n eitha manwl.

'Roedd nain Moi'n deud 'i fod o'n dŷ amheus,' ychwanegodd i drio boddi unrhyw ragymadroddi.

Rhyw ysgwyd pen cynnil ddaru'r taid i hynny.

'Ia,' meddai'n araf, 'ond rhyw siarad ar 'i chyfar . . . ac eto, mae'n dibynnu be 'di amheus. Wyddost ti rywfaint o'i hanas o?'

'Dim y medrwn i 'i weld yn berthnasol.'

'Mi'i codwyd o ar drothwy'r rhyfal byd cynta,' pendronodd yr hen ŵr, 'ac ar drothwy'r ail mi'i gadawyd o drwy 'wyllys i gapal Batus Llanddogfal 'ma a'r hyn maen nhw'n 'i galw'n chwaer eglwys yn

190

Nolgynwyd. Gŵr a gwraig heb blant 'te, un wedi'i godi yng nghapal y Dre a'r llall yng nghapal Dolgynwyd. Hynny fawr o ffliwc nacoedd?' Roedd yn cynhesu iddi a chyflymdra'r parabl yn cynyddu a mymryn o fyctod i'w glywed a'i weld yn cynyddu efo fo. 'Wedi cwarfod â'i gilydd yn un o'r cymanfaoedd 'ma ne' rwbath, siŵr i ti. Be sy'n bod?' gofynnodd yn sydyn o weld wyneb Teifryn.

'Dim,' ysgwydodd Teifryn ei ben. 'Am 'wn i,' meddai wedyn. 'Roedd Mathias Murllydan yn flaenor yn Capal Batus Dolgynwyd. Yr unig un, medda Nain. Oeddach chi'n 'i nabod o?'

'Nac o'n i. Roedd 'na amod yn y 'wyllys yn deud na châi'r capeli ddim gwerthu'r tŷ am hannar can mlynadd,' ychwanegodd gan bwyntio bys cyhoeddi newyddion pwysig. 'Mi'i gwerthwyd o'n lled fuan wedyn iddyn nhw gael pres, pa haws bynnag oeddan nhw o'u cael nhw. Dyna'r pryd y cyrhaeddodd y peth arall 'na, y dyn diarth. A diarth y buo fo.'

Yn ei obaith bach truan roedd Teifryn wedi gweld ei ymweliad yn agor rhyw fath o ddadlennu cymhelliad i'r llosgi, ond rŵan roedd geiriau'r hen ŵr yn chwalu hynny'n llwyr. Synhwyrai ei fod yntau'n sylweddoli hynny. Roedd ei frest yn codi a gostwng yn rheolaidd yn yr ymdrech i reoli'r myctod a'i lygaid yn dal i'w astudio y tu ôl i'r aeliau trwchus.

'Roedd Moi yn deud mai fo blannodd y coed,' meddai, i ddeud rhywbeth.

'Ia, fo ddaru hynny. Roeddan nhw'n bum troedfadd o uchdar pan blannodd o nhw a bron nad oeddat ti'n 'u gweld nhw'n tyfu. Dim ond o'r llofft 'ma y gwelat ti'r tŷ ymhen rhyw flwyddyn ne' ddwy. Coed cuddiad pechaduriaid.'

'O?'

'Jean 'ma fyddai'n 'u galw nhw'n hynny,' ychwanegodd yr hen ŵr ar unwaith i arafu'r ddamcaniaeth yr amheuai oedd yn rhuthro i ymffurfio o'i flaen. 'Mi aeth hi ato fo pan oedd o'n 'u plannu nhw a gofyn iddo fo i be oedd o'n anharddu'r lle hefo nhw. Rhyw hannar cellwair oedd hi, am 'wn i, ond nid dyna ddaru o. Roedd 'i bod hi wedi gofyn yn dangos pa mor fusneslyd oedd hi medda fo, ac i gael llonydd gan dafoda 'fath â'i un hi yr oedd o'n plannu'r coed. Fuo 'na fawr o Susnag rhyngddyn nhw wedyn.'

'Oedd o'n wrth-Gymreig?' gofynnodd Teifryn, a'i lygaid ar ddau deitl cenedlaetholgar yn y pecyn llyfrau ar y bwrdd bach.

'Mae'n debyg y basa fo tasa fo'n gwybod bod y fath beth yn bod.' Ystyriodd eto am ennyd. 'Dw i ddim isio bychanu dy ofid di,' cynigiodd yn araf wedyn, 'ond doedd rhoi'r lle 'na ar dân a chael mad â hwnna oedd ynddo fo ddim llawar o anghymwynas, beth bynnag oedd y cymhellion. A chymryd bod 'na gymhellion,' ychwanegodd a difaru'r eiliad nesaf. 'Mi wyddost 'i fod o wedi'i chlirio hi o'ma yn syth wedyn?' brysiodd ymlaen. 'Roedd o wedi gwagio'r tŷ cyn pen wythnos ac wedi mynd yn 'i fan lwyd. Ddoth o ddim yn 'i ôl i oruchwylio'r trwsio na'r gwerthu na dim. Welwyd byth mo'no fo.'

Gwyddai Teifryn hynny, a hefyd nad oedd y difrod i'r tŷ mor llwyr ag yr oedd ei fam yn ei phanig a'i dagrau yn deud yr oedd o y noson y digwyddodd. Dim ond y gegin gefn oedd wedi'i difrodi.

'Doedd o ddim yn y llys chwaith,' meddai.

'Faint gafodd dy frawd d'wad?' gofynnodd y taid yn sydyn mewn llais trio cofio.

192

'Dwy flynadd.'

'Dwy flynadd,' ategodd yn araf. 'Ia 'te?' cytunodd wedyn. 'Mi'i daliwyd o ar y pafin. Mi wyddat hynny?'

'Gwyddwn.'

Roedd yr adroddiadau i gyd yn deud bod Gwydion wedi cael ei ddal gan heddwas nad oedd ar ddyletswydd ond oedd yn digwydd bod yn loncian ar y pryd ac wedi gweld bod rhywbeth o'i le. Roedd ei lun wedi ymddangos hefo'r stori yn un papur.

'Llanast mwg oedd 'na fwya 'sti,' aeth taid Moi ymlaen. 'Doedd 'na ddim llond cwpan o betrol yn y can. Er wrth gwrs, fel roeddan nhw'n deud, chwartar awr arall ac mi fasai'r cwbwl yn wenfflam.'

'Welsoch chi'r peth yn digwydd?'

'Fwy na heb. Wel . . .'

'Be?'

'Roedd o wedi colli petrol ar goes 'i drwsus, felly doedd gan y creadur fawr o obaith hyd yn oed tasa fo heb gael 'i weld yn dengid o'r ardd. Ond yr argraff dw i'n cofio'i chael ar y pryd ydi na ddaru o ddim llawar o ymdrech i beidio cael 'i ddal.'

Aeth pob cwestiwn ar chwâl.

'Roedd 'na ddigon o fynd a dŵad yna hefyd,' ategodd y taid bron yn ffwrdd-â-hi. 'Neb o'i gymdogion, chwaith. Dw i ddim yn cofio i mi weld neb o'n i'n 'i nabod yn mynd yno, dim ond pobol ddiarth. Dydi hynny ddim yn deud nad oeddan nhw'n byw hyd y fan 'ma, debyg, fel mae petha y dyddia yma.'

Yr ildio cuddio tristwch oedd yn arferol bellach oedd yn ei lais wrth iddo ddeud hynny. 'Nid gwyngalchu gorffennol ydi gweld dirywiad,' fyddai Sionyn yn ei ddeud. 'Mae dirywiada'r gorffennol o'n cwmpas ni o hyd prun bynnag,' fyddai ategiad Teifryn.

'I ble'r aeth o o'ma 'ta?' gofynnodd.

'Dim syniad a llai o ddiddordab,' atebodd yr hen ŵr ar ei union. 'Yn ôl i Loegar medda rhai. A does gen ti'r un syniad lle mae dy frawd?' gofynnodd wedyn yn ddisymwth.

'Na.'

'Chwilio am un i drio dod o hyd i'r llall wyt ti?'

'Dim ond trio dallt.'

'Mi ge's i afael ar hwn i ti,' meddai'r hen ŵr gan bwyntio at focs gweddol fawr yn y gornel. 'Mae o'n llawn o ryw lunia a rhyw betha fuo yn y papura newydd am y llosgi a mil a myrdd o betha erill. Ella bod 'na rwbath ynddo fo i ti. Cer ag o,' meddai wedyn a sŵn rhyddhad mawr yn llond ei lais. 'Does 'na ddim i mi ynddo fo. Bellach,' ychwanegodd mewn rhyw eiliad.

ii

Dw i'n mynd adra fory. Mae'r coleg yn iawn a phob dim a dw i am sticio iddi yma ond mae Mam yn deud bod Gwydion ar goll yn llwyr. Mae o'n deud 'i fod o hefyd. Rêl Gwydion. Fo sydd wedi bod wrthi'n ddi-stop ers deufis yn deud mor anobeithiol y bydda i unwaith y dechreua i yma ac ynta ddim ar gael i edrach ar f'ôl i a rhoi dymi a chlwt i mi bob hannar munud. Mae arna inna hiraeth hefyd a dydi o ddim rhithyn o wahaniaeth gen i pwy a glyw. Mae 'na rai yma heb fymryn o hiraeth am adra ac mae'n amlwg o'r rhyddhad ar wynebau'u rhieni nhw wrth iddyn nhw'i sgrialu hi o'ma ar ôl 'u dympio nhw na fydd arnyn nhwtha'r un mymryn o hiraeth chwaith. Pan

194

ddaethon ni yma yn y gwanwyn i weld y coleg, mi glywis i Dad yn llwa'n anghrediniol wrtho'i hun pan ddudodd y darlithydd oedd yn ein tywys ni hyd y lle mor falch oedd o fod 'i blant o mewn colega ddau a thri chan milltir i ffwr' a hynny'n golygu nad oeddan nhw adra i fod dan draed ac i wneud byd pawb yn annifyr. Roedd Gwydion wedi dojo'r ysgol i fod hefo ni y diwrnod hwnnw a ddaru Dad na Mam yr un ymdrech i'w atal o am y gwydden nhw gystal ag ynta na fydden nhw fymryn haws. I fa'ma mae ynta am ddŵad hefyd medda fo.

Roedd o yma yn yr ysbryd gynna hefyd. Pan oedd o'n dair ar ddeg mi ddaru achub tŷ rhyw ddynas. Rhedag adra oedd o pan glywodd o honno'n sgrechian. Roedd 'i sosban jips hi ar dân a ddaru o ddim cynhyrfu o gwbwl, dim ond taflu llian sychu llestri gwlyb drosti a mynd â hi allan i'r cefn a dychwelyd i luchio llian sychu dwylo gwlyb dros y stôf i ddiffodd y tân arni hitha hefyd. Mae'n debyg fod y papur newydd yn credu bod Gwydion yn mynd i wirioni'i ben a bod yn gwsmar ffyddlon iddo fo am weddill 'i ddyddia am gael 'i alw'n ddewr ar y dudalen flaen yr wythnos wedyn. Piso chwerthin ddaru Gwydion siŵr. Ond pan ddigwyddodd yr un peth gynna yn y gegin gwcio, ro'n inna'n gwybod yn union be i'w wneud.

Mae gen i ddarlith am hannar dydd fory ac os rheda i mi fedra i ddal trên chwartar wedi un.

iii

'Panad,' meddai Gwil.

Dylai'r gair fod yn ddianghenraid gan fod Bryn o fewn dwylath iddo, wrthi'n ddiwyd yn torri telyn ar garreg, y tro cyntaf iddo fentro ar waith nad oedd yn llythrennu. Doedd Gwil ddim wedi gweld rheswm dros betruso cyn rhoi'r garreg iddo a doedd yntau ddim wedi petruso cyn derbyn. Roedd wedi astudio darluniau am ddwyawr gyfa mewn distawrwydd llethol cyn estyn ei bensel feddal. Roedd y delyn gyntaf a gerfiodd ar ddarn o hen lechen sbâr wedi ateb y gobeithion, ac yntau'n cael hynny o amser ac o gynghorion a fynnai i wneud y gwaith. Iddo fo, roedd Gwil yn athro naturiol fel Teifryn.

Distawrwydd o fath arall oedd rŵan, a'r delyn ar ei hanner. Hon oedd yr ail, a'r un derfynol. Un o nodweddion amlycaf Bryn oedd nad oedd byth yn rhoi'r gorau i weithio wrth frywela, ond y bore hwn roedd wedi deud yr helô boreol ac wedi ailafael yn ei gŷn a chanolbwyntio'n llwyr ar ei waith, a doedd yr un gair o lol nac o synnwyr wedi dod o'i enau.

Cymerodd ei baned hefo rhyw ddiolch ffurfiol fel bendith esgob ac yn hytrach nag eistedd wrth y bwrdd hefo Gwil dychwelodd at ei garreg.

'Dyna chdi, 'ta,' meddai Gwil. 'Mi ddo i atat ti.'

'Y?'

Sgwariodd Gwil o'i flaen a sodro'i gwpan ar y bwrdd styllod yr oedd y garreg arno.

'Be sy'n bod?' gorchmynnodd.

'Dim byd, siŵr.'

'Gwenda wedi dy ddympio di?'

'Naddo, debyg.'

Roedd yr ateb yn swta a'r llygaid ar y delyn.

Gwyddai Gwil bod un gariad wedi'i gollwng i'w hynt ar ôl deufis am ei bod, yn ôl Bryn, nid yn unig yn gwylio blydi dramâu teledu'n ddiddiwedd ond yn eu byw nhw ac yn disgwyl i bawb arall wneud yr un fath. Gwyddai hefyd fod gwell siâp parhad ar y garwriaeth newydd.

'Mae Teifryn yn ddigon anobeithiol am drio cuddiad dim, ond rwyt ti'n waeth byth,' canlynodd arni. 'Deud rŵan.'

Gafaelodd Bryn yn ei gwpan a mynd â hi at y bwrdd. Eisteddodd. Dilynodd Gwil o fel ci hela.

'Wel?'

'Wel . . .' Sylweddolodd Bryn ar unwaith mor anobeithiol oedd hi arno. 'Brawd Dad, roedd hwnnw acw neithiwr a'i geg o fel bwcad odro.'

'Joni Huw?'

'Ia,' brysiodd Bryn i gytuno. Crafodd fymryn ar ei gyrls fel pe i chwilio am swcwr. 'A dyma fo'n deud . . . wel, mi ofynnodd be ro'n i'n 'i wneud ohoni rŵan a phan ddudis i 'mod i yma dyma fo'n gweiddi chwerthin a hwnnw'n chwerthin gwneud a dyma fo'n deud 'na fasa gen ti bres i dalu 'nghyflog i os oeddat ti rwbath yn debyg i dy dad. Mi roddodd Dad un cip twrch arno fo i gau'i geg o, ond mi gymris i arna chwerthin i'w hysio fo 'mlaen a gofyn iddo fo be oedd o'n 'i feddwl. Mi ddudodd fod dy dad yn gwario'r cwbwl ar ryw Ethel Siani Flewog i'w chael hi i gau'r pen ucha yn hytrach na'r pen isa. Mi ofynnis i pwy oedd honno ac mi ddudodd mai rwbath o Rydfeurig oedd hi ac am i mi gadw draw ar boen 'y malog er 'i bod hi dros 'i deg a thrigian. Roedd Dad yn cochi a finna'n dal i chwerthin nes ffendis i nad oedd gan Joni ddim mwy i'w ddeud. Mi godis i wedyn a deud

"Diolch y basdad" a mynd o'no. Mi fasai'n werth i ti weld 'i wynab o, a wynab Dad. Mi glywn i'r ddau'n ffraeo wedyn. Des i ddim i wrando arnyn nhw.'

Rŵan a'r stori wedi'i gorffen dychwelodd yr ansicrwydd trawiadol i'w wyneb.

'Paid â phoeni,' meddai Gwil heb gynnwrf. 'Paid â'i gwneud hi'n rhyfal gartrefol acw oherwydd yr hen ddyn. Dydi o mo'i werth o.'

''Dan ni 'di cael ein magu i gymryd arnon nad ydan ni'n perthyn i'r un ohonach chi,' rhuthrodd Bryn writgoch wedyn i wagio'r cwbl unwaith ac am byth. 'Ond mae Mam a Dad wedi callio ers pan ydw i yma. Maen nhw'n iawn rŵan.'

Chwarddiad bychan roddodd Gwil. Roedd o wedi cael hanes y ffrae rhwng Robat a'i dad gan Sionyn pan oeddan nhw'n ailgodi'r wal gefn a doedd y cyhuddiad o'i dad yn mercheta ddim yn ei ddychryn, er bod y syniad o rywun o'r tu allan yn gwybod yn taro'n egrach am funud. Ond roedd yr awgrym o dalu i gau ceg yn un newydd. Doedd o ddim am gynhyrfu mwy ar Bryn hefo'i feddyliau chwaith.

'Ar ôl i ti orffan hon,' meddai gan nodio at y garreg, 'mi fydd angan i ti ymarfar llythrenna Celtaidd cyn mynd ar y joban nesa.' Pwyntiodd at lechen ddu lathen wrth ddwy oedd wedi cyrraedd ar lorri chwarter wedi deg y noson cynt i gyfeiliant rhegfeydd Sionyn ac yntau. 'Mae isio i ti roi *Sarn Fabon* ar honna. Mae hi i'w gosod mewn cerrig ar ganol y lawnt fach rhwng y ddwy fynedfa.'

'Dim ond chdi sydd i sgwennu ar honna,' meddai Bryn, a'r pendantrwydd a'r rhyddhad yr un mor amlwg â'i gilydd yn ei lais.

iv

Daeth Teifryn â'r bocs i Sarn Fabon drannoeth. Roedd wedi mynd drwy ei hanner hefo'i fam y noson cynt ac wedi cael rhywfaint o ail. Roedd wedi tybio y byddai'n methu mynd drwy'r hen newyddion dideimlad, ond ddaru'r archwilio ddim esgor ar dristwch nac anobaith o'r newydd. Yn ddyrnaid o bapurau yng nghanol dehongliad newyddiaduraeth y cyfnod o hanes tref ac ardal, doedd trosedd Gwydion yn ddim ond stori, a'i darllen o hirbell fel hyn yn gadael rhyw argraff amhersonol. I'r papurau, dyna oedd hi wrth gwrs, a doeddan nhw ddim wedi mynd dros ben llestri wrth ei hadrodd hi chwaith.

'Tybad mai oherwydd salwch Dad y maen nhw mor gymhedrol?' gofynnodd i'w fam.

'Roedd 'na fwy o gydymdeimlad nag o gondemniad,' atebodd hithau. 'Am 'wn i,' ychwanegodd yn dawelach.

Doedd o ddim wedi disgwyl na gobeithio am ddadleniad na dim arall o'r newydd ac nis cafodd. Doedd yr un llun o Gwydion wedi'i gyhoeddi, ac ella bod hynny o gymorth. Roedd lluniau o'r tŷ a'r difrod, a llun o'r perchennog. Roedd y llun hwnnw'n gyfarwydd ac yn dod yn ôl iddo. Hwnnw oedd wedi'i astudio'n drylwyr pan gyhoeddwyd o, mewn ymgais ofer i gael rhyw fath o adnabyddiaeth a dealltwriaeth. Dyn tua deugain oed oedd o, a blew ei gyfnod dan ei drwyn. Doedd dim sôn am wraig na chymar na chyd-fforddolyn o fath yn y byd.

· Roedd degau o luniau a mân storïau eraill yn y bocs. Daliodd i fynd drwyddynt rhwng cwsmeriaid, gan ddarllen rhai o'u cwr a gadael eraill ar ôl cip frysiog. Clywodd Moi yn cyrraedd. Roedd o'n weithiwr rhy gydwybodol i ddod i fusnesa ym mocs ei nain ond daeth drwodd ymhen rhyw funud neu ddau.

'Pam fyddai hwn gan dy nain?' gofynnodd Teifryn, a rhoi llun iddo.

Llun wedi'i dynnu mewn capel yn Llanddogfael oedd o, saith o blant yn gwenu'n ddeddfol yn y sêt fawr. Roeddan nhw i gyd wedi cael marciau llawn yn eu harholiad llafar ac wedi cael tynnu'u llun i ddathlu hynny yng nghwmni'r arholwr, Mr Mathias Thomas, Dolgynwyd. Roedd Teifryn wedi gweld y llun yn y bocs y noson cynt ond fedrai ei fam ddim gweld cysylltiad rhyngddo a theulu Moi.

Pwyntiodd Moi at hogyn ar gwr y llun.

'Twmi, 'y nghefndar.'

'Wyt ti'n nabod y dyn? Tad Gwil?'

'Dim ond 'ran 'i weld,' atebodd Moi ar ei union. 'Roedd o'n un o'r bobol fyddai'n mynd a dod o'r tŷ 'na.' Astudiodd y llun eto, o weld wyneb Teifryn. 'Ia, fo ydi o. 'Well i ti ofyn i Taid hefyd,' ychwanegodd, a rhyw dinc ymddiheurol yn ei lais. 'Mi fydd o'n gwybod i sicrwydd.'

'Bobol annwyl oedd,' meddai'r hen ŵr chwarter awr yn ddiweddarach. 'Roedd hwn yn byw a bod yna. O leia unwaith yr wythnos.'

Aeth ag o drwodd i'r cefn, lle'r oedd pwt o frecwast ar fwrdd bychan o dan y ffenest. Nodiodd tuag at gadair ac estynnodd gwpan o'r cwpwrdd. Eisteddodd Teifryn. Rhoes taid Moi y llun ar y bwrdd a phwyntio ato.

'Roedd hwn yn ddyn go uchal gan mei naps, mae'n rhaid. Mi fydda fo'n cael dreifio'r fan lwyd gynno fo o bryd i'w gilydd. Mi'i gwelis i o'n dŵad yn honno amball dro.'

'Be oedd yn digwydd yna?' gofynnodd Teifryn, yn clywed rhyw dinc anobeithiol yn ei lais ei hun.

Tywalltodd taid Moi de o debot pridd i'r gwpan a'i rhoi iddo cyn eistedd yn ymdrechgar.

'Dim byd, am 'wn i,' meddai ar ôl gorffen y gorchwyl. 'Mi fyddai Jean 'ma'n gofyn yr un cwestiwn reit amal a hynny i ddim pwrpas, beth bynnag am gyfiawnhad.' Canlynodd ymlaen hefo'i baned ei hun a'i fymryn brecwast. 'Ac eto,' ystyriodd, 'roeddat ti'n deud bod y Mathias 'ma'n bendragon tua'r capal 'na yn Nolgynwyd.'

'Oedd.'

'Un o'r ddau gapal gafodd bres am y tŷ 'ma 'te?'

'Ia.'

'Wel.' Cymerodd lymaid arall o'i de a sychu'i wefl hefo cefn ei law gam. 'Mi gei di ddigon o bobol yn licio dangos 'u hunain gerbron pobol ddiarth, 'cei? Ella bod hwn yn un ohonyn nhw. Mae rhyw olwg felly arno fo,' ychwanegodd gan godi'r llun i roi cip arall arno, 'ac ella'i fod o wedi galw dros ffor' pan werthwyd y tŷ i roid y welcym tw wêls i hwn ac i ddeud pwy oedd o, ac ella bod hwn wedi gwirioni o gael un o'r netufs i dalu gwrogaeth a bod 'na ryw fath o gyfeillgarwch wedi deillio o hynny.'

'Ella,' meddai Teifryn yn ddigon difywyd.

'Ar y llaw arall, doedd dy frawd ddim yn giaridym, nacoedd? Doedd na ddim hanas fandal iddo fo, nacoedd?'

'Na,' cytunodd yntau yr un mor ddifywyd.

'Felly mi gafodd gymhelliad o rwla, 'ndo?'

'Do, debyg.'

Cadwodd yr hen ŵr ei sylw ar y llun.

'Dal di ati,' meddai toc. 'Paid byth â rhoi'r gora i chwilio amdano fo.'

14

i

Doedd yr wylan ddim yn cael ei bwydo gan Laura na Doris ond roedd hi'n hawlio'i lle ym Murllydan a Llain Siôr, ac wedi setlo ar ei hunion ar y wal adnewyddedig o gwmpas Murllydan. Roedd hi'n fwy a goleuach a graenusach yr olwg na'r gwylanod eraill ac nid oedd i'w gweld yn cymdeithasu llawer hefo nhw. Rŵan roedd hi'n hawlio postyn crwn giât gefn Llain Siôr, a Teifryn yn ei gwylio'n sobr ddigon o ffenast y gegin wydr. Doedd hi ddim wedi symud o gwbl wrth i Gwil fynd drwy'r giât.

Wedi galw oedd o i rannu stori Bryn a'i bryder o'i hun yn y gobaith fod gan Doris ei chyfraniad, ond doedd hi erioed wedi clywed unrhyw si fod Mathias yn gorfod talu pres cadw cyfrinach i neb. 'O lle câi o bres i'w rhannu?' ymresymodd wedyn.

Yn ei weld ei hun yn gachgi am beidio â rhannu stori'r llun â Gwil, roedd Teifryn wedi rhoi cip ymbilgar ar Doris, ond rhoesai hi gip cynnil rhybuddiol yn ôl.

'Mi 'nillodd Thias ar y pŵls, 'sti,' meddai Nain yn gyfrinach i gyd ar ôl i Gwil fynd, a'i bryder hefo fo.

'Do hefyd, 'ndo?' cytunodd Teifryn, yn cofio ar amrantiad straeon afieithus Taid. Trodd o'r ffenest a dod i eistedd at Nain. 'Tair mil, ia?'

'Cystal â chyflog chwe mlynadd os nad mwy bryd hynny,' ategodd hithau, 'a'r rhan fwya o'r dynion yn mynd â llai na decpunt adra ar ddiwadd wythnos. Ond mi lwyddodd Thias i fynd drwyddyn nhw daclusa fu erioed.' Gwenodd ei gwên gynnil orau. 'Roedd o ar Sgwâr Fynwant ryw gyda'r nos yn 'i gôt newydd swanc a dyma fo'n tynnu pacad ugian o Blêrs o'i bocad. Un sigarét oedd ynddo fo a dyma fo'n deud "Duw, Duw" a thaflu'r pacad a hitha ar pafin a thynnu pacad newydd o'i bocad. 'Rhen blant wrth 'u bodda wrth gwrs.'

'Ar be gwariodd o nhw 'ta?' gofynnodd yntau'n amheus.

'Hyn a'r llall 'te? Car, cwch. Roedd y rheini'n betha lled barhaol. Ar ôl i'r pres ddarfod y daru fo ddŵad yn Gristion.'

'Fedra fo fod wedi gwario'r rheini ar gael y ddynas 'no i gau'i cheg?' gofynnodd Teifryn yn sydyn. 'Ddaru ewyrth Bryn ddim sôn am ddyddiada i'r talu, medda fo.'

'Fasai'n waeth gen i roi coel ar Thias mwy na hwnnw,' atebodd Nain ar ei hunion.

'Ia, m'wn,' hanner sibrydodd yntau.

'Laura dalodd am garrag fedd Robat hefo'i phres 'i hun,' meddai Doris wedyn. 'Roedd hi'n stido bwrw a hitha'n mynd i fyny i gwfwr y bỳs a ninna ar gychwyn, dy daid ar 'i wylia'n digwydd bod. Roedd hi wedi gofyn faint fyddai'r garrag ac am forol am bres iddi gael talu pan ddeuai'r bil. Mi ddudodd fod gynni hi gownt 'i hun yn y banc ac mai o hwnnw'r oedd pres y garrag i ddŵad. Roedd hi'n amlwg fod ar y gyduras isio deud, isio'i chl'wad 'i hun yn 'i bwysleisio fo wrth rywun 'blaw hi'i hun.' Ysgwydodd fymryn ar ben trist atgofus. 'Mae 'na fwy i farwolaeth Robat na mae hi na neb yn 'i ddeud, coelia di fi.'

'Oes, debyg,' prysurodd yntau i gytuno.

'Welat ti fyth mo Thias a hitha yn y car hefo'i gilydd, 'sti,' ymhelaethodd Doris, yn gwerthfawr-ogi'n dawel y cyd-weld a'r cyd-ddeall. 'Th'wlla hi mo'i gar o. Dim ond pan ddaru Sionyn fentro ar gar 'i hun yr aeth hi i ddechra bodloni cael 'i chario. Nid bod llawar o fai arni fel arall chwaith,' ysgwydodd ben braidd yn sur. 'Mi fydda Thias yn diffodd yr injan yn ben rallt, gymaint o gybydd ag oedd o, ac mi fyddai'r ffenast yn gorad gynno fo bob amsar rhwng lôn fawr ac adra, a'i benelin o'n sticio allan a'i chwibanu o i'w gl'wad ymhell o'i flaen o. Roedd chwibanu'n ddiwydiant gynno fo. Dim ond pan losgodd o y daeth y giamocs hynny i ben.'

'Wyddwn i ddim 'i fod o wedi llosgi.'

'Clirio rhyw gypyrdda tua'r capal oedd o,' eglurodd hithau, 'hen bamffledi a detholiada a chylchgrona a rhyw betha, ac mi ddaru goelcerth y tu cefn i'r capal. Yr un noson â'r tân arall, fel roedd petha'n mynnu bod,' ychwanegodd yn dawelach. 'Mi roddodd o ormod o baraffîn arno fo ne' rwbath. Losgodd o ddim llawar chwaith, dim ond digon i fynd at doctor. 'I fraich o cafodd hi waetha, a rhyw fymryn ar ochr 'i wynab. Roedd gynnon ni ein gofid ein hunain 'toedd?' ychwanegodd yn dawelach fyth.

Distawodd, ac aeth ei llygaid i wylio'r tonnau draw.

Roedd gwynt yn codi o'r môr. O'i glywed yn cryfhau ac yn taro lapiodd Teifryn a mynd iddo. Roedd o'n gry ond doedd o ddim yn deifio. Roedd yr afon wedi dychwelyd i'w chwrs arferol ac i rywbeth yn debyg i'w maint arferol a'r garreg wen eto'n rhannu'r dŵr er bod hwnnw'n rhy gyflym i ddim gael stelcian ynddo. Yn nes i lawr roedd gwaddod y llifogydd yn bentyrrau llydan cyfoethogol hyd y cae. Ac yna roedd dyn yn dod drwy'r giât o'r cae o dan iard Gwil ac yn dynesu tuag ato. Roedd ganddo gôt dywyll laes amdano a chrafat tew llwyd a gwyn am ei wddw a het a phluen fechan arni ar ei ben.

'Helô!' mynegodd Teifryn ei syndod yn siriol o'i nabod.

'P'nawn da,' cyhoeddodd Rhun Davies, gan nodio'i gytundeb â'i gyfarchiad nad oedd yn byrlymu gan sicrwydd.

'Crwydro ymhell,' cynigiodd Teifryn yn llon o hyd a Bryn yn llond ei feddwl. 'Wel nac'dach,' ail-feddyliodd. 'Fi 'di'r tresmaswr 'te?'

'Peidiwch â phoeni am hynny,' prysurodd Rhun Davies.

Safodd gyferbyn ar y dorlan arall, â'r afon a'r garreg wen rhyngddyn nhw. Doedd Teifryn ddim yn gweld llawer o siâp perchen tir arno. Nid caeau â'u tyfiant yn cael ei gadw i lawr gan wyntoedd y môr oedd ei gynefin. Doedd y garreg wen yn ddim ond rhwystr mewn dŵr iddo chwaith.

'Gweld bod Sarn Fabon yn llewyrchu,' meddai, gan roi ei bwyslais balch ar y ddeuair. 'Newydd gael llond tanc o betrol gan eich mam.'

'Ydi, mae Mam wrth ei bodd yna,' meddai Teifryn, a'r newydd bychan yn llwyr annisgwyl iddo. 'Goruchwylio'r stad ydach chi?' gofynnodd yn ddiniwed.

'Cymryd cip o amgylch i weld bod y terfyna a phob dim yn iawn.' Rhoes gip o'i amgylch i gadarnhau'r sylw. 'Dydi'r deiliad ddim am ganlyn ymlaen hefo'r brydles,' cyhoeddodd.

'O?'

'Yn ôl be dw i'n 'i ddallt, roedd o wedi bod yn holi

am y posibilrwydd o ddatblygu, gan feddwl cynnig ei
brynu o mae'n debyg, ond mae'r tir y tu allan i
gynllun y Cyngor ac wrth gwrs mae'r llifogydd
diweddar 'ma wedi rhoi terfyn ar unrhyw bosibilrwydd
o ddatblygu. Mae'n rhaid i bob afon gael ei thir gorlif,'
meddai wedyn.

'Am ailosod ydach chi?' gofynnodd Teifryn.

'Mwya tebyg. Sut mae eich nain?' gofynnodd.

Gwyddai Teifryn ar amrantiad fod yr un cwestiwn
newydd gael ei ofyn yn Sarn Fabon.

'Fel mae hi. Direidus a drwg,' gwenodd, yn
gobeithio bod ei fam wedi rhoi'r un ateb yn union.

Nid dyna'r hyn oedd ar feddwl Rhun Davies
chwaith.

'Yr hogyn 'ma ddaeth hefo chi i'r swyddfa i gael
copïa y diwrnod hwnnw,' petrusodd, 'doedd o mwy na
chitha yn yr ysgol, nac oedd?'

'Na,' dyfeisiodd Teifryn ar ei sefyll, 'ond roedd o'n
deud gwir. Cael llond bol ar yr ysgol ddaru o, nid ar 'i
addysg. Dw i'n dal i roi gwersi iddo fo, ac yn cadw at y
cwrs. Dw i ddim wedi gweld 'i draethawd o eto
chwaith,' ychwanegodd yn ffwrdd-â-hi. 'Mae 'na
drysorfa ym Murllydan medda fo, a thipyn o waith
didoli arno fo.'

Roedd bron yn sicr ei fod yn gweld rhyddhad sydyn
yn y llygaid gyferbyn am ennyd.

'Dallt ych bod chi'n byw yma erbyn hyn,'
cynigiodd Rhun Davies wedyn.

'Rhyw hannar. Dydan ni ddim wedi gorffan mudo
eto.'

'Wel . . .' Crynodd fymryn a rhwbio'i ddwylo yn ei
gilydd. 'Mae'n gafael braidd yn y gwynt 'ma. Iawn i chi,
yn ifanc a'ch gwaed yn gynnas. Cofiwch fi at eich nain.'

Nodiodd eto cyn troi a dychwelyd at y giât. Aeth Teifryn yntau ar ei hynt. Croesodd yr agen a dringo i'r inclên a'i chroesi a dringo ymlaen i ben y clogwyn ac i ganol y gwynt.

ii

Mae 'na hafn ar ganol clogwyn 'radar ac mae hi'n mynd i ogo yn y pen draw ond fedrwn ni ddim mynd yno am nad oes 'na fymryn o draeth yno na ffordd i lawr. Mae 'na silff graig ar un ochor i'r hafn ac mae hi dan dŵr drwy'r adeg. Nid hon ydi'r unig ogo morloi ond hon ydi'r ora o ddigon am ein bod ni'n gallu edrach yn syth i lawr arnyn nhw o ben y clogwyn. Maen nhw'n byw ac yn cymdeithasu yma. Ac mae'n amlwg hefyd 'u bod nhw'n ffrindia mawr hefo'i gilydd. Mi fedran ni fod yma am oria pan fydd gynnyn nhw forloi bach, dim ond yn 'u gwylio nhw. Mae Gwydion wedi bod yn trio dyfeisio ffor' o gael mecryll byw yma i ni gael eu taflu nhw i lawr iddyn nhw.

Chawn ni mo'u gwylio nhw heddiw chwaith. Mae hi'n dymor nythu ac mae Taid wedi deud wrthan ni am gadw draw o glogwyn 'radar ac aros ar clogwyn mawr. Mae 'na ddigon i ni ar hwnnw medda fo. Mae o'n deud gwir, siŵr. 'Dan ni'n gallu gweld tŷ ni o ben clogwyn hefo sbenglas Taid, er bod 'na bum milltir o fa'ma i Dre a thair arall o Dre i tŷ ni, er 'i bod hi fymryn yn llai ar draws gwlad hefyd. Mi fyddwn ni'n croesi'r clogwyn i'r traeth yn ei ben draw weithia ac mae hwnnw ddwy filltir o Pentra, medda Taid. Dydi hwnnw ddim yn draeth 'drochi chwaith.

Os awn ni'n ara deg wnawn ni ddim tarfu ar yr adar

ac mi fedrwn ni fynd i weld y morloi medda Gwydion pan ydan ni'n gweld clogwyn 'radar yn y pelltar. Dw i'n ama'n gry ond dw i'n deud dim. Gobaith mul oedd hi hefyd. Mae 'na gannoedd o adar ar clogwyn ac unwaith mae'r cynta'n ein gweld ni mae hi'n racsiwns llwyr. 'Dan ni'n deud dim, dim ond troi'n ôl a setlo ar y llethr gwellt. Mae'r adar yn tawelu'n ara bach ac mae 'na sleifar o wynt yn ein hwyneba ni. Dydi o ddim yn oer a 'dan ni'n chwerthin, ac yn hytrach na mynd uwchben y morloi 'dan ni'n chwara lle daw'r un nesa. Pan mae 'na forlo'n codi uwch y tonna 'dan ni'n gesio lle daw o ne' un arall i'r wynab nesa ac mae'r un 'gosa ati'n ennill. Pwffdar ydi pob un mae Gwydion yn 'i golli. 'Dan ni'n gwylio'r adar pan mae'r morlo dan dŵr ac wrth 'u gwylio nhw fesul un a fesul cant ac amball un yn codi yn 'i dro ac yn 'i gwneud hi am y tonna ac yn dychwelyd yn 'i dro, 'dan ni'n penderfynu mai unigolion ydyn nhw i gyd, 'run fath â'r morloi.

'Wyt ti isio lot o bres pan fyddi di'n fawr, Teif?' medda Gwydion yn sydyn.

'Pam?' medda fi.

'Dw i ddim, dim ond digon i brynu Llys Iwan ne' i godi tŷ yn Cae Tŷ Nain,' medda fo.

'Finna hefyd,' medda fi. A dw i'n 'i feddwl o.

Mae Gwydion wedi colli'r gêm morlo dair gwaith ar ôl ei gilydd ac mae o'n codi i roid hanas 'i nain i'r morlo ac mae o'n neidio wrth wneud hynny a mwya sydyn mae o'n llithro a throi'i droed. Mae o mewn horwth o boen ac mae 'na ddagra. Does 'na ddim dewis. Dw i'n plygu ar 'y nghwrcwd ac mae o'n dŵad ar 'y nghefn i a dw i'n 'i gario fo'n ôl am Tŷ Nain. Mae o'n ddistaw am hir ond wrth i'r boen leddfu ne' wrth iddo fo ddŵad i arfar â hi mae o'n dechra gwneud sŵn pedola ceffyl hefo'i dafod ac yn deud ji-yp ac yn gafael yn dynnach rownd 'y ngwddw i.

Toc 'dan ni'n cyrraedd uwchben yr hen inclên a dw i'n poeni braidd sut medra i fynd i lawr heb lithro. Dw i'n penderfynu peidio'i mentro hi a mynd rownd. 'Dan ni'n gweld car Mathias Anti Laura'n troi o Pentra am adra.

'Roedd o'n ymyl iard rysgol Dydd Iau,' medda Gwydion.

'Pwy?'

'Mathias. Roedd y car o flaen iard ac ynta yn'o fo.'

'Be oedd o'n 'i wneud?'

'Dim byd am 'wn i. Amsar chwara oedd hi.'

Mae 'na floedd odanon ni a dw i'n gweld Taid yn dŵad. Mae'n rhaid 'i fod o wedi'n gweld ni'n dynesu ar ben clogwyn ac wedi gesio be sy wedi digwydd. Dw i'n rhoi Gwydion i lawr ac mae 'na fymryn o ddagra eto o weld Taid ac mae Taid yn cyrraedd ac yn 'i gario fo ar 'i gefn yn ddi-lol. Toc mae Gwydion yn chwara rownd a rownd hefo'i fys ar ben Taid lle mae o wedi colli'i wallt ac mae Taid yn deud 'Paid â chosi'r mwrddrwg' ac mae Gwydion yn chwerthin diolch byth.

Mae 'na homar o boen yn saethu i'w wynab o pan mae Nain yn tynnu'i esgid o ac mae Nain yn torri'i hosan o i ffwr' hefo siswrn i'w arbad o rhag mwy o boen. Mae'i droed o wedi chwyddo ac mae Nain yn deud 'O diar' ac yn codi y munud hwnnw i fynd i ffonio doctor. Mae Taid yn rhoi winc ar Gwydion ac mae ynta'n rhoi winc yn ôl drwy'i ddagra.

iii

'Mi ge's i ddyn diarth,' cyhoeddodd Teifryn lon pan ddychwelodd.

'Felly'r o'n i'n gweld,' meddai Nain. 'Wedi dŵad i roi golwg dros 'i erwau, debyg.'

'Roedd o'n cofio atoch chi.'

'Be oedd gynno fo i'w ddeud?'

'Mwy o synnwyr mewn tri munud nag a gawson ni mewn awr y tro dwytha i mi'i weld o. A llawar mwy o ansicrwydd hefyd. Ella bod y ddau yn mynd hefo'i gilydd.' Sobrodd. 'Ydi o'n ddyn unig, Nain?'

'Mae o yng nghanol 'i deulu 'tydi? Chwech ne' saith o wyresa ac un ŵyr. Chollith o'r un cyfla i sôn amdanyn nhw. Mae o ym mhob cymdeithas y medri di'i henwi hyd y Dre 'na. Mae o'n bwyllgora capeli a henaduriaeth o'i gorun i'w sawdl. Ydi, synnwn i ddim nad ydi o'n ddigon unig. Be ddigwyddodd i ti ofyn?'

'Y ffor' roedd o'n tramwyo hyd y cae 'na ella.' Chwiliodd drwy'r ffenest am yr wylan, ond nis gwelai. 'Pres ydi'i fywyd bach o 'te?' canlynodd arni. 'A'r ffor' mae o'n 'u gwneud nhw, wel fedar o ddim brolio. A gan mai petha i'w brolio ydi pres y dyddia yma, mae'n o dlawd arno fo 'tydi?'

'Soniodd o rwbath am Bryn?'

'Do siŵr. Ond mi wrthodis yr abwyd. A byrhoedlog oedd 'i ryddhad o hefyd.' Tynnodd ei sgidiau cerdded ac estyn y lleill. 'Iawn 'ta. 'Well i mi fynd i wneud pres.'

Y sifft nos oedd ganddo heddiw. Teimlai fymryn yn euog ynglŷn â Sarn Fabon oherwydd bod ei fam yn gwneud llawer mwy na'i siâr a hynny o wirfodd bodlon. Doedd ei brentisiaeth o hefo Moi ddim yn gweithio'n iawn chwaith, nid oherwydd diglemdra ar

210

ei ran o ond am ei bod yn dod yn amlwg yn feunyddiol fod ar Moi angen cymorth llawer mwy profiadol. 'Wrandawi di rŵan 'ta?' oedd Gwil wedi'i ddeud.

Yr ychwanegiad diweddaraf i'r busnes oedd bocseidiau o lysiau a ffrwythau. Roedd Gwil wedi clywed bod y siop gyferbyn â'r Crythor yn bwriadu trefnu deiseb yn erbyn Sarn Fabon a'i pherchnogion. 'I lle'r wyt ti am ei hanfon hi, i'r Cenhedloedd Unedig?' gofynnodd i'r siopwr yn ei Saesneg coethaf a chael truth a cherydd na ddeallodd eu hanner yn ateb.

'Ydach chi'n nabod Ethel o Rydfeurig?' gofynnodd Teifryn i'w bumed cwsmer.

'Dim hyd y gwn i,' atebodd Ethel Rowlands, wedi dod heb ei char ac wedi'i lapio nes nad oedd fawr mwy na'i thrwyn yn y golwg. 'A sut daeth y gyduras honno i'r fei?'

Dywedodd yntau'r rhannau perthnasol o'r stori a chael rhyw wên eitha sur fel ymateb.

'Ryw flwyddyn ar ôl i Mathias gael 'i godi'n flaenor,' meddai hi mewn llais fflat hyfryd o beryg ar ôl rhyddhau rhywfaint ar ei hwyneb, 'mi ddechreuodd trysorydd y capal deimlo henaint a gwaeledd yn graddol orchfygu a dyma fo'n mynegi'i fwriad i roi'r gora iddi. Mi ddychrynodd yr ysgrifennydd am 'i fywyd a'i berswadio fo i ohirio am ychydig fisoedd a'r Sul wedyn dyma'r ysgrifennydd 'i hun yn ymddiswyddo ar ôl 'i faith wasanaeth anrhydeddus ac mi benodwyd Mathias falch a diniwed yn 'i le o, yn gyflog teilwng am ei flynyddoedd o ddablan mewn adnoda. Mi gafodd y trysorydd rwydd hynt i roi'r gora iddi'n ddiogel wedyn mewn rhyw dri mis.'

'Ydi hwnna'n gofnod dilys?'

Ei hateb oedd lledu dwy law fel dwylo pwlpud.

'A sôn am gapal,' canlynodd arni, 'roedd fy chwaer – nain Moi,' amneidiodd ei bawd yn ei faneg yn ôl tua'r cefn, 'wedi cael oedfa yng nghwmni Mr Rhun Davies nos Sul. Roedd o'n dipyn llai o geiliog nag arfar medda hi. Od 'te?'

'Mae'r caea 'ma ar osod gynno fo,' meddai o.

'Ar werth glywis i.'

'O?'

'Albi Tŷ'r Daran 'i hun ddudodd. Mi ddylai o wybod, ac ynta'n dal y tir, dylai?'

'Nid dyna ddudodd Rhun Davies wrtha i gynna.'

'Ella'i fod o'n dechra mynd yn anghofus hefo'r holl bwysa sy arno fo,' cynigiodd hithau. 'Ac ella bod blas y lle 'ma'n dechra mynd yn chwerw iddo fo, rhwng popeth a phawb.' Trodd at focs. 'Mi gymra i dusw o'r nionod gleision 'ma gen ti a lwmpyn o gaws, yn lle 'mod i'n mynd o'ma'n waglaw. Does 'na ddim tebyg i gerddad mewn gwynt.'

Talodd am ei mymryn nwyddau a rhoi'i gwên ffarwel fechan cyn ail-lapio'i hwyneb a mynd. Gwyliodd yntau hi am ennyd cyn tyrchu yn y bocs papurau oedd yn dal wedi'i gadw yn y gornel y tu ôl iddo. Tynnodd lun Mathias a phlant y capel yn Llanddogfael ohono. Doedd o ddim wedi'i astudio, dim ond canolbwyntio ar swyddogaeth Mathias ynddo. Rŵan roedd o'n tybio y dylai o bosib nabod ambell wyneb arall ynddo. Aeth â'r llun drwodd.

'Wyt ti'n nabod y plant 'ma, Moi?'

'Hwn eto? Pam?' gofynnodd Moi, a hynny heb fusnesa.

'Dim ond rhyw feddwl.'

'Twmi, Jimbo, Gwawr, Medi, Julia,' pwyntiodd Moi ei fys at bob un yn eu tro.

212

'Medi,' meddai Teifryn ar ei draws.

'Ia,' ategodd Moi. 'Hi oedd yn mynd hefo Gwydion 'te? Roedd gofyn iddi gael capal hefo fo 'toedd?' mentrodd wedyn.

'Oedd,' cytunodd yntau, yn llwyddo i wenu am eiliad a'i feddwl yn rhuthro mwya sydyn i gyntedd yr ysgol a dadleniad annisgwyl Mared y chwaer fach wrth iddi ddod ati'i hun ar ôl argyfwng. 'Mae Medi yn Leeds, 'tydi?' meddai.

'Fan'no, ia? Mi wyddwn i 'i bod hi yn Lloegar yn rwla,' atebodd Moi, yn dal i astudio'r llun.

Doedd Teifryn ddim wedi meddwl am Mared y chwaer fach fel ffynhonnell gwybodaeth bosib neu gliw posib am Gwydion. Y diwrnod hwnnw yn yr ysgol, byddai wedi bod yn greulon gofyn dim iddi prun bynnag.

'Wyt ti'n nabod Mared, 'i chwaer fach hi?' gofynnodd, braidd yn rhy sydyn, tybiodd yr un eiliad.

'Dim ond mai hi ydi hi,' meddai Moi. Rhoes y llun yn ôl iddo. 'O,' cynigiodd yn betrus wedyn, 'Selyf,' dechreuodd, ''y nghefndar,' ymddiheurodd, 'dydi o ddim wedi gorffan prentisio ond mae o'n dda iawn. Meddwl – ym – cyfweliad . . .'

'Deud wrtho am ddechra bora fory.'

Ond roedd ei feddwl yn dal i fod ar Mared. Saith mlynedd ynghynt roedd hi'n rhy ifanc i holi dim arni, yno yn eistedd ar y soffa yn gafael yn dynn yn ei chwaer fawr, a Medi yn ei thristwch tawel a'i sioc heb ddim i'w ddadlennu ond bod Gwydion wedi mynd yn ddistaw a dwys ers wythnosau. Doedd Teifryn ddim wedi gweld Medi ar ôl hynny. Rŵan a Mared eto'n llond ei feddwl roedd yn ymdrech i gadw trefn gall a synhwyrol ar bosibiliadau. Daliodd i syllu ar y llun, heb weld Moi yn syllu'n bryderus arno fo.

'Dyna fo, yli,' meddai Sionyn ugain munud yn ddiweddarach ar ôl talu am ei danciad a goruchwylio Moi'n cloi'r drws mawr, 'rhyw ddeufis yn ôl roedd y darn bach yma o Ddolgynwyd yn cynnal un gweithiwr. Rŵan mi fydd 'ma chwech. Mi fasa rhai'n cael hwyl a hwnnw'n beth digon dirmygus am ben hyn'na, wrth gwrs. Iawn, mi fedrat gael ffatri'n cyflogi tri chant ne' dair mil yma. Ac mi fasan nhw'n 'i chau hi dan chwerthin mewn pedair blynadd ac yn mynd â hi i rwla arall i wneud yr un peth yn fan'no mewn pedair blynadd wedyn. Ac mi fedri fod yn sicr na fasai'n gwleidyddion a'n rhanwyr grantia galluog diniwad ni'n dysgu dim wedyn chwaith. Mae'n well i ni fel hyn, 'tydi?' meddai'n ddistawach, yn hytrach na dechrau ar berorasiwn. ''Dan ni'n gwybod be sy'n digwydd fel hyn, 'tydan?'

'Ar 'i ben, Sionyn,' meddai Moi ddiffuant gan wneud i Teifryn ddychryn mymryn.

Trodd car Buddug i mewn.

'Mae hi'n methu cadw draw,' meddai Teifryn.

'Diolcha am hynny,' meddai Sionyn.

Daeth hi o'r car ac atynt.

'Chofis i ddim deud wrthat ti am y stoc ddiweddara,' meddai hi wrth Teifryn. 'Newydd 'u cael nhw pnawn 'ma gan neb llai na'r awdur ei hun.'

Aethant i mewn ar ei hôl. Roedd dwsin o gopïau o *Cylchoedd* ar silff ger y drws, y copi uchaf yn sefyll ar ddaliwr metel bychan.

'Gwerthu neu ddychwel,' gwenodd Buddug wrth weld wyneb Teifryn.

'Dydi bywyd ddim yn fêl i gyd, nac'di?' meddai Sionyn gan godi'r llyfr a fflician drwyddo a'i roi'n ôl â'i ben i lawr.

15

i

O leia 'dan ni'n gwybod be sy'n mynd i ddigwydd.

'Dan ni'n dau'n llonydd, yn ista gyferbyn â'n gilydd. Mae'r swyddog yn rhoi cip arnon ni bob hyn a hyn. 'Dan ni'n edrach ar ein gilydd. Mae o'n troi'i lygaid i lawr. Dim ond am ennyd. Taswn i'r un oed â Taid ne' ella Dad mi faswn yn gallu deud wrtho fo nad ydi dwy flynadd yn gyfnod hir. Ella'i fod o'n wir iddyn nhw ond dydi o ddim yn wir i mi. Mae dwy flynadd yn aruthrol o hir ac mae Gwydion yn gwybod lawn cystal â minna na fedra i ddim cymryd arna wrtho fo nad ydi o ddim. Dyna pam rydan ni'n edrach ar ein gilydd fel hyn. Dw i'n gwybod 'mod i'n byw 'i feddwl o. Dydi o ddim wedi trio troi rhyw gloc di-fudd yn ôl. Dydi o ddim wedi trio difaru. Dw i wedi bod wrthi bron drwy'r adag yn deud ella hyn ac ella llall, ond mae hynny drosodd erbyn hyn hefyd. 'Dan ni'n gwneud dim ond bod yno, yn llonydd. Ac mae dwy flynadd yn mynd i fod yn annioddefol o hir.

Mae 'y llygaid i'n deud wrtho fo am beidio â gadael iddyn nhw'i orchfygu o ac mae o'n edrach i lawr ar y bwr' am ennyd.

Mae'r siwrna adra'n wag. Dim ond mynd. Fel dw i'n cyrraedd dw i'n cael pwl o weld bai ar Dad a Mam am fod yn rhieni mor wych ac am fod yn gymaint o ffrindia hefo ni. Yna dw i'n gwybod mai dim ond o ddydd Llun tan ddydd Gwenar y bydda i yn 'Coleg o hyn ymlaen.

ii

Roedd Bryn wrth ei fodd yn dysgu.

'Be wyt ti'n trio'i wneud?' gwaeddodd Gwil.

'Hon 'te?'

Roedd wedi pensilio a gwan beintio'r arysgrif ar y garreg ac wrthi'n ddyfal hefo'i gŷn a'i fwrthwl ar *H* yn *Hefyd Ei Hannwyl Briod*.

'Oeddat ti'n 'i nabod o?' gwaeddodd Gwil wedyn gan luchio bys tuag at yr enw taclus.

'Nac o'n, debyg.'

'Wel tasat ti, fasat ti ddim yn difetha dy arddwrn a dy benelin hefo'r diawl! Tyrd! Gafael!'

Anelodd Gwil tuag at y peiriant llythrennu a chodi cwr y garreg. Cododd yntau'r ochr arall. Cariwyd hi'n ddigon diseremoni tuag at y peiriant.

'Gwatsia dy fysadd!' Rhoddwyd y garreg i lawr ar y blancedi yn ffrâm y peiriant. 'Gwna hi hefo hwnna. Hen ddigon da iddo fo.'

Rhoddodd Gwil un hyrddiad terfynol i'r garreg i'w chael yn sgwâr a dychwelodd dan ddiawlio at ei waith. Cadwodd Bryn y digwyddiad yn ofalus yn y Pair Bytheiriadau a rhoi'i fwgwd dros ei drwyn a'i geg.

'Dw i wedi bod yn busnesa,' meddai dros baned yn ddiweddarach.

'Wel taw â deud, Selina.'

'Dw i'n gwybod i lle'r aeth y dyn 'na.'

'Pwy?' sobrodd Gwil.

'Hwnnw roddodd brawd Teifryn 'i dŷ o ar dân. Mi fuodd o yng Nghroesoswallt am ryw ddau fis tra oedd o'n chwilio am dŷ. Mi brynodd o un ar gyrion Amwythig pan ddaeth petha drwodd hefo hwn yn Dre.'

'Sut gwyddost ti?' rhuthrodd Gwil.

'Mae gan chwaer Gwenda fêt sy'n gweithio yn swyddfa'r arwerthwyr oedd yn gwneud hefo'i dŷ o yn Dre. Roedd taid Moi'n cofio pwy oeddan nhw a mi ddaru hi fusnesa ar y slei. Doedd adroddiada'r papura newydd ddim ond yn deud 'i fod o wedi symud o'r ardal, medda Teifryn.'

'Fo ofynnodd i ti chwilio?' gofynnodd Gwil.

'Naci. Neb.'

'Pam gwnest ti 'ta?'

'Wel . . .' Edrychai i lawr ar ei gwpan, yn gwrido braidd. 'Amlwg 'tydi?' meddai wedyn.

'Ydi o'n gwybod?' oedd ymateb tawel Gwil.

'Mi bicia i i ddeud wrtho fo amser cinio.'

'Dos rŵan. Does wybod lle bydd o erbyn hynny.'

'Iawn.' Gorffennodd ei baned. 'Fydda i ddim eiliad.'

'Cym d'amsar.'

Aeth Bryn. Arhosodd Gwil wrth y bwrdd. Roedd ei brentis yn plesio fwyfwy o ddydd i ddydd.

Gwelwi braidd ddaru Teifryn pan glywodd.

'Ella'i fod o wedi mudo,' cynigiodd fymryn yn syfrdan a chyflym.

'Naddo,' meddai Bryn. 'Mi holis i be oedd rhif 'i ffôn o neithiwr. Ac mi ce's i o.' Tynnodd ddarn o hen amlen o'i boced a'i roi i Teifryn. 'Well i mi fynd,' ychwanegodd ar yr un gwynt. 'Mi ddo i draw amser cinio.'

Aeth, yn weithiwr diolchgar cydwybodol. Trodd yn ôl wrth y fynedfa i roi cip ar y garreg newydd ar y lawnt fechan. Plygodd ati a llnau mymryn o lwch oddi arni hefo cledr ei law. Cododd ei fawd a thuthian yn ôl i roi'r peiriant ar garreg arall.

Bu Teifryn yn gori ar y peth am hir, yn cymryd arno nad oedd yn gwybod yn iawn be oedd yn anorfod. Ffugiodd ystyried posibiliadau eraill a dychwelyd bob tro at yr unig un. Doedd ganddo neb tebyg i daid Moi i fynd ato i fusnesa ar y slei yn Amwythig. Aeth at ei gyfrifiadur.

Annwyl Syr,

Maddeuwch fy hyfdra. Rwy'n frawd i'r hogyn a gynheuodd dân yn eich cegin gefn saith mlynedd yn ôl pan oeddech yn byw yn Llanddogfael. Fel y gwyddoch mae'n debyg, cafodd ei garcharu am ddwy flynedd am ei drosedd. Mae'n amlwg i hynny fynd yn drech nag o oherwydd o dipyn i beth aeth i wrthod dod i'n cyfarfod pan oeddem yn ymweld, ac nid ydym wedi ei weld na chlywed oddi wrtho byth wedyn.

Dydi fy mam na minnau erioed wedi ceisio cyfiawnhau yr hyn a wnaeth ac nid oes gennym yr un bwriad o wneud hynny. Ond fel y gellwch ddychymgu, rydym yn poeni yn ei gylch ac yn dyheu am ei weld eto. Petai modd inni allu deall rhywbeth ynglŷn â'r digwyddiad, mae'n bosib y gallai hynny arwain at rywbeth arall.

Gwyddom nad penderfynu'n sydyn i droi'n fandal a dewis tŷ ar hap a chynnau tân ynddo a wnaeth fy mrawd. Nid annhebygol ydi hynny, ond amhosib. Gwelwch felly bwrpas y llythyr hwn. Os gwyddoch am neu os medrwch ddyfalu unrhyw gymhelliad posib i'r weithred ryfedd hon, a allech os gwelwch yn dda adael i ni wybod. Rwy'n ymddiheuro os ydi hyn yn atgyfodi profiadau a theimladau annymunol. Fyddwn innau chwaith ddim yn hoffi gweld fy nghartref yn cael ei losgi.

Syllodd am hydoedd ar y sgrin. Roedd o'n llythyr hollol groes i'r graen, ond siawns nad oedd o'n ddigon cyfaddawdlyd. Bob yn bwt y daethai, rhwng chwilio am eiriau a rhoi sylw i gwsmeriaid. Argraffodd o, a dal i'w ddarllen. Gwnaeth hynny drwy'r pnawn, yn ei gasáu fwyfwy o air i air ac yn dal i ddisgwyl posibiliadau eraill. O dipyn i beth aeth meddwl amdano fel syniad gwirion yn ddi-fudd. Gellid meddwl felly am bob syniad. Chwarter wedi pump tynnodd bapur Bryn o'i boced. Cododd y ffôn. Daeth ateb bron ar unwaith.

Roedd ei lais yn crynu fymryn wrth iddo ddeud pwy oedd o a dechrau ar ei neges. Chafodd o ddim cynnig llawer ohoni.

'Does gen i ddim i'w ddeud wrthach chi.'

Aeth y ffôn i lawr yn glep yr ochr arall. Rhoes yntau ei sylw yn ôl ar y llythyr, yn crynu fymryn. Yna dychwelodd at y cyfrifiadur. Ailwampiodd ddechrau'r llythyr i sôn am yr alwad ffôn. Argraffodd o a'i arwyddo a rhedodd â fo at y blwch postio rhwng iard Gwil a phen Lôn Traeth.

iii

Oswestri mae dreifars bỳs a bois calad long dustans yn galw Croesoswallt. Syswallt fýdd Taid yn 'i ddeud. Shrwsbri medda'r calads, Mwythig medda Taid. Mae'r calads yn galw Aberteifi'n Cardi hefyd ac mae gofyn bod yn fegacalad i wneud peth fel'na. Dydyn nhw ddim yn galw ceffyla'n horsus chwaith am 'wn i, ond ffyle fýdd Taid yn 'i ddeud bob amsar.

Mae Gwydion a finna wrth ein bodda'n gwrando ar

Taid yn siarad. Rŵan mae o newydd ddeud bod Mathias Anti Laura'n anwadal fel llaeth Medi. Y rheswm y dudodd o hyn'na oedd bod Mathias wedi canu corn a chodi'i law wrth basio neithiwr ond ddaru o ddim cymryd yr un sylw ohonon ni rŵan. Dydi Taid ddim yn gwybod y gwir reswm. Tua hannar awr wedi deg bora 'ma roedd Mathias wedi dŵad i'r lan fel roedd hi'n treio a llond 'i grwc o fecryll. Roeddan ninna'n dau ar ben Wal Cwch yn 'i wylio fo'n dŵad ac ynta'n codi ar 'i sefyll 'fath â captan cwch mwd ac yn diffodd injan y cwch ar ôl 'i droi o i anelu am Wal. Doedd o'n cymryd dim sylw ohonon ni wrth i'r cwch ddrifftio ac arafu ac ynta'n plygu allan i roi'i law ar Wal i'w stopio a'i sadio fo.

'Wel, 'rhen hogia,' medda fo yn diwadd yn wên fêl i gyd wrth afael yn y rhaff i glymu'r cwch, 'ydach chi am fynd rownd Pentra i werthu'r rhein i mi?'

'Gwertha nhw dy hun, y sbrigyn blwydd,' medda Gwydion.

Doedd Mathias ddim i fod i gl'wad ond mi ddaru o. Rarglwydd bach mi wylltiodd.

'Tyrd yma i mi dynnu dy drwsus di a chwipio dy din di!' medda fo dros 'lle a'r cwch yn crynu dano fo.

'Tria hi, y pyrfyrt,' medda Gwydion.

Doedd Mathias ddim i fod i gl'wad hynny chwaith. Mi wylltiodd wedyn 'ta. Ond mi stopiodd 'i wynab o fynd yn goch ac mi drodd yn wynnach os rwbath. Mi welis i olwg ofnadwy yn 'i lygaid o ac mi benderfynis i y baswn i'n lluchio tywod i'w wynab o a dengid os basa fo'n trio gafael yn Gwydion.

Mae'n well i ni beidio â deud y stori wrth Taid hefyd. Dw i'n mynd i gegin i gael glasiad o ddiod afal gan Nain a phan dw i'n dŵad yn ôl hefo glasiad i Gwydion hefyd, mae o wrthi ffwl sbîd yn deud y cwbwl wrth Taid. Mae'n iawn, siŵr. 'Dan ni'n cael deud pob dim wrth Taid.

iv

'Naddo,' oedd ateb difynadd Teifryn.

'Mi awn ni yno 'ta,' meddai Bryn yn ddigynnwrf, fel tasai yntau'n gwybod yn iawn hefyd nad oedd dim arall amdani o'r dechrau cyntaf. 'Mi ddo i hefo chdi.'

Roedd hyn bron bythefnos yn ddiweddarach, a'r llythyr heb ei ateb a'r ffôn heb ei godi wedyn. Gwelwodd Teifryn braidd o glywed y cynnig.

'Os ydach chi am fynd,' meddai Buddug ar ddiwedd y tawelwch ar ôl i Bryn gychwyn yn ôl i'r iard, 'gofala y bydd Bryn yn sefyll o dy flaen di pan fydd y dyn yn dŵad i'r drws.'

'Wyt titha'n 'i weld o'n debyg hefyd?'

'I rywun diarth mae'r ddau'r un ffunud. Roedd Moi yn deud yr un peth ddoe. Os oedd 'na gysylltiad digon cry rhwng Gwydion a'r dyn 'na, mi fydd 'i lygaid o'n bradychu hynny y munud y gwêl o Bryn.'

Drwy drugaredd roedd y ddau'n cael ennyd o lonydd. Cymerodd hi arni ganolbwyntio ar lwytho biliau i'r cyfrifiadur ac ni chymerodd o arno'i fod yn canolbwyntio ar ddim.

'Mi awn ni felly,' meddai yn y man, yn gweld pen cyrliog du'n ymddangos yn llawenydd dirybudd ym mhob giât a chyffordd gan wneud pen draw'r siwrnai'n ddianghenraid.

Byddai wedi bod yn ben gwlyb. Roedd yn stido yr holl ffordd. Roedd y ddau wedi cychwyn ar ei thoriad hi fore Sadwrn a Teifryn yn bodloni'n ddiolchgar ar

221

hyd y siwrnai ar ymateb i barabl difwgwd Bryn a'r rhan fwyaf o hwnnw ar ffurf moliant i Gwil yn gymysg ag ailberfformio bytheiriadau. Roedd hynny'n cyfrannu hefyd at oresgyn y teimlad o ffwlbri oedd yn ymwthio bob hyn a hyn a hwnnw'n cael ei chwyddo gan y tywydd oddi allan, a Chroesoswallt rŵan ar goll yn y glaw wrth iddyn nhw fynd heibio.

'Be tasa fo ddim adra?' gofynnodd Bryn toc, yn rhannu'r teimlad.

'Doedd 'na ddim trefnu ohoni nacoedd?' meddai yntau.

'Mae 'na ffyrdd o fusnesa prun bynnag,' atebodd Bryn yn hyder i gyd. 'I'r dde yn y bedwaredd gylchfan ar y ffor' osgoi,' atgoffodd wedyn gan astudio'i fap cyfrifiadur ar ei lin. 'Lle neis i gael byw yn'o fo 'te?' meddai wedyn am y trydydd tro ers mynd heibio i'r arwydd newid dwywlad.

Dim ond gwrando ar y cyfarwyddiadau ac ufuddhau yn ddistaw oedd Teifryn wrth ddynesu.

'Dyma hi,' meddai Bryn yn y man, gan nodio a phwyntio at ben ffordd fechan ar y dde.

Trodd Teifryn iddi ar ôl eiliad o betruso. Ni wyddai prun ai oferedd ai chwilfrydedd ai ofn oedd o. Ella gymysgedd. Yr unig beth a wyddai oedd nad oedd mymryn o hyder ar y cyfyl ac felly doedd dim o hwnnw i ddiflannu pan bwyntiodd Bryn eilwaith. Roedd y llwyni bythol a guddiai'r tŷ unllawr yn hŷn ac yn fyrrach beth na'r coed a guddiai'r tŷ yn Llanddogfael, ac roedd dau arwydd 'Ar Werth' ar bolion gwyn yn ymestyn i'r pafin, un wrth bob wal derfyn. Arafodd Teifryn y car i fusnesa drwy'r giât dderw drom, a stopio'n stond o weld clo clap a chadwyn bres yn ei sicrhau wrth ei phostyn.

'Mae'r rhein yn newydd,' meddai Bryn a'i lais bron yn sibrwd o weld sglein yr arwyddion yn y glaw.

Ni chafodd ateb. Roedd Teifryn yn edrych o'i gwmpas a'r oferedd yn rhuthro drwyddo. Doedd dim cysur o'r hyn a welai o'i gwmpas chwaith. Ni fedrai ddychmygu cymdogaeth lai busnesgar yr olwg a bron na thaerai fod y gair cymdogaeth yn amherthnasol prun bynnag. Roedd pob tŷ o ddeutu'r ffordd ar ei ben ei hun a llwyni neu goed neu wrychoedd yn cuddio'r rhan fwyaf o'r naill oddi wrth y llall.

'O leia dw i'n cael petrol fymryn yn rhatach rŵan,' meddai toc.

'Braidd yn bell i wneud dim ond troi'n ôl 'tydi?'

Aeth Bryn o'r car. Anwybyddodd y glaw wrth groesi at y giât a chwarae ennyd hefo'r clo clap a gwrando ar dincian dwl y gadwyn, y ddau mor newydd â'i gilydd. Astudiodd yr ardd a'r tŷ oedd ryw ugain llath o'i flaen am ennyd arall cyn neidio'n ddeheuig dros y giât a mynd at y tŷ. Daeth Teifryn o'r car a'i ddilyn. Roedd y giât yn ddigon cadarn i ddringo drosti a doedd ganddo ddim hanner digon o hyder i neidio.

'Os mynd, mynd,' meddai Bryn, â'i drwyn yn ffenest y stafell ffrynt.

Roedd y tŷ wedi'i wagio. Dim ond llenni a charpedi oedd ar ôl.

'Oedd 'na sŵn gwag pan oeddat ti ar y ffôn hefo fo?' gofynnodd wedyn.

'Ddaru mi ddim sylwi,' atebodd yntau, yn clywed ei lais yn hurt. 'Dw i ddim yn meddwl bod.'

Aethant i'r cefn gan fusnesa cip yn y ddwy ffenest ochr. Ar wahân i'r llwyni terfyn, lawntiau cwta a choncrid oedd yn amgylchynu'r tŷ. Doedd y perchennog ddim mwy o arddwr yma nag oedd o yn

Llanddogfael. Roedd dôr mewn wal friciau uchel yn y cefn a bar a chlo clap arni hithau hefyd. Ar ôl sbaena yr un mor ddi-fudd drwy ffenestri'r cefn, dychwelasant yn eu siom ddieiriau at y giât a gweld nad oedd y gymdogaeth mor anfusnesgar â dyfarniad Teifryn. Roedd dyn dan ambarél du wrth y giât yn syllu'n amheus ac anghymeradwyol arnyn nhw.

'Mae'r arwyddion yn dweud yn ddigon clir fod angen i chi drefnu i ddod i weld y tŷ,' cyhoeddodd.

'Sbectol hen soldiwr tun, brwyn trwyn hen soldiwr tun. Be well?' meddai Bryn.

'Be oeddach chi'n 'i ddweud?' gofynnodd y dyn.

Neidiodd Bryn dros y giât.

'Hei!' meddai'n llawen. 'Mae gan Taid dei fel'na. Catrawd Sir Amwythig 'te?'

Bu'n rhaid iddo dalu am ei fuddugoliaeth. Roedd yn dri chwarter awr wedyn arno'n cael ei ollwng. Roedd Teifryn wedi'i heglu hi am y car unwaith y daeth dros y giât a sylweddoli unig natur bosib y sgwrs, a chan fod y glaw'n dod i'r ffenest ochr fedrai o ddim clywed gair o'r tu allan hyd yn oed tasai o'n dymuno hynny fwya erioed. Doedd dim angen iddo edrych drwy'r ffenest i weld pwy oedd yn siarad a phwy oedd yn cymryd arno wrando. Daliodd i eistedd yno'n llonydd, heb laru.

'Lle wyt ti?'

Toc, trodd y radio. Gwrandawodd ar ddyn yn hollti'r blew deallus wrth gymharu amryfal ddehongliadau o seithfed symffoni Bruckner. At y diwedd ac yntau'n methu gwneud dim arall roedd ei dad yn gwrando bron yn wastadol ar gerddoriaeth, weithiau ar y radio, ond gan amla ar y disgiau yr oedd wedi'u cael yn anrhegion pen-blwydd a Dolig o'r naill flwyddyn i'r llall gan Gwydion ac yntau. Fyddai arno fyth isio dim arall yn anrheg. Nid y deallusrwydd dadansoddol ffasiynol fyddai ganddo pan fyddai'n cymharu dehongliadau, dim ond codi bys i werthfawrogi sbarc o weledigaeth yn awr ac yn y man. Dyna'n union fyddai Gwydion yn ei wneud pan fyddai wedi darganfod symudiad gwefreiddiol yn ei wyddbwyll.

'Lle wyt ti?'

Diffoddodd y radio.

Pan ddaeth Bryn i'r car o'r diwedd roedd yn diferu. Prin glywadwy oedd griddfaniad Teifryn.

'Dyma un arall a wnaeth yr Aberth Eithaf er dy fwyn di,' meddai Bryn gan bwyntio ato'i hun a lluchio'i gôt i'r cefn.

Taniodd Teifryn y car a mynd.

'Ta ta, 'rhen Freth,' chwifiodd Bryn fraich oedd bron yr un mor socian â'r gôt. 'Mr Braithwaite oedd o,' eglurodd fel tasai o'n siarad hefo plant, 'Tom,' meddai wedyn gan ddal yr 'm' am hydoedd.

'Ge'st ti wybodaeth?' gofynnodd Teifryn yn ddigon dienaid. 'Dw i'n teimlo'n rêl cachwr,' ychwanegodd.

'Do, yn gymysg â'r ailfrwydro a'r ailennill a chadw'r ambarél i gyd iddo'i hun.' Doedd Bryn ddim yn swnio fel tasai'n poeni rhyw lawer am ei gyflwr. 'Mae'r Hen Freth yn ddwy a phedwar ugian ac yn byw drws nesa a doedd o ddim yn ffrindia mawr hefo'n dyn ni, mwya tebyg am nad oedd hwnnw'n gwrando digon ar y straeon.' Agorodd ei ffenest a rhoi'i ben allan i ysgwyd hynny a fedrai o'r glaw o'i gyrls. 'A fan oedd gynno fo, nid car,' meddai ar ôl cau'r ffenest. 'Doedd hynny ddim yn plesio chwaith. Cymdogaeth neis fel hon, ylwch chi. Petha i ddod â negas ynddyn nhw ydi fania ac i'w gluo hi o'ma cyn gyntad ag y medran nhw wedyn, nid petha i'w cadw yma'n barahaol, hyd yn oed os mai yn y cefn yr oedd o'n gwneud hynny. Mi ge's i hynny ddwywaith dair. Ond mae'r stori arall yn debyg iawn i hanas Llanddogfael,' meddai'n sobrach.

'Be felly?' Roedd tinc gobaith sydyn ac anfwriadol yn llond llais Teifryn.

'Roedd 'na dipyn o fynd a dŵad yna,' atebodd Bryn, yn gobeithio bod y wybodaeth o fudd, 'yn enwedig drwy'r cefn medda'r Hen Freth. Ond neb o'r patshyn yma chwaith, neb o'i gymdogion o medda fo. Doedd gynno fo ddim llwybr cefn yn Llanddogfael, nacoedd?' gofynnodd.

'Na. Dw i wedi chwilio. Dim heb iddyn nhw fynd dros 'clawdd a thrwy'r coed.'

'Wyddai'r Hen Freth ddim fod y tŷ ar werth nes gwelodd o'r arwyddion yn cael 'u gosod wythnos i ddoe. A wyddai o ddim fod Pero wedi mynd o'na nes daeth dwy lorri i wagio bora Llun. Nid 'i fod o'n fusneslyd, ond mi ofynnodd i'r dynion lorri i lle oeddan nhw'n mynd â'r petha. I'w storio, ddudon nhw. Ac mae'r arwerthwyr wedi deud wrtho fo pnawn ddoe 'u bod nhw wedi cael tri chynnig yn barod. Nid bod yr Hen Freth yn fusneslyd, siŵr Dduw.'

Tawelodd Bryn. Sobrodd. Ystyriodd am dipyn.

'Mae'r petha 'ma y tu hwnt i gyd-ddigwyddiad 'tydyn?' mentrodd yn y diwedd, yn llawer mwy difrifol.

'Sut gwyddat ti am y tei?'

'Dim llawar o waith gesio, nacoedd?' dadsobrodd, yn wên i gyd. 'Mi ddudis i wrtho fo fod Taid wedi colli'i Susnag ar ôl iddo fo briodi a dŵad i fyw i

Gymru. Roedd o'n rhy brysur yn chwalu Jeris i gymryd llawar o sylw.'

Tyrchodd yn ei boced wlyb a thynnu'i ffôn ohoni. Tynnodd rifau i'w sgrin cyn deialu.

'Dw i'n credu bod 'na Mr Cecil Hadwin wedi dŵad i aros hefo chi tua dechra'r wythnos,' meddai wrth y ffôn. 'Ydi o yna, os gwelwch chi'n dda?'

Gwrandawodd am ennyd cyn deud diolch a diffodd y ffôn.

'Be oedd hyn'na?' gofynnodd Teifryn.

'Y lle yng Nghroesoswallt y buo fo'n aros ynddo fo cyn prynu'r tŷ 'ma. Dim bai ar y cynnig, nacoedd? Iesu bach, dw i'n wlyb. Roeddat ti i fod i droi yn fan'na.'

Roedd y cwbl ar un gwynt. Aeth Teifryn ymlaen i'r dref. Cyn hir gwelodd yr hyn oedd yn chwilio amdani. Tynnodd ddyrnaid o bapurau decpunt o'i boced.

'Dos i'r siop 'na a phryna hynny o ddillad sych sy arnat ti 'u hangan.'

'Paid â rwdlan!'

'Mae arna i hyn'na i ti, siawns.'

V

Mi fydd Gwydion yn mynd am dro beic hefo Medi'n bur aml ond ara deg braidd ydi hi gynno fo. Pan mae o isio adfer 'i sbîd mi eith 'i hun ne' swnian arna i. Weithia mi awn ni i Rydfeurig drwy Dre os ydi Rhydfeurig yn rhan o siwrna fwy, ond heddiw rydan ni'n gwneud y trip locals ac yn cadw i'r llwyth o ffyrdd bach sy 'na rhwng adra a Rhydfeurig. Mae'u gwneud nhw i gyd dros ugian milltir er bod hynny'n golygu

ail-wneud amball ddarn yma ac acw. A deud y gwir
does dim isio esgus i fynd arnyn nhw chwaith am 'u
bod nhw mor amrywiol a braf a thawal, ond os ydi
hi'n gaddo glaw mi fyddwn ni'n sticio iddyn nhw rhag
mynd yn rhy bell er bod gwaelod Maescoch yn rhy
bell inni gan Mam wrth gwrs yn enwedig os ydi hi'n
'law trana. 'Doro nhw a'r beics i hongian oddi ar lein,'
ddudodd Dad echdoe pan ddaethon ni adra, a dim
ond rhyw chwartar milltir oedd y dilyw hwnnw.

Gwydion sydd ar y blaen rŵan. Rydan ni wedi
torri'r record wrth fynd i fyny allt Tynberthan ond
dydan ni ddim yn gorfoleddu am nad oedd hi'n llawar
o gamp gan fod y gwynt yn gry braidd ac o'n cefna ni.
Rydan ni'n mynd i lawr i'r coed ac mae holl natur yr
awyr yn tawelu wrth inni'u cyrraedd nhw. Teimlad
braf ydi hwnnw. Mae 'na fan lwyd wedi'i pharcio yn y
graean ar ymyl y lôn ar y tro isa ac mae Gwydion yn
brecio ac yn troi'n ôl y munud y mae o wedi mynd
heibio iddi. Does 'na neb ar gyfyl y fan ac felly mae'n
rhaid busnesa, debyg.

Mae'r drysa blaen wedi'u cloi ac mae 'na bartisiwn
pren y tu ôl i'r seti fel na fedrwn ni weld i'r cefn. Does
'na ddim ffenestri ochr nac ar y drysa cefn. Petha
diffath i'w dreifio ydi fania felly, medda Taid, yn
enwedig wrth gychwyn ne' wrth fagio.

'Dydi hwn ddim wedi'i gloi,' medda Gwydion.

Mae o wedi agor un o'r drysa cefn. Mae o'n gwneud
lle i mi er mwyn inni'n dau gael ein trwyna i mewn.
Mae 'na lwyth o flancedi ar lawr y fan a chlustoga yma
ac acw, a dau dedi bêr yn 'u canol nhw. Dyna'r cwbwl
sydd yna.

'Be ti haws â chael tedi bêr os nad wyt ti'n gweld lle
wyt ti'n mynd?' medda Gwydion.

Mae o'n iawn, debyg. 'Dan ni'n chwerthin wrth ystyriad y posibilrwydd arall heb i neb orfod deud dim. Ond mae 'na sŵn car yn dod i lawr y lôn a dw i'n cau drws y fan ac yn ei chychwyn hi o'na. 'Dan ni'n arafu toc i wneud lle i'r car fynd heibio ac wrth i ni ddod i waelod yr allt nesa mae 'na gar coch yn dod tuag aton ni. 'Dan ni'n 'i nabod o y munud hwnnw.

'Be mae'r sbrych yma'n 'i wneud hyd y lle 'ma?' medda Gwydion.

Mathias Murllydan ydi o a go brin y basa fo wedi atab hyd yn oed tasa fo wedi cl'wad. Mae o'n mynd heibio fel tasan ni ddim yn bod.

16

Un ffordd o ohirio penderfyniad a gohirio'r anochel
heb gymryd arnyn mai dyna'r oeddan nhw'n ei wneud
oedd cael prisiwr. Pan ddaeth yr amser i hwnnw
archwilio'r tŷ, fedrai Buddug ddim meddwl am fod
yno hefo fo a chymerodd Teifryn anfoddog y
cyfrifoldeb.

'Mae 'na ddigon o alw am dai fel hwn,' meddai'r
prisiwr brwd. 'Ac mae Maescoch 'ma ar y map y
dyddia yma.'

Ddaru Teifryn ddim llawer o ymdrech i beidio â
chau'i ddyrnau. Ddeuddydd yn ddiwedd-arach roedd y
ffôn yn canu yn Sarn Fabon a'r swyddfa arwerthwyr
oedd yn gorlan i'r prisiwr eisoes wedi cael cynnig am y
tŷ cyn iddo fynd ar y farchnad.

'Mae o wedi cynnig yr uchafswm roedd Mr
Pritchard yn 'i awgrymu wrth eich mab,' meddai'r
ysgrifenyddes falch wrth Buddug.

'Pwy ydi o?' gofynnodd hithau, yn dychryn o
deimlo'r terfynoldeb.

'Dyn neis iawn. Mr Steel o Stockport. Neis iawn
hefyd.'

'Iesu mawr! Fasa fo'n neis tasa fo'n Fistar Huws o
Gaernarfon?'

Lluchiodd y ffôn i lawr. Aeth drwodd yn ei hyll.
Roedd Teifryn a Moi a'r prentis newydd wrthi'n
archwilio peipen fwg fan fara.

'Neis o ddiawl!' bytheiriodd hi a throi ar ei sawdl a mynd yn ôl.

'Uwadd,' meddai Moi'n ddigynnwrf.

Neidio braidd ddaru Selyf y prentis newydd. Brysiodd Teifryn drwodd. Roedd ei fam eisoes wedi mynd i eistedd wrth y cyfrifiadur.

'Be sy?' gofynnodd.

Chafodd o ddim ateb. Roedd y bysedd yn rhy brysur.

'Gwna hwnna'n bostar a doro fo yn 'ffenast.'

Daeth Teifryn at y cyfrifiadur. Ar y sgrin roedd hysbysiad mor ddwyieithog â Sionyn fod tŷ ar osod i deulu lleol ym Maescoch.

'Pwy bynnag ddaw yno, mi fedran nhw ddeud wrtho fo lle'r ydan ni,' meddai hi'n gryg, a gadael i'r dagrau lifo.

Rhoes yntau ei fraich am ei hysgwydd.

'Mi bicia i â chdi i lawr,' meddai mewn ychydig.

'Na,' meddai hithau, a dal ei llaw ar ei law o. 'Mae'r rhein yn dŵad yn 'u tro ar y slei. Dw i'n iawn rŵan.'

Cododd a sychodd ei llygaid. Gwasgodd arddwrn Teifryn drachefn a dychwelodd i'r cefn.

'Ddrwg gen i am hyn'na,' meddai wrth Moi a Selyf.

'Y busnas merchad 'ma, debyg,' meddai Moi yr un mor ddigynnwrf â chynt.

'Naci.' Llwyddodd i chwerthin. Fyddai neb wedi cynnig dim fel'na yn y ddeintyddfa. 'Doro waedd os clywi di am rywun call isio tŷ ar rent.'

Rhoes un edrychiad fymryn yn hapusach o'i hamgylch a winc fechan ar y prentis ansicr cyn dychwelyd. Roedd Teifryn wedi tynnu'i ddillad prentis o ac wedi setlo y tu ôl i'r cownter i'w harbed. Rhoesant gip ar ei gilydd a rhoes hithau'i chôt amdani a bachu potel blastig wag o dan y cownter. Aeth allan a thynnu dau dusw o flodau o'r bwced y tu allan i'r drws. Yn ôl Gwil roedd y siopwr gyferbyn â'r Crythor am drefnu deiseb ynglŷn â'r rheini hefyd. Aeth tua'r pentref, a Teifryn yn ei gwylio'n ddigon sobr drwy'r ffenest.

Llanwodd y botel o'r tap ger giât y fynwent ac aeth at fedd ei thad. Trefnodd y blodau, gan ganolbwyntio ar y gorchwyl tra parodd o. Ffwlbri noeth oedd y gred hanesyddol fod rhoi digon o waith i rywun yn ei atal rhag meddwl. Roedd Sarn Fabon yn fwy llwyddiannus na'r disgwyl, hyd yma beth bynnag, a Gwil yn dal i gael pyliau cyson a digri o frolio'i ddawn broffwydol. Ond doedd prysurdeb a gwaith yn llenwi dim ond amser.

Aeth ymlaen at fedd Gwyn. Rhoes flodau arno, ac aros wrtho i ddod ati'i hun, a chadw'i sylw ar y garreg a'r blodau a dim arall. Roedd yr ystrydeb tŷ ydi tŷ yn addas ar adegau, yn wrthun ar adegau. Rŵan roedd hi'n amhosib a gwyddai ei bod wedi bod felly o'r dechrau.

Toc, cododd. Ailddarllenodd lythrennau gorau Gwil eto fyth a chychwyn ymlaen ar y llwybr at y garreg ddu lân wrth y wal bellaf. Roedd y pwl drosodd, tan tro nesa. Rŵan roedd yn dychwelyd ennyd at y dyddiau olaf, yn cofio cam-ddallt tawedogrwydd Robat a chredu mai methu magu plwc i droi mêts yn gariadon oedd o, a hithau'n gadael iddo am nad oedd brys. Di-fudd oedd pob tasai. Plygodd. Roedd rhywfaint o'r blodau yn dechrau gwywo a thynnodd nhw o'r potyn ac aildrefnu'r gweddill. Clywodd sŵn. Trodd. Roedd Laura'n dynesu hefo'i ffon a'i thusw blodau.

'Chwara teg i ti,' meddai Laura.

Roedd wedi dod â chlustog fechan hefo hi i

warchod ei phen-gliniau a gwrthododd gynnig Buddug
i roi'r blodau. Aeth ar ei gliniau ar y glustog a'i sadio'i
hun hefo'i ffon. Cymerodd Buddug yr hen flodau oddi
arni a'u lapio ym mhapur y rhai newydd ynghyd â'r
rhai roedd hi wedi'u tynnu cynt. Gwyliodd Laura'n
trefnu'r blodau'n ofalus daclus fesul un. Blodau o Sarn
Fabon oedden nhwythau hefyd.

'Pen-blwydd arno fo heddiw 'tydi?' meddai Buddug
yn dawel.

Cododd Laura ben cynnil werthfawrogol. Nodiodd.
Derbyniodd y cymorth i godi. Edrychodd y ddwy'n
dawel ar y garreg a'r blodau newydd a rhoesant gip ar
ei gilydd.

'Tasai gen i ffeithia mi faswn wedi'u deud nhw ers
talwm,' meddai Laura.

'Ond mi wyddoch.'

'Ddaru o ddim meddwi i'w ddangos 'i hun i neb,
naddo? Doedd 'na ddim cyfeddach yn unlla,
nacoedd?' Roedd yn taro'r ffon fymryn yn galetach ar
y llwybr â phob cam i gadarnhau. 'Phrynodd o rioed
botal o wisgi na fodca, dim ond amball dun cwrw a
thrio cael amball beint, fel bydd y llafna 'ma. Mi
ffraeodd hefo'i dad ac mi dawelodd. Ddudodd o'r un
gair o'i ben am ddeuddydd, dim ond atab cwestiyna
hefo cyn lleiad o eiria â phosib.'

'Am be oedd y ffrae?' mentrodd Buddug.

'Hwn 'te?' atebodd yn swta gan amneidio rywle i
gyfeiriad pella Dolgynwyd a Murllydan.

Doedd Buddug erioed wedi clywed Laura'n galw'i
gŵr yn un dim arall.

'Mi ddaeth dy dad i ddeud wrtha i dydd Mawrth
cyn i Robat farw 'i fod o wedi'i weld o'n ffraeo hefo'i
dad y noson cynt,' canlynodd Laura arni gan droi i

edrych eto arni hi, 'ac nad oedd yr un ohonyn nhw wedi gweld Sionyn yn sleifio y tu ôl i'r wal i wrando arnyn nhw. Roedd dy dad yn poeni lawn cymaint am Sionyn ag am Robat. Dyna pam ddaru o ddŵad i ddeud, chwara teg iddo fo. A'r noson honno mi aeth hi'n ffrae arall rhwng y ddau.' Rhoes ei sylw ar y llwybr o'i blaen. 'Mi es i allan i'w stopio nhw.'

Dim ond rhywun diarth fyddai'n teimlo tinc amhersonol a bron yn ddifater yn ei llais, fel tasai hi'n ailadrodd ffrae rhywun arall.

'Wedi gweld 'i dad hefo dynas oedd o 'te?' meddai Buddug, yn gafael yn dyner yn ei braich ac yn teimlo cryndod bychan atal dagrau drwyddi. 'Ac ynta'n hannar ych addoli chi,' meddai wedyn.

Sŵn traed araf a ffon oedd yr unig ymateb i hynny. Cyraeddasant y giât. Ond doedd Laura ddim am fynd drwyddi.

'Mi glywis yr un ffrae wedyn,' meddai, bron yn ymbil i fyw llygaid Buddug. 'Ddeng mlynadd ar hugian wedyn. Dw i wedi cau 'ngheg, ond . . .'

'Pwy?' gofynnodd Buddug.

'Gwydion 'te?'

'Ffraeo hefo Mathias?'

Ysgwydodd Laura ei phen fymryn.

'Paid â gofyn i mi. Doedd llais Gwydion druan ddim yn cyrraedd yn ddigon clir,' meddai wedyn, a hen boen yn llenwi'i llygaid. 'Y cwbwl ddalltwn i oedd hwn yn gweiddi ac yn bygwth.' Roedd yn amneidio fymryn eto tuag at ei chartref. 'Doedd o'n atab yr un cwestiwn, mi elli fentro.'

Teimlai Buddug glicied y giât yn mynd yn oer dan ei llaw. Rŵan roedd cnoc aruthrol ar ddrws a chartref yn llenwi gan blismyn a phob salwch a theimlad yn cael eu hanwybyddu a'u sathru gan glinigiaeth a Gwydion yn llwyr o'u cyrraedd. A doedd y llygaid oedd yn ymbil o'i blaen yn gwneud yr un ymdrech i'w hosgoi.

'Pa bryd oedd hyn?' gofynnodd yn yr un hen ofn, yn gwybod nad oedd ond un ateb.

'Ryw bythefnos cyn i'r peth arall 'na ddigwydd.'

Doedd yr un ateb arall yn bosib.

'Gwydion yn ffraeo am . . . Pa reswm fyddai gynno fo dros wneud peth felly?' llwyddodd i ofyn.

'Dyna fo 'te,' atebodd Laura, yn rhannu'r cwbl. 'Tyrd, mae'n oeri yma.'

Aeth drwodd yn araf. Daeth clec fechan drom clicied y giât wrth i Buddug ei chau ar eu holau a hithau ar amrantiad arall yn byw o'r newydd ddistawrwydd mawr Gwydion.

'Ac eto, mi fasa fo hefyd,' meddai hi yn y man ar ôl ysbaid o hanner gwrando ar guriad ysgafn rheolaidd y ffon newydd wrth ei hochr. 'Gwydion ydi o 'te? Mi fasa fo'n gwylltio tasa fo'n gwybod ych bod chi'n cael ych gwneud dan ych trwyn, ac mi fasa fo'n deud hynny ar 'i ben. Mae o'n meddwl cymaint ohonach chi.'

Am yr ychydig funudau wedyn roedd ormod yn ei chythrwfwl ei hun i sylwi ar y dagrau bychain eraill. Roedd 'Gwerthwyd' ar draws yr arwydd yng ngardd fechan y Crythor, rhyw bobol o Sir Benfro oedd Sionyn yn ei ddeud, y wraig o Rydfeurig yn ei chychwyniad, ychwanegodd heb fynd i'r drafferth o wneud ati i gyfleu mai hynny oedd rhan bwysig y newydd. Dros y ffordd roedd siopwr yn tynnu'i wynt ato wrth weld mai Buddug oedd yn mynd heibio, ond ni welodd hi mo hynny.

'Mae'r marweidd-dra drosodd yn fa'ma, beth

bynnag.' Laura ddwedodd y geiriau cyntaf wedyn, wrth iddyn nhw gyrraedd yn ôl. 'Sŵn gweithio hapus o'r iard, a thynnu coes a chwerthin o Sarn Fabon 'ma. Does gen ti ddim syniad mor braf ydi cael mynd heibio ne' bicio i mewn rŵan.'

'Ydach chi isio i mi ddŵad i lawr hefo chi?'

'Ia, tyrd,' meddai Laura heb betruso.

Aethant, er bod Buddug yn dyheu am rannu hefo Teifryn. Roedd y poster newydd yn amlwg yn y ffenest a Teifryn yn dyfal astudio llyfr a phapurau ar y cownter o'i flaen. Cododd ei ben a chodi'i law.

Gwrthododd Laura'r cynnig i fynd am baned i Lain Siôr am ei bod eisoes wedi cael un hefo Doris ar ei ffordd i'r fynwent ac am ei bod isio tanio'r stof i gael bwyd yr hogia yn barod. Aethant heibio. Draw o'u blaenau roedd y wal newydd o amgylch Murllydan yn tynnu sylw ati'i hun am y rhesymau gorau, a'r grefft oedd ar ddangos drwyddi'n fynegiant o hyder Sionyn a Gwil. Mae hi'n fynegiant o ryddhad, meddyliodd Buddug yn sydyn ar ganol y gwerthfawrogi. Ar y traeth roedd ambell don yn gwlychu rhimyn newydd o'r tywod wrth iddi ddynesu at benllanw, yr union donnau y byddai'n gêm o herian yn eu cylch gan Teifryn a Gwydion bob cyfle a gaent.

'Mae hi fel newydd yma,' synnodd Buddug pan ddaeth drwy ddrws Murllydan.

'Na,' atebodd Laura'n ddidaro, 'dim ond slempan o baent i l'uo fymryn ar y lle. Sionyn ddaeth â'r carpad. Ac mi 'sododd un yn llofft i mi. Peth digon rhyfadd hefyd dan draed yn fan'no.'

Roedd Buddug wedi clywed yr hanesion ond doedd hi ddim wedi dychmygu'r fath drawsffurfiad. Rhoes Laura hi i eistedd yn y gadair newydd.

'Dw i 'di creu styrbans i ti,' meddai wrth roi dŵr yn y teciall.

'Doedd hi ddim yn rhyw wych cynt,' meddai hithau.

Aeth drwy stori'r arwerthwyr.

'Ia,' meddai Laura'n dawel wedyn, 'dydi bod gen ti ddau gartra ddim yn gwneud un yn llai o werth, nac'di? Yn enwedig dy ddau gartra di,' ychwanegodd yr un mor dawel.

'Ac yma hefyd bellach 'te?' meddai Buddug.

Agor y cwpwrdd llestri ddaru Laura.

'Deud be sy ar dy feddwl di,' meddai y munud yr eisteddodd ei hun hefo'i phaned. 'Wnei di mo 'mrifo i.'

Petrusodd Buddug, ond dim ond am eiliad.

'Roedd 'na lawar o fynd a dŵad yn y tŷ 'na ddaru Gwydion 'i losgi,' meddai, yn chwilio. 'Does neb a ŵyr pam,' chwiliodd wedyn. 'Oeddach chi'n gwybod bod Mathias yn un ohonyn nhw?' rhuthrodd.

Chafodd hi ddim ateb.

''Dan ni'n gwybod hynny i sicrwydd,' cyfiawnhaodd hithau ei hun.

'Ro'n i'n iawn felly,' meddai Laura yn y diwedd, lawn cymaint wrth y gwpan ag wrth neb arall.

Cadwodd ei golygon ar y gwpan, gan wneud i Buddug fod ofn tarfu. Gadawodd i diciadau lleddfol y cloc mawr deyrnasu am eiliad. Roedd hwnnw'n cael bod yn ei le am ei fod yno ers ymhell cyn i Mathias ddod ar y cyfyl. Doedd o rioed wedi tendio arno chwaith. Laura neu'r hogia fyddai'n gwneud hynny bob gafael. Yna, toc, cododd Laura'i golygon trist.

'Mi ddoth hwn adra yn fandejis at 'i benelin,' meddai'n araf, bron fel tasai hi'n siarad efo hi'i hun.

'Roedd o wedi bod yn llosgi rhyw betha tua'r Capal a'r tân wedi disgyn ar 'i fraich o wrth iddo fo drio'i gadw fo hefo'i gilydd. Roedd o wedi gallu dreifio i'r Dre ac roeddan nhw wedi'i drin o yn fan'no. Bora trannoeth roedd dy fam druan yma yn 'i dagra yn deud am Gwydion.'

Tawodd. Rhwbiodd fysedd yn ei gilydd. Gwelodd Buddug fod y fodrwy wedi mynd.

'Mi wyddwn i,' meddai Laura wedyn, ei llygaid eto ar ei chwpan. 'Mi es i fyny ac i gefn y Capal. Doedd 'na neb wedi cynna'r un tân yno. Erbyn y Sul wedyn,' aeth ymlaen cyn i Buddug gael cyfle i ystyried dim, 'roedd 'na olion coelcerth yno i bawb oedd yn dymuno'i gweld hi.'

Roedd Gwydion, rywfodd, yn gysylltiedig â hyn. Am funud ni fedrai Buddug wneud dim, dim ond clywed y cloc a chlywed y fflamau'n cadarnhau eu gafael yn y blociau'r oedd Laura wedi'u rhoi mor ofalus ar y tân pan ddychwelodd y ddwy o'r fynwent. O'r cefn deuai sŵn bychan y wyntyll yn y stof newydd roedd Gwil wedi'i phrynu wrth i'r cig a'r tatws popty gael eu coginio wrth eu pwysau. Gwyddai hefyd nad oedd Laura wedi dweud hyn wrth neb o'r blaen. Ond roedd Gwydion yn ei ganol yn rhywle.

'Dyna'r cwbwl a wn i,' meddai llais Laura o ryw bellter toc.

'Dw i rioed wedi gweld neb mor drist ag Anti Laura pan mae hi'n sôn am Gwydion,' meddai Bryn yn ddiweddarach, ac yntau'n cael rhannu'r bwyd gwaith yn Llain Siôr cyn mynd ar ei sifft nos. Roedd Buddug wedi deud y stori gerbron y bwrdd tawel ac yntau'n teimlo gwerthfawrogiad dwfn o fod yn cael ei drin yn rhan mor naturiol o'r teulu hwn hefyd. 'Nid 'mond am be ddaru o i Robat y cafodd Mathias 'i ddympio yn yr afon, naci?' ychwanegodd.

ii

'Ella bydd Anti Laura'n mynd i hel gwichiaid. Gawn ni fynd hefo hi, cawn Teif?'

Mae'r boi bach 'ma'n saith rhyfeddod ynddo'i hun. Mi lasa rhywun feddwl y bydda gynno fo rwbath arall i roi'i fryd a'i feddwl arno fo a ninna'n cerddad muriau Caer. Mae o wedi prynu presant i Nain a Taid ac Anti Laura. 'Mae'n rhaid i ti roi terfyn arni yn rwla,' medda Mam wrtho fo pan oedd o'n cwyno nad oedd gynno fo bres i brynu presant i Gwil a Sionyn hefyd. Y munud y daeth o allan o'r siop dyma fo'n deud 'Tŷ Nain rŵan' a'i chychwyn hi ar hyd y pafin fel tasa Nain yn byw yn siop drws nesa.

Syniad a swnian Gwydion oedd Sw Caer. 'Wel ia,' ddudodd Dad fel tasa fo'n dynwarad Taid yn sôn am Mathias Anti Laura. Ond mi gawson ni ddŵad. 'O ia,' medda Gwydion wedyn pan mae Dad yn 'i atgoffa fo wrth inni ddŵad i lawr o'r muriau nad ydan ni ddim wedi bod yn y sw.

Sbio'n ddigon sobor mae Gwydion pan ydan ni'n cyrraedd hefyd. Wela i ddim bai arno fo. Dydi'r tylluanod ddim isio fflio, dydi'r anifeiliaid ddim isio rhedag. Mae 'na fwncwns yn sgrechian ac yn rhoid cweir i fwnci bach. 'Dan ni'n dŵad at lewpart mewn caets dwbwl a dw i'n rhoi 'y nghas ar y lle. Mae un rhan o'r caets wedi'i chodi fel craig a boncyffion wedi hen farw'n codi ne'n gorwadd yma ac acw. Mae'r llewpart yn mynd rownd a rownd a'i ben wedi troi i'r

239

chwith drwy'r adag. Mae'n amlwg nad ydi o'n gwneud dim byd arall drwy'r dydd am 'i fod o wedi creu llwybr hefo'i undonadd. Dydi o ddim yn edrach i lle mae o'n mynd, hyd yn oed wrth ddringo nac wrth stwffio rhwng boncyff a haearn y caets cyn disgyn yr ochor arall, dim ond dal i fynd 'fath â ceffyl pren meri-go-rownd, waeth be sy'n digwydd na pha syna sy'n dŵad o unrhyw gaets arall nac o'r tu allan. Dw i'n gwybod bod Gwydion yn casáu'r peth hefyd ond dydi o'n deud dim tan 'dan ni'n cyrraedd yr epaod. 'Dan ni uwch 'u penna nhw ond dw i'n gallu edrach i'w llygaid nhw ac mae golwg drist arnyn nhw ac mi wn i nad ydyn nhw ddim isio bod yma. Mae 'na griw o bobol swnllyd yn chwerthin am 'u penna nhw ac yn gweld 'u hunain yn glyfar wrth raffu jôcs stêl un ar ôl y llall ac mae 'na ddynas yn plygu dros y wal ac yn tynnu stumia ar yr epaod. Mae Gwydion yn gwylltio ac yn deud 'Callia'r blydi het wirion,' wrthi hi. Dydi hi ddim yn dallt Cymraeg a go brin 'i bod hi wedi cl'wad neb yn siarad Cymraeg rioed o'r blaen chwaith, ond mae hi'n amlwg 'i bod hi wedi dallt pob gair ddudodd Gwydion ac mae hi'n mynd yn wallgo ac yn 'i alw fo'n lutyl brat.

'Gawn ni fynd i Clogwyn i weld y morloi ar ôl mynd â presant i Taid a Nain, Dad?' medda Gwydion pan 'dan ni'n cyrraedd y car.

'Mi fydd hi'n rhy dywyll 'sti,' medda Dad.

iii

Roedd pen du'r morlo'n codi ac yn gostwng hefo'r tonnau llwyd ac yn diflannu am ennyd wrth i ambell don uwch na'i gilydd ei oddiweddyd. Roedd y bae'n gyforiog o geffylau gwynion, a chymylau tewion yn cyfyngu gorwel. Am nad oedd y gwynt yn deifio, roedd o'n dderbyniol gan wyneb. Rŵan roedd o'n angenrheidiol hefyd. Ar ôl hydoedd o stilian roedd Teifryn wedi magu'r plwc i fynd i Rydfeurig. Roedd wedi cael cyfenw a chyfeiriad i'r Ethel a drigai yno. Roedd ganddo ddigon o gwestiynau i'w gofyn iddi ond doedd ganddo'r un syniad sut i ofyn yr un ohonyn nhw. Yn y gobaith amheus y byddai picio yno i sbaena'n dod â phlwc neu ysbrydoliaeth i'w ganlyn roedd wedi cychwyn yn syth ar ôl cinio ac wedi troi i'r stad dai cyngor yr oedd y ddynes yn byw yn ei phen draw. Roedd yr hers newydd gyrraedd o'i flaen.

Yn ôl papur newydd Nain yn y twll dan grisiau roedd Ethel Mary Hughes, annwyl wraig y diweddar David a mam dyner Arwel, John, Enid, Brian, Nancy, Hilda, Roy, Margaret, a'r diweddar Thomas a June wedi marw'n dawel yng nghwmni ei theulu y bore Sul cynt yn bymtheg a thrigain oed. Roedd yr angladd yn mynd i fod yn breifat yn y cartref ac i ddilyn yn gyhoeddus ym mynwent Rhydfeurig am ddau o'r gloch brynhawn Iau.

'A be ar wyneb y ddaear oeddat ti'n mynd i'w ofyn iddi?' gofynnodd Nain pan ollyngodd o'r hanes iddi.

'Dim ond pam ddaru Robat foddi a Gwydion ddiflannu am yr un rheswm,' atebodd toc. 'A hitha ella rioed wedi cl'wad am yr un o'r ddau,' ychwanegodd yr un mor ddiobaith yn y man.

Roedd y tamaid hysbysiad yn ei boced a gweddill y papur yn ôl yn y twll dan grisiau yn barod ar gyfer y lorri ailgylchu. Wedi cyrraedd clogwyn yr adar roedd wedi'i dynnu allan a'i ailddarllen ac am ei gyflwyno i'r gwynt ond gan fod hwnnw am fynd â fo i'r tir yn hytrach nag i'r môr i'w araf ddadfeilio rhoes o'n ôl yn ei boced. Yma yn y gwynt gwyddai na fyddai fyth wedi magu plwc i fynd at ddrws y tŷ yn Rhydfeurig, heb sôn am ofyn dim. Fedrai fyth gael yr un cwestiwn call ar ffurf gall. Roedd y bedd draw bellach wedi'i lenwi.

Tynnodd y papur o'i boced eto. Ailddarllenodd. Yna, mwya sydyn, mwya syml, gwyddai. Doedd o ddim hyd yn oed yn achos cynnwrf na dychryn, dim ond gwybod. Cyfrodd flynyddoedd, cyfrodd enwau. Doedd dim angen iddo wneud yr un.

Y tu ôl iddo, o'i weld, roedd dynes wedi lapio'n dynn i'r gwynt a'r clogwyn wedi troi oddi ar ei llwybr mynd am dro arferol ac wedi dynesu. Roedd bron wedi cyrraedd cyn iddo sylweddoli ei bod yno.

'Diolch bod 'na un Ethel yn fyw,' cyfarchodd o hi.

'Ddylis i rioed y byddwn i'n cael 'y ngwerthfawr-ogi mewn lle fel hyn,' atebodd Ethel Rowlands hapus. 'Dw i'n bedwar ugian ac yn gallu cerddad clogwyn,' dathlodd drachefn. 'Dim byd i gwyno.' Yna syllodd yn iawn arno. 'Be sy'n bod?'

'Welsoch chi hwn?'

Tynnodd y darn papur o'i boced a'i roi iddi.

'Fedra i mo'i gynnig o heb sbectol,' meddai hithau a'i roi'n ôl iddo. 'Llefara.'

Darllenodd.

'Ddiarth i mi, hi a'i theulu,' meddai Ethel. 'Tyrd,' ychwanegodd bron yn ddi-hid, 'gwaed cerddad sy gen i bellach. Mae o'n rhy dena i stelcian fel hyn.'

Trodd hi, a chychwyn. Trodd yntau hefo hi ac aethant yn araf yn ôl tuag at Ddolgynwyd.

'Sut gwyddech chi?' gofynnodd o.

'Gwybod be?'

'Nid am 'i fod o'n mynd hefo merchaid y daru chi wrthod prynu mecryll Mathias gynnon ni, naci?'

'Does dim angan co da i gael mil a myrdd o resyma dros beidio â phrynu'i bysgod o.'

Roedd pob arlliw o ddireidi wedi diflannu o'i hwyneb ac o'i llais.

'Roedd Robat yn anghywir pan oedd o'n credu mai un o Landdogfael oedd yr Ethel,' canlynodd yntau arni. 'Hon oedd hi 'te? Ac roedd hi tua'r un oed â Mathias.'

'Oedd, felly, yn ôl y papur.'

'A Hilda ydi'r chwechad plentyn, ella y seithfad ne'r wythfad os oedd y plant sydd wedi marw'n hŷn na hi.'

'Ddigon posib.'

'Felly fedrai hi ddim yn 'i byw fod yn hŷn na rhyw ddeg oed pan foddodd Robat yn 'i ddiod ar ôl darganfod bod 'i dad o'n ymhél â hi.'

Chafodd o ddim ateb i hynny.

'Hi ydi hi,' mynnodd yn dawel benderfynol. 'Mae cyd-ddigwyddiad yn amhosib, rhwng be ddudodd Robat wrth Marian a be ddudodd ewyrth Bryn wrtho fo. Hi ydi hi. A hogan fach oedd hi.'

Chafodd o ddim ateb i hynny chwaith.

'Ac roedd Robat yn gwybod mai Hilda oedd ei henw hi. Ella'i bod hi'n unorddeg ac wedi dŵad i Ysgol Llanddogfael a'i fod o'n gwybod amdani fel chwaer fach un o'i fêts ne' un o'i gyfoedion,' meddai, yn rhannu'r posibilrwydd newydd oedd yn dod i'w feddwl. 'Roedd 'na ddigon o ddewis o'r rheini, 'toedd? Ne' wrth gwrs ella'i fod o wedi dŵad i wybod 'i henw hi pan glywodd o'i dad yn ei galw hi'n hynny pan roddodd o gop iddyn nhw.' Tawodd, ond dim ond am eiliad. 'Sut gwyddech chi?' gofynnodd eto.

'Heddiw ydi'r tro cynta rioed i mi gl'wad am yr

hogan 'ma,' atebodd hithau, 'ar wahân i pan grybwyllist ti ei henw hi yn Sarn Fabon y pnawn 'nw.'

Roedd llawer o bobl Dolgynwyd yn deud Sarn Fabon erbyn hyn yn union fel tasan nhw erioed wedi peidio. Byddai Teifryn yn sylwi ar hynny bob un tro.

'Sut gwyddech chi?' gofynnodd wedyn.

'Dim a fyddai'n dal dŵr mewn llys barn,' meddai hi yn y diwedd, fel tasai hi'n sôn am ei swper, 'a does 'na ddim cyfrinach gymdeithasol o fath yn y byd am gampau Mathias Murllydan hyd y gwn i. Ond ryw gyda'r nos ryw ha, roedd 'na hogan fach yn rhedag o'r coed isa 'cw a phapur pumpunt yn ei llaw,' nodiodd heibio i Sarn Fabon yn y pellter tuag at y goedlan y tu hwnt i lôn y traeth, 'ac ymhen rhyw funud dyma Mathias yn dod o'r un lle. Doedd o ddim wedi 'ngweld i tan i'n llygaid ni gwarfod. Ond mi gwelodd fi wedyn. Dyna'r cwbl a wn i.'

'Ac roedd hyn ar ôl i Robat farw,' meddai o, yn gwybod.

'Oedd. Rai blynyddoedd.'

'Mi glywsoch am y llwch?' gofynnodd o ar ôl pwl bychan o ddistawrwydd. 'Llwch Mathias?'

'Do, ar y slei. Does 'na neb arall wedi cael gwybod gen i.'

'Ond sut medrai Robat ddrysu rhwng y fam a'r ferch?' gofynnodd o wedyn, yn dal i chwilio am ei help. 'Doedd yr hogan fach rioed ar werth?' gofynnodd, wedi'i syfrdanu gan y syniad.

'Dydan ni ddim yn gwybod y petha 'ma, 'sti. A chawn ni ddim bellach.' Roedd ei diffuantrwydd trist yn llond ei llygaid a'i llais, yn wrthgyferbyniad newydd i'r direidi'r oedd Teifryn wedi dod i arfer hefo fo. 'Ac fel roedd dy nain yn deud y diwrnod o'r blaen

pan oedd hi'n rhoi hanas llwch Mathias i mi,'
eglurodd gyda mwy o gyfrinach yn ei llais, 'dydan ni
ddim yn gwybod o ble cafodd Robat druan ddiod
chwaith, nac'dan?'

17

i

'Su'ma'i?' gofynnodd Bryn yn llawen.

Difywyd oedd yr ateb a gafodd gan yr hogan. Roedd hi wedi talu i Buddug am ei phetrol ac wedi dychwelyd i'w char. Daeth Selyf betrusgar o'r garej ar ganol ei ginio a chroesi ati. Clywodd Bryn o'n ymddiheuro'n drwsgwl am nos Sadwrn a hithau'n deud 'Mae'n iawn' yr un mor ddifywyd cyn mynd i'w char a'i danio a chychwyn. Aeth Bryn i mewn i fachu ei reid adra hefo Moi amser cau ac i gyfarchiad llawer mwy llawen Buddug. Roedd cyfarchiad Teifryn yr un mor llawen wrth iddo ddychwelyd o'r garej a mynd at ei gyfrifiadur cyn gorffen ei sifft fore. Sylwodd Bryn arno'n syllu drwy'r ffenest.

'Mared oedd honna?' gofynnodd Teifryn.

'Ia.'

Daeth Selyf i mewn a doedd Bryn ddim yn siŵr faint o ryddhad oedd yn yr ochenaid fechan a glywodd.

'Be oedd hyn'na?' gofynnodd.

'Paid â gofyn, wir Dduw.' Roedd tremolo hynafgwr yn llais Selyf a Buddug yn chwerthin o'i glywed. 'Roedd 'na ganu yn y Dogfal nos Sadwrn ac roedd Mared yno ar 'i phen 'i hun. Fydd hi byth hefo neb, na fydd? Ro'n inna wedi cael rhyw bump chwech ac mi rois 'y mraich am 'i hysgwydd hi. Ddylis i basa'r lle'n dŵad i lawr am 'y mhen i.'

'Storm?' gofynnodd Buddug.

'Wel . . . crynu a neidio oddi wrtha i fel carrag o sling a'r ofn mawr 'ma yn 'i hwynab hi. Ro'n i 'di dychryn mwy na hi.'

'Felly'r oedd hi yn rysgol hefyd,' meddai Bryn cyn i neb arall gael cyfle i ymateb. 'Roedd hi'n cael 'i sbeitio,' meddai wedyn, a'i lais yn troi bron yn drist. 'Nid gen i chwaith,' ychwanegodd â gwrid fechan.

'Dyna'r peth mwya dianghenraid iti 'i ddeud eto,' meddai Buddug, i gynyddu'r wrid.

'Hefo'i chwaer roedd Gwydion yn mynd 'te?' meddai Moi yn dawel.

'Ia,' meddai Buddug, y direidi wedi mynd.

Roedd hyn i gyd wedi digwydd o'r blaen. Roedd Teifryn yn llonydd wrth ei gyfrifiadur. Roedd hogan drist mewn cyntedd a hogyn yn crynu lond ei sgidiau mewn cyntedd arall, ac yntau yn y diwedd yn cael awgrym o wên o'r llygaid, ella y gynta ers blynyddoedd, a hynny oherwydd bod yr hogan yn meddwl y byd o Gwydion am ei fod yn ei helpu hefo'i gwaith cartref ac yn gwneud iddi chwerthin. Roedd o wedi meddwl amdani wedyn pan oedd Moi ac yntau'n astudio llun, ond doedd y rheini'n ddim ond ychydig o sêr gwib o feddyliau am na welai unrhyw ffordd o weithredu.

Daeth Gwil i mewn.

'Honna 'di Gwenda?' gofynnodd i Bryn.

'Pwy?' rhuthrodd yntau ac edrych heibio iddo tuag at y pympiau.

'Honna sydd newydd gael petrol yma. Mae hi wedi mynd i lawr am y traeth.'

'Naci. Mared.'

'Be sydd 'na iddi yn y traeth?' gofynnodd Selyf.

'Callia'r lembo. Y lle gora yn y byd,' atebodd Bryn.

Prin eu clywed oedd Teifryn. Roedd geiriau a ffigurau ar sgrin y cyfrifiadur ond roeddan nhw'n cael bod. Draw mewn cyntedd ysgol roedd o wedi trio helpu. Rŵan ni welai ddim ond methiant. Ond am eiliad ganol y pnawn hwnnw yn y cyntedd roedd cyd-ddealltwriaeth lawn wedi bod. Yn y man, o glywed sŵn car arall yn aros wrth y pympiau, cododd ei lygaid oddi ar y sgrin i syllu drwy'r ffenest. Ac roedd hi yno. Draw, gwelai hi'n dringo at yr hen inclên ac yn ei chroesi a dringo wedyn at y clogwyn. Gwyliodd hi am ychydig. Cododd a rhoes ei gôt amdano.

'Dw i'n bedair ar bymtheg heddiw. A dw i'n hen wraig.'

Dyna oedd ei geiriau cyntaf. Dychrynodd yntau o'u clywed. Roedd hi wedi cyrraedd pen y clogwyn ac wedi aros i eistedd ar y byrwellt uwchben yr ogof a'r graig gam a fu unwaith yn llwybr i lawr ati. Cynigiodd o sgwrs neu lonydd iddi pan drodd hi a'i weld yn dynesu. Rhoes hithau brin wên ac amneidio arno i eistedd.

'Ro'n i'n cerddad y clogwyn 'ma ddoe hefo dynas bedwar ugian oed,' atebodd o, yn ei gwylio'n canolbwyntio ar fwi aflonydd yn y môr draw, 'a dydi hi ddim yn hen, nac yn agos at fod yn hen. Be 'di dy hanas di rŵan 'ta?' gofynnodd.

'Tŷ Hafan. Saith sifft o ddeuddeg awr pob pythefnos. Siwtio fi'n iawn.'

'Dest ti ddim ymlaen hefo dy addysg, felly.'

'Mwy na chditha.'

Chwarddodd.

'Be sy?' gofynnodd hi.

'Ydi o'n arferiad i bob athro gael ei alw'n *chdi* gan 'i

gyn-ddisgyblion unwaith mae o'n rhoi'r gorau iddi y dyddia yma?'

'Roedd gorfod deud *chi* wrth frawd Gwydion yn groes i'r graen,' atebodd hithau'n hollol ddifrifol.

Aeth yn dawelwch rhyngddynt.

'Dydw i ddim wedi dy weld di hyd y partha yma o'r blaen,' meddai Teifryn yn y man.

'Mi fydda Gwydion yn deud mai hwn ydi'r lle gora yn y byd,' meddai hithau.

'Doedd o ddim ymhell ohoni.'

'Fydda fo fyth. Mi ge's i ddam gynno fo unwaith. Fo oedd yn iawn hefyd.'

'Am be?'

Roedd cael sgwrs am Gwydion wedi mynd yn beth mor ddiarth nes bod ei gwestiwn wedi rhuthro ohono.

'Am grwydro,' atebodd hithau, heb sylwi. 'Mi fyddwn i'n chwara'n iawn hefo genod erill ond ro'n i angan 'y nghwmni fy hun hefyd ac mi fyddwn i'n crwydro, weithia'n reit bell o adra. Wel, pell i mi. Ac ar 'y nhrafals o'n i, yn byw 'y myd bach pan neidiodd Gwydion oddi ar 'i feic a rhoi dam i mi am fod mor bell o adra. Ac mi gerddodd yn ôl yr holl ffor' hefo fi, yn powlio'i feic hefo un llaw a minna'n gafael yn dynn yn 'i law arall o am 'mod i wedi cael maddeuant y munud hwnnw. Roedd hi'n braf cael gafael yn 'i law o am ein bod ni'n fêts ac am 'i fod o'n gariad i Medi. A ddaru o ddim achwyn pan gyrhaeddon ni adra chwaith. Ro'n i'n fwy o fêts fyth hefo fo wedyn. Deud 'i hanas o,' ychwanegodd ar yr un gwynt.

Doedd o ddim yn barod am beth fel hyn. Gwyliodd y bwi. Yna edrychodd ar y traeth bychan o dan yr inclên, y traeth roedd Gwydion ac yntau wedi rhoi'r enw traeth asgwrn arno. Rŵan roedd o'n cofio hynny,

ac yn cofio mor naturiol oedd y bathiad. Wyddai o
ddim prun ai Gwydion ai fo oedd wedi'i alw fo'n
hynny yn gyntaf. Dechreuodd. Ymhen dim roedd ei
stori'n llifo. Llifodd y cwbl. 'Dw i'n dy laru di,' meddai
toc a hithau'n ysgwyd ei phen. Daliodd o ati a
dychryn ymhen hir a hwyr o sylweddoli ei fod wedi
rhoi hanes Robat hefyd o'i gwr.

'Mae'n dri,' meddai'n sydyn mewn llais euog siarad
gormod. 'Dw i byth wedi cael cinio.'

'Ella bod fa'ma'n llwybr i'r ogo i Robat hefyd.'
Roedd hi'n dal i gadw'i llygaid ar y graig, yn dal i drio
darganfod lle bu'r llwybr. 'Ella bod yr ogo'n seintwar
iddo fo.'

'Amheus braidd,' meddai o'n araf ddiargyhoeddiad.
'Dw i ddim 'di cael yr argraff honno amdano fo gan
neb. Ac eto . . .' Cododd. 'Ddoi di i Tŷ Nain hefo fi i
nôl rwbath i'w fwyta?'

'O'r gora.'

Doedd o ddim wedi disgwyl yr ateb hwnnw.

'Does dim rhaid i argraff olygu dim,' meddai hi
wrth godi.

Aethant i lawr, gan gynnal sgwrs ddi-straen ffwrdd-
â-hi, yn bennaf ar ddaearyddiaeth Dolgynwyd, a
Teifryn yn tawel werthfawrogi'r diddordeb. Roedd hi'n
aros bob hyn a hyn i edrych o'i chwmpas ac i ailsyllu
eto ar damaid o dir neu fôr yr oedd hi newydd fod yn
ei astudio funud ynghynt.

'Dyma hi, yli.'

Roeddan nhw wedi cyrraedd y garreg wen, ac yn
gwrando ar sŵn bach y dŵr yn cael ei rannu ganddi.

'Dwyt ti ddim wedi deud wrtha i pam rwyt ti'n hen
wraig,' meddai o.

'Dydi o ddim yn bwysig rŵan,' meddai hithau.

250

'Wyt ti'n deud dy fod di'n hen wraig wrth bawb?'

'Nac'dw.' Plygodd, a rhoi'i bys yn y dŵr a'i adael yno i oeri am ychydig cyn codi'i llaw a'i symud dros y garreg fel tasai hi'n mwytho. 'Gynna o'n i'n hynny.'

Canolbwyntiodd o ar fân amrywiadau'r cerrynt yn y dŵr.

'Rŵan ydw i'n sylweddoli mor fyw oedd dy atgo di am Gwydion yn yr ysgol y diwrnod hwnnw,' meddai.

'Mae atgofion plentyndod hen wragadd yn rhai byw bob amser.'

Roedd hi'n gwenu'n braf ar y garreg, yna arno fo.

Aethant ymlaen ar draws y cae ac at y boncan. Y munud y daeth lôn y traeth i'r golwg, roedd fan lwyd oedd newydd gychwyn o Furllydan yn mynd ar hyd-ddi heibio i Lain Siôr ac i fyny'r allt. Arhosodd hi'n stond.

'Be sydd?' gofynnodd o.

'Fydda i ddim yn licio fania llwyd.'

Dim ond hynny. Edrychodd o'n ddyfal arni. Doedd yr un wên, ac ni cheisiodd osgoi ei drem. Yna ailgychwynodd fel tasai dim wedi digwydd.

''Di o'm ots chwaith,' meddai.

'Nid ofergoeliaeth ydi hyn'na, naci?' meddai o'n bendant.

'Hidia befo.'

Roedd hi wedi methu cuddio rhywbeth. Ond rhoes wên fechan arall arno a dal i fynd.

'Rwyt ti'n dipyn mwy hunanfeddiannol na'r argraff rwyt ti'n ei rhoi, 'twyt?' meddai o.

'Wyt ti'n cymryd cymaint â hyn'na o ddiddordeb yno' i?'

'Ella,' gwenodd. 'Dw i'n dal i fod yn athro, yli.' Sobrodd. 'Ond mae 'na argyfynga 'toes?'

'Dim byd pwysig rŵan.'

'Gwyntylla nhw. Damia,' ystyriodd wedyn, 'y cyw athro wrth ei waith eto fyth.'

'Ia, Syr.'

Daethant at giât Llain Siôr.

'Oes 'na rwbath wedi'i drefnu hefo'r pen-blwydd?' gofynnodd o wrth ddod drwyddi.

'Llonydd.'

Roedd yr wylan yno'n gwrando.

'Be am bryd o fwyd bach i fynd hefo fo? Rwla fel Bryn Teyrn?'

'Mae 'na ysbryd yn fan'no medda Mam,' atebodd hi. 'Ysbryd y Teyrn 'i hun,' canlynodd arni o weld effaith ei hateb, 'yn dial am fod gwerinos yn meiddio dŵad ar 'i fryn o. Dydi o ddim yn dŵad i'r golwg chwaith ond pan mae Merchad y Wawr a'r Wyrshipffwls yno. Mae gynno fo chwaeth.'

'Ella daw o heno.'

'O'r gora 'ta,' penderfynodd hi yn syml.

Roedd awgrym o ddireidi newydd wedi dod i'w llygaid. Aethant i'r tŷ a chawsant groeso a bwyd gan Doris. Doedd Mared ddim wedi deud cynt nad oedd hithau wedi cael cinio chwaith. Gan mai dynes ddŵad oedd Nain yn ei hanfod yn ôl ei thystiolaeth ei hun doedd hi ddim am fynd i chwilota teuluoedd, ond bu'n ddigon prysur a pharod ei sgwrs. Aeth Teifryn at y ffôn i gadw bwrdd yn y gwesty nad oedd wedi bod ynddo ers prynhawn te cynhebrwng ei dad. Pan ddychwelodd roedd Nain a Mared yn cynnal sgwrs naturiol amdano fo a Gwydion.

ii

'Wyt ti'n dŵad, cybyn?' medda Sionyn.

Mae Gwydion yn rhy brysur i'w atab o. Mae o wedi ymgolli yn y tywod a dydi o ddim yn deud be mae o'n trio'i wneud chwaith. Mi fuodd o wrthi hefo'r tywod sych am sbel, yn 'i wasgu o yn 'i ddyrna cyn tyrchu i lawr at dywod cletach a gwneud yr un peth hefo hwnnw. Ro'n i wrthi'n helpu Anti Laura a Sionyn.

'Ty'laen,' medda fi.

Mae Gwydion yn codi yn diwadd ac mae'i ben-glinia fo a'i goesa fo'n dywod gwlyb i gyd. Mae 'na fwy fyth ar 'i ddwylo fo ac mae o'n 'u rhwbio nhw yn 'i gilydd i gael mad â fo.

'Dydi o ddim yn gweithio, siŵr,' medda fo pan mae o'n dŵad aton ni. 'Fedar neb byth wneud un.'

'Gwneud be?' meddai Anti Laura.

'Rhaff dywod.'

'Am be wyt ti'n sôn, greadur?' medda Sionyn dan chwerthin.

'Stori ysbryd Taid.'

'A be oedd honno?' medda Sionyn wedyn hefo rhyw lais dim llawar o siâp coelio arno fo.

'Roedd 'na ysbryd yn Rheuad Fach ers talwm,' medda Gwydion yn frwd i gyd wrth i ni gychwyn am traeth pella. 'Ysbryd dyn oedd wedi crogi'i hun yn sgubor oedd o, medda Taid. Roedd pobol Rheuad Fach yn cael 'u poeni yn 'nos, petha'n disgyn hyd y lle a syna sgrechian a bob dim. Roedd pawb yn deud mai'r ysbryd oedd wrthi, medda Taid, am 'i fod o'n dial am 'rhyn oedd wedi gwneud iddo fo grogi'i hun. Ond mi gafodd o gopsan un noson a dyma 'dyn hela 'sbrydion yn penderfynu rhoi cosb arno fo am 'i fod o wedi dial ar y bobol anghywir. Dyma 'dyn hela 'sbrydion yn

253

deud wrtho fo y bydda'n rhaid iddo fo wneud rhaff dywod i glymu pob traeth wrth 'i gilydd fel na fydda gynno fo ddim amsar na dymuniad i amharu ar neb byth wedyn, medda Taid. A ddaru o ddim chwaith.'

Mae Sionyn yn chwerthin a dw inna'n chwerthin hefo fo. Do'n i ddim wedi cl'wad y stori gen Taid. Mae Anti Laura'n dawal. Dydi hi ddim yn gwenu chwaith.

Y munud 'dan ni'n cyrraedd traeth pella mae Sionyn yn plygu ac yn codi rwbath. Cragan ydi hi, un chydig mwy na chragan arferol ac yn fwy fflat fymryn hefyd. Mae hi'n ofnadwy o dlws. Mae o'n 'i rhoi hi i Gwydion.

'Dyna chdi, yli,' medda fo, 'cap y fôr-forwyn.'

Mae Gwydion yn chwerthin.

'Mae pen môr-forwyn yn fwy na hyn'na, siŵr,' medda fo.

'Mi synnat.'

Mae Gwydion wrth 'i fodd hefo'r gragan hefyd. Mi wela i ar 'i wynab o.

''Dan ni am gadw hon yn saff yn Tŷ Nain,' medda fo ar ôl 'i hastudio hi'n drwyadl ac Anti Laura'n sbio arno fo'n gwneud hynny. ''Tydan Teif?'

'Ydan,' medda fi y munud hwnnw.

'A dyma chdi, yli.' Mae Sionyn yn plygu eto ac yn tynnu dyrnaid o wymon bach o dan y gwymon arall ar odra'r greigan. 'Sgidia'r fôr-forwyn.'

Mae Gwydion yn rowlio chwerthin.

'Dw i'n deud y gwir. Dyna 'di hwn,' medda Sionyn, a'i fys i fyny, a Gwydion yn chwerthin yn waeth byth.

Mae Anti Laura'n gwenu chydig bach yn drist rŵan.

iii

Roedd yn dawel ar y traeth gwag, a bron yn gynnes. Roedd yn ddigon cysgodol a diddos i eistedd. Gwyliai ei fys yn symud yn araf drwy'r tywod sych, a'r rhan fwyaf o'r gronynnau'n disgyn yn ôl i'r rhych unwaith roedd y bys wedi mynd yn ei flaen ar ei lwybr digynllun. Trodd ei law a chwalu peth o'r tywod hefo'i chledr. Ymhen rhyw ddwy fodfedd roedd mewn tywod cadarnach a symudiad ei fys rŵan yn creu patrwm mwy arhosol. Gwelodd mai G oedd siâp ei batrwm. Tywalltodd dywod sych yn ofalus drosto ac ail-lenwi'r twll.

    'Lle wyt ti?'

18

i

Roedd dillad babi'n cynnil chwifio yng ngwynt tyner
yr heli oddi ar lein ddillad Llys Iwan a Sionyn yn
hyglyw yn ei ddathliadau.

ii

Wrth i'w barch a'i edmygedd o bawb yn Murllydan a
Llain Siôr ddyfnhau a'r cysylltiadau beunyddiol
gryfhau, roedd annhegwch yr ewyllysiau'n corddi
mwy a mwy ar Bryn a doedd seiadau lleddfol Gwil yn
lleddfu dim. Doedd fod Rhun Davies wedi
datgeiliogi'n arw chadal Ethel Rowlands ddim o
unrhyw gymorth tuag at y mylltod. Roedd hi'n
dringo'n rhyfeddol o gyflym yn rhestr yr arwresau
unwaith y darganfu Bryn ei bod hithau hefyd yn
gyfrannog o wybodaeth ac agwedd ac yn barod i'w
rhannu o'i phrocio, heb sôn am fod yn berchennog y
recordydd oedd wedi cofnodi ewyllys Doris mor driw.

"Dan ni'n 'i weld o'n c'noni,' meddai Bryn wrth
Gwil. 'Isio gweld y diawl yn nychu dw i.'

'Waeth i ti heb bellach,' meddai Gwil.

Ond heddiw doedd Gwil ddim i'w weld hefo ni.
Doedd cynulleidfa felly'n plesio dim a'r munud y
daeth yn amser cinio aeth Bryn tua'r traeth i chwilio
am well clust i syniad oedd wedi bod yn ymgorddi ers

wythnosau. Eisteddodd eto ar y garreg ar ochr y ffordd ger pen yr allt a gadael i'r olygfa ailswcro'r penderfyniad eto fyth. Eiddo teulu Murllydan oedd Murllydan; eiddo teulu Llain Siôr oedd Llain Siôr, ac felly'r oedd hi i fod. Doedd dim lle i dresmaswyr, heb sôn am dwyllwyr. Ac roedd y syniad o aros yn amyneddgar a rhoi horwth o ail i Rhun Davies pan ddeuai'r adeg yn amhosib; golygai hynny farwolaeth Doris ac roedd hi'n plesio lawn cystal ag Anti Laura. Drwy groen ei din roedd wedi gorfod derbyn bod yr adwyon cyfreithiol oll wedi'u cau ar ewyllysiau Murllydan ac mai ofer fyddai trio'u hailagor. Roedd ei ddyrnau'n cledu ar ei lin. Roedd Gwil a Sionyn wedi llwyddo i dacluso Murllydan heb ddifetha'r un iotyn arno, a hynny am fod ganddyn nhw hawl i gael llonydd i wybod be oeddan nhw'n ei wneud. Roedd y penderfyniad yn cryfhau â phob anadl. Cododd ac aeth i lawr ac i Lain Siôr. Cafodd glust Doris a dadleuodd ei ddadl daer. Braidd yn anfoddog oedd hi. 'Dim isio dy weld di'n mynd i helynt ydw i,' meddai wrtho, 'dim byd arall.' Yn y man, cytunodd.

Erbyn gyda'r nos, roedd o wedi penderfynu gwneud ychydig mwy o sioe ohoni. Tyrchodd yn hen lyfr emynau ei nain a chafodd linell bron ar unwaith. Cynlluniodd glawr cryno ddisg cywrain ar ei gyfrifiadur a'r geiriau 'Dy ewyllys Di a wneler' yn ganolog arno. Rhoes y casét yn y peiriant a'i godi ar gryno ddisg glân. Argraffodd y clawr a lapiodd y cwbl yn barsel taclus. Doedd o ddim yn fodlon i'w orchwyl segura am ddiwrnod neu ragor yn y post ac aeth ag o yn un swydd drwy'r glaw a'r nos ar ei feic i'r Dre a'i bostio drwy ddrws swyddfa Rhun Davies.

'Hyn'na i ti'r bwbach.'

iii

Gwnaeth Gwil baned i'w fam. Roedd y ddau newydd ddychwelyd o'r fynwent a Gwil yn llawer llai parod ei barabl nag arfer. Sylwodd Laura fod y te'n crynu fymryn yn y gwpan wrth iddo'i rhoi iddi. Ni chymerodd arni chwaith. Gwyliodd Gwil yn eistedd wrth y bwrdd ac yn rhythu ar ei gwpaned cyn cymryd llymaid, yna'n edrych o'i gwmpas fel tasai o mewn tŷ diarth. Cymerodd lymaid arall anfwriadol swnllyd.

'Isio i ti gael gwybod o flaen neb arall,' meddai yn y man, y geiriau'n ansicr gyflym.

'Be?' gofynnodd hithau mor hamddenol ag arfer.

'Ffansi rhyw briodi.'

Cymerodd lymaid arall, a'r te'n crynu ar ei weflau.

'Wel ia,' meddai Laura'n dawel, yn batrwm o resymoldeb. 'Call iawn yn diwadd. 'Di gwneud yn iawn hefo Anita rioed,' ychwanegodd am nad oedd dim yn dod o'r bwrdd. 'Mae 'na le i chi yma,' meddai wedyn.

'Na. Wrth nad oes 'na neb ond hi yn y tŷ rŵan.'

'Wel ia. Mi fydd hi'n rhyfadd yma hebddat ti.'

'Mi fydda i lawr ryw ben bob dydd.'

'Byddi.'

'Mi fasan ni 'di priodi ers talwm 'blaw am y babwn tad 'na gafodd hi.'

'Fel 'na mae pobol, 'sti,' atebodd hithau.

'Mi siarsis i Bryn nad oedd o i wastio dim amsar ar 'i blydi carrag o.' Ystyriodd Gwil ennyd. 'Dw i ddim isio brolio,' meddai wrth ei gwpan, 'ond mae hi'n cael dipyn gwell bargan na gafodd 'i mam.'

'Hynny'n ddigon gwir.'

'A gwell bargan o beth mwdradd na ge'st ti,' rhuthrodd Gwil wedyn ar ôl ystyried ennyd arall.

Chafodd o ddim ateb i hynny.

'Faddeua i byth i'r sgerbwd am dy dwyllo di.'

Chafodd o ddim ateb i hynny chwaith.

'Be ddigwyddodd, Mam?'

'Mi wyddost cystal â minna.'

'Hefo un ddynas oedd o'n mynd, 'ta hefo unrhyw un oedd am 'i gymryd o?'

Roedd hi'n syllu'n drist dros ei chwpan ar y carped newydd o'i blaen.

'Taswn i'n gwybod, nid i'r afon y bysa fo 'di cael mynd ond yn syth i doman byd,' cyhoeddodd yntau. 'Heb 'i blydi llosgi hefyd.'

'Nid am be ddaru o i Robat.' Prin glywadwy oedd llais ei fam. 'Mi ddaru'r un peth yn union wedyn. Mi ddaliodd ati. Hyn'na o feddwl oedd gynno fo o Robat.'

'Llai fyth ohonat ti.'

'Pryd ydach chi am briodi 'ta?' gofynnodd hi ar ôl llymaid neu ddwy.

'Ddoe.'

Llymaid arall.

'Dyna pan nad oeddat ti adra neithiwr, felly.'

'Ia.'

'Roedd gynnoch chi was a morwyn, debyg?'

'Teifryn.'

'Da iawn.'

'Mae o'n cau'i geg nes ceith o'r go-hed. Roedd Buddug yn methu dallt be'r oedd o'n 'i wneud mewn siwt medda fo. Wn i ddim be roddodd o'n esgus iddi.'

'Pwy oedd y forwyn?'

'Mared.'

'Duwadd.'

'Chymera Anita neb arall. Fasa'r un o'i ffrindia hi wedi gallu cau'u cega medda hi. Ac mae hi'n ffrindia mawr hefo teulu Mared prun bynnag.'

'Mae hi'n hogan ddymunol iawn.'

'Ydi'n tad.'

'Roedd hi'n ddymunol iawn yma, beth bynnag.'

Aethant yn dawel eto.

'Mi wna i ginio priodas i chi yma,' meddai hi. 'Llawn gwell.'

'Ydi, debyg.' Cododd. 'Well i mi fynd, m'wn.'

'Cofia fi ati a dymuno'n dda iddi, i chi'ch dau.'

'Mi wna i. Mi ddôn ni draw cyn nos.'

'Dyna chdi 'ta. Mi ga i rwbath i chi pan a' i i'r Dre.'

'Dim isio, siŵr.'

Aeth Gwil. Cododd hithau. Ar y dresal roedd llun hogyn ysgol, a dau frawd bach un bob pen iddo, y tri'n gwenu'n naturiol. Cododd o a mwytho mymryn arno a'i roi'n ôl.

iv

Roedd fan las a thri ynddi wedi dod am betrol. Aeth y gyrrwr at y pwmp ac aeth un o'r ddau arall i agor drws y cefn i ddadlwytho Selyf ddiolchgar. Aeth yntau at y gyrrwr i sôn am freciau'n crafu a pheipan rydd. Yna daeth i mewn a rhoi manylion y fan yn y llyfr gwaith ar gyfer trennydd.

'Mi ge's gwsmar,' broliodd. 'Mi ddioddefis ddigon amdano fo. Faswn i ddim yn licio bod yn soldiwr.'

'Pam?' gofynnodd Tefiryn.

'Fel hyn maen nhw'n cael 'u cario 'te? Dim pwt o ffenast, dim syniad lle mae'r tro nesa yn y lôn i chdi gael paratoi dy gorff ar 'i gyfar o. Hon yn waeth,' meddai wedyn gan bwyntio'n ôl at y fan. 'Dim lle i ista na dim gola ar wahân i be oedd 'na'n dŵad o grac rhyngdda i a nhw. Uffar dân, be sy?' gofynnodd ar ei union i Mared.

'Dim,' atebodd hithau'n ebrwydd gan ysgwyd ei phen. 'Dw i'n iawn.'

'Does 'na ddim golwg felly arnat ti.'

'Paid â'u dychmygu nhw.'

Rhoes wên fechan arno.

'Dyna welliant,' meddai yntau.

Aeth drwodd at ei waith. Daeth gyrrwr y fan las i mewn i dalu a chadarnhau trefniadau'r trwsio. Y munud yr aeth allan roedd Mared yn gafael am Teifryn a'i wasgu'n angerddol dynn am eiliad. Yna ymryddhaodd a mynd at y ffenest a gwylio'r fan yn cychwyn. Daeth yntau ati.

'Be oedd hyn'na?' gofynnodd.

'Dim.' Rhoes ei llaw ar ei ysgwydd a'i gadael yno. 'Dim byd o bwys bellach.' Edrychodd drwy'r ffenest eto. 'O ble cychwynist ti i'r clogwyn y diwrnod hwnnw?' gofynnodd yn sydyn.

'Fa'ma. Ro'n i drwodd pan oeddat ti'n talu am dy betrol.'

''Ngweld i wnest ti?'

'Ia.'

'Mi ddoist yn un swydd, felly?'

'Do mae'n debyg.'

'I be?'

'Pwy a ŵyr? Sgwrs, ella.' Rhoes fysedd am fysedd a mwytho. 'Ddois i ddim yno fel proffwyd, mae hynny'n sicr.'

Cadarnhaodd ei eiriau drwy droi mwytho'n wasgiad bychan, a chadw'i lygaid ar yr inclên a'r clogwyn a'r haul gwan arnyn nhw. Yna gollyngodd hi, a chadw'i hun iddo hun.

'Be sydd?' gofynnodd hi.

Bu'n rhaid iddi aros am ateb.

'Chdi,' meddai o yn y man, yn cadw'i olygon ar y clogwyn draw.

'Be?'

'Mi neidis i'n effro gefn nos.' Roedd o'n chwilio am ei eiriau. 'Mae cefn nos heb leuad yn hollol dywyll yn Tŷ Nain,' cynigiodd, 'yn wahanol i adra. Ond mi wn i pam ddeffris i,' meddai'n gyflymach. 'Ro'n i wedi cofio bod Gwydion wedi deud dy enw di yn y ganolfan gadw 'no. Dw i'n gwybod i sicrwydd.'

'Roeddan ni'n fêts, 'toeddan?' atebodd hithau'n naturiol. 'Be ddudodd o?'

'Dw i ddim yn gwybod.' Aeth i eistedd, yn gwybod nad oedd ganddo obaith cofio. 'Roedd o wedi mynd i siarad mewn damhegion, hynny o siarad oedd o'n 'i wneud. Ond mi ddudodd dy enw di.'

Roedd yn ystyried eto. Yna plygodd, a thynnu llun o'r bocs o dan y cownter.

'Medi, yli.' Rhoes y llun iddi. 'A dyma fo Mathias. Roedd o yn y tŷ 'ma pan gynheuodd Gwydion dân ynddo fo ac roedd Gwydion wedi ffraeo hefo fo bythefnos ynghynt.'

Tawodd. Gwyliodd hi'n astudio.

'Dw i ddim wedi gweld y llun yma acw,' meddai hi. 'Dw i ddim yn cofio gweld y dyn 'ma yn Rysgol Sul chwaith. Welis i rioed mo'no fo, am wn i.'

'Dyma nhw rai o'r adroddiada.'

Rhoes ddau neu dri o bapurau iddi.

'Mae hwn yn anghywir felly,' meddai hi bron yn syth ar ôl iddi ddechrau darllen.

'Be?'

'Mae o'n deud bod y perchennog allan a'r tŷ'n wag

pan gynheuodd y tân. Doedd y dyn papur newydd 'ma ddim yno i wybod, nac oedd?' ychwanegodd heb orfod aros i ystyried. 'Mae 'na rywun wedi deud hynny wrtho fo felly, 'toes? Os nad oedd y Mathias 'ma'n tresmasu hefyd, wrth gwrs.'

'Doedd o ddim yn tresmasu.'

'A, wel.' Rhoes hi'r papurau yn ôl yn y bocs. 'Sifft yn galw. Mae 'na fwy o farcia i'w cael am fod yno ryw hannar awr yn gynnar. Petha bach yn plesio rhai.' Gwasgodd fymryn ar ei ysgwydd. 'Mi fasai'n wych 'i weld o'n dod yn ôl.'

Cododd o. Gafaelodd ynddi.

'Deud 'ta.'

'Be?' A hithau'n gwybod.

'Y fania 'ma. Ofn fania llwyd, dychryn rŵan pan ddudodd Selyf am ei reid. Be sy'n bod?'

'Dduda i wrthat ti heno 'ma,' penderfynodd hithau'n dawel. 'Mi fydda i adra erbyn chwartar wedi naw. Mi gawn ni'r parlwr i ni'n hunain.'

Aeth. Hanner canolbwyntiodd yntau am ychydig ar lun ffwrdd-â-hi wedi'i dynnu yn y Crythor y nos Sadwrn cynt, y lle'n llawn a swnllyd i groesawu'r oruchwyliaeth newydd. Fo'i hun oedd wedi tynnu'r llun hefo camera Gwenda. Roedd Bryn â'i fraich am Gwenda, a Selyf hapus â'i fraich am Mared. Doedd o'i hun ddim yn siŵr iawn faint o aeddfedrwydd neu henaint oedd o i fod i'w deimlo yn eu canol. Toc, cadwodd y llun.

Gwta dair awr ar ddeg hir yn ddiweddarach eisteddai ar soffa gyffyrddus a braidd yn rhy fawr i'w stafell. Soffa wedi'i hetifeddu oedd hi, meddai Mared, a doedd fiw deud gair croes amdani.

'Dw i rioed wedi deud hyn wrth neb,' meddai hi,

bron yn ysgafn, 'Mam na Dad na neb. A dim ond chdi sydd i'w gl'wad o.'

'O'r gora.'

'Gwylia Pasg y flwyddyn ro'n i'n gadael Rysgol Fach mi ge's fy nhynnu i fan.'

'Fan lwyd.'

'Roedd o wedi trio . . .'

'A phlancedi a thedi bêrs yni'i hi,' neidiodd o ar ei thraws, yn cofio fel fflach.

'Naci,' atebodd hithau, 'matras wynt las tywyll a babi dol. Pam?'

'Cofio rwbath.'

'Roedd 'na homar o dempar arna i am fod Nain wedi ffraeo hefo fi am rwbath a 'ngalw i'n rêl ledi a'i bod yn hen bryd imi ddysgu sut i golli pan oedd hi'n amlwg nad oedd dim arall ohoni.' Bron nad oedd ei llais yn ddifater. 'Ar 'i ben 'i hun oedd o, yn y fan. Mi ddaeth i siarad hefo fi o 'ngweld inna ar 'y mhen fy hun yn fan'no yn tynnu darn o bric ar hyd ffens. Doedd o ddim yn gwybod 'mod i wedi ffraeo hefo Nain ac yn dal i fod isio ffrwydro, nac oedd? Ond chafodd o mo'i wynt ato ar ôl 'y nghael i i gefn y fan nad o'n i'n myllio oherwydd pawb a phopeth ac yn gafael yn y babi dol a'i hitio fo hefo hi yn 'i wynab nes bod pen y ddol yn cracio. Dw i'n cofio sŵn y crac hyd heddiw.' Roedd ei llais yr un mor ddifater ei dôn. 'Mi trawis i o reit uwchben 'i lygad,' aeth ymlaen, 'lle da i syfrdanu rhywun am eiliad meddan nhw. Ffliwc oedd hynny hefyd, ond mi fedris i 'i hitio fo wedyn hefo'r ddol ac mi dynnodd y crac waed yr eildro. Mi fedris ddengid wedyn. Doedd o ddim wedi cael cyfla i gau'r drws yn iawn.'

'Lle oedd hyn?' gofynnodd o.

'Maes parcio pella. Hwnnw ar Lôn Maescoch. Mi'i heglodd o hi o'no'n reit handi.'

'Ge'st ti rif y fan ne' rwbath?'

'Naddo, debyg. A phan es i adra i ddeud che's i ddim cyfla i agor 'y ngheg cyn i Mam ddechra arna i am ffraeo hefo Nain a deud 'i bod hi'n hen bryd imi weld bod derbyn bod dadl wedi'i cholli'n beth callach i'w wneud na dal i daeru pan oedd hi'n amlwg nad o'n i'n iawn. 'Ond mae'n rhaid i ti gael ennill bob tro 'tydi?' meddai hi wedyn a dal ati i 'niawlio fi am hydoedd. Ro'n i'n meddwl wedyn na fasa hi ddim yn coelio 'toeddwn, mai deud rwbath rwbath o'n i er mwyn trio dod ohoni. Ddudis i ddim wrth neb. Ac ella 'mod i'n meddwl 'y mod i wedi llwyddo hefo'r babi dol i ddial ar Nain hefyd yn 'y nhempar. Rêl ledi.'

'Mae o'n fwy cymlath na hynny,' meddai yntau'n dawel.

'Dwyt ti ddim wedi dychryn,' meddai hi'n dawelach.

'Na.'

'Roeddat ti wedi ama rwbath gwaeth.'

'Oeddwn.'

'Ond mi ddylwn fod wedi deud,' meddai hi wedyn, yn drist rŵan. 'Mi fasa wedi bod yn wahanol. Do'n i ddim yn sylweddoli tan rŵan nad ofn i neb dwtsiad yno i oedd arna i. Ofn i neb wneud hynny'n ddirybudd oedd o. Ella. 'Di o'm ots bellach,' ychwanegodd.

'Oeddat ti'n 'i nabod o?'

'Na. Ond mi wn i pwy ydi o erbyn hyn. Ne' pwy oedd o.' Plygodd a chodi papur newydd oddi ar y llawr. 'Mae o newydd fynd i fyny simdda ar ôl y Mathias Murllydan 'na.'

Roedd y papur pythefnos oed wedi cyhoeddi llun a theyrnged i heddwas oedd wedi marw'n ddeugain oed o lwmp ar yr ymennydd. Ond nid y stori na'r salwch oedd ym meddwl Teifryn.

'Dw i wedi bod yn meddwl ella mai babi dol yn gwrthdaro yn erbyn talcan oedd yn gyfrifol am i gell fach ddiniwad ddechra cambihafio a thynnu rhai erill ati'n raddol bach nes ffurfio'n lwmp,' meddai hi, yn swnio'n ddidaro eto, heb fod yn ymwybodol mai lledwrandawiad oedd i'w geiriau. 'A chollis i'r un eiliad o gwsg am hynny. Mae plismyn yn gwybod yn well na neb nad ydi o'n beth call i'w gwaed nhw fynd ar ddillad pan maen nhw'n gwneud 'u misdimanars, 'tydyn? Mae'n debyg mai dyna ydi'r rheswm penna sut y llwyddis i i ddengid. Be sydd?' gofynnodd yn sydyn.

Roedd holl sylw Teifryn ar y papur.

'Wyt ti'n siŵr mai fo ydi o?' gofynnodd.

'Ydw,' atebodd yn syml. 'Pam?'

Petrusodd Teifryn, am eiliad.

'Hwn ydi'r plismon ddaru ddal Gwydion ar y pafin pan losgodd o'r tŷ 'na,' meddai.

Cipiodd Mared y papur oddi arno.

'Arglwydd mawr!' sibrydodd.

'Roedd Gwydion yn mynd hefo Medi pan ddigwyddodd hyn iti,' meddai o, ar ôl edrych arni'n brasddarllen geiriau o'r deyrnged unwaith eto.

'Oedd.'

'Sut darganfyddodd o?'

'Ddaru o ddim, mwy na neb arall,' atebodd Mared, yn dawel daer. 'Ddim gen i, beth bynnag. Pwy sy'n deud 'i fod o wedi darganfod?'

'Mi ddudodd o d'enw di.'

Ffrae rhwng Nain a Taid ydi un yn cega a'r llall yn chwerthin. Mae Taid yn gallu edrach ar bob dim fel tasa fo'i hun yn dyst annibynnol iddo fo, hyd yn oed pan mae o yn 'i ganol o. A dw i'n gwybod mai dyna sydd gynno fo pan mae o'n deud wrtha i am ddechra hyfforddi rŵan os dw i â 'mryd ar fynd yn athro. 'Drycha pwy sy'n gwneud petha call a phwy sy'n . . . wel,' medda fo gan godi mymryn ar un llaw i ddangos.

Does 'na ddim gwaith gwneud hynny hefo amball un. Dau dymor fuo'r athro Cerddoriaeth newydd yma, dim digon i gael ei ailfedyddio. Be ddigwyddodd oedd i'w chwechad dosbarth o droi'n 'i erbyn o. Unig ddiben y pwnc iddo fo oedd astudio a dynwarad miwsicals Merica a dim arall. Fawr ddim o'i le yn hynny ynddo'i hun ella, ond roedd o'n difrïo pawb oedd ddim yn llwyr gytuno ac yn llwyr dderbyn ac yn 'u galw nhw'n snobs.

Dw i ddim yn gweld Jim John yr athro Ymarfer Corff yn para'n hir chwaith. Dydi Jim ddim yn rhan o'i enw fo ond roedd o wedi galw o leia dri hogyn a Medi yn Jim cyn diwadd 'i ddiwrnod cynta yma. Ella mai 'Gym' oedd o'n 'i ddeud, cynigiodd Medi. Roedd hi wedi canu wedyn.

Rŵan mae o newydd frasgamu at Gwydion.

'Rwyt ti'n edrach yn rhyw fodlon iawn hefo chdi dy hun,' medda fo.

'Wel ydw, debyg,' medda Gwydion hapus.

Chaeith o mo'i geg, mae hynny'n ddigon sicr. Mae o newydd orffan ras filltir ac wedi dod yn drydydd da. Roeddan ni'n ymarfar neithiwr, fo'n rhedag a finna ar y beic. Mi fedra i redag pan fydd angan, ond wela i ddim llawar o fywoliaeth i mi yn y peth. Roeddan ni wedi mynd heibio i fan lwyd heb ffenestri cefn ar bwt o le pasio ar ochor y lôn a Gwydion wedi rhoi homar o swadan i'w hochor hi hefo cledr 'i law wrth fynd heibio iddi. Os oedd 'na rywun yn y cefn mi landion yn y to.

Mae Gwydion yn gorwadd ar y cae yn dathlu'r ras a'i hail-fyw hi dan chwythu hefo Deio a Merêd. Nhw oedd y cynta a'r ail, yn ôl y disgwyl. Mae Jim John yn torsythu uwch 'i ben o. Mi fedra fo wrth gwrs longyfarch Deio a Merêd.

'Ac mae dod yn drydydd yn ddigon da, ydi?' medda fo a'i lais fel rasal.

'Hen ddigon da,' cytuna Gwydion frwd.

'Be wyt ti'n 'i feddwl "hen ddigon da"?' medda Jim John a'i lais o'n codi'n filain. Tempar heddiw, debyg.

'Mae Deio a Merêd yn well rhedwrs 'tydyn?' medda Gwydion, yn hapus braf o hyd. 'Wnes i ddim meddwl y byddwn i mor agos atyn nhw. Roedd hi'n ras wych, siŵr.'

'Cod ar dy draed i siarad hefo fi,' medda Jim John.

Dw inna'n diolch i Taid.

'Rhoswch imi gael 'y ngwynt ata,' medda Gwydion. 'Dw i'n cl'wad yn iawn o fa'ma, chi,' medda fo wedyn.

Nid bod yn bowld mae o, dim ond bod yn Gwydion. Mae Deio a Merêd yn dechra piso chwerthin.

'Ar dy draed!'

Mae Gwydion yn codi ac yn rhoi llaw hapus drwy'i gyrls. Mae Jim John yn camddallt siŵr Dduw.

'Ac rwyt ti'n gollwr da, wyt ti?'

'Be 'di'r ots? Ras ydi ras,' medda Gwydion, ynta hefyd yn camddallt ella. 'Os ydi Merêd a Deio'n well na fi, wel da iawn nhw. Be 'di'r ots?' medda fo wedyn.

'Ia, ia! Esgus y collwr da bob tro!'

Mae o wedi mynd i ddechra gweiddi a Gwydion yn edrach braidd yn hurt arno fo.

'Dydw i ddim yn gollwr da!' medda Jim John wedyn ar 'i union a'i fys yn pwyo Gwydion yn 'i frest ac ynta'n bagio. 'Wyddost ti pam?'

'Duw, wel . . .'

Mae Jim John yn gweiddi dros y cae.

'Ffŵl ydi collwr da!'

'O,' medda Gwydion, yn dawal braf eto. Mae o'n un da am gadw rheolaeth arno'i hun ac mae o'n gwybod hynny'n iawn. Tynnu ar ôl Dad, a Taid. 'Mae'n well gen i fod yn ffŵl nag yn fabi,' medda fo wedyn, yr un mor dawal braf.

'Dos at y Prifathro! Y munud yma!'

Mae braich dde Jim John wedi codi 'fath â saliwt Hitlar ond bod 'i fys o'n pwyntio cyn bellad ag yr eith o. Mae'i ddwrn chwith o wedi'i gau'n dynn wrth 'i drwsus tracsiwt.

'Iawn.'

Mae Gwydion yn codi aeliau ar y ddau arall ac yn crychu'i drwyn arna i ac yn 'i chychwyn hi o'r cae. Mae o'n troi'n ôl mewn dim.

'Be dduda i wrtho fo?'

'Dos!'

Mae Gwydion yn mynd. Dw inna'n diolch i Taid. Mae 'na seiren ambiwlans yn dynesu a heibio i Gwydion dw i'n gweld lorri a char a fan lwyd yn arafu ac yn tynnu i'r ochr i wneud lle iddi. Dydi'r byd ddim ar ben i Gwydion. Mi geith ryw ddam fach ffwr' â hi i gadw wynab yr awdurdod sy'n teyrnasu a dyna fo. Fydd o ddim gwaeth. Mae gynno fo ryw ddawn i ddarganfod petha ac i ddirnad pa athro sy'n gall a phrun sydd ddim cweit felly heb i'r un ohonyn nhw orfod gwneud dim. Tynnu ar ôl Dad, a Taid. Yn hynny o beth mi all'sa rhywun feddwl mai tad ac nid tad yng nghyfraith Dad ydi Taid. Ond ella bod tad Dad yr un fath hefyd. Welis i rioed mo'no fo. Biti braidd. Ond roedd Gwydion wedi proffwydo doethineb Jim John a'r boi Cerddoriaeth 'nw, dim ond wrth 'u gweld nhw bron. Dw i wedi bod yn meddwl y basai'n braf dŵad yn athro i Landdogfael, er mi fydd y Prifathro wedi ymddeol erbyn hynny oherwydd mae 'na sôn 'i fod o'n mynd mewn rhyw dair blynadd. Dw i ddim yn gweld Jim John yn para tri mis ac mae'r cip mae Deio a Merêd yn 'i roi ar 'i gilydd ac wedyn arna inna'n cadarnhau hynny. Ella bydda inna'n athro sâl hefyd ond os bydda i fydd hynny ddim am yr un rheswm. Diolch, Taid.

vi

'Tyrd i mewn, 'nghariad aur i. A chditha hefo hi.'

Tuchanodd taid Moi i'w gadair a gafael yn ei glun wrth eistedd, a'r boen yn ei gnoi. Roedd peil eto o lyfrau ar y bwrdd bach wrth ochr ei gadair, ac un yn agored wrth eu hymyl.

'Cricmala?' gofynnodd Mared yn llawn cydymdeimlad.

'I'w gael am ddim hefo'r blydi llyfr pensiwn.' Triodd setlo yn ei gadair, a'r boen yn ei wingo eto. 'Steddwch, ych dau. Sut mae'r hen Feical?'

Eisteddodd Mared a Teifryn, bob un ei gadair.

'Reit dda,' atebodd Mared.

'A dy fam?'

'Mi fasan nhw'n cofio atoch chi tasan nhw'n gwybod ein bod ni'n dod yma.'

'Blwyddyn ge's i o weithio hefo dy dad cyn 'y mhensiwn, a blwyddyn ddifyr oedd hi hefyd.' Gwenodd atgofion cymysglyd am eiliad. Ysgwydodd ben gwerthfawrogol am eiliad arall cyn troi ei sylw at Teifryn. 'Lle mae dy lun di?' gofynnodd.

Plygodd Teifryn ymlaen a rhoi'r llun iddo.

'Oedd hwnna'n un oedd yn byw a bod dros y ffor 'na?' gofynnodd.

'Dangos.' Astudiodd yr hen ŵr y llun a'r ddau arall yn ei astudio yntau. 'Damia.'

Stwyriodd a chodi eto, yn boenus. Cododd Teifryn yntau. Roedd o wedi hen arfer helpu'i dad i symud cyn iddo fynd i fethu'n llwyr, ond wyddai o ddim faint o groeso a gâi gwneud hynny rŵan, na pha mor fuddiol y byddai. Bodlonodd ar ei ddilyn yn ara deg at y ffenest.

'I gael gwell gola.' Cododd taid Moi y llun eto. Astudiodd o am eiliad neu ddwy. 'Mi all'sa fod,' dyfarnodd, ei lais yn dipyn mwy cadarnhaol na'i eiriau. 'Hawdd iawn hefyd. Pwy ydi o?' gofynnodd yn sydyn guchiog, ei lais rŵan yn llawn anghymeradwyaeth.

'Plismon. Mae o newydd farw.'

'O.'

'Fo ddaliodd Gwydion ar y pafin 'ma.'

'Be ddudist ti? D'o weld.' Codwyd y llun eto, ac astudiwyd o'n fwy dyfal. 'Mi all'sa fod yn hawdd iawn,' dyfarnwyd wedyn, a'r llais eto'n fwy cadarnhaol na'r geiriau. 'Synnwn i damad nad oedd hwn yn 'u plith nhw.'

'Faint ohonyn nhw oedd 'na?' gofynnodd Mared.

'Dim mwy na dyrnad.' Rhoes yr hen ŵr y llun yn ôl i Teifryn a dychwelodd yn herciog i'w gadair. 'Rhyw wyth, naw ar y mwya. Dim mwy na rhyw un ne' ddau ar y tro. Ond yr un rhai fyddan nhw bob gafal.'

'Fydda'r plismon 'ma'n loncian 'ta?' gofynnodd Teifryn. 'Fydda fo'n defnyddio'r stryd 'ma i hynny?'

'Brenin annwl na fydda! Welis i rioed neb yn gwneud hynny. Wel ar wahân i un,' ailfeddyliodd bron ar ei union, 'ond mae hwnnw'n byw ymhellach draw 'na,' pwyntiodd tua'r pared. 'Mae o'n dal i wneud hynny o bryd i'w gilydd, faint bynnag o les mae o'n 'i wneud iddo fo. Rwbath digon crwn ydi o.'

'Pa mor anodd fyddai mynd i'r tŷ 'na drwy'r cefn?' gofynnodd Mared.

'Dim yn tôl. Dim ond croesi'r clawdd a mynd drwy'r coed am ryw ganllath. Mi ddoi di i lwybr cefna tai Stryd Rhyddarch wedyn.'

'Mi fedra'r tŷ fod yn llawn felly,' daliodd Mared arni, 'a neb o'r tu allan yn gwybod hynny hyd yn oed tasan nhw'n busnesa.'

'Galla, decini,' cytunodd o ar unwaith.

'A dengid o'no'r un ffor'.'

'Wel ia, os bydda angan.' Roedd yn amlwg nad oedd am gymryd y syniad hwnnw fel un annisgwyl nac ynfyd. 'Mi fydda Jean 'ma'n taeru bod y ffor' honno ar iws cyn amlad â'r giât ffrynt gynno fo. Ond y peth dwytha oedd arni hi 'i angan oedd tystiolaeth,' ychwanegodd.

19

i

'Mae 'na fwy o le yn 'tŷ, 'sti,' meddai Sionyn.

Roedd Bryn newydd gael gwers arall yn y grefft o gewylla ac wedi mynnu rhwyfo'n ôl, er bod Sionyn wedi llenwi'r tanc cyn cychwyn. Cyfrannu at y tawelwch ac nid torri arno oedd sŵn y rhwyfau yn y dŵr a sŵn y dŵr ar y cwch a'r cwch ar y dŵr. A rŵan roedd o'n clywed llais Sionyn yn rhan yr un mor naturiol o'r bae bychan.

'Oedd y briodas yn sioc 'ta?' gofynnodd.

'Gwil ydi o 'te?' atebodd Sionyn.

'Chymerodd o rioed arno wrtha i 'i fod o'n mynd hefo neb.'

'Fasa fo ddim.'

'Mae o'n mynd hefo hi ers pan oeddan nhw yn rysgol, medda Anti Laura.'

'Fuo fo rioed yn un i fod ar frys.' Roedd dyfarniad Sionyn yn un ara deg. 'Y peth nesa ydi dy ddysgu di i wneud cawall,' dyfarnodd wedyn, yn cymryd arno nad oedd yr un mor falch â Gwil yn ei brentis newydd.

Roedd cael ei lordio hi yn y cwch yn beth newydd iawn yn hanes Sionyn. Roedd o'n rhannu'r cewyll yn ddau lwyth, yn dibynnu i ba gyfeiriad o Furllydan yr oeddan nhw wedi'u gosod, a chewyll y gogledd oedd wedi'i chael hi heddiw. Roedd yn beth newydd hefyd cael wynebu at y traeth a Murllydan wrth ddychwelyd a sŵn y rhwyfau yn hytrach na sŵn yr injan yn gyfeiliant. Yn y pellter gwelai Doris yn siarad hefo'i chymdoges dros y ffens rhwng y ddau dŷ a dillad babi'n hongian oddi ar lein yn gefndir iddyn nhw. Roedd yr hogan fach newydd wedi bod ym Murllydan yn ei choets, y tro cyntaf i fabi ddod drwy'r drws ers i Gwydion gael ei eni, meddai Laura.

Roedd Bryn hefyd yn cymryd cip ar bob tamaid o dir oedd yn dod i'r golwg ar y dde iddo gyda phob rhwyfiad. Doedd o ddim wedi deud wrth neb ond un a doedd o ddim am droi'n gybydd ond roedd o wedi dechrau cynilo'i gyflog prentis ac atodiadau Sarn Fabon i'r cyflog hwnnw. Os oedd i rywun fel fo feddwl am brynu tŷ yn Nolgynwyd yn freuddwyd gwrach roedd o'n fwy fyth o freuddwyd gwrach heb ddim wrth gefn. Ryw hanner milltir i'r gogledd o Furllydan roedd tŷ ar ben allt y môr a'i fryd ar fynd yn furddun. Rhyw bum munud barodd y breuddwyd bach diniwed hwnnw. Ond roedd Bryn wedi mynd i fyny ato yr un fath, i sbaena. Roedd gweddillion lôn drol wedi hen lasu'n mynd ato a phytiau o glawdd clai yma ac acw yn awgrymu yn llawn cymaint â dangos ei llwybr. Roedd twll yn nho'r tŷ a thyllau yn y ffenestri pydredig. Roedd pwt o wal gerrig o'i amgylch wedi dadfeilio yma a thraw a dim mymryn o wahaniaeth rhwng y tir o'i mewn a'r tir mawr y tu allan iddi, a'r defaid yn hawlio'r naill fel y llall. Bu yno am hir. Môr a gorwel i'r gorllewin, codiad tir a choed yma ac acw'n cyfyngu'r gogledd a'r dwyrain, Murllydan a'r clogwyn a phobman arall o bwys i'r de. Bu yno'n syllu a gwrthod dilorni'i freuddwyd. Nid gwirioni oedd o, dim ond gwybod. Rŵan wrth rwyfo'n ôl tua'r lan yng nghwch Sionyn roedd y tŷ wedi dod i'r golwg ac roedd ei olygon yn dychwelyd ato bob tro'r oedd rhwyf yn taro dŵr. A rŵan o'r môr roedd o'n gweld mai craig oedd y pwt arfordir gyferbyn â'r tŷ. Fyddai'r tonnau ddim yn bwyta tuag ato a byddai'r tŷ'n ddiogel am ganrifoedd a mwy o ran y môr. A doedd y twll yn y to ddim yn wirion o fawr, hyd yma. Ac roedd y rhan fwyaf o wydrau'r ffenestri'n gyfa, hyd yma.

'Pwy pia fo?' gofynnodd yn sydyn.

'Pwy pia be?' gofynnodd Sionyn.

'Hwnna.' Nodiodd tuag at y tŷ. 'Y tŷ 'cw. Sut mae posib i le fel'na fynd yn furddyn y dyddia yma?'

'Ty'n Cadlan? Phia neb mo'no fo bellach, decini. Fi ddoth o hyd iddo fo 'sti.'

'I be?'

'Yr hen Hiwbart. Roeddan ni heb 'i weld o ers tridia ac mi es i fyny. Mi'i gwelwn o'n gorfadd ar waelod 'grisia. Mi fuo'n rhaid inni dorri'r clo i gael ato fo. Roedd o wedi marw ers tridia hefyd fwy na heb, medda Doctor. Yr ola o'r teulu, yli.'

'Pa bryd oedd hyn?'

'Pum, chwe mlynadd yn ôl. Dydi pob teulu ddim yn dŵad i ben fel'na, debyg. Nhw gododd y tŷ, ddim ymhell o ddau gan mlynadd yn ôl bellach. Roedd 'na ryw dwlcyn yno cynt yn ôl yr hen bobol, yr hen Dy'n Cadlan gwreiddiol, ac mae dau o'i furia fo'n aros. Nhw oedd yn hwnnw hefyd. 'Run teulu.'

Peth fel hyn oedd hanes i Sionyn. Wrth wrando arno yn ei gwch ar ei fôr roedd Bryn yn mynd yn fwy sicr ac yn fwy tawel benderfynol.

'Be sy'n mynd i ddigwydd i'r tŷ felly?' gofynnodd.

'Fel gweli di.'

'Be, dim ond gadael iddo fo fynd â'i ben iddo?'

'Does 'na ddim teulu, ymhell nac agos. Doedd 'na ddim ewyllys chwaith mae'n rhaid. Fydda Hiwbart ddim yn meddwl am ryw betha felly.'

'Doedd Rhun Davies ddim yn 'i nabod o?'

'Roedd o'n nabod Rhun Davies reit siŵr. Rhun Llwyd yn nes ati,' ychwanegodd yn ei sbîd ei hun.

'Be?'

'Roedd o'n cerddad y Dre 'na ddoe. Welis i rioed neb mor welw. Ond roedd o wedi 'ngweld i'n dŵad hefyd.'

Roedd Bryn wedi neidio dros ei ben i'r demtasiwn o ddeud ei stori am y cryno ddisg y munud y daeth i Furllydan drannoeth ei wneud. Roedd hefyd wedi rhoi llawn cymaint o lam i'r demtasiwn o ledaenu'r stori hyd y Dre a hynny heb gymryd arno bron. 'Nid cael hwyl am 'i ben o ar ych traul chi ydw i,' ymbiliodd, a Laura'n gwasgu'i arddwrn.

'Sut fyddai modd cael gwybod am y tŷ 'na?' gofynnodd, am mai dyna oedd yn llond ei feddwl eto. Os oedd pob breuddwyd yn mynd i gael ei ddilorni fel un diniwed ddeuai dim o ddim.

'Yr oes sy ohoni, mi fyddai 'na rwbath hefo'i bocad yn llawnach a'i gyfansoddiad yn wacach yn siŵr Dduw o gael gwybod o dy flaen di,' oedd yr ateb oedd yn deud wrtho fod Sionyn yn gwybod ac yn nabod ac yn deall ei feddwl yn drwyadl. 'Mi wyddost mai'r peth dwytha dw i isio'i wneud ydi torri dy galon di,' ychwanegodd yn ddwys a thrist.

ii

'Mae hi'n braf yma 'sti,' meddai Mared.

Eisteddai ar un o'r creigiau trai o flaen Wal Cwch, yn syllu i lonyddwch y pwll bychan ar ei godre a gwneud siâp ambell lythyren ar y graig hefo'i bys.

Roedd Teifryn yn fwy anniddig, yn creu a chwalu patrymau troed ar y tywod, ac yn symud ei olygon yma a thraw.

'Am be wyt ti'n meddwl?' gofynnodd hi.

'Wyddost ti . . .' dechreuodd o. 'Na wyddost, siawns,' meddai'n syth wedyn gan wenu fymryn. 'Ond roedd rhai o athrawon Llanddogfael yn deud o bryd i'w gilydd fod 'na rwbath o'i le arnat ti.'

Daliodd hi i chwarae'i bys ar y graig fel tasai hi heb glywed. Yna cododd ei golygon tuag at ben pella'r traeth ac ymlaen gan setlo ar Dy'n Cadlan yn y pellter.

'Yr unig beth oedd o'i le arna i oedd nad o'n i ddim isio cl'wad barn rhai o athrawon Llanddogfael. Ar wahân i ambell un,' ychwanegodd yn ysgafn wrth ddod i lawr o'r graig. 'A doedd hwnnw ddim ar gael. Hen hanas,' gwenodd wedyn, yr un mor ysgafn. Amneidiodd ar hyd y traeth. 'Dydan ni ddim wedi bod ffor'cw.'

Ty'n Cadlan oedd y dynfa. Roedd hi newydd sôn am y tŷ gwag ac yntau'n rhyw borthi a chwarae hefo'i batrymau wrth wrando, a hithau wedyn yn ehangu ar freuddwyd ysbeidiol Bryn, y breuddwyd a rannai o gyda phawb o natur cyfaill. Aethant. Ar drai, roedd posib cerdded yr arfordir tua'r gogledd, er bod camu'n nes ati na cherdded gan mai craig agennog ac weithiau'n llithrig oedd dan draed. Aethant ymlaen wrth eu pwysau, gan aros bob hyn a hyn i archwilio ambell dwll cranc. Toc, daethant at hen angor, yr unig dystiolaeth oedd yn weddill o longddrylliad a ddygodd dri bywyd mewn storm gant a deunaw o flynyddoedd ynghynt. Aeth hi ati a sefyll arni am ysbaid, a cheisio dychmygu storm a rhuthr a phanig a llond y lle o fôr neidiog, dunnell ar ben tunnell ddiatal ohono, a

277

methiant. Wrth edrych ar y tonnau di-ffrwst draw roedd y dychmygu'n amhosib. A'r munud nesaf roedd yn fwy amhosib fyth wrth i bibydd y graig gyrraedd a gwibio yma ac acw wrth ei thraed i bigo am ei bryfetach gan ei hanwybyddu'n llwyr a heb fymryn o'i hofn arno.

'Mae hi'n braf yma,' meddai wedyn.

'Wedi bod erioed.'

Roedd hi'n amau nad dyna oedd ar ei feddwl chwaith, ond yna roedd ei lygaid yn diolch eto. Aethant ymlaen. Roedd gan Dy'n Cadlan ei draethell ei hun, a rhywun rywdro wedi torri llwybr i lawr yr hafn ati. Buont yn archwilio'n dawel am ychydig, a Teifryn yn trio codi dolen drom oedd wedi'i choncridio i'r graig ychydig droedfeddi uwchlaw penllanw. Ar wahân i'r llwybr a gweddillion potel blastig yn swatio wrth odre'r graig, honno oedd unig arwydd olion dynoliaeth yn y lle.

'Fa'ma'n fwy diarth iti, 'tydi?' meddai Mared yn sydyn.

'Pam?' gofynnodd yntau ar ei union.

'Mae'n hawdd gwybod arnat ti,' atebodd hithau.

'Mi fydda Nain ofn inni gael ein dal gan y llanw wrth ddŵad at yma,' meddai yntau. 'Ac mae 'na fwy o amrywiaeth a mwy o hanas yr ochor arall,' ychwanegodd. Rhoes gip ar y môr. 'Mae'n well i ni fynd yn ôl dros y topia. Mae hi wedi troi ers meitin.'

Aethant i fyny'r llwybr yn araf. Roedd yn droellog, yn canlyn troadau'r hafn, a bellach yn dyllog, â rhigolau dyfnion yma ac acw. Arhosai Teifryn i gymryd cip ymlaen ac yn ôl bob hyn a hyn. Byddai'r llwybr wedi bod yn benigamp yn nyddiau'r anturiaethau.

Lle wyt ti?

Ddaru'r geiriau ddim dod o'i geg.

'Rwyt ti'n drist rŵan,' meddai hithau.

Gwên fach a gwasgiad llaw gafodd hi'n ateb.

'Dw i rioed wedi bod ffor' hyn o'r blaen,' meddai o.

Cyn hir daeth y llwybr i derfyn dirybudd ac roedd talcen Ty'n Cadlan lai nag ugain llath o'u blaenau. Llwybr Ty'n Cadlan ac unman arall oedd o. Roedd dau bostyn a gweddillion giât o'u blaenau. Aethant heibio iddyn nhw ac at y tŷ.

'Dw i'n cofio Sionyn yn deud yn Tŷ Nain 'u bod nhw wedi mynd â'r bwyd a'r dillad o'ma pan ffendion nhw Hiwbart,' meddai o wrth iddyn nhw fusnesa drwy ffenest yr hyn a fu'n barlwr, 'a phob dim a fyddai o fudd i lygod.'

Roedd hi wedi troi i edrych ar yr olygfa ac i werthfawrogi breuddwyd Bryn o'r newydd. Aeth yntau i drio clicied y drws. Yna camodd yn ôl i weld y to. Twll bach oedd ynddo, yn y gornel isaf bron. Roedd y gweddill mewn cyflwr di-fai. A dau baen ffenest oedd wedi mynd, os nad oedd rhai yn ffenestri'r talcen a'r cefn hefyd. Trodd.

'Dydi o ddim yn gwneud synnwyr,' meddai.

'Y tŷ 'ma?' gofynnodd hithau.

'Ia, yn un. A dy stori ditha. Mae 'na rwbath yn anghywir yn'i hi.'

'Pa stori?'

'Cael dy ddenu i'r fan lwyd 'na wnest ti, nid cael dy dynnu.'

Sydyn a byrhoedlog oedd y cryndod a aeth drwyddi. Ers noson y dadlennu, roedd hi wedi teimlo rhyddhad enfawr o gael deud yr hanes. Doeddan nhw ddim wedi sôn am y peth wedyn, am nad oedd angen. Ond rŵan roedd yr atgoffa'n taro. Trodd ato.

'Ar hyn'na oedd dy feddwl di gynna, nid ar athrawon Llanddogfael,' meddai'n bendant.

'Ella 'i fod o wedi dy godi di a dy droi di rownd yn yr awyr dan chwerthin cyn dy roi di i ista yn y fan,' canlynodd o arni.

'Dw i'n 'i gofio fo'n chwerthin,' torrodd hi ar ei draws. 'Ac yn canu rwbath.'

Roedd yn trio cofio, ond roedd Teifryn yn dal ati.

'Ddaru o ddim byd gwaeth, oherwydd mi fydda dy ddychryn di'n difetha'r cwbwl. Nid am bum munud oeddan nhw dy isio di.'

'Pa *nhw*?' gofynnodd hithau'n gyflym.

'Daeth o ddim mor gyflym i ateb.

'Mi fydda'r plismon wedi aros hefo chdi yn y cefn,' meddai, yn canolbwyntio'i olygon ar Furllydan ac unman arall. 'Fydda fo byth wedi dreifio a dy adael di ar dy ben dy hun i fynd i banig. A fydda fo ddim wedi cyffwr pen 'i fys ynot ti yn y fan, dim ond chwerthin a deud jôcs a rhannu fferis.' Trodd ati, ac edrych i'w llygaid. 'Welist ti mo'r fan ond o'r cefn. Roedd 'na ddreifar yn y tu blaen.'

Triodd hi ystyried. Triodd gofio. Yna ysgwydodd ei phen.

'Sut gwyddost ti?' gofynnodd, heb herian. 'A pham na ddaru o ddŵad i helpu'r llall?'

'Mi wrthryfelist y munud hwnnw 'ndo? Doeddat ti'n dda i ddim iddyn nhw wedyn. Ac mi fuost ti'n rhy gyflym iddyn nhw prun bynnag.' Roedd ei lais a'i oslef o'n bendant fel tasai o wedi bod yn dyst. 'Roeddan nhw am fynd â chdi i'r tŷ 'na.'

'Fan'no?' rhuthrodd hithau, yn dychryn rŵan.

'Dyna'r unig ffor' sy 'na o ffitio Gwydion i mewn i'r stori.' Roedd pwyslais ar bob gair a llaw athro'n diarwybod gael ei rhoi ar ddefnydd i ategu pob un. 'Mi ddarganfyddodd o am y tŷ, ryw ffor' ne'i gilydd. Ac mi darganfyddodd o'u bod nhw wedi trio dy gael di iddo fo.'

Roedd hi'n ysgwyd ei phen ac yn gafael ynddo, bron yn dosturiol.

'Dim ond gesio wyt ti. Does 'na ddim rhithyn o ddim yn gefn i hyn'na.'

Roedd yntau mor daer â hi.

'Mared, mi ddudodd o d'enw di.'

Ella mai ei lais o a roes hergwd i'r cof, neu ella dim ond sut yr ynganodd ei henw. Ond roedd hi'n edrych i lawr ar ei grys, yr union edrychiad ag a roes arno yng nghyntedd yr ysgol. Yna cododd ei llygaid, yn union fel ag y gwnaeth yn yr ysgol.

'Do,' meddai ymhen ennyd, 'mi ddaru. Ond nid oherwydd y fan. Nid honno.'

'Be 'ta?' gofynnodd o mewn argyfwng.

'Y diwrnod 'nw y ce's i gopsan yn crwydro pan ddaeth o ar 'i feic. Y munud y cychwynnon ni'n ôl a finna'n gafael yn 'i law o dyma fo'n troi ac edrach ar ryw gar a deud "Basdad" dan 'i wynt. Do'n i ddim wedi'i gl'wad o'n rhegi o'r blaen.'

Rŵan roedd ei gafael arno'n dynnach.

'Car coch,' dyfarnodd yntau, a'r tristwch yn llond ei lais.

'Ia,' cytunodd hi. 'Ia, dw i'n meddwl.'

Draw ar y garreg drai o flaen Wal Cwch roedd gwylan fwy na'r cyffredin yn codi ac yn mynd ar ei hunion i lanio ar bostyn giât gefn Llain Siôr.

iii

Dim ond un peint mae Taid wedi'i gymryd. Rhyw chwartar awr fuodd o i gyd, a Gwydion a finna'n chwara ar swing yn rardd y Crythor ac yn yfad ein lemonêd bob yn ail. Does 'na neb arall allan. 'Dan ni wedi bod am dro hir rownd clogwyn ac wedi dŵad yn ôl drw Pentra i Taid gael llymad. 'Dan ni'n mynd yn ôl i Tŷ Nain wedyn a reit yn ymyl giât iard Gwil mae 'na wylan newydd gael swadan gan gar ne' rwbath. Mae 'na un ne' ddau'n mynd heibio a dydyn nhw'n cymryd yr un sylw ohoni. 'Dan ni'n cyrraedd ati. Mae 'na fymryn o blu ar wasgar yma ac acw ar y lôn ac mae'r wylan wedi plygu'i phen i mewn i'w chorff fel tasa hi wedi trio'i guddiad o yn 'i phlu cyn marw.

'Bechod fod yn rhaid iddi ddŵad i ben y daith fel hyn hefyd,' medda Taid.

Mae Taid yn dallt, debyg. Mi fyddan ni'n gorwadd ar ben clogwyn weithia dim ond i'w gwylio nhw. Maen nhw'n ein derbyn ni cyn bellad nad ydi'n dymor nythu a dydi o'n ddim gan amball un ddod reit aton ni i fusnesa. Roeddan ni'n gwneud hynny echnos a Nain yn deud nad oedd y gwellt wedi sychu digon i orwadd arno fo ar ôl y glaw a Taid yn deud nad oedd y glaw wedi gwlychu llawar ar y môr a Gwydion yn trio egluro iddo fo fod y môr yn wlyb prun bynnag a minna'n rowlio chwerthin. Ond cheith y tonna ddim siglo hon eto, na cherrynt yr awyr 'i chodi hi a hithau chwarae i fyny ac i lawr a draw ac yn ôl heb iddi orfod symud dim ond y mymryn lleia ar 'i hadenydd. Cheith hi mo'n rhybuddio ni i gadw draw ar dymor nythu chwaith na dŵad i fusnesa pan 'dan ni'n bwyta allan. 'Dan ni'n sefyll uwch 'i phen hi, a dw i'n synnu 'i bod hi mor fawr. Dw i ddim yn cofio gweld hon yn dod aton ni i fusnesa.

'Cheith hi ddim bod yn fa'ma,' medda Gwydion. ''Dan ni'n mynd i'w chladdu hi yn lan môr.'

'Dyna chdi,' medda Taid.

Mae o'n dallt, debyg. Mae 'na gar newydd stopio yn Garej Pentra ac mae'r dreifar yn canu'i gorn ac yn amneidio ar Taid.

'Be sy'n poeni hwn, tybad?' medda Taid. 'Rhoswch chi yn fan'na,' medda fo wedyn.

Mae o'n croesi'r lôn at y dyn a mwya sydyn dw i'n gweld bod Gwydion yn annifyr 'i fyd. Mae o'n rhythu ar yr wylan ac yna'n codi'i lygaid i roi cip ar y car a Taid. Mae'i lygaid o'n ymbil wrth iddo fo edrach arna i am eiliad. Toc mae Taid yn dychwelyd, ac mae o'n edrach yn sobor ar Gwydion.

'Mi wyddost be oedd hyn'na, 'gwyddost?' medda fo.

Mae Gwydion yn edrach yn sobor ar Taid a'r wylan bob yn ail.

'Be wnest ti?' medda Taid. Dydi o ddim yn cael atab. 'Yli,' medda fo wedyn, 'nid achwyn oedd y dyn 'na, chwara teg iddo fo. Poeni oedd o. Be tasat ti wedi brifo?'

'Be sy'n bod?' medda fi.

Dal i edrach ar Taid mae Gwydion.

'Lôn fach Rheuad,' medda Taid. 'Roedd o'n dŵad yn 'i gar a dyma fo i dro a'r criadur yma'n dŵad ar ganol 'lôn hefo'i feic. Mi fethist ti stopio, 'ndo?' medda fo wrth Gwydion.

Mae Gwydion yn dal i edrach yn sobor i'w lygaid o. Yna mae o'n nodio. Newydd gael beic 'i hun mae o ar ôl i mi 'i ddysgu o i reidio. Doedd Mam na Dad ddim yn gwybod 'mod i wedi gwneud hynny a phan ddaru o swnian isio beic mi ddudodd Dad y byddai'n rhaid iddo fo ddysgu reidio yn gynta a dyma Gwydion yn bachu 'meic i a mynd arno fo a'i reidio fo'n daclus a chyfrifol a Dad yn sbio'n wirion. Mi fasa'n well iddo fo aros nes bydd o'n naw, medda Mam, ond ar ôl swnian a gaddo a finna addo hefo fo, mi gafodd o feic.

'Ac mi ddisgynnist oddi ar dy feic ac ar fonat y car, 'ndo?' medda Taid.

Dydi Gwydion yn deud dim, dim ond nodio ar Taid.

'Mi ddylwn ddeud wrth Mam a Dad,' medda Taid wedyn, a dw i'n cl'wad y prydar yn 'i lais o. 'Mae o'n anghyfrifol i mi beidio, 'sti,' medda fo wedyn.

Mae Gwydion yn dal i edrach, ac mae o'n llyncu lwmp.

'Ac mi fyddan nhw'n mynd â'r beic oddi arnat ti,' medda Taid.

Mae Gwydion yn nodio ac yn llyncu lwmp a Taid yn edrach yn ddwys.

'Wel,' medda Taid yn diwadd, 'Os gwnei di addo nad ei di ar dy feic eto heb i Teifryn fod hefo chdi, ac addo cadw i'r ochor bob amsar a mynd yn ofalus lle bynnag y byddi di, sonia i ddim wrth neb. Wyt ti'n addo?'

Mae Gwydion yn nodio ffwl sbîd a'i lygaid o'n hollol ddifrifol. Wedyn mae Taid yn edrach arna i, ac mae'i lygaid o yr un mor ddifrifol. Dw inna'n teimlo chydig yn euog.

''Drycha i ar 'i ôl o,' medda fi. 'Cheith o ddim mynd 'i hun eto.'

'Dowch 'ta.'

Mae Taid yn codi'r wylan gerfydd 'i thraed a 'dan

ni'n cychwyn. Mae Gwydion yn mynd at Taid ac yn gafael yn 'i law arall o.

"Dan ni ddim isio dy golli di, nacoes?' medda Taid. 'Y ffŵl bach gwirion.'

A dw i'n edrach i lygad Taid a welis i rioed mono fo gymaint o ddifri o'r blaen.

iv

'Wyt ti isio mi ddreifio?' medda Taid yn dawal.

Dw i'n trio deud rwbath. Fedra i ddim. Mae Taid yn gwybod 'mod i'n crio. Faswn i ddim yn gwneud o flaen neb arall. Dw i'n stopio ar ochr y lôn a 'dan ni'n newid lle. Dw i'n dal i grio ac mae Taid yn gadael imi.

Doedd gan y dyn ddim llawar o gydymdeimlad. 'Os nad ydi am ddŵad o'i gell, fedrwn ni ddim mo'i orfodi o,' medda fo'n ddigon swta fel tasan ni a phawb arall yn wastio'i amsar o. 'Gwirfoddol ydi ymweliada o'r ddau du,' medda fo wedyn. Roedd y swyddog arall yn ifancach ac roedd ganddo fo fymryn bach mwy o gydymdeimlad ac mi gawson ni fwy o sgwrs hefo fo. 'Dydi Gwydion ddim yn deud yr un gair wrth neb,' medda fo. 'Mi atebith gwestiyna pan mae'n rhaid iddo fo,' medda fo wedyn. 'Dydi o'n gwneud dim byd hefo neb chwaith,' medda fo. "Dan ni'n cael dim traffarth hefo fo fel arall.' Ac mi fu'n rhaid i ni fynd o'no heb 'i weld o.

'Be gebyst mae hwn yn 'i wneud hyd y fan 'ma?' medda Taid ymhen hir a hwyr.

'Pwy?' medda fi. Dw i ddim wedi gweld dim.

'Thias. Fo oedd o.'

'O.'

Dw i'n rhy ddiymadferth i feddwl nac i ofyn dim. Rydan ni'n rwla hyd ffordd osgoi Mwythig ac mae Taid newydd bwyntio at ryw gyffordd. Des i ddim i droi 'mhen.

'Dw i'n iawn rŵan,' medda fi. 'Mi ddreifia i.'

'Aros di ble'r wyt ti am ryw sbelan, iti ddŵad atat dy hun.'

Dw i ddim yn taeru.

'Mi ddown ni drwy hyn eto, 'sti,' medda Taid wedyn toc. 'A fynta.'

Rydan ni'n cyrraedd adra a Taid sy'n dreifio o hyd.

'Diolch, Taid.'

Dw i'n gwybod bod Nain yn dal i obeithio bob tro mae hi'n gweld y fan bost. Dw i yno nos drannoeth, dim ond bod yno. Dydi o ddim gwahaniaeth gan Nain 'mod i mor dawal, yn methu dod o hyd i ddim i'w ddeud. Mae Laura yno hefo hi a dw i'n gallu gwerthfawrogi'r gofid yn 'i llygaid ffeind hi wrth iddi roi'i llaw ar fy ysgwydd i am eiliad wrth fynd am y drws wrth ymadael.

'Doedd o ddim ar y cyfyl medda fo,' medda Taid pan mae o'n dŵad i'r tŷ.

'Pwy?' medda Nain.

'Thias. Deud na fuodd ddim ar gyfyl Mwythig ddoe. 'Gen pawb 'i ddwbwl, ge's i. Fel tasa ar yr hen blaned fach 'ma angan dau 'fath â fo,' medda fo wedyn, hannar wrtho'i hun.

v

Cafodd Bryn fenthyg ystol Gwil.

'Be wnei di â hi?' gofynnodd Gwil hapus.

'Trwsio ffenast.'

'Daeth Gwil ddim i ofyn pa ffenast, dim ond cymryd yn ganiataol mai Sarn Fabon neu Lain Siôr oedd yn mynd i gael y gymwynas pan ychwanegodd Bryn nad oedd angen y fan i'w chario. Amser cinio rhoes dâp mesur Gwil yn ei boced a rhoi'r ystol ar ei feic a'i bowlio o'r iard. Pan ddaeth yn ôl i'w waith roedd wedi bod yng ngweithdy Dic ac roedd ganddo bedwar paen gwydr mewn papur newydd dan ei gesail a llond hen bot jam o bwti ym mag y beic. Aeth wedyn i dyrchu yn y doman ym mhen draw'r iard a chafodd hanner dwsin o hen lechi toi ohoni.

'Be weli di?' gofynnodd Sionyn drannoeth.

Roedd yn Sadwrn braf, a Teifryn yn yr ardd hefo'r sbienddrych a Sionyn wedi dod draw am sgwrsan tra oedd ei fam wedi derbyn cynnig Mared i fynd hefo hi i'r fynwent. Amneidiodd Teifryn draw a rhoi'r sbienddrych iddo. Drwyddi gwelodd Sionyn hogyn yn gyrls duon at ei war ar ben ystol yn diwyd drwsio to.

'Does 'na ddim modfadd o damp yn y tŷ 'na,' meddai toc, yn dal i edrych drwy'r gwydrau. 'Roeddan nhw'n grefftwyr, 'sti, yr hen bobol 'cododd o. Roeddan nhw'n gosod y cerrig fel bod unrhyw rediad yn 'u penna ucha nhw'n disgyn at allan ac nid at 'i mewn. Wedyn roedd unrhyw ddŵr glaw oedd yn mynd rhwng y cerrig yn disgyn yn ôl allan yn hytrach na dal i fynd yn 'i flaen ac i mewn i'r tŷ i greu tamprwydd 'toedd? 'Rhen bobol yn dallt 'u petha siŵr Dduw.'

Peth fel hyn oedd hanes i Sionyn.

'Oeddan,' cytunodd Teifryn.

'Ty'n Cadlan 'na'n dŷ bach digon clyfar,' ychwanegodd Sionyn wrth droi'r sbienddrych i lawr at y môr a'r bwiau.

'Mae 'na waith arno fo hefyd bellach, mae'n siŵr,' meddai Teifryn.

'Oes ella. Dibynnu ffor' mae dy grebwyll di'n edrach.'

'Y?'

'Os ydi dy grebwyll di at i mewn, mae 'na waith diderfyn arno fo. Ond os ydi o at allan, fydda 'na ddim llawar o waith gwneud Ty'n Cadlan yn gartra bach taclus a diddos, sut bynnag y câi neb afael arno fo i wneud hynny.' Cododd y sbienddrych drachefn. 'Rarglwydd! mae o'n debyg 'tydi?' ebychodd, bron yn anfwriadol.

Daeth sŵn y car yn dod i lawr ac yn aros o flaen y giât. Roedd Laura yn amlwg yn pwysleisio rhywbeth ac yn pwyntio at Sionyn, a Mared yn chwerthin. Agorodd Laura'r drws a brysiodd Sionyn at y car i'w chynorthwyo i ddod ohono.

'Ro'n i'n gwybod am hyn,' meddai Mared pan bwyntiodd Teifryn i gyfeiriad Ty'n Cadlan. 'Mi ddudodd o ar y ffor' yma bora.' Cadwodd ei sylw ar Bryn bell am ennyd. 'Mewn byd arall fydda 'na neb yn achwyn tasa fo'n hawlio'r tŷ 'na,' meddai.

'Ond nid felly yn y byd sy ohoni, o nabod hwnnw,' meddai Sionyn a rhoi'r sbienddrych yn ôl i Teifryn.

'Ac yn y byd sy ohoni y peth nesa fyddai rhyw chwilotwr o un o'r gwledydd fu'n binc ar y mapia'n dŵad yno i gadarnhau'r acha ac yna'n hawlio'i stad y munud y clywa fo'r stori,' meddai Teifryn.

Draw roedd y trwsiwr to'n dod i lawr o'r ystol

ac yn camu'n ôl i archwilio'r gwaith o'r ddaear cyn troi i edrych ar y môr. Yna roedd yn dychwelyd at yr ystol a'i thynnu i lawr a'i chau yr un pryd ac yn ei chario at ei feic ac yn ei gosod arno. Toc, ar ôl archwiliad arall o'i waith ac yn gyndyn o'i adael, roedd yn dechrau ar ei daith yn ôl ac at ei sifft Sadyrnol yn Sarn Fabon a'r cyflog a ddeuai yn ei sgil.

'Chwara teg iti am fynd â hi,' meddai Doris wrth Mared wrth y bwrdd bwyd yn ddiweddarach.

'Prin ddechra gwywo oedd y bloda erill,' meddai hithau. 'Ond mae hi'n dri deg saith o flynyddoedd heddiw, medda Laura.'

'Ydi hefyd 'tydi?' cytunodd Buddug ar ôl ennyd.

'Ydi,' cyd-gytunodd Doris.

Gwenu ddaru Teifryn. Doedd clociau a chalendrau ddim ymysg cryfderau Nain.

'Ddudodd hi rwbath?' gofynnodd o.

'Do, ar ôl i mi ddeud wrthi 'mod i wedi cael y stori gen ti,' meddai Mared. 'Ond ddudodd hi ddim na che's i mo'no fo gen ti chwaith. A chymryd bod dy ddamcaniaeth di am Robat a'i dad a misdimanars hwnnw'n gywir,' dechreuodd wedyn.

'Mae hi.'

'O'r gora. Os felly, pwy sy'n deud nad lladd 'i hun ddaru Robat?'

'Ddaru o ddim,' meddai Buddug, yr un mor bendant â Teifryn.

'Dydi sut gymeriad oedd o cynt ddim yn proffwydo'i ymatab o i beth fel'na,' mynnodd Mared, 'yn enwedig os gwelodd o nhw.'

'Rwyt ti'n iawn yn fan'na,' meddai Doris. 'Ond ddaru Robat druan ddim gwneud diwadd arno'i hun chwaith. Nid dyna ddigwyddodd.'

'Boddi ddaru o,' meddai Teifryn. 'Pan ddisgynnodd o i'r afon doedd 'na neb arall ar y cyfyl.'

'Sef yr union beth yr ydw i wedi bod yn 'i ddeud o'r cychwyn cynta,' meddai ei fam.

'Ia,' cytunodd o. 'Tasa 'nelo Mathias rwbath â'r union weithred go brin y basa fo wedi gadael trwsus a sgidia gwlyb yn y cwt golchi i Laura'u gweld nhw. A rhyw fath o actio ddaru o ger ych bron chi hefyd,' meddai wrth Doris, 'ne' mi fydda fo wedi'u cuddiad nhw prun bynnag.'

'Ia,' atebodd hithau gan adael i'r gair olygu unrhyw beth dan haul.

'Ac roedd o wedi bod yn c'noni drwy'r nos. Disgwyl sŵn Robat yn cyrraedd adra. Codi y munud y g'luodd hi am na fedra fo ddiodda yn 'i wely, a mynd i weld y gwely gwag yn llofft yr hogia i godi mwy fyth o ofn arno fo. A dyma fo allan, i chwilio ella. Mi ddaeth i ben y boncan a'r munud nesa roedd o yn yr afon, yn codi pen Robat. Wyddai o ddim be oedd yn digwydd wedyn. Ella 'i fod o wedi'ch gweld chi drw'r ffenast pan oeddach chi'n rhedag i'r cae,' meddai wrth Nain. 'Ella bod hynny ddwyawr yn ddiweddarach. Sut oedd hi arno fo yn y cyfamsar? Sut medran ni wybod be oedd yn mynd trwy'i fennydd bach o rhwng yr eiliad y gwelodd o Robat a'r adag y gwelodd o chi?'

Roedd Buddug wedi canolbwyntio'i holl sylw arno.

'Hynny ydi,' meddai hi'n araf, 'rwyt ti'n trio deud wrthan ni mai truenus oedd y dyn, nid ffiaidd.'

Ystyriodd o am eiliad.

'Ella 'mod i.'

'Newyddion braf a ddaeth i'n bro,' meddai Nain yn ei llais tawel gorau. 'Mi ailafaelodd yn'i, 'ndo? Yn ddigon buan.'

'Caethiwed,' atebodd yntau.

Roedd Buddug yn dal i ganolbwyntio'n llwyr arno.

'Fydd dy dad byth farw tra byddi di byw,' meddai.

'Ond wedyn, fel mae Nain wedi bod yn 'i ddeud o'r cychwyn,' meddai yntau ar fwy o frys, "dan ni'n gwybod pam ddaru Robat feddwi, ond nid sut.'

'Mi ge's afael ym mraich Laura wrth ddod o'r fynwant,' meddai Mared, 'ac mi ofynnis iddi pam na ddaru hi adael i'r cwest gael gwybod am y ffrae rhwng Robat a'i dad. Ro'n i'n gwybod na fyddai hi ddim dicach. "Yn yr un lle y basa Robat 'te?" ddudod hi.'

'Dyna fasa hi'n 'i ddeud,' meddai Doris.

'Ac os oedd Mathias yn ymhél â'r hogan fach 'no,' dechreuodd Buddug.

'Os be?' meddai Teifryn ddiamynedd.

'Os oedd o,' pwysleisiodd hithau, 'go brin fod Laura'n gwybod. Roedd hi'n ama ne'n gwybod 'i fod o'n mynd hefo merchaid ella, ond dim byd gwaeth. Ac os oedd o wedi ymhél â'r hogan fach 'no a welodd Ethel, go brin fod Laura'n gwybod hynny chwaith. Fel gwybod,' ychwanegodd.

'Mae hynny'n bosib,' meddai Doris, heb ferwi o argyhoeddiad.

Dechreuodd hel y platiau gwag at ei gilydd ac aeth Buddug a Mared ati i'w helpu. Yn groes i'w arfer doedd Teifryn yn gwneud dim ond eu gwylio.

'Ama ddaru Gwydion hefyd,' meddai, a sŵn y llestri'n darfod y munud hwnnw. 'Tasa gynno fo dystiolaeth mi fasa fo wedi'i gweiddi hi o benna'r tai. Mi fyddai Ethel wedi gwneud yr un peth. Ond roedd Gwydion wedi ama Mathias cyn iddo fo'i weld o'n dy ll'gadu di,' meddai wrth Mared.

Cododd ei fam a'i nain eu pennau. Am y tro cyntaf

yn ei fywyd dyma yntau'n sylweddoli mor debyg oedd y ddau wyneb. Doedd o rioed wedi cael achos i ystyried hynny cynt. Ond roedd Mared wedi mynd i deimlo'n anghyffyrddus yr un mor gyflym.

'Ella mai ar ôl hynny y daru o ddechra cadw golwg ar Mathias,' canlynodd arni ar unwaith. 'Mae'n debyg 'i fod o wedi gweld yn fuan iawn fod y tŷ 'na yn 'i chanol hi a'u bod nhw'n hela mewn pac. Mi gafodd ragor o resyma i swcro'i amheuon ac mi aeth i'r afael â Mathias, a Laura'n 'u cl'wad nhw wrthi, yn ddiarwybod i'r naill a'r llall. A rhyw bythefnos wedyn dyma Gwydion yn dilyn Mathias ar y slei i'r tŷ 'na. Ne' ella'i fod o wedi bod yn gwylio'r tŷ a meddwl 'i fod o'n wag a mynd i fyny i gael sbec. Duw a ŵyr be ddigwyddodd wedyn. Ond mi gl'uodd Mathias hi o'no dros y clawdd a thrwy'r coed i gael mwytha gan 'doctor, a mi gl'uodd pwy bynnag arall oedd hefo fo yn y tŷ yr un ffor'. Mi redodd Gwydion i'r lôn ac yn syth i freichia'r plismon oedd wedi dŵad yno'n un swydd i gadw seiat hefo Mathias Murllydan. Fo a'i blydi loncian.'

Tawodd, a'r lwmp yn ei wddw. Roedd wedi cael gwrandawiad astud. A dyma fo'n sylweddoli nad oeddan nhw wedi gallu sôn am Gwydion fel hyn o'r blaen. Gynt, byddai'n rhaid tewi neu droi'r stori bob tro. Ond yna roedd Doris yn llefaru.

'Mi gawn ni wybod yn union be ddigwyddodd gynno fo'i hun pan ddaw o'n ôl,' cyhoeddodd yn gadarn. 'Ac mi fydd o'n ategu'r rhan fwya o hyn'na,' ychwanegodd. Trodd ei sylw at Mared. 'Os cyfyd hyn hefo Laura, paid â sôn gair wrthi am yr amheuon 'ma.'

'Wna i ddim.'

'Ac os gwyntyllith hi nhw, paid â chyfrannu dim

ohonat dy hun. Gad iddi. Mi fydd arni isio cl'wad 'i llais yn 'u deud nhw, yn gwybod bod gen ti glust sy'n gwrando. Ond fydd arni hi ddim isio cadarnhad, yn enwedig pan nad oes 'na sicrwydd ynghlwm wrtho fo.'

Doedd Teifryn ddim am dynnu'n groes â rhan olaf hynny, ac yntau eiliad ynghynt wedi cael rheswm eto fyth dros edmygu Nain o'r newydd.

'Os oedd y Mathias 'ma'n un o griw adag Gwydion, ella 'i fod o'n un o griw adag Robat hefyd,' cynigiodd Mared. 'Ella bod Robat wedi darganfod rwbath o'r newydd y diwrnod hwnnw a'u bod nhw wedi'i feddwi fo'n dwll fel na chofia fo ddim byd trannoeth. Dim ond 'i feddwi fo nes basa fo'n gorlifo a'i adael o i'w hynt.'

'Heb ddeisyfu'i farwolaeth o,' ategodd Doris. 'Mi fedrat fod reit agos ati yn fan'na. Robat druan,' meddai wedyn.

'Mi fydda 'na ryw goel ers talwm fod boddi'n beth braf,' meddai Buddug bron yn synfyfyriol. 'Wn i ddim ydi hi'n dal i fynd. Wn i ddim pwy oedd i wybod hynny chwaith.'

'Mae o,' meddai Teifryn yn anfwriadol bendant.

vi

Fedra i ddim deud wrth Gwydion. Fedra i mo'i ddeud o wrth neb byth, am na fedra i mo'i gyfleu o. Ond dw i'n gwybod hefyd yr un mor bendant oni bai am Gwydion na fyddwn i yma rŵan i feddwl y petha yma o gwbwl. Dw i'n ista yn y cwch i ddod ata fy hun. Dw i wedi'i achub o rhag damwain ne' waeth droeon bellach ac mae ynta wedi gwneud yr un peth i mi o bryd i'w gilydd, a hynny heb i neb sôn na meddwl mwy am y peth. Ond mae hi'n wahanol tro'ma. 'Dan ni wedi rhwyfo allan gyferbyn â'r ogo a phan gyrhaeddon ni a chadw'r rhwyfau mi ddrifftiodd y cwch i lonyddwch bron ar 'i union. Mi es inna am ddowc. Dim ond penderfynu ar y twymiad a drosodd â fi. Ond mi fachodd 'y nhroed i yn y rhwyd ar waelod y cwch ac mi ddoth y cwbwl i'r dŵr hefo fi, y rhwyd a'r pwysau a'r holl sioe. Ro'n i'n mynd i lawr ac yn cicio a methu ond fedrwn i yn fy myw gael 'y nhraed yn rhydd ac ro'n i'n teimlo'r rhwyd yn cau fwy amdana i wrth i mi ysgwyd. Ro'n inna wedyn yn ysgwyd yn waeth a'r peth nesa oedd terfynoldeb di-feind y rhwyd am 'y mreichia i. Doedd 'na ddim ar ôl wedyn ond panicio a thrio cicio a chwalu breichia a throi corff a chwyrlïo a sicrwydd y gwanhau gyda phob symudiad. Doedd gen i ddim meddwl, dim ond panig. Ro'n i'n dal 'y ngwynt a cholli fy nerth ac yn meddwl 'mod i'n boddi ac yna ro'n i mwya sydyn yn gwybod 'mod i'n mynd i foddi a doedd dim ots. A hwnna ydi'r teimlad cryfa dw i wedi'i gael erioed. Ro'n i'n derbyn 'i bod hi ar ben ac roedd pob dim yn iawn. Dw i'n boddi, dyna fo. Fedra i fyth 'i gyfleu o i neb arall. Roedd 'y ngheg i wedi agor ac mi deimlwn y dŵr yn mynd i mewn am mai felly'r oedd hi i fod ac yna roedd Gwydion yn cyrraedd ac yn gafael yno i ac yn cicio'i ffor' yn ôl i'r wynab ac at y cwch. Ac mi fedrodd fachu'r rhwyd yn y roloc a llwyddo i'w hachub hitha hefyd. Mi 'rhosodd hefo fi yn y dŵr tra bûm i'n magu digon o nerth i 'nghodi fy hun yn ôl i'r cwch.

Mae'r haul arna i a dw i'n teimlo 'ngwallt yn lympia gwlyb ar 'y mhen. Mae Gwydion yn tynnu'r rhwyd yn ôl ac yn 'i lapio hi'n daclusach nag yr oedd hi ac yn 'i stwffio hi dan dec heb ddeud dim a chau'r drws bach arni. Mae o'n hongian 'i fraich dros yr ochor i olchi'i law yn y dŵr ac yn gwneud yr un peth hefo'i fraich arall. Mae o'n ista ac yn edrach yn dawal arna i'n dŵad ata fy hun.

'Diolch,' medda fi yn diwadd.

Mae o'n chwerthin.

'Be arall oeddat ti'n disgwyl i mi 'i wneud, y lob? Dim ond dy draed di oedd yn sownd prun bynnag. Fel sownd,' medda fo wedyn mewn rhyw ymgais ddi-hid i hannar cuddio'r clwydda.

Yna mae o'n gweld 'y ngwynab i ac yn sylweddoli ac yn sobri. Does dim i'w ddeud wedyn. 'Dan ni yno'n dawal. Mae'r awal yn llai na brisyn a does 'na ddim tonna ac mae'r cwch yn llonydd yn y dŵr a phob awgrym o stŵr ar ôl y cythrwfwl tanfor wedi hen ddiflannu. Does dim isio i'r un ohonon ni ddeud dim, dim ond bod yma. Toc mae Gwydion yn troi i syllu dros ochr y cwch ar y môr llonydd a chyn hir mae hwnnw'n galw ac mae o'n llithro dros yr ochor 'fath â morlo oddi ar graig ac yn chwarae yn y dŵr am eiliad cyn deifio a dychwelyd i'r wynab ar ôl 'i hannar munud arferol a'r garrag yn 'i law. Dw i'n dwys ystyried ac yna dw inna'n llithro ar 'i ôl o ac yn chwarae a chwyrlïo yn y dŵr rhyfadd cyn deifio a mynd i lawr i nôl 'y ngharrag. Dw i'n codi'n syth i'w dangos hi a'i gollwng hi'n ôl a 'dan ni'n chwarae ar yr wynab am sbel. Does dim angan arwydd pan mae meddwl yn darllan meddwl a 'dan ni'n deifio eto a mynd o dan y cwch ac yn codi yr ochor arall ac mae pob dim yn iawn.

vii

'Chdi, Mared, Bryn. Gan 'i fod o yn y ffasiwn, waeth i minna ddŵad hefyd, decini,' meddai Buddug.

Doedd y clogwyn ddim hanner cymaint o atyniad iddi hi ag i'r lleill; doedd o erioed wedi bod. Hogan y traeth a'r Pentra oedd hi. O bellter Llain Siôr neu Faescoch y byddai hi'n rhybuddio'r plant rhag ei beryglon a'r rheini'n cytuno'n frwd ac yn dyfeisio pob math ar drychinebau i drio'i gwylltio. Pan ddeuai Teifryn arno byddai'n canolbwyntio fel rheol ar y môr. Roedd o'n newydd i Bryn a Mared. Canolbwyntio ar bobman y byddai Mared, yn troi ei golygon yma a thraw gan deimlo bob tro ei bod yn methu'n llwyr â chael digon. I un cyfeiriad y cadwai Bryn ei sylw, a Thy'n Cadlan yn ganolbwynt iddo. 'Dim isio'i weld o'n dirywio'n waeth dw i,' meddai pan roddodd Sionyn air o glod iddo am ei waith bychan ar y to a'r ffenestri. 'Ac mi fasa'n rheitiach i Gwil 'i gael o na neb arall,' ychwanegodd braidd ar frys a braidd mewn gwrid, 'oherwydd does wybod am ba hyd y bydd o a thŷ teras yn siwtio'i gilydd.'

Rŵan roedd y môr bron yn llonydd. Eisteddai Teifryn ar y gwellt uwchlaw'r ogof, yn plycian ambell sypyn yn awr ac yn y man a'i droi rhwng ei fysedd cyn gadael iddo ddisgyn i'w hynt. Odano gwelodd filidowcar yn gwibio gyda'r dŵr ac yn glanio ar graig isel ar drwyn pellaf traeth bychan yr ogof. Daeth pen morlo i'r golwg yn ddirybudd ymhellach draw a chododd y bilidowcar ei adenydd a'u lledu i'r awyr ac aros yno felly'n hollol lonydd. Byddai angen i unrhyw un na wyddai ei fod yno graffu i'w weld.

Doedd o ddim wedi synnu o weld ei fam yn

cyrraedd. Bron nad oedd yn gwybod trwy reddf mai hi oedd yn dynesu. Nid eisteddodd hi chwaith.

'Newydd fod am dro bach arall,' meddai, 'hefo dy nain.'

'Mi welis i chi.'

'Roedd i fyny i Dy'n Cadlan ac yn ôl yn hen ddigon gynni hi, ond ro'n i'n ffansïo rhyw fymryn mwy o awyr iach.' Trodd Buddug i edrych ar y tŷ yn y pellter. 'Mae Bryn wedi cau'r tŷ 'na'n llwyr rhag y tywydd. Am ba hyd sy'n beth arall wrth gwrs.'

'Dw i am gymryd cyngor Gwil,' meddai o.

'Prun o'r miloedd?'

'Yr ymchwil. Nid Dolgynwyd chwaith. Ty'n Cadlan, yn orffennol a phresennol.'

'O. Er mwyn y cyrliog mae hyn.'

'Mae arna i hyn'na iddo fo, beth bynnag ddaw i'r fei.'

'Fo ofynnodd iti?'

'Gofyn am help ddaru o, sut i fynd ati. Ac nid rhyw obaith di-glem ydi o chwaith, wedyn mae'n iawn.' Rhoes gip eto ar y bilidowcar llonydd. 'Ac eto mae'r gobaith yna, a chilith o ddim nes daw 'na wybodaeth, beth bynnag fydd natur honno.'

Er hynny, roedd yn straen weithiau i osgoi'r demtasiwn i ymuno yn yr un gobaith a gadael iddo greu'r dyfodol. Roedd Sionyn fodlon yn deud bod calon un rhan o un pentra wedi ailddechrau curo, 'ac mae'n well i ti gael y fron i guro oddi mewn nag iddi gael 'i cholbio oddi allan,' gwaeddodd gan brofi yn sydynrwydd ei floedd ei fod yn frawd i Gwil. Ailddechrau neu beidio, roedd yn amlwg fod y curiad hwnnw'n gallu troi'n fwrlwm ar ddim. Doedd Laura'n gwneud yr ymdrech leiaf un i drio cuddio ei bod yn hapusach a dedwyddach nag y bu, nag y bu erioed o bosib. Yn yr iard, doedd priodas ddim wedi rhoi taw ar fytheirio, er dirfawr lawenydd y prentis. Ac roedd Sarn Fabon ar i fyny.

Ac ati hi y trodd y sgwrs.

'Rwyt ti'n gwneud gormod,' meddai o ar ôl i lawer o fân bethau ynglŷn â hi gael eu gwyntyllu, 'llawar mwy na dy siâr.'

'Nac'dw siŵr,' meddai hithau'n ysgfan. ''Nghadw i i fynd 'tydi? Mae Mared wedi deud wrtha i am yr helynt yn y fan,' ychwanegodd yn sydyn.

'O?'

'Amsar cinio. Ro'n i'n gwerthfawrogi'r ymddiriedaeth. Fasa hi ddim wedi deud y stori am bensiwn chwe mis yn ôl medda hi.'

'Go brin.'

'Fi ofynnodd iddi hi am be oeddat ti'n sôn y diwrnod o'r blaen pan ddudist ti fod Mathias wedi bod yn 'i ll'gadu hi.'

Prin glywed sŵn yr injan oedd o wrth i gwch Sionyn ymddangos heibio i drwyn Murllydan a throi tua'r ogof a chewyll y de. Gwyliodd y ddau o am ennyd.

'Sionyn wrth 'i fodd yma. Rioed yr un fath,' meddai Buddug. 'A fuo rioed angan iddo fo ddeud hynny.'

'Naddo, debyg. Mwy na Gwil na chditha.'

Draw, cododd morlo'i ben. Ac wrth edrych arno gwelodd Buddug y bilidowcar llonydd ar y graig a'i adenydd ysblennydd yn sychu yn yr haul. Pwyntiodd ato i'w ddangos, fel tasai arni ofn tarfu arno a'i ddychryn wrth siarad. Nodiodd a gwenodd Teifryn, a dal i syllu'n dawel ar yr aderyn. Diflannodd y morlo, dim ond am ychydig eiliadau. Cododd eto yn nes i'r lan ac yn nes atyn nhw, ei ben rŵan yn rhywbeth amgenach na siâp. Bron na thaerai hi ei fod yn eu gwylio. A rŵan, mwya sydyn, gwelai pam roedd y clogwyn yn gymaint o atyniad. Roedd yn teimlo o'r newydd y rhesymau am y cerdded a'r chwarae a'r anturiaethau a'r straeon byrlymus diderfyn am y morloi a'r gwylanod a'r môrladron. Rŵan roedd arni hithau hefyd isio eistedd i ddathlu'r clogwyn. Gwnaeth hynny, wrth ochr Teifryn. Tynnodd hithau fymryn o wellt, a'i droi rhwng ei bysedd a'i astudio a'i ollwng i'w hynt. I'r dde odani, roedd y cwch yn llonydd a Sionyn wrthi'n codi cawell. I'r chwith odani, roedd y morlo'n dal i wylio. Ac roedd y bilidowcar yn aros yno ar ei graig, yn dal i yfed yr haul a'r hin. I'r dde y tu ôl iddi, roedd hen damaid o Ddolgynwyd yn eiddo bellach i Teifryn a hithau, a rŵan ar ben y clogwyn gwyddai pam mai Sarn Fabon oedd wedi'i ailddewis yn enw ar y tamaid hwnnw. Gwyddai rŵan fod hynny'n anorfod.

'Mae o'n dŵad yn 'i ôl, Mam.'

hiraeth am yr hyn sy'n bod

Elis Gwyn

Hefyd gan Alun Jones

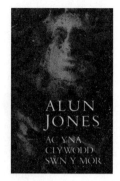

Ac Yna Clywodd Sŵn y Môr
£8.99
ISBN 0 85088 801 8

Hon yw un o'r nofelau mwyaf darllenadwy a phoblogaidd i gael ei chyhoeddi yn Gymraeg. Hwyrach y gellid dweud fod nofel dditectif, nofel serch a nofel gymdeithasol i gyd wedi'u plethu'n un ynddi. Oes, mae yma ddyn ifanc yn cael ei gyhuddo o dreisio merch, ac mae yma hefyd haid o blismyn yn ceisio cornelu lleidr gemau, ond cawn hefyd gyfarfod â nifer o gymeriadau sydd fel pe baent wedi tyfu'n naturiol o bridd Pen Llŷn. Ac yn gyfeiliant i'r cyfan clywir sŵn y môr.

Draw Dros y Tonnau Bach
£6.95
ISBN 1 84323 051 8

Does gan Emyr fawr o ddewis – aros yn uffern ei gartref gyda rhieni creulon neu fentro ar ei ben ei hunan heb neb. Wedi un gosfa arall, mae'n sleifio o'r tŷ yn y bore bach i fywyd newydd, heb wybod beth sydd o'i flaen – heblaw'r sicrwydd fod unrhyw beth yn well na'r hen fywyd. Ond dyw hi ddim mor hawdd dianc rhag yr atgofion poenus, yn enwedig â'i gorf yn dal yn friwiau du-las drosto. 'I will arise and go now, and go to Innisfree', medd llais ei hoff fardd, W. B. Yeats, dyhead nad yw'n ddim mwy na breuddwyd yn ei ben nes iddo daro ar Gerda, hen wraig ryfeddol sy'n dod yn ffrind go iawn iddo. Gyda hi, daw hyd yn oed yr amhosib yn bosib...

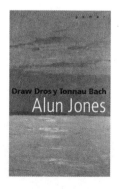